JN222701

王力雄 Wang Lixiong

セレモニー

金谷 譲 訳

藤原書店

王力雄
大 典

© 2019 by Fujiwara-Shoten Publishing Co.

インターネット、IT技術と独裁体制――推薦のことば

神戸大学教授　王（おう）柯（か）

中国最大のIT系企業ファーウェイ（華為）の西側諸国における技術展開に、アメリカは神経をとがらせている。その目的は、けっして西側の知的財産を盗み出すことを防ぐことだけではなく、そして中国の「世界進出」を阻むという次元の問題でもないと私は強く感じた。中国の「国家情報法」は、あらゆる中国国籍を持つ個人（「公民」）、そして中国の企業を含む団体（「組織」）が国の情報活動に協力しなければならないと義務化している（第七条）。最新のインターネット、IT技術の主導権を握る者は将来の世界を握る。それが非民主的独裁政治体制によって掌握されれば、いったい人類になにをもたらすのか。その答えは、中国当局によって夫人（チベット人作家ツェリン・オーセル）とともに行動の自由が厳しく制限されている反体制派の著名作家王力雄（おう・りきゆう、ワン・リーションン）氏の最新の作品、小説『大典』（邦題『セレモニー』）にあった。

非民主的独裁政治体制は、支配正当性の取得における手続きの欠如に束縛され、つねに国民によって見捨てられることを危惧している。そのため、一方ではつねに「帝国主義はわれわれを滅亡させる企みをまったく捨てず」、「中華民族はもっとも危険な時期に来ている」ことを喧伝し、「選択さ

れたトラウマ」を通じて仮想敵を立てて民族主義を煽ることに努める。そして、他方ではつねにデータを恣意的にねつ造し、さまざまな国家的セレモニーを通じて「すごいぞ、私の国」と法螺を吹いて、自らの支配の正当性を国民に押し付け、国民の思想の自由、言論の自由を一切許さず、外部世界との情報交換も完全に遮断する。厳しい監視体制のもとに、国民が少しでも不満を漏らせばたちまち容赦なく弾圧される。これらの人権侵害行為は、今日の中国において、すべてインターネット、IT技術の力を借りて成し遂げられたものと言っても過言ではない。

本書は、僅(わず)かな時間設定とわずか数名の登場人物のもとで、人間の肉欲、金銭欲、権力欲など、さまざまな欲望に支えられて展開されるリアルなドラマであり、今日の中国を彷彿させる。優秀なIT人材が、民衆を監視するIT製品の開発に投入させられ、IT企業の創始者は、実は国家安全部の現役幹部であり、巨万の富を手に入れることができたのも、反抗者を抑えることに使う製品の開発に最新のIT技術を駆使したためである。党威発揚（それが事実上、最高指導者の個人権力の誇示）のために、全国を挙げて共産党建党記念日のセレモニーを成功させなければならない。しかしそのセレモニーがいったん失敗に終われば、党内における最高権力者の権威失墜だけではなく、共産党による一党独裁体制に対する民衆の不満も抑えきれなくなる。そのために民衆を全方位的に監視し、厳しくコントロールすることを最優先事項とした。全国の隅々まで、「網格化(グリッド)」と呼ばれるネットワーク化と地域を細分化して監視するシステムが構築され、個人の私生活も完全に把握されるまで民衆のプライバシーが侵害される。電子マネーの追跡で包丁を二本買った人が犯罪者とされ、国の情報隠蔽に不満をもつ人物に対しては脳波の改造が施される世界だ。

本書に書かれていることは、現在新疆ウイグル自治区で起こっていることを想起させる。二〇一六年から「暴力テロ活動を厳しく取り締まる特別行動」が始まり、「反テロ」の大義名分で、顔認証、声紋識別技術を備えた監視カメラが如何なるところにも大量に設置され、現地のムスリム住民たちの通信が完全に監視され、身体チェック、家宅捜索、携帯電話のチェックを受けることは日常茶飯事となっている。その上に、「城郷維穏防控網絡」（都市と農村部の安定維持のためのコントロールネット）が新疆全域に構築され、一〇〇万のウイグル人、カザフ人がこの「再教育キャンプ」と呼ばれる監禁・思想改造施設に送られたという。中国では二〇一八年の段階で、すでに二億台に近い監視カメラが設置され、さらに中国政府による「天網プロジェクト」では、合計五・七億台の監視カメラ設置が計画されているという。しかし「ボイス・オブ・アメリカ」が「新疆はすでに、中共が先端技術を使って民衆をコントロールする実験基地に化した」と指摘したように、現在のところ、最新の技術を使って民衆を監視する能力は、新疆がほかの地域をはるかに超え、設置された監視カメラの台数は、人口比で言えば漢民族地域の十倍も多いとも言われる。言うまでもなく、これは原住民であるウイグル人による反発と反抗を鎮圧するためである。実は、ウイグル人、チベット人に対する中共政権の残虐な政策に対し、王力雄氏は昔から批判し続けてきた。

一九五三年生まれの王力雄氏は、家族が文化大革命中に政治迫害を受けていたことから、早いうちに中国の一党独裁の政治体制に疑問を感じ、それに伴って生じたさまざまな社会問題、そして中国の将来について独自に思索を深めてきた。彼は一九七八年に文化大革命後、中国最初の民主化運動「民主の壁」活動に参加し、地下文芸誌『今天』に最初の小説『永動機患者』を発表して、作家としての頭角を現した。一九九四年に彼は、友人たちと中国最初の環境NGO「自然之友」を創設した。さらに一九九五年からチベット人地域を十数回にわたって旅行し、中共政権によって統治されたチベットは社会が分裂し、文化が滅亡していることを訴える『天葬――西蔵の命運』を、一九九八年に香港で出版した。一九九九年一月に彼は、新疆の民族問題に関する著作執筆のため新疆地域を旅行している途中、国家機密窃取の容疑で国家安全部に拘束され、四二日後に解放された。二〇〇七年に彼はその経験を含めた『私の西域、君の東トルキスタン』というエッセイ風の著作を台湾で発表し、ウイグル人の置かれた悲惨な政治環境と社会環境について中国政府を厳しく批判した。

しかし私から見れば、王力雄氏のもっとも得意な分野はやはり政治小説であった。一九九一年に彼は、『黄禍』という中共政権の末路を予言するような政治小説を香港で出版した。この小説は一九八九年六月の北京天安門事件を背景に、中共政権による弾圧によって中国においてますます激しくなる社会対立と政治闘争を描いて、一党独裁の政治体制がついに崩壊し、中国の社会が混乱に陥り、一三億に上る中国国民の行方は世界にとって大きな脅威となると世の中に警鐘を鳴らした。『黄禍』は「奇書」とも呼ばれた。それに続いて書き上げた政治小説、最新のIT技術によって武装されている警察国家はいずれ崩壊するという内容の本書も、やはり『黄禍』と同じく中国の将来を予言する素晴らしいものであると強く感じる。

現代中国政治の抱える最大な問題は、政府と民衆との関係を歪曲したことである。人民が政府を管理するのではなく、政府が人民を管理するものだ、と政権を掌握した者は信じ込んでいる。民衆に対する不信から、中共政権はすでに世界最強の警察国家に変身した。しかし最先端の技術を利用しているため、ここ数年、毎年国防予算もはるかに超える膨大な財政が「維穏費」（警察等を使って社会の安定を維持する費用）として投入された。二〇一九年度の国家予算のなか、「公共安全支出予算」、つまり「維穏費」は予算全体の五・九％を占めるという中国の新聞『二一世紀経済報道』の報道に基づいて、「ラジオ・フリー・アジア」は、二〇一九年の「維穏費」は一兆三八七九億人民元であり、国防予算は一兆一九〇〇億人民元であると試算した。つまり、「維穏費」は二〇一三年度の七六九〇・八〇億人民元に比べ、五年間に約二倍も増えた。

ところで、そのためでもあるが、かつて公安省、国家安全省、裁判所、検察院と武装警察を統括した、中共中央の法制委員会書記を務めた周永康氏が逮捕されて終身刑を受けたことからも分かるように、中共によって「刀」（「刀把子」）と呼ばれる「維穏」（民衆の反抗を鎮圧する）部門は、権力闘争の道具と腐敗の大きな温床にもなっていた。習近平政権の時代になると、武装警察が軍の系列に入れられたが、「国家安全委員会」が新設され、国家予算に占める割合が相変わらず上昇しつつあることからも分かるように、「維穏」の力はさらに強化され、権力闘争の道具と腐敗の温床という性格は少しも減少していない。本書に書かれているように、このようなＩＴ技術によって完全武装された警察国家のなかでは、一般の民衆だけではなく、国家の高級官僚と指導者までも監視されている。

「現代における技術と権力の関係は、暴力と権力とがそうであるように、不可分のものである」（「電子の蜂」の章）。これはまさに中国の警察国家としての特徴である。かつて「ボイス・オブ・アメリカ」の討論番組に出演した際、王力雄氏は「歴史または現実の視点から見ても、独裁体制はかならず民主化するのか、正義はかならず邪悪に勝つのか、その必然性はない。……技術の進化につれて、今日の統治体制が過去より数倍も強くなり、反体制の力はますますその相手にならなくなった。中共の統治はすでに独裁の権力を極めているが、これからも長く続いていくかもしれない」とも分析した。しかしＩＴ技術が中共指導部の権力闘争にも使われれば、上層部で疑心暗鬼を生じ、民衆の我慢もいずれ限界に達するに違いない。本書のシナリオと異なるかもしれないが、最新のＩＴ技術によって武装されている警察国家はたとえ長く続いても、いずれ本書が予言したように崩壊するであろう。その日は、さほど遠くないと思い、私はこの小説が現代中国を観察する数々のひらめきを与えてくれたことに深く感謝する。

二〇一九年春

セレモニー　目次

本書関連地図
①中国全土
ロシア
カザフスタン
モンゴル
キルギス
タジキスタン
パキスタン
インド
ネパール
ブータン
バングラデシュ
ミャンマー
ヴェトナム
北朝鮮
韓国
日本
黄海
東シナ海
台湾
新疆ウイグル自治区
ウルムチ（烏魯木齊）
カシュガル（喀什）
チベット自治区
青海
甘粛
寧夏回族自治区
内モンゴル自治区
黒竜江
吉林
遼寧
北京
廊坊市
河北
山西
陝西
山東
黄河
河南
江蘇
安徽
上海
四川
湖北
長江
重慶
浙江
湖南
江西
武夷山
屏南県
福建
福州
貴州
雲南
広西チワン族自治区
広東
広州
香港

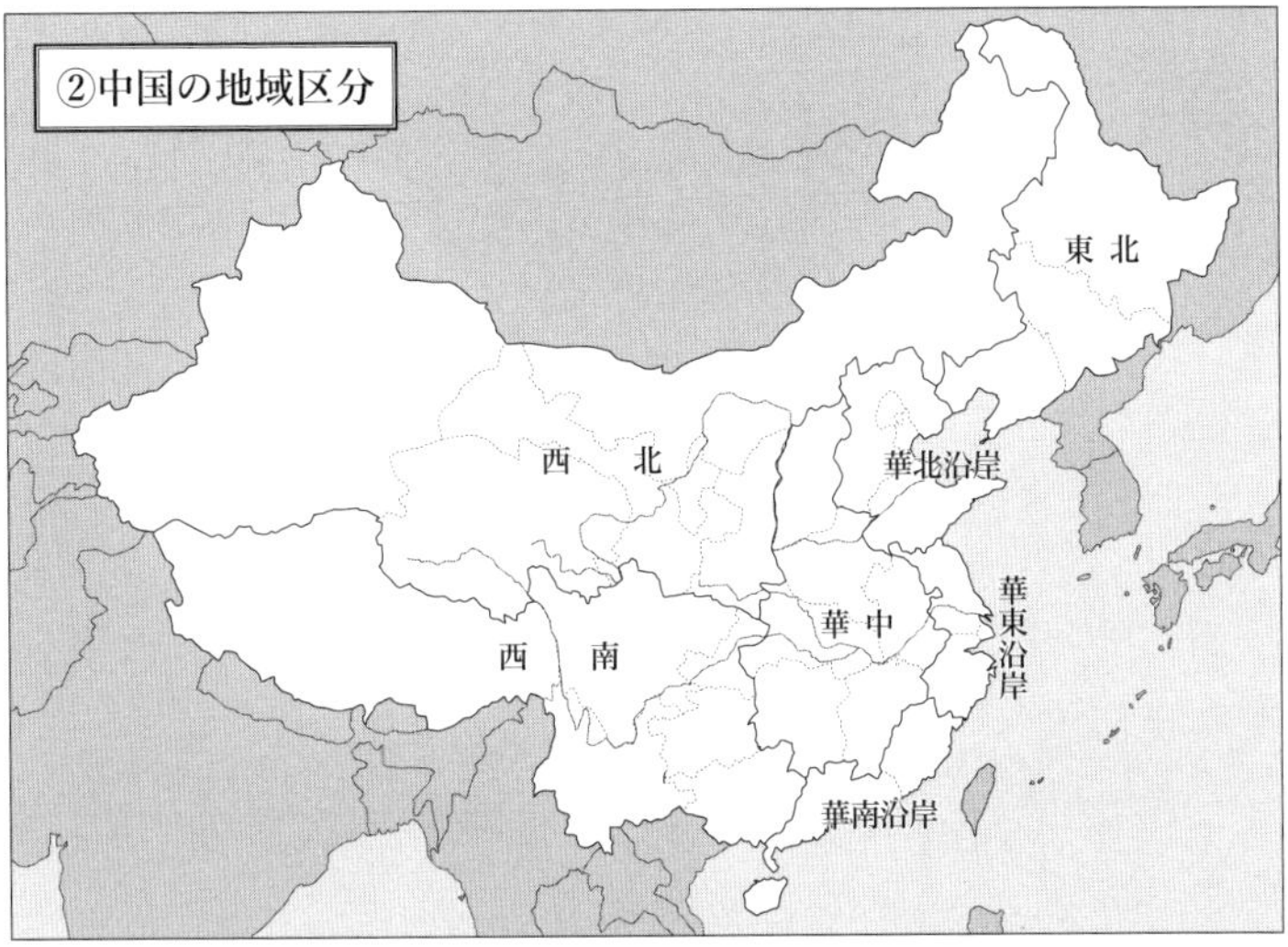
②中国の地域区分
東北
華北沿岸
西北
華中
華東沿岸
西南
華南沿岸

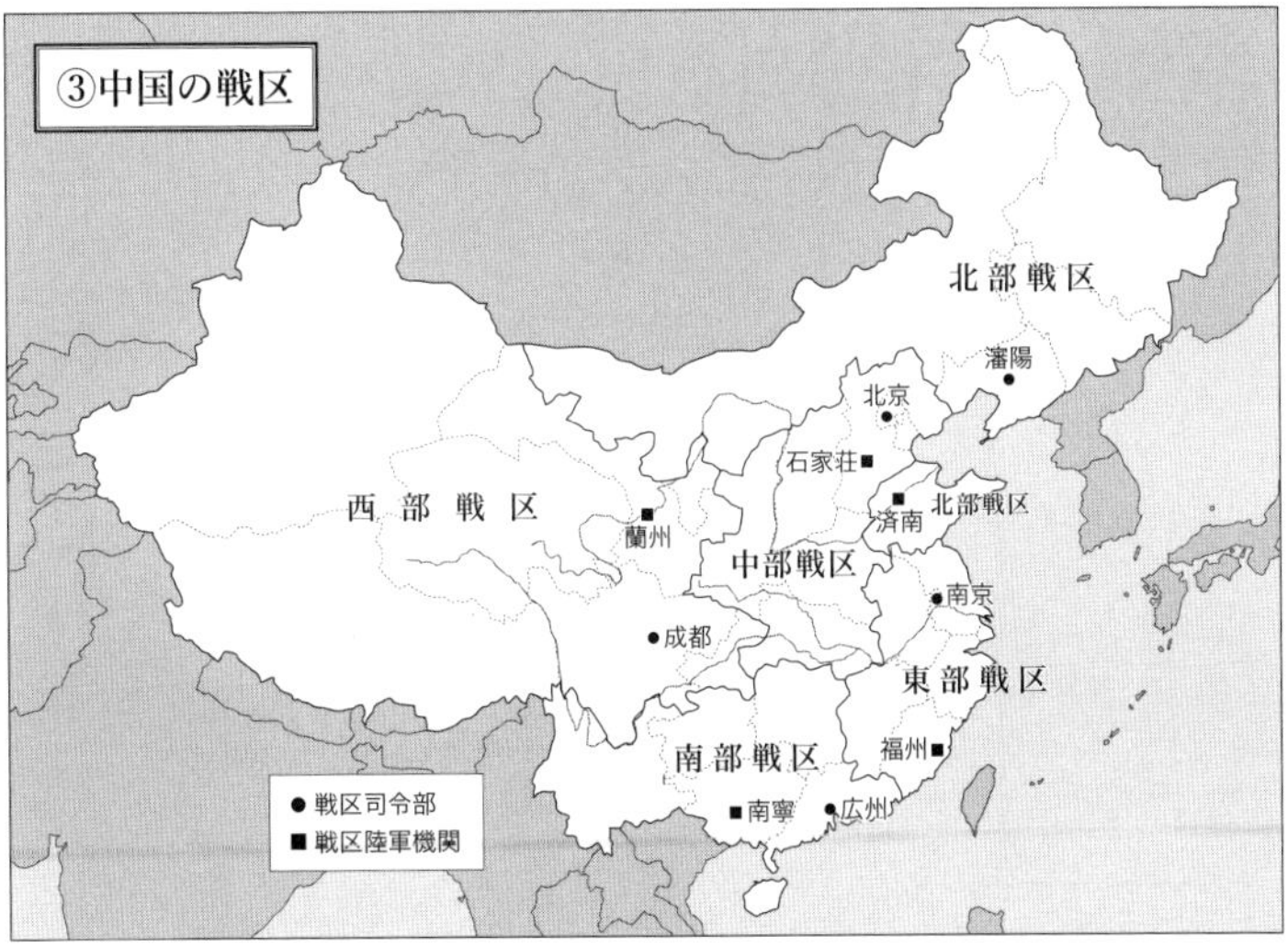
③中国の戦区
北部戦区
瀋陽
北京
石家荘
済南
北部戦区
西部戦区
蘭州
中部戦区
南京
成都
東部戦区
福州
南部戦区
南寧
広州
● 戦区司令部
■ 戦区陸軍機関

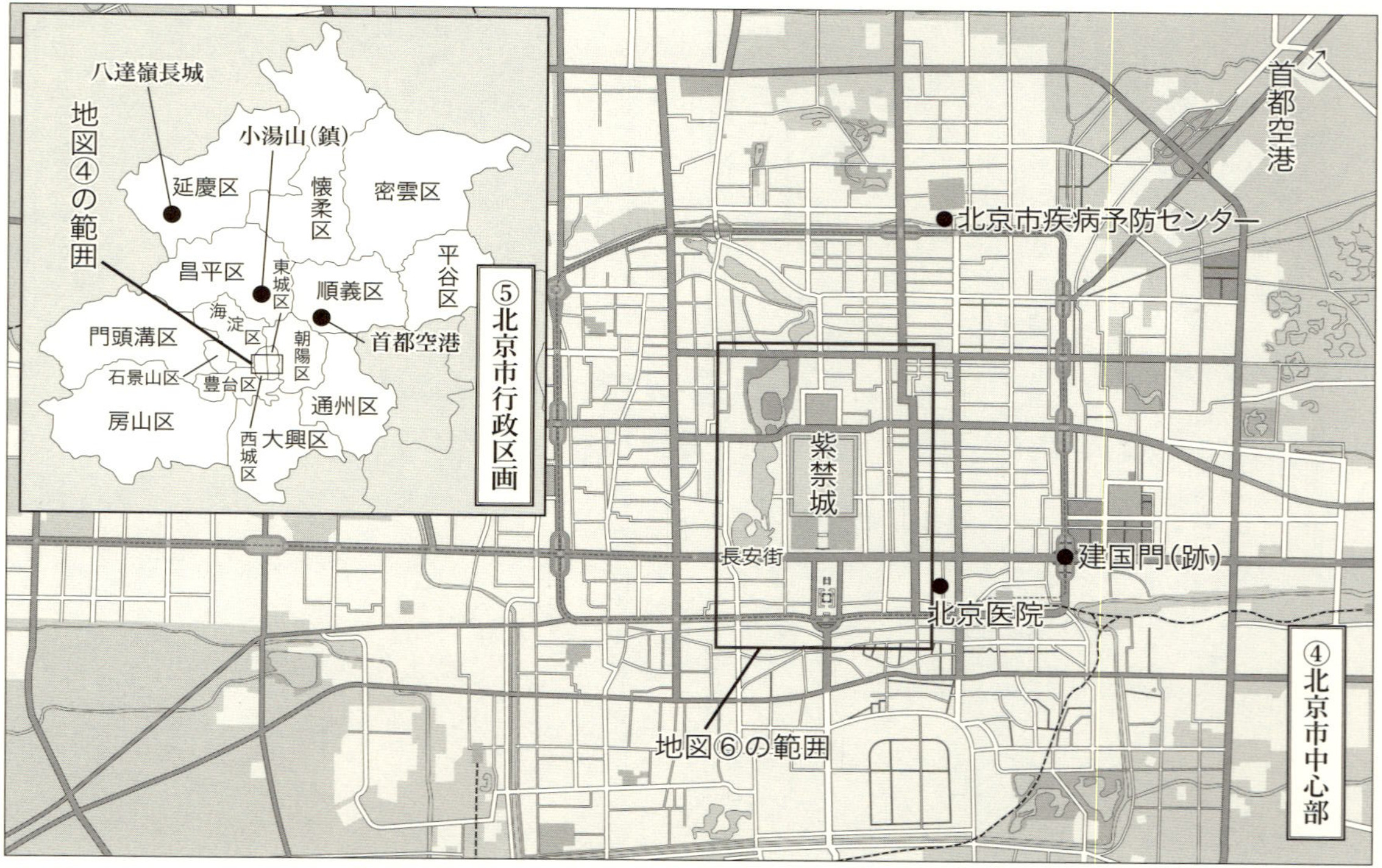
⑤北京市行政区画
地図④の範囲
八達嶺長城
延慶区
小湯山(鎮)
懐柔区
密雲区
平谷区
昌平区
東城区
順義区
首都空港
海淀区
朝陽区
門頭溝区
石景山区
豊台区
通州区
房山区
西城区
大興区
④北京市中心部
首都空港
北京市疾病予防センター
紫禁城
長安街
建国門(跡)
北京医院
地図⑥の範囲

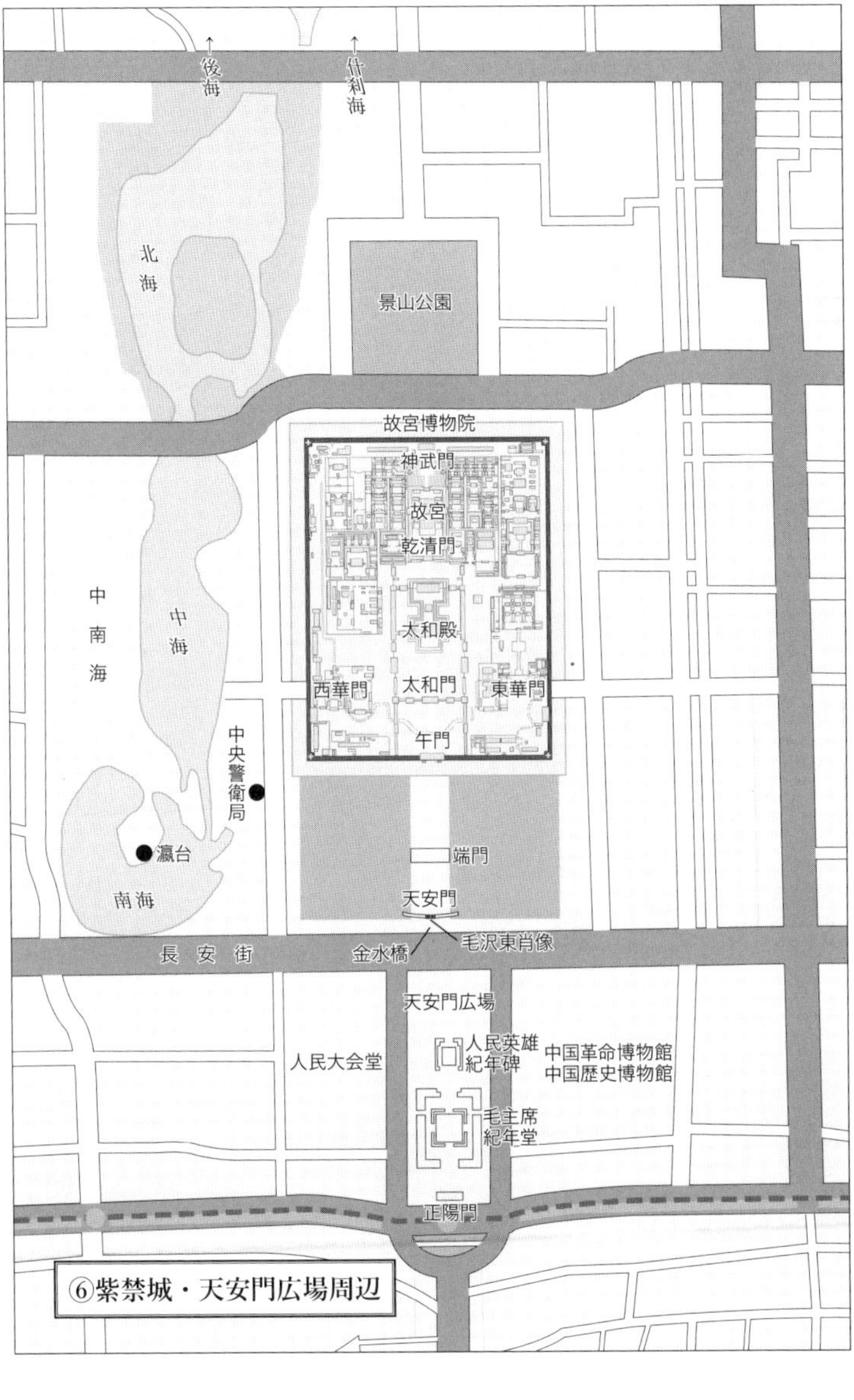

⑥紫禁城・天安門広場周辺

主要登場人物紹介

李博（リーボー）　中国共産党国家安全委員会情報管理センターのシステムエンジニア。ナノ科学とコンピュータ工学の博士。地方出身。

伊好（イーハオ）　李博の妻。北京市疾病予防センターに勤務する医師。李博との間に娘が一人いる。ベルリン大学で博士号を取得。ドイツ語に堪能。

鞋老板（シエラオバン）　福建省にある靴メーカーの社長。やり手。「靴老板」は作品世界における仮名。

小梁（シャオリャン）　靴老板の運転手。梁は姓。「小梁」は「小物の梁」という意味の目下の者への呼び名。

緑妹（リューメイ）　靴老板が李博に紹介した、福建省の山村出身の売春婦。純朴な性格。「緑妹」は源氏名。

緑妹の母　自分が住む山村のグリーンツーリズムによる村おこしの波に乗って、都会からの観光客相手に売春サービス付きの民泊ビジネスを自宅で営む。

緑妹の兄　広東省にある武術学校の教官。故郷の村へ帰ってきて地元の有力者となる。広東語を喋る。

劉剛（リウカン）　新疆ウイグル自治区の公安警察官。カシュガル出身の漢族。目下北京へ特派されて国家安全委員会で勤務中。

老叔（ラオシュー）　国家安全委員会弁公室主任。六十歳。「老叔」はあだ名で姓は蘇（下の名は不明）。劉剛を抜擢して重用する。

主席　中国共産党主席・国家主席・中央軍事委員会主席のすべてを兼ねる、中国の最高指導者。

太子　主席の息子。情報科学のエキスパートで、主席のもとで情報機関「九組」を率いる。「太子」は作中世界でのあだ名。

七兄弟（チーションティ）　緑妹一家の故郷の村で父親ともども鼻つまみ者になっている七人兄弟。

趙帰（チャオクイ）　ドローン製造会社の社長。国家公安部所属のスパイ。同時に老叔の私的な配下。「実にだ」が口癖。

土佐（トゥーツゥオ）　中国共産党中央警衛局局長。主席に忠実。「土佐」は作中世界でのあだ名。

外勤秘書　国家安全委員会弁公室における老叔直属の部下。本名不明。「外勤秘書」は職名。

三号（サンハオ）　老叔と敵対する中国共産党中央政治局常務委員。「三号」はナンバー・スリーの意味。

六号（リウハオ）　老叔と協力する中国共産党中央政治局常務委員。「六号」はナンバー・シックスの意味。

総理　中国政府および中国共産党におけるナンバー・ツー。過去に主席と権力闘争を行って敗れた。

小姨子（シャオイーツ）　中国共産党建党記念祝賀式典の総合演出担当者。「小姨子」は「主席の妻の妹」という意味の作中世界における呼び名。

楊（ヤン）　新疆ウイグル自治区国内安全保衛総隊の副総隊長。劉剛の上司にして兄貴分。

（訳者作成）

セレモニー

靴のインターネット

1

元旦の夕方。細かな雪が、厚いスモッグに覆われた北京を舞っている。この世の始まりにあったという〝混沌〟を思わせた。李博（リーポー）は、娘を妻の両親のもとへ送り届けて帰宅すると、まず手を洗った。これは妻の伊好（イーハオ）が決めたルールだ。手を洗わないうちは、なにも触ることができない。医療関係者の手洗いマニュアルどおりに、指のひとつひとつ、爪の間まで綺麗に洗う。そのあとは、紫外線ライトで乾かした。娘がインフルエンザウイルスに特別に過敏だということが分かってから、数年間実行されているあいだに、それはこの家の本能のようになっていた。励行しているうちに、李博は、手を洗わないと、その手がウイルスの手袋をしているような感じがするようになっていた。北京の言葉遣いでいえば、「うざったい（カーイン）」のだ。

元日は、本来、法で定められた休日だった。だが今年はそうではなかった。公務員は全員出勤しなければならない。北京市疾病予防センターの防疫専門スタッフのチーフとして伊好は、日中だけでなく、夜間も、所属部門で勤務しなければならない。李博は、国家安全委員会情報管理センターのシステムエンジニアだ。しかし技術職は、総合職に比べればいくらか縛りがゆるい。彼の所属部門は、昼のあいだ家で子供をみて、晩から夜勤で出ることを許してくれた。

李博は、四十歳になったばかりだった。身長一メートル八一センチ、世に言う〝どうしても太らない体型〟をしていた。姿勢が良くて、衣服がしゃれていれば、ずいぶんと恰好がいいはずだ。だが、長年のキーボードのまえに座る習慣が、彼を猫背にしてしまって、背が実際よりも低く見えた。実家を出てから二十年あまりが経っている。しかしながら、伊好が彼のために選んだイタリア製のメガネなしでは、いまもひと言でいえば、全体的に地方出身者の雰囲気を漂わせていた。

彼の名前に「博」と付けたのは、中卒だった彼の父親である。その父は、「搏闘」〔たたかうこと〕の搏のつもりで博としてしまったのだった。そこには、貧しい家に生まれた我が子への、たたかってはい上がれという思いがこめられていた。しかし、後から考えると、そう悪い名ではなかったようだった。それどころか、予言になったとさえ言ってもいいかもしれない。李博は、故郷の田舎から勉学を続けて、ついには都の北京へと、そして、ナノ材料研究とコンピュータ工学で、二つの博士号を手にすることになったのだから。

娘がウイルスに感染しないように、伊好は、家ではスリッパを使わせなかった。スリッパは不潔になりやすい。いつでも洗えるソックスの清潔さにおよばないというのが、その理由である。これには李博も大賛成だった。ただ、彼の賛成には、清潔さのほかにも理由があった。プロジェクトを運営・管理するメンバー以外で、この秘密を知る人間はふた桁にいかないと李博は信じているが――最近の数年間に生産された国産の靴には、スリッパや正規のルートで輸入された外国産の靴も含めて、すべてＳＩＤ〔セキュリティ識別子〕が取り付けられていたからだ。どの靴一足も、いやそのどちらの一個も、移動体通信ネットワークに紛れている高周波によって、認識と追跡が可能となっていた。

　このネットワークは、靴のインターネット（IoS）と呼ばれていた。理論的には、そこには目新しいところは、あまりない。数十年前に持てはやされた、モノのインターネット（IoT）を、靴に応用しただけのことである。ＩｏＴは、モノに無線通信タグ（RF）をとりつけて、管理・計画・リソースの配置といった方面へと、広範囲に使用する。そしてその前途は無限だとされる。しかし、このＩｏＳは、そういった用途には使われていない。それは国家の安全に関わる機密事項だった。李博は、このプロジェクトの立ち上げの時から、技術面での最重要かつ中心的な存在だった。彼が初めて携わってからすでに数年が経つ。しかし、彼はこの機密について、伊好にはひとことも話したことはなかった。

　李博は、ＳＩＤの責任者だった。ＳＩＤとは、ある種の特殊なナノ材料である。靴の任意の場所において閉ループを形成し、離れた距離からのアクティベーションが可能な識別タグとなる。これが、ＩｏＳの基本的な機能だ。一般の人間にはどうでもいいことかもしれない。しかし李博には、

ＳＩＤの仕込まれた靴は、密告者を自分の身体に貼り付けているようなものだ。その人の情報をたえず発信しつづけているのである。彼がいまどこにいるか、そこにどれだけのあいだいるか、またどういったルートで移動するか。車か、徒歩か。また一緒にいるのは誰か。家にいても、スリッパを履けば、どう移動するか、どの部屋にどのくらいのあいだいるか、トイレでの排便は何分間かかるか、夫婦なら一緒に寝ているか、それとも別々の部屋で寝るのか。こういったすべてを、ＩｏＳは把握することができた。ＩｏＳは四六時中、両足に仕込まれた靴のＳＩＤを追跡し、リアルタイムであらゆるデータを記録し、必要とあれば、さらなる追跡調査を実施する。いついかなる時にも、人々は、その監視下にあるのだ。

技術上での自分の権限を使えば、李博が自分と家族の靴をＩｏＳの監視下から除外することは簡単だった。しかしどうしてわざわざ問題の種をまくことがあるだろう。自分が他人を監視しているとは、とりもなおさずこの自分も他人に監視されているということじゃないか。隠れてこそこそすれば、他人に言えない秘密があると思われかねない。そうすれば、もっと厄介なことにもなりかねない。だから、彼はこの件については、自分にはまるで関係がないかのような態度を取って、なにもしなかった。どのみち、伊好が家でスリッパを履かせない以上、ＩｏＳは、靴を脱ぐ玄関口までしか追ってこられないのである。家の中での行動はブランクだ。

まだ四時にもならないというのに、スモッグはますます濃くなっていた。窓の外はもう夜のように暗い。ＩｏＳの試験期間中、李博はいつも夜勤だったので、アルゴリズムは過去の記録に基づいて、いまごろ彼は家で寝ているると推測しているだろう。

李博は、娘に頼まれていた通りに、金魚に餌をやった。娘はずっと、大きな犬を飼いたいと言っている。それがだめなら子猫でもいいと言う。しかし彼女はウイルスに弱いので、伊好はけっして許さない。しかし、そのうめあわせに、この水槽で金魚を飼うことにしたのだ。ガラス箱のような金魚の水槽が、客間と居間の間に置かれている。水中ライトが明るく光り、エアポンプが、昼も夜も気泡を出している。十数匹の金魚を飼ってからもう数年が経っている。どれも年を取ったようで、動作がのろい。ただ餌を食べるときだけは、すこし活気を取り戻すように見える。

李博は、ときどき、ひそかに思うことがある。伊好は、過去のいつかの機会に、実験室でウイルスに感染したのではないかと。彼女自身にはなにも起こらなかったものの、それは我が子の遺伝子へ影響を与えたのではないかと。

あの子は、生まれたときからウイルスに弱かった。とりわけ風邪を引きやすい。すぐに熱を出す。いろいろな種類のワクチンを打ったし、さまざまな治療も行ってみた。しかし薬は、長期間使いつづけると、効果がうすれてしまう。感染するたびに、治癒は難しくなった。いまでは、ほかの子供なら問題にもならないようなたんなる風邪ですら、あの子には命とりにさえなりかねなくなっていた。

それが、この家にとっての悪夢となっていた。日々の生活のほとんどが、娘をインフルエンザ感染から防御することを中心に回っていた。舅と姑でさえ、伊好からたえずインフルエンザについてあれこれ聞かされているうちに、みるみる玄人はだしの専門的知識をもつようになった。

インフルエンザの流行は毎年のことだが、今回はいつもより早い。広東では冬に入ってすぐに流行のきざしを見せた。多くの人間はまだなにも知らなかったし、気にもしていなかったが、伊好は状況を明確に把握していた。彼女の仕事は、ウイルスの伝播と展開のモニタリング、かつ疾病の発生と流行の予測、意思決定部門への事前警報の発信、そして対策の立案なのである。

彼女の父親と母親は、引退するまでチェコの中国在外公館で館員として勤めていた。二人は、チェコの経済状態が悪かった時代に、プラハの郊外に別荘を安い価格で購入していた。彼らは、毎年春になると、数か月間をそこで過ごすことを習慣にしている。今年は、孫と一緒に、プラハで春節（チュンチェ）〔旧暦の新年〕を過ごす予定だった。それは、一つには、身近に自分たちの心を浮き立たせてくれる存在が必要ということもあったけれども、孫を病気から遠ざけることが、もっと重要な、主な理由だった。

李博は、水槽の色とりどりの光を頼りに、壁面収納の下のほうから麻縄でくくられた布の包みを引っぱり出した。古い布鞋（プーシェ）だ。大学に入学する彼が故郷を離れる折りに、母方の祖母が手作りしてくれたものだった。厚い靴底には、手ないの麻の糸が、みっしりと編みこまれている。糸の一本いっぽんが、力をこめて深いところまで刺し込まれている。地面にじかに触れて擦り切れないようにだ。当時の彼は、もうこんな靴をはくことはないだろうと思っていた。祖母の心中を思いやっていなかったら、とうの昔に捨てていたに違いない。それを、二十年以上の歳月、引っ越しのたびにわざわざ持ち運んだのは、我ながらご苦労なことではあったが、IoSの出現した今になって、彼は、その価値に、あらためて気づかされることになったのだった。

彼はまだ数回しかその靴を履いていなかった。それは、自分のプライバシーを探られるのを嫌う心理と、祖母の作ってくれた靴を傷めたくない気持ちと、どちらが重大かという葛藤に、心理的なバランスをとるためである。祖母が死んだいま、この靴を作れる者はもういない。しかし、田舎の青臭い学生が都会の中年男となっても、この布の靴をはくのは、べつにおかしいことではない、と。

携帯電話を自動応答にセットする。これで伊好であろうと、あるいは勤め先からであろうと、「ただいま睡眠中です。メッセージをどうぞ」という応答を聞くことになる。夜勤のために仮眠中だと思うだろう。メッセージ応答にした携帯を家に置いておけば、格好のカモフラージュになるのだ。

クローゼットからふだんは着ない伝統的な襖（アオ）〔上着〕を取り出してはおる。マスクをかける——スモッグのおかげでマスクはいまや文明人の必須アイテムだ。さらに、古風な耳当て付きの帽子をかぶり、さらにマフラーを首に巻く。エスカレーターのモニターを避けて、歩いて階段を下る。彼は、この住宅区域一帯のカメラを注意深く観察しているうちに、死角のルートを見つけていた。北京には、数万台のカメラが、〝天眼（ティエンイェン）〟と呼ばれるネットワークを作りだしている。カメラはタクシーの一台一台、バスの一台一台にいたるまで装備されている。しかし真冬の、このような出で立ちでは、もし姿を撮られても誰か識別するのは不可能だろう。

街路の正面むこうのビルの大スクリーンに、主席が、元旦の午前零時に、市内の警官隊を慰問したというニュースが流れていた。今年は中国共産党の建党記念年である。七月一日に、北京で空前の大規模な祝賀行事が執り行われることになっていた。さらにその半年後には、北京で万国博覧会が開催される。政府系メディアは、このふたつを合わせて「二大式典」と呼んでいる。そして、今年は、当局によって「大式典年」と定められていた。元日は全国あげての動員開始日として位置づけられていたのだった。政治局常務委員会から中央政府レベルの高官まで、それから全国のさまざまな行政機関レベルの党書記と地方政府の首長がこぞって出勤し、テレビは、彼らの公的な発言と活動のニュースであふれていた。「主席」とは、中国共産党の主席で、国家主席で、中央軍事委員会主席であり、党・国家・軍の最高指導者の責任を一身に担っている存在だ。そして国民は彼を、ただ〝主席〟と呼んでいる。

画面のなかに見えているナノシールドが、李博の関心をひいた。五メートルの半径を持つそのシールドは、主席の動きに合わせて移動していた。ふだんならまったく見えないだろう。透明で、なにかをさえぎって見えなくすることがないからだ。だがこの重度のスモッグのなか、そのスモッグをシャットアウトすべく、清潔で透明な半円球の内部に主席を防御しているのが、主席の全身像を写している画面から窺えた。もしかしたら一般人であれば気がつかないかもしれない。だが李博のような専門家の目には、それは明白だった。メディアは、主席がマスクをつけずに大衆と同じようにスモッグを吸っていると賛美していた。だが現実は、ナノシールドのもつ遮断効果は、マスクのそれをはるかに超えている。

スターバックスの前に来ると、李博は携帯電話のMAC（媒体アクセス制御）アドレスを変更して、店内のWi-Fiへと接続した。スターバックスの信号状態は良好で、かけたIP電話の音質は明瞭だった。

「もうすぐ着く。」

「急げ！　緑妹がお待ちかねだぞ！　ハハハハ……。」

2

李博には、実のところ、たいした秘密などなかった。こんな手間をかけたのは、スパイ活動をするためではないし、なにか大それたことをしようというわけでもない。ただ、鞋老板（「靴メーカーの社長」という意味のあだ名）のところへ行くというだけのことだった。

監視システムの関係者が監視されている事実は、本人にはっきり告げられていた。その方法は、機械によるモニタリングとアルゴリズム分析のみであるが、アルゴリズムで異常がみとめられると、人の手による介入が行われて調査される。なにか重大な問題が発見されれば、人間の目による常時監視へと移行する。こうなると、監視されている当の彼や彼女はまだなにも知らないうちに、彼らの前途にはすでに暗い影が差している。

李博が会おうとしている〝鞋老板〟という人物は、その名の示すとおり、靴のメーカーだった。

ＩｏＳを立ち上げて以後、市場に出回る靴のすべてにＳＩＤタグが確実に取付けられるように、偽物を取り締まるという口実のもと、党と政府の上層部は、各級の政府を通じ、監視の目が行き届きにくい小規模靴製造業者を、廃業へと追い込んだ。その一方で、大メーカーには優遇政策を取って、それ以外のメーカーを、マーケットから閉め出した。いまでは国内に二十三社が残っているだけになっているが、それらはすべてメガ企業である。鞋老板の富は、往年の煤老板（メイラオパン）〔石炭の生産業者。富豪の代名詞〕のそれに勝るとも劣らない。李博がこれから会うのはそのうちの一人だった。

案内の女性の後について入ってきた李博を見ると、鞋老板はそれまでかけていた電話を下へおろした。

「ハハハ、大先生、あんたの考え出したやりかたは、まったくしち面倒だよ！」

鞋老板のいかにも南方〔中国は大別して長江で北と南に分ける〕式の大きな声が、部屋の壁に反響した。彼の前のテーブルの上には、有名メーカーの名前の入ったスマートフォンが、いくつも並んでいた。

「北京に来るときには、こんなにたくさんの携帯を持ってこなきゃならん……一、二、三、四、五、六、六個もだよ！　しかもふだん使うのはこれとは別ときた。ほんとに、面倒くさくてたまらん！　ハハハハッ。」

鞋老板は福建の莆田（プーティエン）〔有名ブランド運動靴のコピー商品の生産地として有名〕出身である。年齢は四十をいくつか越したというところである。背は低く、ずんぐりした体つきで、丸刈りの頭にしもぶくれの顔が脂ぎって光っていた。鋭い眼光が、商売人としての抜け目なさを、みるからに表していた。

李博は、自分で気がつかないうちに、指で眼鏡を押し上げたり、乱れた髪をなでつけたりしていた。彼は基本的に社交的な性格ではなかった。誰かにからかわれたりした時、うまく受け流すことができなかった。

彼が鞋老板に教えたやりかたというのは、こういうものだ。まず日常使用するスマホで、型どおりの挨拶文を発信する。そのさい、「お体大切に」の文句を、「御自愛を」に変えておく。それを受けて、李博からは、MACアドレスを毎回変えるIP電話で、鞋老板が前もって準備している匿名の携帯電話へとかけなおす。監視システムは、これに対応できない。よって、二人が会うことは感知されない。こうしないと、IoSの技術スタッフが靴メーカーの経営者と会うという事実が、さらなる調査が必要と判断されるデータを、アルゴリズムへ与えることになってしまう。

だが、鞋老板は、李博のそんな気の遣い方を、どうでもいいことだというくらいにしか考えていなかった。ささいなことを大層に考えて騒いでいるだけだと、彼は思っている。しかしこのやり方なら、自分が政府の官僚と渡りを付けることができる。

反腐敗運動のおかげで、役人はみな戦々恐々で、自分と一緒に食事をするかというだけのことにさえ、はっきりとした返事ができないありさまだ。つまり、みな逃げ腰になっているわけだ。だが、この李博の言うとおりにすれば、奴らは、監視の網を逃れることができると信じて、安心して自分の誘いを受けてくれる。共に飯を食い、酒を飲む機会があってこそ、次へのチャンスも生まれるというものではないか。自分以外の競争相手が役人たちとのアポがとれないいま、俺の競争力は、誰も気の付かないうちに強化されていくことになるわけだ――。

鞋老板と話しながら、李博は、気もそぞろだった。彼の注意は、鞋老板の隣にいる緑妹(リューメイ)へと向けられていた。緑妹は、二十歳(はたち)をすこし過ぎたくらいだった。きゃしゃな体つきに、今どきの若い女性がうらやましがるような、ほっそりとしたあごと小顔をしていた。黒く豊かな髪は、後ろでポニーテールにまとめている。しかし、化粧が濃かった。それが、李博には、彼女のいちばん好きなところ、彼女がもつ本来の純朴さを失わせているように見えた。これからは化粧するのはやめてもらおうと、彼は心の中で呟いていた。

「緑妹、いつものお前の元気はどこいった？　大哥(ターカー)〔年長の男性への呼びかけかた。哥は兄の意〕の前になると、どうしてそう大人しくなるのかねえ？」

鞋老板は、不意に伸ばしたその太短い指で、緑妹のあごを押すと、顔を李博の方へ向けさせた。

「大哥に笑ってあげなさいよ。」

急に咳こんだ緑妹の顔が赤くなった。彼女は笑いながら手で口を隠した。そのしぐさが、李博の彼女への愛おしさを募らせた。

「風邪でもひいたのかい？」と、李博はティッシュペーパーを差し出したが、同時にその箱で鞋老板の指を強く押して、彼女のあごからひき離した。

鞋老板は、おおげさな身振りとともにその手を引っ込めた。だがその顔には、狡猾そうな笑みが浮かんでいる。彼はそれまで、李博が下げてきた紙袋がまるで目に入っていないかのような振りをしていた。だが李博がそれを彼に差しだすと、即座に胸の前で抱拳礼（一方の拳ともう一方の掌とを合わせる感謝のしぐさ）をしてみせた。彼はその中に何が入っているのか、最初から知っていた。彼が待っていたのは、その中身だったのだった。

「お二人は先にどうぞ。」鞋老板は手を挙げてスタッフを呼んだ。「水晶宮（クリスタルパレス）」という名のこの場所は、食事、入浴、そして宿泊といった、一連の消費活動を、パッケージ化して提供している施設だ。ここは、鞋老板が上京する際の定宿でもあった。男女それぞれ一名のスタッフが、李博と緑妹を〝入浴〟へと案内するためにやってきた。鞋老板は、李博が持ってきた袋の中身をちょっとのぞいてから、あとで食事のときに話そうと言った。

「大哥にサービスするんだよ！」

鞋老板は、わざとらしいジェスチュアとともに緑妹に命じた。李博は笑いはしたものの、いやな感じがした。

李博は、ここへは何回か来たことがある。だがスタッフに指示してもらわないと、何をどうすればいいのか、いまだによくわからない。バスローブに着替える、ロッカーの鍵を閉める、鍵を身につける。それからタオルとサンダル、消毒、シャワー、洗面器。そしてボディシャンプー、マッサージオイル、ドライヤー、綿棒。向こう側の女性用では、緑妹は自分よりもっと困っているだろう。女性スタッフに馬鹿にされて嫌な目にあっているのではないだろうかと、李博は、気が気でなかった。彼は、とにかくこの手順をできるだけ早く終わらせて、彼女と合流することばかり考えていた。

法律によって、浴室の内部にカメラを設置することは許されていない。この場で身につけるだけのバスローブに機械を取り付けても意味がない。反腐敗運動が開始されると、それまでラブホテルだった施設は、浴場へと衣替えした。男女が別々に男性用と女性用の浴場に入って、ことに及ぶまえに身体を洗ってきれいにする。それだけならどこにでもある、当然のことだ。しかし、男性部と女性部の間には、「中間部」というものが増設されていた。これが、ここの目玉である。

男性スタッフは、李博の世話をしているあいだ、たえずヘッドセットで女性スタッフと連絡をとりあって、作業のスピードを合わせていた。だが、膝までのバスローブを身にまとった李博が、狭い通路を案内されて「中間部」へと出てくると、同じようにバスローブ姿の緑妹が、女性スタッフに先に連れられて来ていて、彼を待っていた。スタッフは、どちらがどちらを待たせるかを、ちゃんと心得ているのだ。

「中間部」は、奥行き四メートル、幅が三メートルある。前後・上下・左右、内壁はすべてサウナ用のパネル材でできている。非常に清潔である。なんの家具も設備も置かれていない。見渡してみても、何かを隠せる場所もない。男女スタッフは、慣れた手つきでカーテンを広げ、ひるがえして李博に裏表を見せた。枕とラテックス製のマットも、李博の目の前で揉んでみせる。そうすることで、いかなる記録用の機器も仕込まれていないことを示して、客を安心させる。これはそのための、定められた手順なのだ。

カーテンを吊るし、ラテックス製のマットの上にシーツを敷くと、男女のスタッフは、それぞれ、もとやって来た通路を、逆に帰っていく。彼らは退室する前に、頭上の鉤で吊られているカーテンが揺れたら、あわてずに、男性は男性用の、女性は女性用の通路を通って各自の浴場に戻り、他の客のなかにまぎれこむようにと指示していた。それで万事オーケーですと。しかし実際のところは、この種の浴場は、開業するにあたって、関係各方面へぬかりなく付け届けをすませてあるので、なにも起こる気づかいはない。この指示は、ただ客を安心させるためだけの行動である。

だが心理的な安心感が、この種のビジネスでは、存亡を決める鍵となるのだった。どれほど短いものであろうと、録画ビデオがインターネットに出回ったりしたら、政府の官吏となって数十年かけて営々と築いた政財界のコネや金脈は、すべて無に帰すことになる。数時間の乱行や、突き詰めれば一瞬でしかない射精の快感などは、とうていその引き換えにはならない。だが、そんな事態がもし本当に起これば、セックス産業への消費は、一気にガタ落ちとなる。よって、このビジネスに携わる側としては、顧客に安全性を確信させることがなにより重要なのだった。この「中間部」という、豪華さとはまったく対極にある、飾り気というものがまったくない空間において、カーテンをかけること、手間をいとわず内部をかくしだてせずに見せること、それはすべて、ここに目的があった。何かあれば、すぐに逃げ出せる。ほんのすこし歩けば、もとの男女別々の浴場へと戻ることができる。マッサージルームやサウナルームにもぐり込めるのだ。もし警察がここへ踏み込んできても、カーテンを落とすだけで、そこは洗濯待ちの寝具とスタッフの専用通路兼備品の収納スペースへと変わる。男女の浴場にはさまれた、この「中間部」は、いくつも設けられていた。だが見くびるなかれ。料金は上の階にある五つ星ホテルの部屋の数倍するのだ。

李博をなによりくつろがせるのは、ここには〝靴〟と名のつくものが、いっさい存在しないことだった。カーテンをくぐるや、彼は、飛びかかるような勢いで緑妹を抱きしめた。

3

緑妹(リューメイ)は李博(リーボー)がつけた名だ。彼女は売春婦である。しかし普通の売春婦ではなかった。

福建省の貧しい山村の農家には、金をかせぐ手段があまりない。だが、都市部の住民がパック旅行に飽き足らなくなってくると、自宅に彼らを泊めて休暇を過ごさせるグリーンツーリズムが、商売として成り立つようになった。都会の男のなかには、農家の食事を楽しむほかに、農家の女との一夜を所望する者がいる。彼らと寝ることで得る収入が、食事や宿泊代よりも多くなる。しかもこれにはコストがかからない。そういうわけで、緑妹の母親はそちらを専門にするようになった。しかし四十歳を超えると、彼女に金を払おうとする男の数は次第に減る。それがグリーンツーリズム本体の客の入りにも影響するようになってきた。そこで、緑妹の母は、緑妹に後を引き継がせることにした。しかし彼女はあくまでも看板で、誰とでもオーケーというわけではなかった。客の支払う金の額が母親を満足させるものでないときは、母親みずからが相手をする。

去年、あらたなナノ材料の量産試験をする際に、鞋老板(シエラオバン)の会社が、その試験場所として選ばれた。

二か月ほど、李博は技術責任者として、そこに詰めた。鞋老板の会社は、この試験が行われる以前から、この新材料を扱っていた。そこへ、国家安全委員会によるIoS推進予算の配分の時期が重なって、重要生産拠点として指定されることになった。おかげで、同社には莫大な額の金がころがりこんだ。すべては偶然の巡り合わせだったが、鞋老板は、李博を福の神さまさまと、おのれの人脈における第一位の座へと祀りあげた。李博をこれからも御利益をもたらしてくれる存在と見込んだからだった。

その李博は、鞋老板が彼に差し出したスーツケースを突っ返すということをした。その理由は、鞄のすきまから、中にぎちぎちに詰め込まれた百元紙幣が見えたからである。それはたぶん、彼の給料の数年分に相当するような額だったろう。李博は心を動かされなかったわけではない。人に知られることを恐れたのである。彼は、それまで他人からワイロなるものをもらった経験がなかったのだった。そして自分と自分の家庭は、いまの収入で十分暮らしていけていた。欲をかくと、かえって何もかもを失うことになると、彼は用心したのだった。しかし鞋老板にしてみれば、ワイロを取らない人間はかえって信用ができない。そして鞋老板は、どんな手をつかっても、李博を自分の一味にしなければならなかった。

李博は、じつにおもしろみのない男だった。酒はほとんど飲めないし、カードも麻雀もやらない。「女」という言葉を聞くだけで顔色が変わった。やたらに手を振りながら後ろへとさがっていく様子は、まるで自分が強姦されそうになっているかのようだった。毎日七時間睡眠し、加えて三十分間、昼寝する。一日三度の食事にかける時間は毎回十分。それ以外の時間はコンピュータの前に座っている。まるで機械仕掛けの人形である。そんな李博に、鞋老板は〝突破口〟を見つけることが、どうしてもできないでいた。

花の季節になった。試験はあとすこしで終了である。鞋老板は、山村めぐりをして農家の田舎料理を食わないかと、李博を誘った。意外なことに、李博は大いに関心を示した。鞋老板は一緒に行くつもりだったところ、急用でそれができなくなった。それで彼は、自分の子飼いのドライバーの小梁（シャオリャン）に、あいつをたっぷり楽しませろと言い含めた。

小梁は、鞋老板のベンツを運転しながら、これから行く山の中にいる「エコガール緑妹〔グリーンな女の子という意味の源氏名〕」について、口から唾を飛ばさんばかりの勢いで喋った。とても性格のいい娘ですよ、ウブで、またそれがまたなんともいえずかわいくてね、病気の心配なんぞ金輪際ありません、アソコはじつに健康です。コンドームなんて要りませんぜ――。李博はここで、風景を静かに眺めさせてくれと言って、小梁の話の腰を折った。

李博は、緑妹を最初見たとき、これが小梁の言っていた〝エコガール緑妹〟であるとはわからなかった。見た目は、まるきり、純朴な農村の女の子だったからだ。だがそのことが、李博の心の中の郷愁に触れて、一目で彼に好感を持たせた。その緑妹は、忙しくたち働いた。家事をこなし、母親が食事を準備するのを手伝った。村の背後の林を散策した李博は、自分の故郷と少年時代とを思い出した。彼は、自分の精神と気分がゆったりするのを感じた。

夕食時に、小梁は彼に、茅台酒（蒸留酒でアルコール度が高い）を二杯、注いだ。それは鞋老板が出発前に、なにがなんでも李博に飲ませろと彼に渡しておいた品だった。「酒は興を助けますよ！」という小梁の言葉には、二重の意味があった。あれはもしかしたら「性を助けますよ！」のほうの意味ではなかったかと、後でこの言葉を思いだして李博は考えたのだが、その二杯の酒はたしかに「助け」た。彼は緑妹の姿から眼が離せなくなったからだ。小梁は頃合いを見はからって、彼が酒を飲むのを止めさせた。これは気持ちよくなってもらうための酒で、ぐでんぐでんになるまで飲ませるなと、くれぐれも言われてるんで、と小梁は言った。「もしあんたに失神でもされた日には、俺は社長から大目玉ですからね。」

李博は母屋の裏の、竹を組んだ小さな高床式のあずまやへと案内された。涼しい風が、周囲の四面から、竹の透き間を通って流れ込んでくる。白い蚊帳がマットレスの上に吊られて、その内部は空に浮かぶ雲の中のように見えた。蚊帳は軽く揺れている。虫のすだく音、蛙の鳴く声が、山中の静けさを、かえって強く印象づけていた。野の花の香りが、澄んだ空気のなかに甘くただよっている。李博はもう長いあいだ、これほどリラックスしたことがなかった。すべてを美しく、すばらしく感じた。まるで、少年時代の自分が緑妹と肩を並べて山の中腹の地面に座って、目の下に広がる千枚田を見下ろしているような気がしていると……竹の梯子が揺れて音がした。誰かが、その梯子をそろりそろりと上ってくる。あのような華奢な身体をしているのは、緑妹に違いなかった。

これが日常で、それが別人であったなら、李博は、間違いなく緊張しただろう。きっと、とにかくここから逃げだそうとしただろう。しかし今日はそうしようとは思わなかった。彼は、自分は夢を見ているのだと思おうとした。夢の中なら何が起こっても問題はない。そうなるならそうなるだろうし、夢の中にいるのなら、自分がそこで何をしようと、これは夢だと自分に言い訳もできる。それに二杯の茅台酒が、いい働きをしていた。彼を興奮させても緊張はさせていない。彼の全身はリラックスしていたが、感覚が麻痺するほどにではなかった。

李博はうっすらと目を開けた。竹の部屋の透き間から漏れる月の光では顔まではっきりしなかったが、一糸まとわぬ緑妹の体が、音もなく蚊帳の中へ滑り込んできたことはわかった。李博は、腹部にタオルが一枚、かけられているだけで、その以外の部分は素っ裸だった。緑妹は彼のかたわらに膝をついたまま、しばらくそのままの姿勢で、音もたてず、身動きもしなかった。本当に夢の中にいるのなら、李博の下半身には何事も起こらないはずだ。だがそれは彼にはコントロールできない状態で、彼の眠りがふりであることを、暴露していた。彼はばつが悪かった。しかし同時に、うれしくもあった。だがさらに同時に、すぐに駄目になるのではないかという恐れも、感じていた。そうはならなくても、段々萎んでいくかもしれない。妻と寝るときのように。だが、緑妹の指が我が身に触れるのを感じると、その心配は、ただちに消しとんだ。指のかろやかな感触が、彼の全身を灼熱に燃え上がらせた。

だが李博は、それでも動こうとしなかった。寝たふりはもはやなんの意味もなさなくなっていたけれど、この、全身が膨張したような感じに、彼は身を任せていたのだった。快感が一陣の涼風のように体の中を吹き抜け、身体のすみずみまでが、こまかく震えた。彼の意識は、緑妹の軽い指先の動きにつれて、あちらからこちらへと滑っていく。そのつかず離れずの動きとともに、自分が愛しさと怖さの両極端のあいだを行ったり来たりしているかのように思えた。それは、彼が女性に対して、かつてそこまで感じたことのない、愛しさと怖さだった。

〝女性〟と言うのは、範囲が広すぎるだろう。彼が過去に経験した女性は、伊好(イーハオ)ただ一人だったから。彼は、博士号を取得する三十二歳になるまで、恋愛経験がなかった。中に立つ人がいて、伊好を紹介された。ふたりとも、あまり考えることなくこの縁談に応じ、すぐに結婚の運びとなった。それが片付けるべきことであるのなら、てっとりばやく片付けるべきだというふうに。李博の側から見れば、伊好はベルリン大学の博士であり、北京市の疾病予防センターのエリート職員である。三歳年上だが、実際よりもかなり若く見えた。身長一メートル七〇センチ、美形とはいえないまでも一種の美しさを感じさせる人で、そのうえ、教養と気品に満ちあふれていた。李博がこのような妻を手に入れたことは、誰の目にも、彼が高嶺の花を射止めたものとして映った。

伊好の側にも、両親からやかましくせっつかれているという事情があった。結婚は父母を安心させるため、彼らが晩年を安心して送れるためだった。また彼女自身にとっても、それで毎日のお小言を聞かなくてもすむようになるのだから、いっそこのさい片付けてしまえれば、それで問題はすべて解決というたぐいの問題なのだった。李博は国の大学統一入学試験に首席で合格した人間。有名大学の博士。国家の最重要機関の所長待遇。社会の標準的尺度に照らせば、けっして不釣り合いな縁談ではなかった。だが、伊好の父親と母親は、それ以外の部分ではひどく西洋化しているにもかかわらず、娘の結婚に関しては、中国の伝統そのままの、固陋な考えかたをしていた。彼らに、伊好が〝嫁きおくれの負け組女〟の仲間入りをしてしまうかもという心配がなかったら、彼女が李博に嫁ぐことを決して許さなかっただろう。

伊好と最初に会ったときから、相手への劣等感が、李博にはついてまわっていた。紹介者が二人を引き合わせたとき、李博は、伊好が断ってくれないかと真剣に思った。それぐらい居たたまれなかった。そう思うことで気がすこし楽になったのである。まさか伊好がイエスと言うとは、李博は予想していなかった。誰もが、彼を幸運なやつだと言った。彼には、断る理由がない。もっとも、めでたいと喜ぶ理由もなかった。彼はただ呆然として、流れにながされるまま、川を下ってゆくような感じでいた。伊好が本当は自分をさして好いてはいないことに、彼は気が付いていた。彼女は強い人間で、自分一人で完結している存在なのである。彼女のような人間に、男は大した重要性を持たない。その彼女がいま男性を必要としているのは、おのれに課せられた責任と任務を完遂するためで、その男を好きかどうかは問題ではないのだ。

もっとも彼のこういった理解や理性の働きは、後になってもたらされたものである。初めの頃は、たとえ誰かが、李博は伊好を恐れていると言っても、彼は決して認めようとはしなかっただろう。いまでも、彼は、彼女を恐れているとは言わないはずだ。せいぜい、圧迫感を感じると言うくらいのところではなかろうか。だが、彼の、しばしば世間で〝息子〟と冗談で呼ばれるところのペニスは、ほかの誰よりも、そのことを承知していた。ここは、それについていちばん直接に思い知っている場所だからである。

初夜で、〝息子〟は、伊好を前に、すっかり萎縮してしまっていた。すこし膨張しても、それはほんのわずかな間だけのことで、すぐまた縮こまってしまうのだった。形のうえでは、〝息子〟は任務を無事に果たした。だが、そこには、高揚もなければ愉悦もない。緊張と失望のほうが、はるかに大きかった。

もしあの時、伊好が手を伸ばしてちょっと助けてくれれば、たとえ声だけでもやさしくかけてくれれば、もしかしたら、状況はまったく変わっていたかもしれない。そして、二人のその後の生活も、違ってきていたかもしれない。しかし、彼女は、ただそこに横たわって、彼の動作を受け入れるだけだった。自分から動くことはなく、声をあげることもなく。

あたりは暗闇に閉ざされてはいたけれど、李博は、冷めた傍観者の視線を感じていた。一所懸命になって、なんとか奮い立たせようとしている彼の顔を、軽蔑した面持ちで眺めている視線を。だが、頼りない彼の息子は、早々に撤収してしまったのだ。二回戦に臨むこともなく、棉花のような姿で。一切が終わると、伊好は、寝返りを打って、彼に背を向けた。何かを言おうとした李博に、彼女は、「寝ましょう」とだけ言った。そしてその声にはなんの感情も籠もっていなかった。それを聞いた李博の頭の中には、女性指導者が会議の終了を宣告している情景が浮かんだ。

それからというもの、彼の息子が伊好を恐れる度合いは、日に日に激しくなった。たとえたったたいま意気軒昂であっても、伊好のことを考えるや、とたんにへなへなと萎んでしまうのだった。二人の間のセックスは、ある時はうまくいき、ある時にはいかなかった。それは幾度か行われたが、彼はいつも、早く挿入しようと気ばかりが焦って、それがかえって営みの妨げとなった。それについて、伊好は、何も言わなかった。彼女は、成功してもしなくてもどちらでもいいというふうに、李博には見えた。これは李博の問題で、自分には関係ないと考えているようにも思えた。だが、李博にとっては、挿入できないのは問題だが、挿入できても射精しないのも、これもまた問題なのだった。そして、ことを行おうとするたびに、その圧力は増して、彼の劣等感をますます昂進させた。夫婦生活が、日を追うごとに彼の恐怖となった。二人は、日中はなにごともないように暮らしていた。しかし夜になると、その問題が音もなく姿を現し、李博の心は緊張に満たされるのだった。だが他人の目には、夫婦が同衾しているところまでは見えない。結婚後一か月で伊好の妊娠が確認された時、知らせを聞いた人々の顔には、じつにうれしげな笑みが浮かんだ。口にはしなかった彼らの感想はこうだった。李博の息子は〝神〟だね。

懐妊の事実はよい口実となった。二人に、この夫婦間の儀式をとり行う必要がなくなったからだ。部屋を別々にする話を切り出したのは、伊好の方からだった。その理由は、妊娠したのだから安静にしなくてはならないし、衛生上の必要もあるからというものだった。李博は、ほっとした思いとともに、この申し出を受け入れた。そうして部屋を別々にした。それから八年が経って、娘は七歳になった。しかし別々になった部屋は、その後一つになることはない。二人がそれについて話しあったことも、またなかった。

〝息子〟の働きについて、李博は現実を受け入れるようになった。彼は無理をしようと思わなくなった。射精はふつうにできて、生殖の機能もちゃんと果たしたのであるから、最低条件はちゃんと満たしたわけである。悦楽は不可欠の条件ではない。なければ生きていけないというものではないのだから。とは言うものの、李博は、セックスと無縁のこれからの自分の人生を考えると、索漠たる気分に襲われるのだった。あれほど多くの文学作品で、あるいは映画でも、セックスがなければ、人はただ生きているだけにすぎないといわんばかりに、セックスを人生の最重要事として描いているではないか。「それでも男か」、「玉無し野郎」という、日頃よく聞く罵り言葉は、たとえそれが自分に向けられたものでなくとも、彼には、やはり愉快なものではなかった。李博はあるとき、深夜に伊好の部屋へしのんで行ったことがある。しかしそれまで元気いっぱいだった彼の息子は、いざ彼女の部屋のドアを開けると、即座に意気阻喪して、満ちあふれていた男性ホルモンは雲散霧消してしまった。まるで、神経回路が瞬時にシャットダウンしたかのようだった。あそこの感覚が、いくら精神を集中してもまったくなくなり、彼は、すごすごと部屋から退散するしかなかった。伊好は気が付いているのだろうかと、動転しながらも彼は思った。もしそうなら彼女は何を考えているだろう。しかし闇の中の伊好からは、なんの反応もなかった。

しかし、いま、この瞬間の李博の感覚は、ゆったりとして、なんのわだかまりや煩わしさを感ずることもない。そして、気持ちの高ぶりもなかった。それは、澄み切った無の静けさそのものだった。〝息子〟は、ずっと勃起しつづけている。早くしなければと焦る必要もなければ、挿入しなければならないという義務感もない。もっとも原始的な状態で、ただそうなっていた。竹組みの透き間から漏れてくる月光に照らされた、緑妹の梨のような形の乳房と、突き出た乳首が、彼の目に見えた。近くの池で蛙が盛大に鳴いていた。緑妹は李博の上に乗った。彼は、彼自身が濡れた内部に挿入されるのを感じた。上下する運動は、ゆるやかに、だが止まることなく、最後へと至った。すべては、平静のなかで行われた。激しさはなく、我を忘れることもなく。李博に、奇妙な分離が起こった。霊魂が肉体から分かれて、横で冷静に観察しているような感じがした。そして、肉体のほうは、霊魂が分かれ出たおかげで、いっそう落ち着き、また感じていた。こうして彼は、セックスとはこのような、なんとも言えない素晴らしいものなのかと、はじめて知ったのだった。彼は、セックスの変化してゆく段階のそれぞれと、そのもつ奥深さとを知った。彼は、最後に、緑妹の身体を抱えあげた。そして二人は、手と足とを絡み合わせ、まるで一体と化したような姿のまま、暗黒の空に満天の星を発射するかのような大爆発のクライマックスへと達した。そしてそのあとも、彼は、周辺へと拡散していくことなく、おのれの霊魂が冷静に、その一秒一秒をのこさず味わい、享受しているのを、たしかに感じ続けていた。彼が眠りにつくまえに、自分の胸のなかの緑妹に向かって口にした言葉は、口にした彼自身が驚くような内容だった。彼は宣言するような口調でこう言ったのだった。「君は、僕の最初の女性だ！」と。だがすでに半ば寝かけていた緑妹は、「ウン」と生返事しただけだった。

翌日、福州へ戻る車の中の小梁はごきげんだった。道中ずっとロックミュージックをかけっぱなしにしている彼は、ハンドルを操りながら音楽に合わせて身体を揺すり続けだった。社長から任された任務は無事達成したのだ。彼は昨夜、緑妹の母親の上に乗って大いに楽しみながら、竹のあずまやの方へも聞き耳を立てていた。そして李博の昇天の叫びが聞こえると、彼も緑妹の母親の身体に盛大に精液を注ぎ込んだのち、安心して就寝した。鞋老板が彼に命令したのは、今回はどうあっても李博を落とせということだった。それで小梁は、緑妹の母親に渡す代金を、鞋老板が来る時の二倍の額にして渡していた。

鞋老板や小梁にとって、緑妹とその母親は、ただの売春婦でしかない。彼らに何をどうしようと、それは幾らかという金の問題に過ぎなかった。しかし、李博には、緑妹を売春婦と見なすことは、とてもできなかった。彼にとっての彼女とは、自分の生命の価値を変えてくれた、そして自我を確立させてくれた、その礎（いしずえ）と言うべき存在なのだから。李博をさらに取り込もうとした鞋老板は、彼に別の新しい売春婦を当てがおうとした。だが、たとえそれが一晩数万元かかる高級コールガールであっても、あるいは緑妹と同じようなグリーンツーリズムの農家の女でも、李博は、言下に拒絶した。彼はたった一つだけ、鞋老板に要求した。緑妹の母親に、緑妹に二度と自分以外の男の客を取らせないことを交換条件として、それにふさわしい代価を払えと。鞋老板は、それだけは頑として譲らない李博の要求を、彼を通じてこれからもうまみを得つづけるために、すんなりと受け入れた。それどころか、彼は、自分が上京する時には費用はすべて自分持ちで緑妹を帯同することを、自分の方から提案した。頭の切れる鞋老板は、李博のような世間知らずのでくの坊は、緑妹をあてがって置きさえすれば、こちらの思い通りにできると踏んだからだった。

李博と鞋老板の接触は極秘裏に行われた。工場での実験過程における交渉は仕事の一部だったが、北京に帰ってきても接触を続けると、アルゴリズムに監視レベルを上げられてしまう。男女関係が罪名になるのは主として一般職で、技術職については、基本的に規制は緩い。しかし、緑妹との性的関係はただというわけではない。かかる費用を自分では払わないだけである。そしてむろんのこと、代償を伴っていた。彼が紙袋に入れて鞋老板へと渡したのは、ＩｏＳがこれからその使用を大々的に推進しようとしている、靴の材料だった。さして重要な機密というわけではないが、近日中に国家基準として公式に発表されることになっている。ビジネスの世界では、たとえ数日でも先んずれば、それが決定的な要因となることもありえるだろう。

4

緑妹（リューメイ）と一緒にいた時間はとても短く思えた。李博（リーボー）は、彼を連れに来た従業員と一緒に、鞋老板（シエラオバン）の部屋へ戻らなければならなかった。

鞋老板は、「ボイス・オブ・アメリカ」の中国語放送で、中国政治に関する座談会を見ていた。中国では、外国人向けホテル以外では、外国のテレビ番組の視聴は禁止されている。だが、水晶宮は、ホテルではないにもかかわらず、外国のテレビ報道を、非合法すれすれの目玉サービスとして顧客に提供していた。

番組には四人の在外中国人が出演していて、そのそれぞれが最後に自分の意見を総括して述べていた。鞋老板は、そのテーマにひどく興味を持っているようだった。彼は李博に向けて手を上げたものの、テレビの画面から視線を逸らさなかった。

四人のうちの三人は、意見を異にしていたが、中国が重大な社会的危機を抱えていること、そして内政・外交ともに困難のなかにあって、共産党が権力の座からの転落する日はそう遠くないという見方において、基本的に一致していた。しかしただ一人、年若の作家が、問題はそう簡単ではない、歴史を見ても、また目下の現実からしても、専制が自由と民主主義へ必然的に向かうわけではないし、正義が悪にかならず勝つというわけでもないと、異議を唱えていた。

彼はこう言った。実際にはその反対の例の方が多い。テクノロジーの進化に伴って、今日の統治技術は、過去に比べるとはるかに強大なものとなっている。ところが反対勢力は、時間の経過とともに相手とは比べものにならないほどに弱体化していっている。中国共産党は専制権力の頂点に達した。その存在は、永久に続くかもしれない。

李博は鞋老板の傍らで腰を下ろしたが、早く来すぎたと思った。緑妹と彼女の部屋に行っておけばよかったと後悔したが、鞋老板は上京するときにはかならず緑妹を連れてきてくれることを考えれば、失礼な真似はできなかった。夕食を一緒にしながら、持参した資料の説明をしなければならないのである。見れば、広げた資料のあちこちに、鞋老板は印をつけていた。李博が彼に手渡したものは、靴の材料についての技術情報だった。IoSについては、李博は彼に何も言っていない。鞋老板は、李博が何をしているのかまったく理解していなかった。国家安全委員会の情報管理センターがどうして靴の材料を取り扱うのかに関しても、なにも知らない。この話題になると、李博はいつも言葉を濁して、あいまいなことしか口にしなかったし、鞋老板も、自分の金儲けにしか関心はないので、立ち入ってたずねようとはしなかった。

人は携帯電話がなくても生きられるが、靴を履かないでは生きてはゆけない。この点がまさに、IoSが携帯電話よりも監視に向いている理由だった。ただ靴の場合、SIMカードと違って、その人間の本名を表示しない。さらには、一人で何足も持てる。数十足でもあるいは百足でもいいし、いつでも履き替えることもできる。十四億の中国人の、百億を超えるであろう数の靴について、いちいちその所有者を特定できるだろうか？　これがIoSの抱える最大の問題だった。

しかしながら、ビッグデータシステムとは、つまるところ個別データの処理過程の集積である。それがカード支払いであろうと、あるいはネットのショッピングであろうと、購入者が誰かは分かる。そしてそれは、顧客データと連関している。買ったのは男性用の靴か、女性用か、あるいは子ども用の靴か。それが判れば、その家で誰がそれを履くのかも判明する。一足の靴についてそのことが確定すれば、靴の製造番号から、その同じ履き手の靴はあとはどれかも分かる。このように、芋蔓式に、コンピュータの計算の結果、すべてを調べ上げることができる。結果を得るまでに多少の手間と時間とを要するだけだ。

通常、履いている靴は二、三年で、新しいものと取り替えられる。だから、大多数の人間は、ＩｏＳの試運転期間中に、ＳＩＤのタグのついた靴を確実に所有することになって、その監視下へと入った。ただ、路上の露店で現金で靴を買うような場合、買い主の特定はできない。だがそのような購買者は、底辺層の人間である。ＩｏＳは、性別や年齢層を通じて、統計学的見地から人口のフローや分布を捉えるのだが、現状のままで十分と見なされていた。精密に監視を行うべきは都市部の住民だからというのが理由である。とりわけエリート層が対象とされていた。だから上等な靴が重視される。それらを履くのは金持ちか官吏だ。海外から輸入される靴もそうである。それらは税関で、痕跡の見えないＳＩＤのタグを貼られて、ＩｏＳの監視網に組み入れられる。

鞋老板は、テレビの中の作家の発言に向かって、しきりに頷いていた。それ以外のゲストには鼻も引っかけないといった様子だった。彼は李博を放置して集中していた。鞋老板が彼らに鼻を引っかけないのは、彼らが彼の聴きたいこととは違うことを言うからだった。

「この爺さんや婆さんたちは、おおかた六十か七十のお年頃だろ。何十年もの間、国境をこちら側へ跨いで入ってこられない人らだ。中国に何か起こらなかったら、ここから逃げ出した後の自分たちの一生は何もしないままお終いってことになりかねんわな。中国でこんな奴らをあがめるのはバカだけだ。俺に言わせりゃ、こいつら骨になってもここへは戻って来れないって。」

「人間至る所青山ありさ。」李博は政治に興味がなかったし、それを語るのは危険なことも知っている。話せないことは話さないというのが彼の習い性となっている。彼は、適当に相づちを打った。「こいつら何が面白いのかな。」鞋老板も本心から政治に興味があるわけではない。あくまで政治が経済に関わってくるからで、さらにもとを正せば、自分の持ち金に影響するからというだけの話だった。「こいつらに何ができる。いいか、共産党は数十人で旗揚げした。しかし当時は、至るところ抜け穴だらけの世の中で、やろうと思えば何でもできたのよ。かの毛沢東さんも、井岡山に立て籠もることもできれば、延安に逃げ隠れすることもできた。だがいまのこの国には、ほころび一つありゃしない。出た芽はすべて摘み取られる。李先生が農村の小娘と寝るのに、かくも大汗をかいて隠密裏に行動しなければならんことからも分かるようにだね、たとえ往年の共産党であったとしても、ただいま現在の世界に放り出されたら、何をいかんともしがたいのですよ！」

電子マネー化しただけで、包丁を二本も買えば、ただちにアルゴリズムに〃異常〃と判断されるようになっているただいまの現実を、李博はもちろん知っている。しかし、彼はそれをわざわざ鞋老板に教えてやろうと思うほどの親切心はなかったから、何も言わなかった。

鞋老板は、食事どきになってもまだ腹の虫が治まらないらしく、話を続けた。

「あの死にぞこないどもが言うように、全国で毎日平均三百件以上の集団暴動が起こっているとしてもだ。機動隊が三百隊あれば済むことだろう。一隊に五百人、それぞれ二十機のヘリコプターを配備すれば、いつでも来いってもんだ。銃一丁あれば、一万の寄せ集めの集団なんぞ目じゃない。騒ぎが拡大するなんて、ありっこない。三百隊の機動隊イコール十五万人だが、共産党には二百万人の軍がある。それに加えるに百万人の武装警察と六百万人の警察だ！」鞋老板は、学歴はないが、数字にはめっぽう強かった。

「だから共産党は一万年も安泰というわけだね」と、李博はまた、あたりさわりのない相づちを打った。彼は、鞋老板の熱弁が本人を安心させるためのものであることに、気が付いていた。彼がぼろくそにけなすところの二人の爺さんと一人の婆さんは、みな権威のある研究者である。彼らの言うところは理路整然としていて、根拠も強固だった。それが、鞋老板の将来への見通しを不安にさせているのだろう。彼の命運は共産党とかたく結びついている。党と彼は一蓮托生なのだ。

「一万年もいらんよ。そのころ地球がまだあるかどうかも分からんしな。俺の生きているあいだ、何も起こらなければいい。あんな老いぼれどものことなんか知らん。」鞋老板は、まだそこにゲストたちが映っているかのように、もう消えているテレビの画面を指さしながら言った。彼は自分の言葉に自分で安心したのか、コップの酒をあおった。喉仏がしきりに動いた後、長々とした息が漏れた。

鞋老板は知らないが、李博は知っている。ＩｏＳが監視対象とするなかで、鞋老板のレベルはたいへん高いことを。彼の毎日の一挙手一投足は、すべて記録され、ファイルされていた。李博が目下その責任者となっている「性交時靴間距離」プロジェクトによれば、鞋老板が寝た女性の数は百人を超える。その一人ひとりについて、ビッグデータシステムから情報がふるい分けられて、詳細な個別データファイルが作成されているのだった。

5

鞋老板（シェラオパン）と新素材について話をしたあと、帰宅した李博（リーポー）は、ＩｏＳが確認できる靴に履き替え、監視システムが追跡できるスマートフォンを持って、車でオフィスへ向かった。

セックスは通常、夜間に行われるからで、「性交時靴間距離」をリアルタイムで観察するのは、後で記録を見るよりも受ける刺激が大きい。李博はときどき、自分から夜勤を組むことがあった。他人と共同作業する必要はなかったし、そのほうが時間的にも自由がきく。

〝靴と靴との間の距離を測る〟というのは、李博が責任者であるＩｏＳから派生したプロジェクトだった。人々が履く靴の左右それぞれにＳＩＤが仕込まれているから、両足の間の距離は、つねに正確に測定することができる。これによって、その人物がそのときどのような姿勢をしているかが割り出せるのだ。靴を履いているかどうかさえも分かる。他人の靴との距離を測れば、その他人と空間的にどれほど離れているか、またおたがいにどのような格好をしているかも分かる。そこから、ＩｏＳが監視するべき、ある特殊なプロジェクトが生まれることになった——性的関係の調査。

いまどきの公務員は、男女関係について、非常に用心深くなっている。スマートフォンはバッテリーを外すか冷蔵庫に入れて電波を遮断するし、電話を掛けるときには隠語や暗号を使って、盗聴されても意味が解らないようにしている。そうやって、性的関係についてしっぽを摑ませない。携帯電話の位置測定には通常、数メートル程度の誤差が出る。二つの携帯が接近しても、二メートルくらいでは、はたしてその二人が同じ部屋にいるのかどうかは断定できない。まして、あえぎ声を盗聴できると言うのなら別だけれども、たとえ同じ部屋にいたとしても、それは、〝共産党規約を筆写しよう運動〟〔実在する政治的キャンペーンの一つ〕のためかもしれないのだ。しかし、靴間距離測定では、誤差は三センチしか出ない。男物の靴と女物の靴がそれほど接近しているさい、抱き合っている格好以外の状態を想定することは難しい。また同一人物の靴がたがいに離れすぎていたり、足の向いている方角が正常でなければ――たとえば両方の靴先が正反対の方向を向いていたら、それがヨガのコーチでもないかぎり――、その人物は、いま靴を履いていないと考えていい。同じ部屋にいる男女の靴がどちらも履かれていない場合、その二人が何をしているかを判断するのに、それでもやはり上司の長にお伺いを立てるべきだろうか？　まして、ビッグデータシステムというものがあるというのに？

　男女の靴が二メートル離れていて、その先が反対の方向を向いているとする。距離は正常、状況としてはなんの異常も認められないとしても、そのホテルの図面を呼び出してこの画面の上に重ねてみれば、二足の靴のあいだにダブルベッドが存在することが判明する。その二足の靴の距離が変化せず、そして変化しようもないのは、ベッドの両側に沿って脱いで置かれているからだと判断するのに、なんの熟練や洞察を必要とするだろう。それぞれの側で脱いでベッドに上る、それ以外に何かありえるか。このような、確実な証拠となる、異なる靴と靴の間の距離を、IoSの用語で「性交時靴間距離」と呼んでいるのである。

これは無意味な作業だろうか？　党は、そうは考えていない。それは、反腐敗運動の重要な一部分である。腐敗はほとんど、必ずといっていいほど、セックスと結びついている。あるいは、セックスにからんで露見する。だから、中国の政治は、性的な関係に多大の関心を寄せるのが伝統となっている。そして、それは、政敵を容易に打倒できる手段を選ばぬ手段にもなれば、恫喝する際のカードにもなる。そのことから、「性交時靴間距離」プロジェクトは、国家安全委員会弁公室〔弁公室は直訳すれば事務局の意味。本書では委員会全体の運営を管理統括する部門として描かれている。実在する同名の機関は、中央弁公室ビルの中にあって、本書におけるような独立のビルを持たない〕の主任が直接指揮することになっている。ＩｏＳの運営管理関係者でさえ、このプロジェクトの存在を知る者は、ほんのわずかだった。

ＩｏＳは、昼夜を分かたず、靴間距離を測定して記録してゆく。さらに、性交時靴間距離を算出し、婚姻関係のある場合は除外し、それ以外のありとあらゆる性的関係を、詳細なデータとして蓄積してゆく。監視対象リストに載る人間について、時刻、地点、関係人数、持続時間等々が、追加的に調査され、セックスの相手もまた、その身元、経歴、過去が追跡調査されて、それ以外の人間とのセックスの有無やその履歴を含め、記録価値を有すると認められる情報はことごとく洗い出される。そしてそれらは、決定権を持つ人間に、決定の材料として供されるのである。

靴の距離を測るというアイデアは、李博がその研究開発の責任者であるＳＩＤと、そのナノ材料から生まれてきたものだった。〝ナノ〟とは一〇〇万分の一ミリメートルのことだが、そのナノの世界には、マクロの世界にはない、さまざまな特性が見いだされる。ゆえにナノテクノロジーは――とくにナノ材料は――、二十世紀の末以後、世界的規模で注目されるテーマになっていた。ここで李博が独創的だったのは、ＳＩＤの材料をナノマシンに組み込んだことだ。そうやってできたナノマシンは、分子ほどの大きさであるにもかかわらず、その任務を遂行する能力を備えていて、加えてＳＩＤの知能をもあわせ持つことになったのである。その結果、それはさまざまな機能を果たすことができるようになった。たとえば、人間の身体の状態を感知してそれを測定すること。これは、まさに、李博が望んでいた分野の研究だ。人類の福利を増進するための研究。他人のセックスをのぞき見する仕事ではない。だが、彼は国家公務員である。一個の歯車にすぎない。〝上〟がこの性交時靴間距離というものを必要とするなら、彼はひたすらセックスの監視をせざるをえない。自分のやりたい研究は、暇を盗んでやるしかない。

今日は、本当は夜勤をする必要はなかった。伊好（イーハオ）も夜勤であるのだから、なおさらだった。李博が事務局に来なければならない理由は、まったくなかった。しかし、彼は自ら希望して夜勤に就いた。それは、伊好の性交時靴間距離を確認するためだった。

二大式典の開催地である北京は、元旦を迎える以前から、すでに厳戒態勢に入っていた。伊好はこのところ、まる一か月、週に一度は夜勤だった。そしてそれは、彼女の前回の夜勤明けのことだった。李博がここでＩｏＳを見ていると、彼個人に宛てて、夜間に伊好の性交時靴間距離が出現したと通知が出たのだ。李博は、セックスに関して伊好を疑ったことはなかった。結婚してからの毎日は、まるで時計のように正確で規則正しい日課の繰り返しだったから。仕事をする以外は、子供と家事を除けば、二人とも研究にいそしんでいた。毎日時間が足りなかった。世間づきあいの用事もときにはあったが、ほとんどの場合、家族全員で参加した。彼が、妻と子をＩｏＳの監視下に置いていたのは、それが彼らの安全を保障するからだ。万一、何か起こったとき、それをただちに知ることができる。追跡することもできる。だから、伊好に性交時靴間距離が検出されたときの彼の最初の反応は、「まさか」だった。伊好の靴を誰か別の人間が履いているのではないか。そう彼は疑った。しかし、考えてみれば、それはありえないことだった。いまはしゃれた靴がなかった昔ではないのだ。同性の仲の良い友達から靴を借りて履くような時代ではもうない。伊好がその日履いていたのは、ごく普通の靴だった。スペイン製とはいえ、流行から言えばそこいらの国産品にも及ばないような代物である。

李博は、表示された性交時靴間距離のデータを遡ってみた。時刻の表示は前の晩の二十二時十九分になっている。地点は疾病予防センターのチーフ当直室だった。一足の男の靴が、間隔の空いた女の靴一足の間に挟まっていた。男女の靴はどちらも同じ方向を向いていた。「性交時靴間距離」プログラムは、人体の構造に基づいて、この種の靴の間隔は、男性性器が女性の臀部と接触していると判断する。二足の靴の小刻みな移動は、性交の動作とその律動と連関している。時間は三十七分間だった。その後、男性の靴は離れた。その日、伊好は、李博が出勤する前に帰ってきたが、彼のところへは顔を出さずに、バスルームへと直行した。そしていつもより長くシャワーを浴びた。

彼女は、彼が出かけるときになってもまだバスルームの中にいた。娘へ学校に行くように声をかけたのも、そこからだった。そしてその声は、すこしかすれていた。それまで李博はまったくそんなことを考えもしなかったのだが、「性交時靴間距離」プログラムからの通知を見て、考えを改めた。

彼は、その前の伊好の夜勤時のIoSデータを呼び出した。とくに異状はなかった。その日の夜勤から帰ってきた伊好は、彼と娘と三人で朝食をとったあとで、シャワーを浴びた。

調べてみると、男物の靴の持ち主は、国家安全委員会に属する劉剛（リウカン）という名の下級公務員である。三十二歳で伊好より十一歳年下、新疆生まれの漢人だった。戸籍登録と人事における所属は、いまも新疆になっている。北京に来る前はカシュガルの公安局の国内安全保衛〔公安警察部隊〕支隊の隊長を務めていたが、一年前に国家安全委員会特派局の北京特派組（グループ）の臨時処級〔隊長レベルの職級。全部で十二級あるなかで上から第九番目〕特派員となっている。身長一メートル七四センチ、体重七一キログラム。第二級の功績が一回、第三級の功績が二回、記録されている〔この〝級〟は職級ではなく軍隊内における功績の等級〕。新疆で暴徒と肉弾戦となった際に、刃物で負傷したものの、素手で相手のテロリストを殺害した。写真を見ると、角刈りで太い眉、大きな目、色つやのよい顔つきをしていた。街でよく見るタイプの顔である。ただ、目がとても鋭く、口もとに傲慢さが漂う。典型的な警察官という感じ。どう見ても、伊好が好みそうなタイプではなかった。伊好が不倫をするということすら信じられないが、たとえ仮にそうだったとしても、最低でも同じ階層の人間を選ぶだろうと、彼は思った。同じ職場の同僚でなければ、以前の同窓生とか。この公安関係者と伊好の間には、過去においていかなる交渉もない。年の差から言っても、両者に接触の機会がなかったのは確実だ。李博は、ＩoＳのファイルをさらに遡った。この人物の靴には、二十日前に疾病予防センターに行った記録がある。伊好の靴の軌跡と交差していた。しかしそれは、会議室ではなくオフィスにおいてだった。そこはつねに第三者の存在があるから、仕事以外の行動を取るのは不可能である。ではなぜ、この男は、伊好と、急に、マットも敷かずにセックスするような仲になったのか？

李博は、それからというもの、考え続けた。しかし心の中にあることを表には出さなかった。彼には、何がどうなっているのか、まるでわからないのだ。かといって事態をそのまま受け入れるのも無理だった。だから彼は、ただ観察を続けた。伊好にそれまでと異なるところはない。しかしよく見ると、何かを心の中に抱えているように思えた。彼女は、ときどきぼんやりしている。顔を赤くしていることもあった。これらはどれも、よくよく注意していなければ見逃すような、ささいなことばかりではある。こちらが神経過敏になっているせいで、なんでもないことに意味を見出しているもかもしれない。一貫した解釈が成立しないことと、証拠のない憶測を重ねることに、李博はひどく消耗してしまった。それは彼にとって、一種の拷問でさえあった。とにかく確認しないことには、気が休まらなかった。それがたとえどのような結果であっても。

伊好が夜勤の今日は、その確認のチャンスなのだった。

李博にとって、これが〝靴マイク〟の初めての使用になる。それは、ＳＩＤのナノマシンの、マイクロフォン機能を遠隔操作する機能である。監視対象が発する音声を聴くことができる。彼は、自分が秘密裏に開発したこのテクノロジーについて、誰にも話したことがなかった。苦心惨憺してマイクを相手の体のどこかに貼り付けて盗聴するという昔の技術に比べれば、靴がそのまま二トラックの盗聴器になるとわかれば、公安や安全保障関係の人間は、飛び上がって喜ぶだろう。しかしそれで報償にあずかるなど、李博は真っ平だった。ＩｏＳだけでも精神的に大変な負担になっているのに、靴マイクというものもありますなどと他人に言えるものか。しかし、いまは、伊好が靴をちゃんと履いているかどうか、とにかく確認しなければならない。それには靴マイクが最適だった。

靴マイクをセッティングするのに、それほど時間はかからなかった。すぐに音声が伝わってきた。軽い咳払いの音で、それは確かに伊好であることが分かった。ＩｏＳの表示から、当直室にいるのが彼女ひとりであることは明白だった。靴は他の誰にも貸してはいない。ＩｏＳでは、劉剛の靴の軌跡は、車を疾病予防センターの駐車場に停めてから、歩いてビルの中へと入った。エレベーターを使って上に、そして当直室までふたたび歩いて……。靴の軌跡を追いながら、李博の神経は緊張し続けていた。途中で音声が途切れないか、気が気ではなかったからだ。劉剛の靴が当直室の前に着いた。伊好の靴のマイクから、ドアをノックする音が聞こえた。伊好は返事をしない。相手も相手の返答を待たなかった。ドアノブの回る音ともにドアが開いた。二人はなにも喋らない。靴の摩擦音がなかったら、李博は靴マイクが切れたと思ったかもしれない。彼は、靴の軌跡の画面表示を拡大して、靴間距離が正確に見えるようにした。男の靴はドアの前でいったん止まった。女の靴のほうはまるで凍り付いたように動かない。たがいに心のたけをぶちまけることもなく、挨拶のやりとりすらない。李博は、伊好は劉剛といろいろ話をするのだろうと想像していた。不倫にありがちの、結婚生活がどれほど退屈だとか、一線を越えたのはかくかくの理由があってのことでとか。だが、聞こえてきたのは、沈黙のあとはドアが閉じる音、ガチャリというドアをロックする音だけだった。そして男の靴は女の靴に近づいた。

そのあとは抱擁、乱暴な動き、服を脱ぐ、接吻、喘ぎ声。聞こえてくる音から判断して、双方の動作は激しかった。靴マイクの伝えてくる、デスクが押されて移動するさいの、デスクの脚が床と擦れて出す音が、鼓膜に突き刺さりそうだった。女の靴が一個、また一個と落ちるごとに、靴マイクに衝撃が伝わった。女の靴は動かなくなったが、マイクは音声を送り続けた。伊好は、おし殺した、窒息しそうなか細い声で叫んだ。見えはしなかったが、挿入されたらしかった。その叫び声には、待ち望んでいたものと、それがもたらす刺激とが、いままさに与えられたという思いが、籠もっていた。李博は、彼女がオフィスの机の上に寝ていて、男が女の両腿のあいだの聖地に挿し込んでいる画面を、まるで映画の一場面のようにありありと、その目で実際に見ているような気がした。鮮明な伊好の姿。皮膚が白くきめ細やかで、三角の陰毛は黒い糸でできた花のような。そして、生まれついての淫乱女のように快楽に耽っている。だが男のほうは、姿形がぼんやりして、モザイクを施された亡霊のようだった。

その情景が、李博には果てしなく続くように思われた――いつまでやるつもりだ！

愉悦の叫びは、もっぱら伊好ばかりが発していた。男のほうは、完全な沈黙で、冷静にことを行っているだけのように思えた。じっと相手を観察しているようでもあった。伊好はと言えば、どんどん恥じらいを無くしていって、高まり続ける快感に、我を忘れてしまったかのようだった。おし殺した喘ぎ声は、ためらいのない叫び声へと変わり、伊好は、李博の頭が割れそうになるほどの大声で、卑猥な言葉を口走り始めた。

これはほんとうに伊好なのか？　だがその声は、たしかに彼女のものだった。いつもの彼女の品のよさと自尊心はどこへいった？　彼女のいつもの人をよせつけない隙のなさはすっかり影を潜めて、下品な言葉が次から次へと口から吐き出されていた。ところが、それがなんとも、すらすらと出てくるので、まるで生まれついてそういうたちででもあるようだった。これじゃ、色情狂の淫売女だ！

李博は、伊好が不感症ではないことを知っていた。彼は一度、すこし開いていたドアのすきまから、伊好が自慰をしているのを目撃したことがある。その情景は彼を興奮させて、それ以後、彼がオナニーするときの脳内イメージとなった。伊好にも性欲があると思うと、彼の欲情に火が着くのだった。彼は、伊好のみだらな様子を想像するのが好きだった。しかし、本当の伊好がこれほど淫蕩だとは、夢にも思わなかった。それまでの彼は、伊好はたんにセックスのために男を求めたりはしないだろうと思っていたのだけれども、いまの彼は、彼女はたんにセックスのためだけに劉剛とセックスしていると見なしていた。劉剛はそれ以外のことについては取るに足らない男だが、少なくともセックスに関しては、自分は足下にも及ばない相手だったから。

伊好の口からあふれ出す汚い言葉のなかで、李博をもっとも刺激したのは、ひっきりなしに彼女が言う「硬い」という言葉だった。彼女は、男性に対する最高級の賛美の言葉を、「硬い」という一語に集約しているようだった。そこには硬さへの貪婪な欲求とこの上のない快感が籠もっていた。彼女は、〝硬さ〟に侵入され、〝硬さ〟に蹂躙され、〝硬さ〟に征服されたいのか……。

「ほんとうに硬いわ！……硬くして！……もっと速く！　速く！……あっ、行く！……行かせて！　行くの！……どうして動いてくれないの？……はやくちょうだい、ちょうだい！……」

伊好の声は快楽の絶頂から急激に下落して、拷問を受けているような調子に変わった。「性交時靴間距離」プログラムのスクリーンを見ると、男靴がそれまでの位置からずれていた。

「抜かないで！　抜いちゃだめ！　欲しい！　はやく入れて！……」と、伊好は懇願した。

紙の音がした。後始末のための柔らかいティッシュではない。書類用紙の音だった。そのあと、李博は劉剛の声をはじめて聞いた。つとめてソフトに喋ろうとしているものの、警察官独特の冷静さと冷淡さが、聞こえてくるその声の響きのなかから聴き取れた。

「ちょっと待て。すぐにやるよ。だがサインが先だ。」

「なんのサイン？　こんなときにサイン？　ふざけないで！……はやくちょうだい！　はやく来て！　はやくー。」

男はまた挿入した。硬いそれの動きが伊好をまたあらたな絶頂へと向けて駆け上らせた。しかしそこへ達する寸前に、男はまた身を離した。

「さっさとサインしろよ。サインがすんだら死ぬほどかわいがってやるからさ。」

「我慢できない！　先に私を行かせて……もうたまらない。そんなの我慢できない！……」

「ほら、ペンだ。ちょっとひと書きすればいいんだよ。そのあとは天国行きだ！」

「わかった……わかったわ……。」

「しっかりペンを握れよ。手を揺らすんじゃないぞ。筆跡を崩すな……。」

紙の音。ペン先が紙の上を走る音。紙がしまわれる音。

「……はやく来て、……はやく……。」

「よし、行くぞ。」男の声は相変わらず冷静だったが、目的を果たした満足感と緩みとが混ざっていた。そして先ほどまでの冷淡な観察するような気配がなくなって、挿入しながら淫蕩な空気を発しだした。「ほんとになんてアマだ。思い知らせてやる！　硬いのが欲しいんだろ？　旦那はこんな硬いのをくれなかったって、言ってみろ。」

「あの人は、あの人は――。」

李博は、猛烈な勢いでマイクを切った。「性交時靴間距離」プログラムからの通知を受けたのは一週間前だが、今日、赤裸々な事実が証明されたというわけだ。自分がただの普通の男だったら、こんな目には遭わないのにという、至極もっともな怒りが、彼の胸に湧いた。しかしそれは自分が妻に性の快楽を与えられないからではないのかという自省が、自分には怒る資格はないとも、彼に思わせた。だが、たとえそうであったとしても、自分の妻が他の男のペニスの硬さを賛美するのを聴いてから、自分のあれは柔らかいと言われるのを誰が聴きたいと思うか。確認はできた。ならばこれ以上聴く必要はない。いま自分が考えるべきことは、例のサインだ。

劉剛は何のためにサインを必要としているのか。なぜサインが必要なのか。どうしてあんな状態でサインをさせなければならないのか。彼女のサインは、いわば無理強いされた結果である。脅迫されてと言ってもかまわない。伊好は何にサインしたか解っているのだろうか。聴いている限りでは、劉剛の目的が何か、李博にはまったく見当がつかなかった。

財産関係には、伊好のサインは何の意味も持たない。彼女は家の経済については口をはさまなかったし、関心も示さなかった。家、貯金、自家用車、保険は、すべて李博の名義で、李博のサインだけが有効である。娘に関わる諸手続についても、李博がサインしていた。だからこれらについては何の心配もない。それ以外で伊好のサインが必要なものは、何があるだろう。ファウストのように悪魔に魂を売り渡す契約とか？　まさか。

伊好はあの男と何かトラブルを抱えているのかもしれない。李博は、彼女の身が心配になった。結婚して八年、曰く言いがたい溝が間にできてしまっていたけれど、彼の方はまだ、一心同体の感覚を失ってはいなかった。何事もない、穏やかな日々を過ごしてきた。我が子が日々大きくなるのを見守ってきた。あのこと以外は、円満な家庭である。二人の間には心の通い合いがあった。お互いに慣れ親しみ、頼りあっていると言ってもいいと思う。伊好が出かけるたび、李博は運転に気をつけてと声をかけ、彼女の帰りがちょっと遅くなると、何かあったのではないかと心配する。セックスレスなどたいしたことではないと思え、これも一つのライフスタイルだと思ってきた。徳の高いお坊さんはみな、みずから望んでセックスレスの生活を送っているではないか。つまりそれは、セックスレスにはそれなりの長所があるということだろう。李博は、そんなことを、以前から考え、そしてそこに、心の平静を保つための支えを求めてきた。だが、いま突然、伊好の性がけっしてそのようなものではなかったことを赤裸々に示された。それどころか、それがおどろくほど激しく貪婪であることが、明らかになった。それは、李博には深刻な打撃だった。セックスの不在が彼らの関係には致命的だった事実を、正視せざるをえなかったから。

劉剛のセックスの能力は、自分など足下にもおよばない。あれこれの小難しい弁解はすべて横に置いて、核心はただ一つ、「硬い」だ。伊好は、劉剛の硬さを求めた。しかし自分は伊好にその硬さを与えることができない。いくら劉剛を見下そうとも、この〝硬さ〟においてお前はあいつの比ではない。硬さこそ男の本質なのだ！　自分には緑妹（リューメイ）がいて、彼女には見事に勃起する。しかし伊好にはそうはならない。伊好はお前の妻なのに！　他の女に対して硬くならないというのならともかく、自分の女房に立たないというのは、どういうわけだ？　これから数十年のあいだ、あの妻と日々の生活を営むのだぞ。このままお前は、ずっと見て見ぬ振りをし続けていくのか？　知らないならまだしも、これからは毎日、お前では彼女に与えられないことをつくづくと思い知らされつつ、自分の女房が「硬いのをちょうだい」と叫んでいる状況を、盗み聴きしなければならないのだぞ。変われるだろうか？　医者や薬でなおすことはできるだろうか。李博は、そうは思えなかった。

これまで、いろいろな方法を考えた。精神科医にかかったこともある。しかし効果はなかった。一番の問題は、彼が伊好に向かってセックスをしたいという意思表示ができないところにあった。それが彼ら二人に居心地の悪い思いをさせ、仲をぎこちないものにして、状況を悪化させた。そして、二人の間のぎこちなさはいまやすでに高い壁となり、乗り越えることができなくなっていた。まして劉剛の〝硬さ〟を知ったいまとなっては。伊好の、〝柔らかさ〟への失望と軽蔑を思っただけで、ますます重荷となって、勃起などできるはずがなかった。もっと柔らかくなるだろう、もっと、もっと、もっと……。李博はいま、絶望というものを、痛切に感じていた。こんな絶望を抱えたままで、伊好とこれからの数十年を、ともに生きていけるのだろうか。これまでは誠心誠意、全力で家庭のために尽くせば、埋め合わせはつくと、自分は考えていた。しかし、事実は、それがかなわぬ夢であることを、証明してしまったのだ。こう考え至った彼には、生きていることが無意味にさえ思えた。これまでの長年、奮闘して行ってきたこと、手に入れてきたものがすべて、自分の人生の支えとはならないことがわかったのだから。

いっそすべてを捨てて、緑妹とあの山の中の村で残りの人生を生きようか。

もし悪魔と契約して、伊好に勃起できるようになるのなら、あの劉剛のように、伊好を気が違いそうになるほどの絶頂に至らせることができて、たったいま聴いた快感の叫びを彼女の口から発させることができるのなら、いまの自分はサインするかもしれないと、李博は思った。

ドリーム・ジェネレーター

1

劉剛（リウカン）は天安門に来ると、車を長安街〔天安門前を横切る大通り。地図⑥参照〕の南側、毛沢東像の反対側の真正面の場所に停めた。そこに停車できるのは警察関係車両だけである。劉剛の車は一般車のナンバープレートを付けていた。そこに停めることを許されない民間車と外見は同じだ。しかしあたりにいる警察の車や、あたりに立っている武装警察〔中国人民武装警察部隊。警察ではなく準軍事組織〕は、近づいてこなかった。彼の車は、仕込まれているチップによって、自動的に識別されている。国家安全委員会特派局の車両にはいかなる制限もないことを、警察は承知している。

劉剛は、特権を享受することを楽しんでいた。ここに車を駐めて、天安門のイルミネーションを存分に楽しむ、そんなことができるのは中国広しといえどそうはいないはずだ。彼はタバコに火を付けて、サイドガラスをすこし下げた。伊好の体温の感覚がまだ残っているような感じがしていた。

車内には、ウイグル族のライトミュージックがかかっている。劉剛はウイグル族が嫌いだ。しかしウイグルの音楽は好きで、よく聴く。それが、彼に新疆の広大な沙漠や、オアシスのさわやかな空気や、ナンや羊の肉の串焼き料理を思い出させるからだった。

劉剛は、中国の最西端のカシュガル生まれで、北京の公安大学で学んだ四年以外は、そこでずっと暮らしている。大学を卒業すると、彼はカシュガルに戻った。自分は生粋の新疆人だと彼は自負していたから。彼には学歴もあれば、第一線へ出張る行動力もある。たてつづけに事件を解決する彼の昇進の速度は、同期のなかでもダントツだった。だが、デキること、かならずしも良いことではない。

国家安全委員会がカシュガル公安局に割り当てた、出向特派員の枠が、彼の頭の上に降ってきた。このような辺鄙な、この世の片隅のようなところから、一躍中央へ抜擢される。それは確かな事実だった。だがカシュガルでこそ彼は縦横に大活躍の有名人であっても、北京に行けば最下層の一兵卒となって、人に顎で使われる身分になってしまう。

この〝大抜擢〟は、退職間近の副局長が、この任は彼のほかには余人をもって替えがたいという口実で、実は遠い北京へ飛ばしたというのが、その真相だった。彼の競争相手は、こうやってめでたく、自分のライバルを葬ることができたのである。

国家安全委員会の正式名称は、中国共産党中央国家安全委員会である。本来は党に所属する組織だが、党と政府が一体となっている中国の体制下においては、〝国家の安全〟で括られる国家機構――軍、武装警察、公安、司法、情報、外交、対外宣伝そのほか、すべてがその管轄下に入る。この組織の実質は、中国共産党が――一歩踏み込んでの実質は中国共産党主席が――掌握する、国家の有する暴力の集合体だ。主席が、国家安全委員会の主席をみずから兼任していた。国務院総理や、全国人民大会常任委委員会主任が任ぜられる副主席の職は、伴食にすぎない。すべてを主席が決定した。

だが国家安全委員会は、自前の執行機関を持っていなかった。だから骨抜きにされる危険がつねに付きまとっていた。隷下の組織は、命令を受けても表向きだけ従順に返答して、実際の執行においては、自分たちの利害に基づいてことを行えばよい。それがどのような結果になろうと、弁解する理屈はいくらでも付けられる。情報の非対称性下にあっては、国家安全委員会には、それをどうしようもないのだった。この問題を解決するために、同委員会は、独自の執行機関を設立した。それが特派局である。

その特派局は、各省と各部〔前者は行政機関の省、後者は政府機関の省に相当〕に置かれた委員会に特派組を設けた。それらは、国家安全委員会上層部のための専門的な情報の源として、下から上がる情報をふるいに掛け、そこから歪曲や虚偽の情報を除去し、その一方で、特派局を直接指揮し、執行行動を実施した。この結果、同委員会は個人を逮捕することすらできるようになり、行動力と、他を慴伏させる実力とを、手にすることになった。

特派局の人員は、そのほとんどが、地方の機関からの出向者である。人的その他諸々のしがらみがなく、さらには給与の支払いも発生しない。勤務期間は期限付きであり、それが終われば元の所属機関へ復帰する。このようにして、特派局は、財政や編制上の面倒な問題を巧妙に回避しただけでなく、規模を自在に変化させることもできるようになって、その結果、きわめて柔軟でかつ迅速な行動が可能となった。ここにはもうひとつの利点があった。それは、つねに新鮮な血液を取り込むことによって、特派局自身の硬直化と腐敗とを防止できることだった。出向してくるメンバーは、おおむね業績志向でやる気満々である。そのなかで、これはと思われた者に関しては、国家安全委員会は、その人間の出向期間終了後、もとの所属機関に特別昇進措置を要請することになるが、顕著な功績を挙げた者については、特に、国家安全委員会に留める場合があった。そのむかし科挙の時代の、天子じきじきのお声掛かりで一夜にして高位高官にという夢のような故事を思い出すのがここでは妥当な反応かもしれない。

しかし、彼らの大部分は、とくに功績をあげることもなく、またそのための機会にめぐまれることもない。期間の終わりを迎えても形のある結果は出せず、さりとて古巣へ戻っても、出向で中断したキャリアはそのぶん遅れていて、挽回することはもはや不可能という状況に置かれることになった。

劉剛は、いままさに、その困難な境遇にいた。北京特派組に編入された彼は、むろん、天子お膝元のこの土地で、めきめき頭角を現すつもりでいた。彼は対テロリズムの最前線からやってきた。

自分の本領は弾丸と刃物の飛びかう場所で身体を動かすところにある。ところがまさか、配属された先が保健衛生という分野で、自分がそこの特派員をやるなどとは予想もしなかった。くそったれが！　こんなもの、女と玉無し野郎の世界じゃねえか。小市民どもの、医者への不平不満からする暴力沙汰なら、ひっきりなしに起こっている。だがそんなものは本物のテロに比べたら屁みたいなもんだ。

二年と定められた出向期間の、一年がすでに過ぎていた。情報を収集して、報告書にまとめて、現況を報告する。それ以外にやることがなかった。自分が慣れ親しんだ爆発や暗殺といった重大事件を思い出すと、北京でのこの生活は、彼にとって、気が狂いそうな毎日だった。

劉剛は、官僚の世界がどういうものかを承知している。たとえ官僚主義を打破するために生まれた機関であろうと、まず一番に来るのは自己の利益である。設立当初に、少しでも多くの権限と資金とを獲得しようとしたのは、問題の発見に注力するためだけでなく、問題を誇張しておのれの存在と功績とを喧伝し、さらに多くの支援と支持を得るためだ。発展が止まって現状維持になれば、権限と資金はもうそれ以上拡大できなくなる。そうなると、その組織はその他の官僚機構のたどってきた道をやはりたどって、問題の発見を第一の目的とすることはなくなり、自身の利益の保護が、それに取って代わることになる。そして権限を利用した、不当な利益の獲得が始まる。特派局の置かれている地位に即して言うなら、下部の機関が問題を隠蔽しているのを発見したとき、それを暴くのが自身に有利か、あるいは隠蔽を助けるほうが利益になるかという、選択の問題である。設立されてからすでにかなりの時間が経過した。上にとっては問題を暴くことがこの組織の本分であるが、いまさらわざわざそれを督励など、もうやりはしない。反対に、下部機関の隠蔽に手を貸せば、下からはおおいに感謝される。その見返りはじつに結構なものである。とすれば、特派局に籍を置く人間としては、どう身を処すべきかという問題になる。

劉剛が北京特派組に配属されたのは、彼は北京となんの関係もないからだった。そのことが、問題の発見と、その容赦ない暴露に資するとみなされたからである。しかし北京特派組の組長は、彼を働かせるにあたって、この考え方をとらなかった。

組長という地位は、特派局のなかでの〝安全牌〟である。いま北京組の組長の座にいる人物は、以前、東北地域の某省公安庁〔省レベルの公安部の下部公安機関〕で長を務めていた。彼は退職が間近に迫っていて、昇進の目はもうない。だから彼は退職後の生活の安定ばかりを考えていた。彼は、特派局に在籍している間に、彼と老妻の戸籍を北京へと移すことには成功した。だがすでに成人している子供達のそれには失敗した。彼は、晩年の自分を見させるために、息子と娘とを北京へと呼び寄せなければならない。そのためには、彼は北京市政府に頼るほかはない。そこでこの組長氏は、他地方からの出向者なら野心を持っているだろうと考えて、この若造には不得手な職場にわざと置くことで、彼が市政府とトラブルを起こすのを予防したのである。もっともその一方で、地方政府とそこで勤務する職員に問題が見つかれば、それはすべて自分に報告されることになるから、それを組長が北京市政府と取引するさいに材料にできるとも、彼は算盤を弾いていた。

出向してきて満一年となった日の夜、ひとりで酒をあおっていた劉剛は、とうとう気がついた。あの組長は、俺が二年間なにもできずに尾羽うち枯らして新疆（くに）に帰るのを待っているのだ。だとしたら、俺がいくら頑張って報告しても、俺のもっとも得意とする反テロや公安の偵察業務に携わらせてくれるわけはない。ならば、これまでのように受身でなすがままにされているのは、自分から進んで何もしないのと変わらない。自分の運命は自分の手で変えなければならんのだ！

　彼は下層の出で、親の金も七光りも、なにもなかった。頼れるのはおのれの才覚だけである。だがそのおのれの才覚をもってしても何もできなければ、そのときは、元々将来はなかったものと諦めるほかはない。で、一番の得手ができないというなら、誰もいない荒野で他人の糞をしこたま掘り出す算段でもしてみるか。これまでの考え方ややりかたにとらわれていてはダメなのだ。ここは不得意なものを得意に変えるという勢いで行くべし。危機なんてものはどこにでもある。保健衛生の世界だって、天国ではない。反テロリズムの世界のように直接的ではないにしろ、その関係する範囲は、かえって広い。国中の一戸一軒、国民一人一人に関わっているのだからな。問題は、そこに危機を見いだせるかどうか、そしてそれを白日の下に曝すことができるかどうかだ。

　暴露する、またすっぱ抜くという自分の行為は、上の関心を引くだろう。自分の発見した危機が上の注意を引くとは、すなわち、自分の才覚が注意を引くということだ。官僚たちが集団で、手を取り合って世は太平なりと粉飾しているなかで、暴露のチャンスが向こうからやって来たりするか？　自分で発見する。なければ造り出す。それ以外ない。自分から攻め込まなければ、チャンスなど金輪際やってきたりするものか！

こう腹を括ってしまうと、彼は解毒剤を飲んだかのように、沈みきっていた心が奮い立った。

彼の勤務態度と精神状態は一変した。朝早くから晩遅くまで、それまで行きたくもなかった保健衛生関係の部署へ、また病院へ、健康センターやリハビリ施設へと、彼は駆け回った。彼は医者と患者のトラブルの有無を確認し、いろいろな手段や方法で、詳細を調べ上げた。さまざまな会議に参加し、関連資料へ目を通し、うむことなく知識を蓄積し続けた。

……つまるところ、保健や衛生の領域で目立つ問題が起こりそうなのはどの方面なのだ。医療費の高騰、一度の病気で家計が破産しかねない現状、医者と患者の衝突、医療保険の赤字——こういった問題なら数は多い。だが上層部にこれはと注目させるほどのものではない。社会にはすでに、これらの問題について、おびただしい量の指摘や議論がある。それらは山のように積み重なっているうえに、そのどれも、簡単に解決できるような内容ではない。また、今日明日といった緊急性のある問題でもない。まだしばらく棚上げしておこうと思えばしておけるようなものばかりだ。お偉方はあまり気にはしないだろう。

彼には、これらの問題は汗をかいてみてもその甲斐はあまりなさそうに思えた。

彼の考えは根本へとさかのぼる。保健衛生というものはいったい何のためにある？　長々と講釈を垂れても、とどのつまりは、病気とのたたかいだろう。では根本の問題は、病気ということだ。病気には種類がさまざまある。そしてそのほとんどは上の関心を引かない。人間そんなものだ。自分が罹りでもしないかぎりは気にしない。だが唯一、感染症は、だれもが恐れる。そして、パンデミックと呼ばれる大規模感染症なら、国家の指導者の面々さえ恐れおののかせることができる。パンデミック以上の国家的な脅威はないだろうからな。戦争ですら、前線と後方に分かれていて、すべての人間に同時に危険が及ぶということはない。そのうえ、パンデミックには自分だけは大丈夫というようなことは絶対にありえない。これに加えて、未知で、過去に事例がなく、現状有効とされる手段が存在しない、そのようなパンデミックなら、パニックはさらに大きくなるのは確実だ。

国家安全委員会は、今年大式典年のはるか以前から、式典がなにごともなく行われることを、最重要任務として位置付けてきた。もし式典の年にパンデミックが発生したら、それによって大量の死者が出ることで社会にもたらされる衝撃への懸念はいうまでもないが、疾病予防関連の法律に基づいて、大規模な大衆活動は許可されなくなる。つまり式典は、開催不可能となる。

——そうなれば、これまですでに支出された数千億の資金は、まったくの無駄になる。それだけではない。不逞の輩が、党に天罰が下ったのだなどと言い出す可能性も考えられる。続けて開催されることになっている万国博覧会まで、なんらかの影響を被るような事態となれば、我が国は全世界を前にして面子をまったく失うということになるかもしれないではないか！

こう考えた劉剛に、進むべき方向が見えた——パンデミックだ。パンデミックは、上が重大問題視する条件をすべて備えている。テロリズムや反体制主義者よりも、さらに大きな脅威となる。それに、あれらの領域は、すでに多くの人間が手を染めているが、保健衛生には誰もまだ目をつけていない。これは俺にとってのニッチだ。パンデミックこそ、俺が求めていたものだ。問題の核心へ繋がる道の門を見出したことで、彼は、これからの人生に、墜落ではなく飛翔を見た。パンデミックを探し出すことだ。もし見つからなければ造り出せ！

パンデミックが現実に存在するかどうかに、劉剛は興味はなかった。「左になっても右にはなるな」〔文化大革命時の言葉。右派と認定されて打倒されないよう、できるだけ左に寄った言動をしろという意味〕が、官僚と政治の世界で久しく伝えられる真理の言である。左なら、たとえ誤りを冒しても立場としては正しい。用心するのはよいことだ。間違っても赦される。パンデミックを捏造して、よしんばそのあとで実際には発生しなかったとしても、事前に警鐘を鳴らして予防に努めた功労者になれる。予防するのを間違っているという奴がどこにいる？

劉剛はインテリではないが、勉強するのは得意だった。とくに、明確な目標があって、即座に結果がわかる場合には、大変な努力を払った。彼は、ただちにパンデミック予防に関わる知識の習得にとりかかった。予防関連の文献をあさり、歴史上のパンデミックの事例を学習した。当たり前のことだが、こんなやりかたでは専門家になることはできない。だが彼が必要としたのは、お偉方を説得するのに必要なだけの科学的知識だった。大事なのは現実の社会での切り口を見つけることである。そのため彼は、防疫関連のあらゆる会議や活動に参加した。誰も彼が何者か知らなかったが、劉剛はいつも後ろの方の席に座って、黙々と話を聴いていた。そして、一か月前に伊好の発言に出会う。

2

これまでは、元旦といえば、夜中の十二時まで色とりどりのライトが輝いていているのが常だった。だが大式典年の今年は、不夜城の雰囲気を造りだすために、ライトは翌日の国旗掲揚時〔日の出とともに天安門広場で毎日挙げられる〕まで点けられている。劉剛（リウカン）は北京暮らしがもう長くなっているが、時間の感覚は、まだ新疆時代のままだった。北京ではすでにゆく人もまれな十二時半、新疆ではそこから引くこと二時間が、かの地ではナイトライフが始まる時刻だ。

新疆自治区国内安全保衛総隊の楊（ヤン）副総隊長の従卒から、「勤務が終わったので酒を飲みに行きます」というメッセージが、微信（ウェイシン）の朋友圏（パンヨウチュエン）に入っていた〔微信は中国のSNS、朋友圏は西側のインスタグラムに類似するアプリケーション〕。劉剛は新疆での日々を懐かしく思いだした。彼の地の国内安全保衛総隊は反腐敗運動の影響を蒙らなかった。反テロリズムと秩序維持が、あの地では最重要課題だからである。飲めや歌えの大騒ぎが、仕事上の必要として認められていた。SNSでのおしゃべりや対外的な機会において姓名や身分を偽ることも、また同様だった。

劉剛は、楊副隊長に個人宛てでメッセージを送った。

「楊哥（あにさん）に感謝！　成功です！　神機械です！」あとに三個の作揖（ツオイー）〔胸の前で両手を組み合わせて上下に動かす感謝のしぐさ。三回行う〕の写真を付けた。

楊はちょうど酒を飲んでいたらしく、彼のにやりとした笑い顔が、即座に返ってきた。劉剛は楊に乾杯のしぐさの写真を送り、「まだもう少しのあいだ使います。そうしたら完璧」との言葉を添えた。

返ってきたのは、やはりにやりとした笑いの写真だった。劉剛にはそれが了解のしるしと分かっていた。そこでもういちど三度の作揖を送った。ただし今度はそれに、キスをしている顔の写真もつけ加えた。

〝神機械〟は、助手席に置かれていた。背中に斜めに背負う、地味な黒色の帆布製のザックがそこにあった。男性が携帯や財布を入れておくような、小型のあれだ。彼は、この週末にわざわざウルムチまで飛行機で飛んでいって楊哥から借りてきたのだった。

劉剛が酒場で頼み込んだとき、楊は、あのにやりとした笑いを浮かべた。「北京はそんなに退屈か？」楊は上司だったが、劉剛とは、兄と弟の付き合い方をしていた。

劉剛は溜息をついてみせた。「女はできたんですが。ほかに言うことはないくらいなんですが、ただ不感症で。こんな歳でこんな目に遭うなんて。楊兄さんならどうします？　これ、笑いごとじゃありませんよ。これから一緒に生きていこうというのに、夫婦の生活に大きく影響する問題を解決できないんだから。じつは、俺、まだ本当のところを言ってませんでした。ドリーム・ジェネレーターを使わせてもらえませんか。あれならなんとかなるかもしれないと思って……。」

「相手を不感症と責める前に自分の息子の働きが悪いということはないのか、ハハハ……。」

楊は、セックスの話にからめてまずは笑いとばしてみせたが、すぐ真面目な顔つきになった。「ドリーム・ジェネレーターは上からの命令で回収された。残らず登録された上、厳重に保管されている。」

ドリーム・ジェネレーターとは、ここ数年のあいだ、鳴り物入りで騒がれた、「ドリーム・プロジェクト」の産物の一つだった。毛沢東の時代が終わると、中国は、イデオロギーの空白状態に陥った。鄧小平は利益で人民を釣って社会の結合を保とうとした。だがこれ以上はパイの拡大ができないというところに至って、社会の分化と利害の衝突が始まった時に、問題が露出した。警察と監獄に頼った統治は、コストがかかりすぎるのだ。国民に現実を受け入れるよう説得しなければならない。利害の対立する異なる階層が、ともに受け入れることのできるようなイデオロギーの提供が、不可欠となった。どのような解釈も可能な、各人各様の「中国の夢（チャイニーズ・ドリーム）」（中国の夢は二〇一二年に習近平現国家主席が発表した思想の名）が必要となったのだ。

この、つまりはイリュージョンにすぎない〝夢〟をめぐって、独裁体制が、現実の結果を生み出すよう求め始めると、官僚たちは、上から下までが、争うように「ドリーム・プロジェクト」なるものを提案した。そのどれもこれもが、奇怪な鬼子を産むにちがいない代物だった。ドリーム・ジェネレーターもまたそのなかの一個だった。（ちなみに、プロパガンダ部門の出したドリーム・プロジェクトはデマゴギー作戦で、教育部門のドリーム・プロジェクトはシステマティックな洗脳計画、文化部門のそれはパンとサーカスの愚民化政策で、かくのごとく多種多様だった。）

公安部門が提出したのは、実効重視の、過去の犯罪者改造研究に基づくものだった。脳手術で暴力的な性質を除去する、あるいは薬物で狂躁な性格を矯正する、あるいは取り調べの過程でマインドコントロール技術を用いる、といった内容である。こんにちのテクノロジーは、人間の精神を操作するための多彩な選択肢を提供する。公安部門のドリーム・プロジェクトは、人の持つ否定的な思考様式を肯定的なそれへと変化させ、それによって憎しみの感情を消去し、暴力への嫌悪をつちかい、かつ快楽の追求へと向かわせ、服従に喜びを感じさせるようにするという内容である。たしかにこれも一つの夢(ドリーム)とは言えた。一人ひとりがこのような〝夢〟をもっていれば、社会は不安定になることはけっしてない。公安関係者も手間と苦労がおおいに省けることになるだろう。

ドリーム・ジェネレーターは、この方針に沿って研究開発されたものだった。人間の脳波を変えれば、その人間の行為を変えることができるという考え方に基づいている。一定の距離内で、対象に向けて、ある決まった電気パルスを発信すると、対象の脳内パルスの周波数が変化して、興奮時のベータ波が、安静時のアルファ波へと変わり、あるいは抑鬱あるいは激高した際のシータ波が麻酔時や昏睡時のデルタ波に変わって、それによって、暴力を振るう者から暴力的な意思を奪ったり、極度の興奮状態にある者を沈静化することができる。日を追って増えつつある集団性事件〔デモや直訴行動〕に対して、この種のテクノロジーはおおいに役立つと思われた。公安部門が打ち出したこの「チャイニーズ・ドリーム」は、大局を見据えた今後の方向を指し示すものとして、上層部の目をひらかせた。そしてそれは同時に、それまでいくつもの異なるプロジェクト体制のもとに置かれていた、脳波テクノロジー研究を統一する枠組みの中心となって、社会の安定のために、根本的かつ信頼できる保障を提供することになったのだった。

最初のドリーム・ジェネレーターは、実証実験のために、新疆自治区の国家安全保衛総隊に供与された。その理由は、新疆においては民族問題が日増しに激化していたからだった。そこでは暴力事件が頻発し、あらたな対応手段が求められていたのである。新疆当局は、当初、この機械に多大の期待を寄せていた。デモや暴動の指導者の頭部にうまく当て続けることができれば、ターゲットは数分で白昼夢の状態に陥って、その場の状況から脱落すると予想されたからだ。中心となるリーダーを失った群衆を分割して押さえ込むのは簡単である。少なくとも事態がそれ以上エスカレートするのは阻止できるだろうと期待がかけられた。ところが試験的に実戦配備してみたところ、問題が起こった。ターゲットは前後左右に動き回って、群衆の中に紛れ込むため、彼らが邪魔になって、ドリーム・ジェネレーターを照射するための数分間が継続的に確保できないのだ。距離が離れすぎていることも、少なからず悪影響をもたらした。ターゲットに十分に接近していないと、効果は半減する。やむをえず、私服の隊員にドリーム・ジェネレーターを持たせて群衆のなかに分け入らせ、できるだけ近くから、かつできるだけ放射幅を広げて照射させた。これはたしかに効果があった。

だがここで、ドリーム・ジェネレーターを設計した者も想像していなかった、別の効果が現れた――ターゲットが自分で自分の制御が不可能なほどの強烈な性的な興奮を示したのである。それは、時には狂的なと言ってもいいほどの状態にまで至る場合があった。彼らはその場の異性をレイプしはじめた。この結果は、たしかに、デモや暴動を崩壊させるのには役立った。指導者はその場でありの人間から外へ放り出されたり、ひどいときはリンチにあったりしたから。だがそれと同時に、意外な事態に驚いた群衆がさらに先鋭化し、暴走するかもしれない可能性もあった。というわけで、ドリーム・ジェネレーターのもたらす効果は確実に予測することが難しく、毎回、この両方の可能性を考えて準備しなければならないということになり、それは人的にも物的にもかえって負担を増し、かつ仕事量も増加させるという結論へと至った。現場の指揮官の間では、これまで通りの手法で対処するほうが容易である、使用すべきでないという意見が、大勢を占めた。

ドリーム・ジェネレーターの予想外の特性は、あらたな使用方法を生み出した。セックスによる人間のコントロールである。その人物の名誉を毀損する。治安事件や刑事事件を起こさせる。それによって拘留して有罪にする。あるいは取引をしてこちらの言いなりにする。そして試行の結果、女性に対して特に効果的であるという現象がみとめられた。照射してから十分以内に、女性は性欲が制御できない状態となった。ふだんは自制心が強く、水のように冷静と見られるタイプでも、その例外ではなかった。また貞淑な女性ほど、事後の羞恥の度合いが大きくなり、こちらの言うことを聞きやすくなるという結果が出た。

このような特性が認められてからというもの、ドリーム・ジェネレーターは、国内安全保衛大隊長たちの宝物となった〔大隊は総隊を構成する部隊単位〕。表向きは、ドリーム・ジェネレーターを、銃や手錠と同じく、厳格に管理すべき法執行上の道具として扱う。だがその裏では、ひそかに持ち出して、おのれのフリーセックスに使用したのだ。犯された女性は従順になるだけでなく、逆に相手に惚れ込みさえする。確実にものにできた。こちらから積極的に攻めれば女性は拒絶しない。わざと踏み込まなかったら、女のほうから靡いてくる。大隊長たちは、このドリーム・ジェネレーターを乱用した。

そのなかの一人は、やや通常と異なる趣味の持ち主だった。彼は、処女を犯すのが好きで、それも良家の令嬢を思うさま汚してやりたいという願望を持っていた。要は性的虐待の嗜好である。これは、普通なら実現させられる願望ではない。しかしドリーム・ジェネレーターのお陰で、それが随時かなうことになった。年季の入った好色漢には、女が絶頂に達しかけたところでなかなか昇天しないのを好む者がいるが、この種の人間は、女はそういう状態に置かれると、どうしようもなく下劣な性癖を現して何でもこちらのいいなりになる、それを苛めてやるのが自分にはこのうえない快感なのだ、と言ったりする。誰かが、ドリーム・ジェネレーターに自動制御式の継電器を取り付けた。女性が絶頂に達しそうになると、自動的にパルスの発射が止まる。女性がやや波が退いて醒めかかると、そこへまた照射を再開するのである。女性は長い時間絶頂の手前にいながら、そこから脱することを許されず、さいなまれて、半死半生の状態になる。好色漢たちは、これを女をいたぶることの極致だと考えた。ドリーム・ジェネレーターが回収されたとき、三分の一をこえる機械に、継電器が取り付けられていた。

最初のうちは、大隊長たちはかなり慎重だった。彼らはトラブルになるようなまねはいっさいしなかった。しかし自信が付いたためか、慎重さがだんだん薄らいでいった。強姦されて喜ぶ女に出会うと何度でもそれを繰り返し、ある一人は、ついには、犯した相手を情婦にするところまで行った。その大隊長は、相手に何度も何度も強烈な快感を味わわせるために、ドリーム・ジェネレーターをくりかえし使用した。その結果、その女性は、あのとき自分がどうしてあんなに淫乱になってしまったのか、その理由を知ることになった。

噂は外部へと次第に広がり、危険な状況になってきた。当局はそれまで、大隊長たちがドリーム・ジェネレーターを使うことについて、見て見ぬ振りをしていた。それは、若い者の元気のもとになるだろうというくらいに思っていたからだった。福利としてコストがかからないという事情もあった。ただし外には絶対に漏れてはいけないことだった。

そして、事件が起こった。ドリーム・ジェネレーターには、〝忘却機能〟という機能があった。対象の記憶を、時間を決めて消失させることができる機能である。本来これは、処理が難しい対象に対して使用される機能だった。拉致したり殺したりすると状況を激化させかねない、それならば記憶を失わせたほうが良策と判断される相手に対してである。

かの大隊長の情婦の一族が、大隊長に結婚しろとねじ込んだ。彼らは、さもなければドリーム・ジェネレーターのことをばらすと脅迫した。焦った大隊長は、その女性に忘却機能を使用した。だが彼は、情婦だった期間の記憶だけを消去するつもりだったにもかかわらず、操作を間違えて、彼女のそれまでの人生のほとんどの記憶を消してしまったのである。女性は知的障害者となった。こうなると隠蔽はきわめて困難である。当局は、これに類した事件が発生するのを抜本的に防止すべく、厳重な命令を下して、ドリーム・ジェネレーターを全機回収し、封印した。

ドリーム・ジェネレーターの保管の任に当たっているのはこの楊だった。

劉剛は、彼なら融通を利かしてくれると信じていた。

「楊兄さん、管理が厳しくなったと言っても現物は兄さんの手元にあるんでしょう。」

「知ってるだろ。いったん倉庫に入れたら、あとはしかるべき手続きを踏まなきゃ触れることもできん。何台だろうが、俺でもちゃんとした手続きをしないことには動かすことはできんのよ。どうにもならん。この話はこれで終わりだ。」

「わかりました……ただ、医者に掛かるのはどうにもこっぱずかしいんですよ。兄さんに助けてもらえたらと。俺の一生の幸せに関わる問題なんです。ここはなんとか俺に力を貸してやってもらえませんか。」

楊はしばらくのあいだ、眉に皺を寄せて考えていた。彼は竹を割ったような気性だった。人付き合いもいい。誰かを助けることができる時には大抵の場合、そうしてきた。それに、この劉剛は国家安全委員会へ出向の身である。そのうち中央のお偉方と繋がりを持つこともあるかもしれない。これは助ける目だ。

「よし。それなら、総隊に二台、予備として残してあるから、お前にそのうちの一台を貸してやる。いいか、国家安全委員会で必要だと言うんだ。何に使うのかなど詳しいことは自分には分からない、中央のお偉方の意向をどうして自分などがもれうけたまわることができるか――と言え。ただし正式な借用の手続きは踏め。一切の責任はお前が負うんだぞ。いいな？」

劉剛は、全身でとてつもない感激の表情を表した。「兄さん、その昔の時代なら、ここは両膝をついて額を地面にこすりつけて拝跪するところです。いまのこの世じゃどうやったらいいのか見当もつきません。どうかせめて、これだけでもお受けください！」劉剛は椅子を立って深々とお辞儀した。

「座れ、座れっ！　お前、それは北京で習った礼のやり方か？」楊の反応は口では感心しない様子だったが、内心はまんざらでもなさそうだった。「さあ、他人行儀はなしだ。礼なら酒を飲み干せ！」

劉剛は半斤杯〔約三〇〇ミリリットル入る大きさの酒杯〕に、イリトー〔新疆の酒造メーカー〕の白酒（パイチュウ）〔蒸留酒〕を満々と注ぎ、両手でささげもつと、天井を見上げつつ、一気に飲み干した。西北地方〔新疆ウイグル自治区とその周辺地域〕では、こうやって酒を一気飲みするのが、最大の感謝の表現である。

「兄さん、それから継電器も要るんです。」

「ハハッ、お前、本当はいったい何をするつもりなんだか……。」

「事情通によれば、こうするのが不感症を直すには近道だって言うんで。」

「ハハハハ、わかった、わかったよ……だかな、俺以上の事情通なんているか？……」

3

劉剛(リウカン)はヒーターをいれて、シートを倒すと、小一時間寝た。夢に伊好(イーハオ)が出てきて、「硬いわ……とっても硬い……」と叫ぶのを聞いたような気がした。天安門のライトの下は、すでに人影もまばらになっている。彼はタバコに火を付けて、ドリーム・ジェネレーターを取り出した。地味な外見は、意図してそういうデザインになっている。ボタン数個に回転盤、メーターが二個あるきりだ。いかなる記号の類いも、そこには示されてはいない。部外者にこの機械の用途を知られることがないようにである。ドリーム・ジェネレーターの本体は、肉厚の大型の携帯電話のような形状をしていた。ディスプレイがその一面にある。それで、前回使用時の映像を見ることができるようになっていた。大隊長たちのさまざまな経験から、ドリーム・ジェネレーターは女性の全身を照射圏内に収めれば最大の効果を発揮すること、そして女性は完全に理性のたがが外れて、激しい欲望の虜となることが判明していた。男の身体も、照射範囲内にあれば、性感と性的能力がアップする。ただし頭部だけはその範囲からは外しておかねばならない。そうすれば、平静な頭脳を保てて、色情狂状態に陥らずにすむのだ。ここから導き出される最良の姿勢は、いわゆる〝オフィスセックス体位〟である。つまり、女性はデスクのうえに仰向けに寝て、男性は女性の両脚の間に立つという体位だ。あるいは、女性はデスクに伏せ、男性はその背後から進入する姿勢である。この姿勢なら、ドリーム・ジェネレーターは女性の全身と男性の身体を射程に収めるが、男性の頭部はそこから外れることができる。

劉剛は、記録を何回もプレイバックした。彼が伊好とセックスするのはセックスが目的ではない。最初はなにも期待していなかった。しかし、惹かれるところがあったことは、彼自分も認めざるをえない。そして、伊好とセックスしたいという欲望を感じるようになった。だが劉剛は、伊好とは二度セックスしただけだった。最初は彼女の反応を見るためだった。そして今回が二度目で、サインをさせた。工作対象とはその種の複雑な関係に陥るなという服務規程通りに、彼は、いつでも関係を絶つことができる。伊好と情を通じてからでないと彼女のサインを手に入れることはできなさそうだったので、ああすることにしたのだった。それでも彼女がサインを拒む可能性は否定できなかったし、彼女が陥れられたと訴える事態になるかもしれなかった。もっとも陥れられたと申し立てたところで証拠はないが。彼女は、自分がどうして突然色情狂のようになってしまったのか、そしてどうして絶頂と引き換えに読んでもいない書類にサインしてしまったのかを、知らない。劉剛がセックスの最中の彼女の記憶を消去しなかったのは、そうすることが必要だと判断したからである。伊好の心理を分析するに、彼女は、自分が自分で制御できないような激しい性欲による痴態のもとで書類にサインしたなどとは、たとえ死んでも他人に知られたくないはずだった。またそれを理由に許してもらおうなどと考えたりはしないに違いない。それに、その文書の趣旨が、彼女の観点と基本的に一致しているとあればである。取る手段が異なっているだけだ。

パンデミックが自身の状況を打破する鍵だと劉剛が結論したとき、問題だったのは、パンデミックとはつまり何かということだ、そしてそれはどこにあるのかということだった。彼はあちこちの防疫会議に出かけて、後ろの方の席で一語も聞き漏らすまいと聞き耳を立てた。努力あるのみである。北京市疾病予防センターの例会で、大流行の兆しを見せているインフルエンザについての討論が行われた。伊好はそこで、少数派の側に立って、情報の公開と細心の対処とを主張していた。まずなによりも、一般大衆に状況を周知するべきである、そうすれば予防も最善の結果が得られると。なぜなら一般大衆が広く警戒し共同して予防に当たることによって、パンデミックの流行を真に有効に予防できるのだからという論理だった。具体的な措置、たとえばワクチンの注射や患者の隔離、また公共施設での体温測定などにおいて、政府の役割はそれほど大きいものではない、それどころか反対にパニックを引き起こす原因ともなりうる、だからこれらは安易に実施するべきではないと、彼女は主張した。もう一方の側の意見は正反対だった。情報は制限されるべきであり、処置は時を移さず実施されるべきだというものだった。その理由として、一般大衆は長年にわたって、政府の発表を疑う心性を形成してきているから、たとえ真実の情報を公表しても信用しない可能性がある、それどころか、嘘ではないかと疑われる可能性すらあるというものだった。その結果としてありもしないことが憶測されたり、あるいはおおげさに誇張されたりして、デマが拡散する恐れがある。そうすればさらに大きなパニックを引き起こすことになりかねない。だから、一般大衆にはできるだけ少ししかこの種の情報には触れさせないほうがよく、厳重なコントロールを行うべきであって、パンデミックについては臨機に措置を行い、流行の兆しのうちに押さえ込むべきだ、という内容だった。

討論の過程で、伊好は例を挙げて訴えた。鳥インフルエンザA・H7N9の研究過程で、突然変異体を発見した。もとのH7N9ウイルスは人類には感染しないという断定がなされているが、それは、突然変異体が出現しないかぎりという前提においてである。現在みとめられる突然変異ウイルスがはたしてヒトに感染するかどうかについては、まだ確かな結論は出ていない。しかし警戒するには十分な理由と言える。今年の鳥インフルエンザが大流行する兆候は明らかだった。死亡者の数は昨年同期に比べて九〇パーセントの増加を示していた。春になれば渡り鳥がやって来る。家禽類も活発に活動しはじめる。これによってH7N9がさらに広範囲に伝播する可能性がある。まんいち突然変異体がほんとうにヒトに感染するのなら、あらかじめ一般大衆に向けてその可能性を公示し、警戒度を上げておくべきである。各自、身のまわりの状況に注意し、手洗いとマスクの装着などの励行を図る。これらの、一見簡単な予防措置が、感染率を八〇パーセント以上下げることになる。一般大衆は一時的には緊張するだろう。だが大規模な発病現象が起こらなければパニックになることはないと自分は考える。かえって有益な警戒心の形成に役立つのではなかろうか。自分は、このような、民間総動員式の対処方法のほうが、H7N9の伝播を抑制するうえで、政府からの働きかけよりも効果的だと考える。なぜなら、政府にいくら力があっても、億を数える国民の一人ひとりに手洗いやマスク着用を確実に実行させることまではできないからだ。

劉剛は、疾病予防センターの上層部がどうして伊好の考え方を好まないのか、すぐに判った。彼女の言うとおりにすれば、センターの出番がなくなるのである。情報の発表はメディアが行い、一般大衆の予防活動は彼らの自発性に任せるとなれば、疾病予防センターは、科学的な研究の結果と一般向けの科学知識の提供以外には、やることがない。だがもし情報を外に出さず、疾病予防センターが握ったままにして、要求に応じてそのつど政府に提供するようにして、センターが政府の機構内で防疫処理の責任を負うようにすれば、そのための権限と資源とを、センターが手に入れることができる。防疫の状況が緊張すればするほど、センターの権力と資源は増大する。劉剛は、伊好の意見は間違いなく却下されるだろうと思った。センターの主任は専門家で、専門家としての見地から、H7N9の突然変異の可能性を否定していた。だがこの議論は、途中でセンターの党委員会書記によって打ち切られた。

書記曰く。今年は式典の年である。安定の維持こそは最重要中の最重要課題である。対内的には民衆のパニックを起こしてはならず、火の無いところに煙を立てるような行動をしてはならない。無事をもって大事となすべきである。また対外的に悪い影響を生み出すようなことがあってもならない。万が一にも、我々のあいだの笑い話が国際的な敵対勢力に向けて弾薬を贈るような結果になってはならないのである。彼らがパンデミックを口実に騒ぎたて、もし万国博覧会に影響でも与えたりすれば、誰が一体責任を負うのか。我々はそのような事態の発端となってはならないのだ。

このような大上段にかまえた原則論を前にしては、伊好もそれ以上なにも言うことはできなかった。だがひと言だけ、彼女は言った。無事が一番なのはもちろんです。しかし万が一ということがあります。そのときにも私たちは責任を問われることになるでしょう。書記の返事はこうだった。我々は常日頃から上部にはすべてを包み隠さず報告している。しかし報告とはかならず周到な検証を経ての結論であるべきだ。狼が来る式の、本当にあるかどうかわからないことを報告するわけにはいかないのだ。それこそが無責任というものである。

劉剛が自らの体験から会得した処世訓の一つに、公務員たるもの、状況を逐一上へ報告するのは責任逃れのために不可欠の行動であるが、その報告をどの上へ行うかの判断も重要だというものがある。北京市疾病予防センターは、業務上は、国家疾病センターが上級機関になる。だが行政上は北京市政府である。前者は業務を指導するのみで、後者が、重要ポストの昇進や待遇を決定する。両者を比較すれば、後者のほうが幹部職にとって重要だ。だから彼らは、我が特派組の組長がそうであるように、まず北京市の求めるところを考慮する。北京市は、当然ながら、上部へ報告すべしと考えるだろう。ところがこの予防センターのほうから報告したら、北京市政府は出し抜かれたかたちになる。だからあのお偉いさんは、伊好に圧力をかけてきたのだ。

北京では目下、インフルエンザによる死者の数が増加しつつある、しかし人口比でいえばまだ平常範囲内にある。上級機関へ報告すべき数値には達していない。H7N9はこれまで鳥からヒトへの感染例のみあって、その予防は比較的簡単だった。だが本当にヒトからヒトへと感染する突然変異体が現れたのなら、事態ははるかに深刻となる。

しかしながら、現在の時点で、大部分の専門家は、この可能性を認めていなかった。伊好が発見した突然変異は、まだ確定した事実として承認されてはいない。偶然の要素が生み出した個別的な例外の可能性もある、確実なことが言えない状況下で上部へ報告するのは、あわて者の勇み足というやつで、内容を公開するのは、かえってパニックを巻き起こすだけになりかねない。防疫の世界では、このような見方が一般的だった。各地の疾病予防センターは、現地の地方政府と協調態勢をとっており、社会的な動員措置も取らなければ上級機関へ報告も行っておらず、過去同様、状況を静観する態度を取っていた。官僚の思考様式と判断基準では、これは穏当な判断である。

――インフルエンザは毎年のことで、年ごとに規模が大小するのはべつにおかしなことではない。奇跡の特効薬はないが、同時に突出した重大問題になることもない。インフルエンザ患者がいれば、専門家は薬を飲めば一週間で治ると言う。薬を飲まなくても一週間で治ると言う。人間ができることはたいしてないと彼らは言う。

――インフルエンザは過去これまで、基本的に、自然に発生し、自然に収束していった。たとえ式典の年であろうと、わざわざことを大げさにする必要はない。上へ報告しておいて何も措置を取らないのなら、最初から報告しないほうがよい。職務怠慢と見なされかねないからだ。

劉剛はそれまで、このH7N9というアルファベットの列に、とくに注意したことがなかった。しかし、この会議でこの四つの文字は彼の心に強烈な印象を刻みつけた。そのあと何日も、彼はインターネットでこの四文字を含む文章を検索しつづけた。その多くは長い時間をかけて読んでもまったく解らなかったが、その、いわば水をまき肥料をやるとも言える過程で、これらの四文字という種子は、彼の頭のなかでぼんやりとした直観的なイメージから、次第に明確な構想へとしだいに形を整えていった。これこそが俺が探し求めていた突破口にちがいないと。

彼はまず、〝特情〟を書いた。〝特情〟とは、正式な名前ではない。「特派員情報」、または「特別情報」の略である。それを、特派員が毎日提出することになっている。各地の特派員が送ってくる〝特情〟は、一つにまとめられて、国家安全委員会の上層部へと送られる。また、そのうちの一冊は、特派局からわざわざ専門の使者を立てて、主席のオフィスへと送られた。〝特情〟は、特派局の日常活動を報告するうえで、基礎をなす媒体であると言ってもいい。

劉剛が書いた特情は、「突然変異ウイルスが大式典年を破壊する危険」というタイトルだった。〝最高指導者〟たる主席には、長々と書かれた文章をよむ時間などないので、特情は簡潔に、かつ明瞭に、書かれなければならない。通常、三百から四百字で内容を尽くすべきとされていた。だがそれと同時に、〝党八股〟〔党の方針と言葉遣いにあわせた定型的な内容と文体〕に従っていないと、最高指導者の不興を買うおそれがあった。しかしさらに同時にまた、最高指導者の神経も刺激しなければならなかった。当たり障りのない、これまでにも聞いたことのあると思わせるような、ありきたりの内容ではだめなのである。特情を書く時のポイントは、ここにあった。

劉剛は議論を、数点に要約した。

一、H7N9のインフルエンザウイルスはヒトに感染した場合、致死率は四〇パーセントである。

二、ウイルス学の専門家伊好氏によれば、H7N9に過去にない突然変異の発生が認められる。ヒト間で感染する可能性がある。

三、ヒト間の感染速度は禽類からヒトよりも速い。可及的速やかに抑制処置を講じなければ爆発的な流行に至りかねない。

四、かかる事態において高い死亡率を見た場合、そのもたらす社会的衝撃は甚大なものとなるだろう。

五、国際社会はH7N9を一貫して重大な脅威と見なしている。もしヒトからヒトへの感染が確認された場合、我が国との人的交流をシャットアウトするのは必然であり、これは万国博覧会に影響しよう。

六、二大式典を控える北京がふたたびSARS危機を繰り返すようなことがあれば、大式典年の成功はおぼつかない。

〝SARS危機〟は、二〇〇二年末から二〇〇三年にかけて、中国大陸から全世界へと拡散した、感染症の大流行を意味していた。中国の地方政府が最初の段階で事態を隠蔽したために、早期に対処するための時期を失って、パンデミックが地球規模に拡大した。中国政府は国際社会で批判され、衛生相と北京市長が免職となった。当時劉剛はまだ少年だったが、辺境の地カシュガルでも、人々が戦々恐々と暮らしていた様子を鮮明に憶えている。あの時期を経験した人間には、〝SARS〟という言葉には忘れ難い響きがある。

劉剛の予期しなかったことに、彼の特情は特派組組長の検閲を通らなかった。組長は彼にこう言った。特派員は道ばたで適当なホラを吹くチンピラではない。なにかを見たり聞いたりしたからといって、すぐそれを鵜呑みにすることがあってはならない。それはそうあってほしいという、自分の予断が見せる幻想だ。着実で堅牢な調査と証拠に基づく意見ではなく、想像に任せた憶測を口にしているようでは、特派員は務まらないぞ。

劉剛は、ひどくかしこまった様子で、一言も発せずに組長の言を拝聴していたが、内心は馬耳東風で聞き流していた。彼は失敗したのではなかった。これも、計画の一部だった。ことを始めるに当たって、劉剛は特派員規則を何度も読みかえした。そこには、特派員は、もしその書いた特情が組長の検閲をパスできなければ、組長を飛びこして、その上の特派局に特情を提出することができる権利を有するとある。特派局をパスできなければ、安全委員会の最高責任者へ直接報告できるともあった。つまり、直接に主席へ特情を送ることができるのである。

この条項は、もともと情報ルートが中間で恣意的に開閉されるのを打破するためのものだったが、実際にこの挙に及んだ特派員はいまだかつて出たことはない。そんなことをすれば自分の組長に個人的に喧嘩を売るに等しいからだ。特派員であればその点をなによりもまず考慮するだろう。そしてまた、特派局は、基本的に組長を支持するだろうということがあった。なぜなら、こんなあからさまな組長への挑戦にも等しい行動は、ラインの無視も含めて、特派局全体への挑戦でもあるからだ。また、よしんばそのようにして、真実の情報が最高指導者に届けられたとしても、最高指導者はそれを読んで終わりである。そのあとで、やった当の特派員は、べつに最高指導者に注目されるわけでも、保護されるわけでもない。それどころか、特派局内では異端分子となり、ひどい場合は裏切り者扱いさえされかねなかった。

やって、その価値はあるだろうか。報復されるのは確実である。それがなにをどのようにかは分からないが、こちらは人に使われるほうの身、理由ならなんとでもつけられるだろう。たとえば出向期間が終わった時に、ひどい勤務成績の査定をされたりしたら、元の所属機関へ戻っても、もう先はない。元の所属機関にとって、特派局からの査定はすなわち、党と国家による彼への評価だからだ。

劉剛は、ここはバクチだと思った。たとえいまの組長のもとで冷や飯を食わされる羽目になったとしても、縮こまっていては何も変わらない。出向が終わったときにひどい査定をくらったら、新疆での競争相手のあいつは、それを自分の復帰を認めない格好の根拠にするだろう。しかしここは賭けの一手だ。局面の転換を狙う。一発逆転のチャンスになるかもしれない。出た目がはずれでも、それはそれでいい。安全とは、何もせずにすべてを運命として甘受するということでしかないのだから。

だが、彼の賭けは、けっしてやみくもな当てずっぽうではなかった。考えをめぐらせた果てに出た結論である。劉剛は、最高指導者は、部下がはばかるところなく問題の発見にいそしむよう望んでいると信じている。でなければ特派局のようなものを設置したりはしないだろうからだ。反腐敗運動は、官僚機構内部の人間たちに、大いに危機感を抱かせた。その結果、天下は太平でございます式の、粉飾報告の山と、大河なす無為が、この国の社会の主流にして基調となった。いまは、官吏の多くが芳しい報告ばかりを行って悪い報告を上へ上げない。そこへ、ラインを無視して特情を直接報告してくる自分が、きわだって目立つであろうことは間違いない。過去にそれをやる特派員は誰もいなかったという、その一点を拠りどころにして、劉剛は、自分のいわば直訴が、最高指導者の注意を引くと信じることにした。

だが、注意を引くだけではまだ足りない。賞賛にあずかるには、危機を指摘するだけでは不足なのだ。その対処方法も、ちゃんと示しておかなければならない。最高指導者へおのれの忠誠心の発露と親愛の情を表明するとは、悪いニュースを伝えないことではない。しかし、悪いニュースを伝えておいて、さてどうするかを言わないことでもない。それでは最高指導者のお心を悩ませるだけではないか。悪いニュースを伝えると同時に、それを解決できなければならないのだ。最高指導者の前に明快な解決策を提示する。そうすれば俺の前に新たな世界への扉が開くだろう。

だが、劉剛の手持ちのパンデミック情報にはインパクトが不足していた。専門家の意見を添えないと、これは劉剛の単なる個人的な意見や憶測にすぎないと、最高指導者に見なされるおそれがあった。それどころか、おのれの立身出世を図るための妖言と解釈される危険すらあった。そうなれば、彼の賭けはまったくのはずれになってしまう。

というわけで、伊好が必要だったのである。彼女は北京市の防疫の総責任者であり、その資格で証言を行えば、最高指導者は信用するであろう。だから、彼の特情による越訴は、伊好のサインの入った報告と一緒にでなければならなかったのだ。

4

いまやその伊好（イーハオ）のサインは彼の手のうちにある。だが、劉剛（リウカン）の心中は平静ではなかった。ほかに方法があれば、彼はドリーム・ジェネレーターなど使わなかっただろう。北京は新疆のような僻地ではない。自分の地元なら何をしても通るが、ここは諸事厳格だ。それに、彼にとって北京は、得体の知れない所だった。さまざまなコネやしがらみが四方八方にびっしりと張り巡らされていて、うっかりそのうちのどれかを引くと、どこの地雷を爆発させるかわからない感じがある。

劉剛は伊好を、手を替え品を替え、うんと言わそうとした。ところが彼女は、どうしてもサインすることに同意しなかった。

劉剛は最初、伊好など手玉に取るのは簡単だと思っていた。伊好の意見が却下された会議が終った後、彼は個人的に伊好に話しかけた。彼は、自分が国家安全委員会特派員であることを明かしたうえで、「官僚主義による抑圧ですね」と、伊好に対して同情してみせた。そして、Ｈ７Ｎ９の突然変異がヒトからヒトへの感染を引き起こす可能性についてレポートにしてみませんかと、水を向けた。自分なら最高指導者にそれを届けることができます。きっと最高指導者の注目と顕彰を受けすと答えた。

――現状ではH7N9がヒトからヒトに感染するかどうかは分かっていません。科学は証明することだけが大事なのではなくて、反証可能ということがそれ以上に重要です。反証がなされたら、それまでいくら証明が積み重ねられていても、それらはすべて否定されるべきです。H7N9はたしかに突然変異を起こしています。しかし変異の内容と方向性は明確ではありません。少なくとも現状においては、危機の兆候は認められません。今年のインフルエンザの流行は、従来のタイプによるそれです。ですから、これまでどおりの対処マニュアルで十分です。私は会議の席上で、一般大衆による警戒と予防活動を呼びかけましたが、これは専門家としての用心からでした。まんいち渡り鳥の季節になって鳥が新たなタイプのウイルスを運んできたら、一気に拡散しますから。そのときになって大衆レベルで運動を組織しても間に合いません。未然に防ぐのに越したことはないのです。

伊好は、政府が何かと言えばブラックボックスのなかで物事を決定しようとするやりかたに、反感を持っていた。防疫に関しては逆効果になるからだった。劉剛は、国のトップへきちんとした証拠をそえた意見を送るべきだという言い方で、伊好を落とそうとした。その餌として「最高指導者の注目と顕彰」を持ち出したのだったが、それがまさに、彼女が嫌いなブラックボックスにほかならなかったのである。

実際には、劉剛は、伊好の自筆のレポートを必要とはしていなかった。上を動かすには、かならず決まった思考のパターンと言葉づかいによらなければ、成功はほぼ不可能である。専門家の書く文章は、上のお偉方にはわからないし、簡潔でなく要領も得ない。防疫に関する知識は、彼の付け焼き刃程度のそれで十分だった。しかし伊好のサインがいるのだ。その意見が専門家の口から出たかのように見せるために。そうすれば上の人間は真剣に耳を傾ける。

劉剛はさまざまな角度から伊好を説得しようとした。伊好は、最初のうちは我慢していた。彼女は、娘がワクチンの使いすぎでかえってウイルスにたいして脆弱な体質になったことを語り、そのことから自分は過剰な処置というものについて警戒心を抱くようになったと説明した。サインだけしてくれればいいんです、という劉剛の提案には、伊好は、サインするとは責任を負うということです、そんな簡単にサインなどできませんと答えた。それでも劉剛はしつこく食い下がった。伊好はとうとう不快感をあらわにして、これ以上このお話はしたくありません、とぴしゃりと言って顔をそむけた。

劉剛は、打つ手なしの状況に陥った。最高指導者に注目されるために、まず危機の存在を示してのち、その解決法を呈示しなければならない。しかし伊好のサインがなければ、危機の存在を証明できない。計画が頓挫する。致命的なのは、組長へ提出した特情に、伊好の名がすでに出ていることだった。組長がボツにしたその特情は、ファイルされていた。後で別の専門家の名に変えると、話の辻褄があわなくなる。何か隠している、おのれの立身出世ねらいか、それとも現体制への挑戦が目的か、などと腹を探られかねない。要するに、伊好を口説き落とす以外、彼に選択肢はないのだった。

ドリーム・ジェネレーターは、最後の手段だった。おのれの一生を切りひらくために、千載一遇のこのチャンスを、どうしてもものにしなければならない。劉剛は、決心した。ドリーム・ジェネレーターは、人間性のもっとも弱い部分を突く。新疆国内安全保衛の大隊長の面々は、公用でも私用でも、あれだけ何回も使っていながら、相手が抵抗できたことは一度もなかった。たとえ、伊好が他人を決して寄せ付けない、いわゆる〝ツンとした〟タイプの女だったとしても、まちがいなく落ちるはずだった。劉剛はドリーム・ジェネレーターの機能について、すでに十分に学習していた。操作法にも習熟した。

最初に使用したときは、彼はたまたま立ち寄ったというふうを装って彼女のオフィスへ行った。そこにいた彼女ととりとめのない世間話をしつつ、適当と判断した位置に機械を置いた。スイッチをオンにして伊好に照準をあわせ、そのあとビルから出てタバコを二本吸ったあと、忘れ物を取りに行くようなふりをしながら彼女のオフィスへと戻った。

タバコ二本を吸い終わる時間は、伊好をその状態にするのに十分だった。劉剛がオフィスの中に入ったとき、伊好はすでに自分のコントロールができなくなっていた。彼女はデスクの横に立っていた。視線は定まらず、顔は紅潮して、じっと座っていることができず、両腕を交差させて自分の肩にまわして抱きしめるような格好でいた。上下のあごを硬く嚙み締めて、やっとのことで呼吸しているような様子だった。劉剛は慌てた様子を装って、「どうしました？」とたずねた。「心臓が苦しいのですか？」と、言いながら、彼は彼女に近づいて手を貸そうとした。手を伸ばして、心臓を探るような動作をした。その位置は正確だったが、手は彼女の左側の乳房を握って、もみしだいていた。伊好は逃げようとはせず、声も上げなかった。反対にそれを喜ぶ様子を見せて、息を止めると、目を閉じた。劉剛は彼女の身体をデスクにもたれさせ、背後から彼女の来ていた白衣をまくり上げ、ベルト不要式のスラックスを下着ごと、腿まで下ろした。きめのこまかい、柔らかそうな臀部が、ライトの下で白く光った。劉剛は余計な手間ひまをかけることなく、愛撫もなしに、ただちに挿入した。彼のその迅速な動きは、衝動に突き動かされていたからではなく、早く終わらせるためだった。バックスタイルはいちばん手間がかからない。それに女は逃げようがない。一番確実なやりかたである。

身体の中に挿入してしまうのが鍵だった。いくらペッティングしようが、挿入しなければ、女は征服できない。いつでも離れてゆく危険がある。だがインサートしてしまえば、たとえそれが一回きりでも、女は完全に自我を失い、後戻りできなくなって、それで一丁上がりとなるのである。

この時は、セックスだけだった。劉剛は伊好を存分になぶって、数回昇天させた。その過程で、彼は継電器も試した。伊好の反応は、退くことのない快感の波に呑まれて全身が痙攣するほどで、彼女は危うく窒息しかけたくらいだった。この間なら何をさせても拒否しないだろうと、そう彼は判断した。拒否するだけの正気も残っているかどうか怪しいところだ。彼がこの時にサインをさせなかったのは、後で性的脅迫と言われるのを懸念したからである。いまサインさせてしまうと、後々弁解がしにくくなると思った。このあと彼女が協力し続けなかったら、サインを偽造したのと変わらない。ドリーム・ジェネレーターは女を抵抗できなくするが、いつまでも使えるわけではない。機械から離れたあとのこの女がどう出るか。ここに彼の懸念があった。国内安全保衛の大隊長たちは忘却機能を使ったが、伊好に対しては使えない。それどころかこの女にははっきり憶えていてもらわないと困るのだ。サインしたのはあなたですかと訊かれて、はいそうです、自分がサインしましたと答えてもらうためた。

伊好と会ったのは二日後だった。他の人間と一緒の疾病予防センターのエレベーターの中だった。伊好は同僚と挨拶していたが、その声はかすれていて、聞き取りづらかった。どうしたのかという問いへの答えは「風邪をひいたから」だった。だがその本当の理由を、同じエレベーターに乗っている劉剛が知っていることは、もちろん彼女は分かっていたにちがいない。他の人間にはそうではなかったかもしれないが、劉剛には、彼女はもはや以前のような無性愛者的な博士様の近寄りがたい冷たさは感じられなくなっていた。彼女は、ある種、怒りの感情を発していた。しかしそれは、劉剛を安心させた。その怒りが、性欲と羞恥とが入り交じったものだったからだ。彼女は劉剛のほうを見なかったが、空気中にセックスのフェロモンを放っていた。劉剛は、彼女が、あの夜の出来事を受け入れていることを知った。彼は一瞬、ドリーム・ジェネレーターなしでも彼女とセックスできるのではないかとさえ、思った。劉剛にはこれまで百人を超える異性との性交経験があった。

彼らは例外なく、性欲の本能が、彼らの後天的に獲得された自制心を凌駕した。とくにこのような、冷感症からセックスの快感に目覚めた良家のお嬢様タイプが、セックスのために一線を越えるのは、ときに予想をこえたものがあった。

ドリーム・ジェネレーターを使わないことで、劉剛の男としての虚栄心は満足するだろう。しかし彼の最終目的はセックスではない。ここは自制が必要だった。ドリーム・ジェネレーターと継電器を使わなければ、自分が望む効果はとうてい得られない。伊好に思いのままに天国と地獄とを行ったり来たりさせて、しかも、こちらは精液を洩らさず、女はついにはまともな判断力を失うということは、それなしには不可能だからだ。あちらがそんな状態になるからこそ、こちらもめでたく彼女からサインを取ることができるのだ。

劉剛が二回目に伊好と交合した過程については、ここで繰り返すまでもないだろう。李博（リーボー）が靴マイクを通じて聴いていたとおりである——劉剛は伊好のサインを手に入れた。同時にその身体も堪能した。李博は、彼のアセクシュアルな性は、あの夜、たとえようもない強烈な力で、両面から圧迫されていた。まず緑妹（リューメイ）との夢見るようなセックスによって。それから我が耳で聞いた自分の妻と別の男との狂乱のセックスによって。そして、李博がそれによる圧迫と混乱にあるその同じ時刻に、劉剛は、李博の妻を犯し終えたあとの天安門広場で、毛沢東像を真正面に眺めながら、打つべき次の一手を考えていたのだった。

グリッドシステム

1

劉剛（リウカン）がラインを飛び越えて提出した特情は、北京組の組長が却下したものと一言一句、ちがわなかった。ただ添付書類を二件、付け足してあった。一件は、北京市の防疫専門スタッフのチーフ、伊好（イーハオ）による、H7N9の突然変異体がヒトとヒトの間で感染することを保証したレポートである。二件目は、劉剛発案の防疫措置の方法だった。特派局で特情の〝直訴〟が行われた前例はない。どう対応すべきかの判断は、誰もできなかった。そのため、その決定は、日常事務を統括する国家安全委員会弁公室の蘇（スー）主任の手に委ねられることになった。

蘇主任は六十歳をすこし過ぎている。彼の全身からは、いかにも事務畑で半生勤めてきたという雰囲気が漂っていた。彼の身体は、そのあらゆる部分が、円形だった。なかでも円（まる）いのは、まったく毛のない頭頂部だ。側面から丁寧に櫛でなでてあげて中央に寄せた髪で、光る頭部を覆っているのだが、それでかえって禿げていることが強調される結果となっていた。そして髪のほうも、より薄く見えるのだった。扁平な顔に、近視用の黒縁眼鏡が、ひどく目立った。書類を読むときに前屈みになる。それが彼の癖である。

蘇主任は、政治と法律の世界から、ここにやってきた。最高検察院と法院〔裁判所〕の次席ポストを務めた。本来なら中央政法委員会〔政治・法律関係を所管する党機関〕の副書記になるところが、急転直下、国家安全委員会弁公室主任と決まった。国家安全委員会は大きな権力を有するのだが、周囲からは、それはこの同弁公室の主任とは無縁の話だと思われていた。この国のハード・パワーは――軍隊・公安・外交などだが――、すべて主席が掌握している。弁公室は、ほかのどの部門でも必ず付随する、細かな事務的な問題を扱うだけの部署だったからだ。

蘇主任は、管理人タイプの人物だった。野心などはないが、ほんの一分でもやることがないという状態には耐えられない。そしてその仕事ぶりは、確実で手堅かった。どこの組織でもそうだが、やり手タイプの人物は権力を握ることしか頭になくて、事務仕事はおろそかにしがちである。だからこの種の管理人タイプが、どうしても必要になる。蘇主任の人事は、主席みずからのお声掛かりによるものだった。国家安全委員会が彼の管理に任された経緯には、そういった背景があった。

主席は、十数個の中央領導小組〔領導小組とは、重大な問題へ個別具体的に対処するために従来の組織系統から独立して臨時に設置される、機構横断的な比較的小規模のプロジェクトチーム〕のリーダーも兼ねていた。

彼の時間と精力は、重要問題にのみ振り向けられる。日常業務まで注意している余裕はない。国家安全委員会副主席を務める総理と人民代表会議常務委員会委員長の二人は、国家安全委員会が主席の権力基盤であることを承知しているので、極力関与しないようにしていた。その結果、運営事務を専一に取り扱う弁公室が、国家安全委員会の日常業務を進めていく際の核心といった状態を呈するようになっていた。そして蘇主任は、その核心の中の核心なのである〔「核心」とは中国語では中国共産党が最高指導者に対して使う言葉でもある〕。

蘇主任は、官僚の世界に長いにもかかわらず、そういう経歴の人間にはめずらしいことだが、尊大なところがまるでなかった。ざっくばらんで親しみやすい感じで、下僚の受けもよかった。彼は、周囲の人間に、「老蘇（ラオスー）」〔蘇さん。老は年長者への軽い敬称〕と呼ばせて、肩書きでは呼ばせなかった。国家安全委員会の職員は、いつしか彼のことを、「老蘇」と音の近い「老叔（ラオシュー）」〔叔父さん〕と、呼ぶようになった。彼らはみな、蘇主任に親しみを覚えている。しかし軽んじるということは決してない。

問題はできるだけ円満に処理するというのが、老叔の流儀である。彼は、劉剛が組長のレベルを飛び越して特情を送ってきた以上、特派局で再度却下しても、それで引き下がりはしないだろうと考えた。さらに段階を飛び越えて、国家安全委員会へ持ち込んでくるのではないか。そうすれば今度は自分の手元に直に届けられることになる。つまり自分の決定に懸かることとなり、当然ながらその責任も懸かってくることになる。特派局から正式に上へあげるに越したことはない。きちんと手続きを踏んで主席にお届けしようと、彼は考えた。主席がその上でお目を通されるか、またそれでどう処理されるかは、それはもう、彼の責任ではなくなる。

しかしながら、老叔の言う円満とは、まったくの消極的ということを意味しない。彼はみずからペンを取って、劉剛の特情と添付書類を添削していった。彼は、劉剛が北京市政府をやり玉にあげている個所を、国家疾病予防センターに対するものへと変えた。北京市のボス〔同党北京市委員会書記〕は、政治局〔中国共産党中央政治局〕委員である。これを巻き込むのはまずい。しかし国家疾病予防センターは、全国規模の大組織とはいえ、叩いても後の祟りはない。これと同時に、老叔は、この特派員の文体を真似て、いくつか注を書き足していった。これは下級の特派員が越訴して提出する最初の特情であること、特派局がこれを上部へと提出するに当たっては、上部のメカニズムになんらかのよい刺激となると判断したためであること、などなどをである。

そしてこれらの後付けの補注のおかげで、劉剛の報告は主席の注意を惹くこととなった。正確に言えば、それはまず、主席の息子の注意を引いたのである。

この息子氏は、周囲から「太子」と呼ばれていたが、年齢はすでに三十に達している。彼は米国の某有名校で情報科学の修士号を取った。さらに博士課程に在籍中に、主席によって国へと呼び戻されたのだった。当時の主席は、党内で次期指導者として目されていた。彼は、我が息子が先々自分の足を引っ張るようなことにならないよう、彼にビジネスと政治に手を出すことを禁じたのだ。そのため太子はしばらく無聊をかこつことになった。しかし彼はやがて、主席の下で私的なかたちで情報分析にいそしむようになった。それは彼がまさに専門とする分野だった。続く数年の間に、それは相応の規模をもつ機構となり、主席の弁公室に属するその他八つの下部機関と並ぶ存在として、「九組」〔九番目の機関〕という、あまりおもしろみのない名前で呼ばれるようになった。それは、主席ただひとりのために働く機関だった。主席は次第にこの九組を頼りにするようになった。太子もまたそこから他へ移動することなく、こんにちにいたるまで、主席のための情報を提供し続けている。

やんごとない一国の元首といえども、主席も、毎日便器に尻を下ろすことからは免れない。しかもそれにはわりあい時間がかかるのが常だった。息子が主管する彼の情報チャンネルは、彼を、便器に座っている間も自由にしなかった。この時間が、主席が特情を見る時間となっていた。彼の息子はこう言うのである。時間はなによりも貴重です。貴方の一分は数億元に当たるのです。トイレに入る時間も無駄にすべきではありません。一回の大便にかかる時間が一県の生産高の損失に匹敵するのですから。主席は、自分の負担がこれ以上増えるのを望んでいなかった。毎日受け取る情報の多さだけで、もううんざりしていたのである。トイレの中の時間は、彼にとってはじつに得がたい、心静かでゆったりとしたひとときだったのである。しかしそこはわが息子のこととて、むげに却下することもできなかった。そして提供してくれたそのための方法が、きわめて便利なものだったとすれば、なおさらのことであろう。便器に座って、「開始」と言えば、もの柔らかな女性の声が文面を読み上げてくれる。まずタイトルを。興味がわけば「それを」と言えば、タイトルのあとに本文を朗読してくれる。「ストップ」と言えば即座に停止し、「次」と言えば、次のタイトルへと飛んでくれるのであった。

毎日届けられる特情は、質量ともに夥しい。そのため、まず太子が読んで中身をふるいに掛けることになっていた。この日、劉剛のそれは、第一番に置かれた。

その日の主席は便秘気味で、便器の上にいる時間がいつもよりも長かった。だから、彼には、劉剛の特情をすべて聞くだけでなく、付属書類まで読み上げさせる時間的な余裕があった。主席がウイルスの突然変異について、その詳細には関心を持たないであろうことを、太子は承知していた。だから伊好のサイン付きの文面は省略して、北京の疾病予防センターの防疫専門スタッフのチーフがウイルス学の専門家であること、ドイツで博士号を取得した人物であること、そしてその人物が内容を保証していることを説明するに止めておいた。

果たして、パンデミックの件は、主席の重大な関心をひき起こした。普通の年ならまだしも、よりによってこの大式典年に万が一にも危険が発生するなど、とうてい許せることではない。いかなる事件も起こってはならないのである。ましてパンデミックなどは。

劉剛が提案する防疫措置案の柱となる部分は、全国ですでに安定した運営実績を持つ、グリッドシステムを利用することだった。それは、長年の秩序維持活動のなかで形成されてきたメカニズムだった。政府は人口の分布するすべての地方を、地域と人口によってグリッドに分割し、そのグリッドの一つひとつに、管理責任者、警察官、党支部書記、司法行政員、城市管理行政執法局員ほかを配置している。さらに、タクシー運転手や清掃員を情報提供員として任命している。グリッド内のすべての人間は、とりわけ地方から中央政府へ陳情に上京してきた者、反体制人士、刑期を終えて釈放された者など、のこらずナンバリングされたうえで分類され記録される。グリッド区域内にあるすべての固定された物体にもナンバリングが施される。グリッドのなかで発生するあらゆる文化的活動、事件、集団によるデモ、政府の許可を得ていない民間集会その他も同様に、残らずナンバリングされて、分類・記録される。加えて監視カメラや無線ルーターから、データが途切れることなく収集報告され、それらはネットワークの階層を次第に上がっていって、最後にコンピュータによる情報処理の場所へと行き着く。こうして、政府は、リアルタイムで状況を精確に把握することができるようになった。たとえ突発的な事件が発生したとしても、最大級の対応措置を取れ、かつ対象へピンポイントに打撃を与える能力を、政府は獲得したのである。このようなハイテクとシステム化のグリッド化による管理モデルは、古今東西を通じ、統治技術の頂点を極めたものだと言ってよかった。

劉剛は、このグリッドシステムを基礎とする諸活動として、防疫に対する検査、パトロール、監督、発見、通報などを挙げていた。初期患者を発見したら隔離―消毒―感染防止の一連のプロセスを、ただちに実施する。感染者を発見したら、そのグリッドは、ただちに内部から外部への人間の移動を切断し、警報が解除されるまでその状態を維持する。

パンデミック防遏の最重要課題は、感染を回避するところにある。グリッドシステムは、これに対するもっとも有効な手段であるが、その前提となるのは、あらゆる政治・行政レベルの官僚を数的に不足なく確実に動員できることと、緊張感の持続であると、劉剛は主張していた。指揮系統のどの一部分においても些かの怠慢や弛緩もあってはならないと。

――主席の御指導の下、中国政治体制の有効性と、上下各級の党員及び幹部〔公務員のこと〕の忠誠とが、二つながら揃うを得たならば、防疫の此一戦は勝利の裡に終了すること必せりと堅く信じるものであります。

劉剛の議論は防疫にかぎっての内容だったが、主席の考えはそこに逡巡してはいなかった。この最後の、党八股式の文章が、さらに広範囲の局面へと、彼の思考をいざなった。なにか現状突破的なアイデアを思いついたとき、彼の直腸も現状を突破するのが通例だった。心身ともに爽快となった主席は、残りの特情を聞かなかった。新たな計画が、すでに彼の脳裏に形成されることを完了していたからである。

こんにちの国家機構とその有する諸手段において、人民をいかにコントロールするかは、すでに課題ではなくなっている。いまの生産力は餓死者を出すことはなく、飢餓が革命を引き起こす可能性は、もはや存在しない。愚昧で、それでいてずるがしこい輩というのは、人民の中に永遠に一定数存在し続けるだろうが、国家機構を上手に運用しさえすれば、これまでもそうだったが、今後も大問題となることはまずないだろう。官僚が指揮に従い、自分に忠誠を誓い続けるならば、国家機構はすべてをコントロールできる。民を治めるのは第二番目の問題なのだ。機構を治めることこそ、第一番の問題なのである。権力の統御とは、つまるところ官僚集団の統御の問題なのだ。

最高権力者のタイプには、二種類がある。一つは支配人型、もう一つは主人型だ。前者は官僚集団に奉仕する。後者は官僚集団をおのれに奉仕させる。来年末の党代表大会で、この場所から下りるか、それともこの地位で権力を握り続けるかが、この自分が支配人型か主人型かを決める、その正念場となる。官僚集団は基本的に、然るべき時期が来たらこの自分がこの座から退くことを期待している。そして官僚集団の利益を図ってくれる新しい主席に替えることを望んでいる。支配人は定期的に入れ換えて、官僚たちはそれで自分たちの持てる力を示すと同時に、利益の分配をあらたにやりなおそうというのだ。支配人の首をすげ替えるなら不思議ではない。だが主人の首をすげ替えるなどとはふざけた話ではないか。

主席はすでに肚を決めていた。党大会で任期制限の規定を撤廃しなければならない。そうしてこの手に権力を握り続けるのだ。だがそれには、重大な変革を伴うことになる。文化大革命の後で確立された、党内の共通認識を変えることになるからだ。官僚集団の反対は予想するまでもない。これまでこの規則に従って引退してきた長老たちも容認しないだろう。この自分に向けての不満が爆発するに違いない。だがそのような状況のなかにあっても、二大式典を成功させれば、民意を利用して、官僚集団を打倒することができる。ところがそこへ、パンデミックなどが発生して、式典が失敗に終わるようなことになればどうなるか。メンツがどうとかなどは、ほんのささいな問題でしかない。続投の計画がご破算になるということだ。ならば防疫は、何にもましての最重要課題であるということだ。

こうして、劉剛の報告は、主席を動かした。大式典年は、全国民がそれぞれの持ち場でおのれの責任を果たせと言われてはいるものの、式典自体は、北京で開催される。それ以外の土地の官僚にはほとんど関係はない。しかし防疫となれば、関係のない人間はいなくなる。そして、感染させても、あるいは感染させられても、どちらも責任を問われることになる。

主席は、反腐敗運動を通じておのれの権威を確立した。しかし権力集団は、誰も彼もが腐敗しているので、反腐敗運動を徹底的に行うことはできない。しかし防疫なら、また全員を巻き込んでの運動に仕立て上げられる。

――新たな綱紀粛正の波をふたたび、起こせるわけだ。そしてその新たな恐怖で、自分の再任に反対するであろう官僚たちの勇気を前もって挫いておくのだ。官僚というのは、ろくでなしばかりだ。恐れ入ったふうをして、しおらしく取り入ってくるかと思えば、「それはできません」と、規則と前例を盾に、にべもなくこちらの要求をつっぱねる。あいつらに一番効くのは買収と威嚇である。これまでの常識では、官僚に嫌われるのは統治上の最大のタブーとされてきた。官僚が統治者に協力しなければ国家の運営ができないからだ。しかし官僚組織とは、兵営のようなものだ。兵営は鉄のごとく牢固として存在する。しかしながら、個々の官僚は水のようなもので、いまいる官僚を追い出しても、新しい官僚が、いつのまにか流れこんできてそこを塡(う)める。その新しい官僚が、自分の留任を支持し、党大会で自分を推戴するのだ。そして彼らがおのれの手にしたばかりの地位と肩書きは無事安堵される。これぞ、新しい血による新たな生命力の獲得だ。

インターフォンから息子の声が聞こえてきた。「父さん、大丈夫？」

「大丈夫だ」と言って、主席は水洗ボタンを押した。温水が音楽とともに発射されて、前後に移動しつつ、彼の肛門を洗った。

「オフィスが僕に電話してきた。父さんのトイレにいる時間がいつもより長いって。バックエンド〔コンピュータシステムの出力サイド〕から見ても、父さん特情を読みあげさせてないし。」

「大丈夫、大丈夫だ。ちょっと考えごとをしていただけだ。」

「それならよかった」と言って、息子氏はインターフォンを切った。

煩わしくはあるが、オフィスの細心さはもっともだった。スターリンが死んだのは、勤務員が部屋へ入るのを遠慮しているうちに、救助が手遅れになったからである。オフィスのスタッフは彼が大便をしているときにトイレの中へは入ってこられない。だから息子に頼んで様子を見てもらったわけだろう。息子氏の九組は中南海の瀛台（インタイ）にある。南海〔池の名。地図⑥参照〕に浮かぶ小島である。空から見下ろすと、中南海、北海〔中南海の北側にある人工湖〕、什刹海そして後海〔どちらも北海のさらに北側にある人工湖〕、これらは龍の目のように見える。彼の息子は、ここが九組を置くのにふさわしい場所だと考えた。自分は中国という龍の目だ、そしてこの島の上から九組は地方を睥睨するのだ、と。ただそこから主席のいるここまではやや距離があった。しかし電子装置が両者を繋いでいて、隔たりを感じさせることはなかった。

主席は、孤立を恐れない人物だった。彼は、官僚機構全体を敵に回すことになっても平気だった。新しい時代は、過去にはなかった新兵器を彼にもたらした。それを彼に認識させたのは、情報科学の専門家である彼の息子である。それによって、彼の信念は大いに強化された。この二つの目で百万の官僚をことごとく監視することはできない。官僚は情報を不正に操作して面従腹背し、上を欺き下を謀り、おのれの都合の良いように物事や事態をねじ曲げる。からめ手から食い込んでくるかと思えば、建前論でこちらの要求を突っぱね、最終的には統治者が手も足も出ないようにする。こうして権力は有名無実となってしまう。毛〔沢東〕主席が文革を発動した、そのそもそもの理由も、煎じつめれば、この難問を解決するためだ。おのれの思想を民衆に伝達するため、民衆をして官僚を監視させ、官僚がおのれに背くことなからしめようとしたのだ。だが文革は、官僚組織を打倒したはいいが、暴徒を生み出した。民衆は結局統治されているしかないだけの存在であるという事実が明らかになった。過去、官僚集団に対してなすすべが無かったのは、その必要に応じた技術が存在しなかったからだ。だが現在では、インターネットがあり、スーパーコンピュータがあり、ビッグデータシステムがある。事情が異なる。機械は居眠りしない。賄賂を取ったりもしない。一年中、官僚一人ひとりに至るまで監視する。彼らの収入と支出を検査し、赤字が認められれば、さらに進んで調査する。それに加えて、通信のモニタリングや検閲もある。これでいったい誰が、それでも自分の悪事は露見しないだろうなどと、万が一の幸運を当てにするだろう。こうして、一人の指導者がよく百万の官僚を監視し、官僚はただ指導者の意思にのみ従い、民衆を管理統制する。これがすなわち、指導者がおのれの意思どおりに民衆を完全に統治しているということである。毛主席の文革が完遂できなかったことを、こんにちのテクノロジーは成し遂げることができる。

新しいテクノロジーに精通している我が子が、自分をテクノロジーの時代に載せてくれたことを、主席は喜んでいた。そのおかげで、新しい国家統治のモデルを見出すことができたのだから。今度は防疫で官僚組織を粛清してやろうと、彼は考えた。そして自分の連任を確実なものにするのだと。そうすればこの歴史的な課題を後世へ残さずに片づけるための十分な時間的余裕が生まれる。これからは官僚どもの掣肘を受けずに国家統治ができるようにするのだ。指導者が官僚集団の利益に配慮も遠慮もする必要はなくなる。

身も心も晴れ晴れとした気分でトイレを出ながら、主席は、あの世の毛主席の霊は自分をうらやましく思っているだろうと考えた。こんなことが可能と分かっていたら、毛主席も息子の毛岸英〔朝鮮戦争で戦死。ソ連で軍人としての教育を受けた〕に情報科学を学ばせていただろうに……。

2

老叔(ラオシュー)の弁公室は、三十九階建ての国家安全委員会ビルの三十階にある。三十一階は全体が主席のための設備と空間で、平素は使用されていない。情報管理センターは国家安全委員会のなかで最大の組織で、屋上の通信アンテナにもっとも近い最上階の八つを占めていた。情報管理センターの主任は、五十歳すぎの女性だった。やせ形の顔と若い頃から変わらない体型に、金縁の細いフレームの眼鏡。流行の衣服を身にまとっているが、落ち着いた雰囲気。一分の隙もない、灰色の髪をしたその人物の外形は――これはとくに上司に対してだが――、沈着で信頼できる印象を与えた。

彼女はいま、老叔のオフィスにいた。その言動は、報告を行って、指示を求めているように見えたが、その態度の示しているものは、明らかな反対だった。

――主席弁公室の九組が情報管理センターの保有する情報の共有を、その分析と応用を含めて、要求してきておりますが、制度的に言って如何なものでしょう。どう対応すべきとお考えですか？　情報は情報機関には血肉のようなもの、そして分析と応用は魂のようなものです。九組は、行政機関としての序列は、情報管理センターとは比べものにならないくらい下位にあります。さらには、両者に統属関係もございません。それがどうして電話一本で、情報センターが長年にわたって集積してきた成果を、それも下の組織へと引き渡さなければならないのでしょうか？

老叔は、主任をなだめようとするかのように、コップに水を注いだ。正直に言えば、情報も応用もへったくれもないのである。情報管理センターそのものが、さして遠くない将来、九組に呑み込まれることになる。老叔はそう予想していた。つまり太子の手中に落ちるということだ。九組は、規模こそ、この国家安全委員会情報管理センターに及ばないが、ここにはない、地位と力と権威を有しているのだから。

前任、現任を問わず、情報機関の長の何人かが、国家安全委員会に情報を与えずに九組に与えるということをしてきた。主席への私的な忠誠心を示すためにだ。そういった情報が、ときに決定的な役割を果たしたことがある。例えば、全国の官吏とその家族の海外の預金口座の明細が、主席の権力闘争において、彼に絶対的な優勢をもたらした。それによって現在の、挑戦する者のない、主席の権威がある。

「主席は国家安全委員会の主席でもあられる。そして九組は主席の弁公室だ。九組が国家安全委員会の情報を必要としているとは、とりもなおさず主席が必要とされているということになる。ここには何も矛盾はないだろう。手続き上、多少の不具合があっても、それをことさら問題視する必要はないということだよ。」老叔は、いつものじゅんじゅんとした言い方で、部下に説いた。今回は相手が女性ということもあって、その態度は、一種先輩のような優しささえ感じさせた。

「……しかしながら、これはいまだ試験段階のプロジェクトであることもあり、主席に対して責任を負うことになるという点にも鑑みると、引き渡しはしばらく猶予したほうがよいだろう。試験の過程で改良を加えつつ、正式な試験期間終了後に引き渡すということでも、けっして遅いということにならないだろうね。」

老叔のこの後半部の言葉は、いかにも官僚らしい物言いだったが、情報管理センター主任は即座にその意図するところを悟った。彼女はそれまで発していた雰囲気を引っこめ、ＩｏＳをはじめとする試験段階にあるプロジェクトの内容を相手方へ提供いたしますと言った。

老叔は満足げな様子で返答した。「これらプロジェクトについては、試験を繰り返さなければならないのはもちろんだが、できるだけ速度を速めたほうがいい。ただし主席のお手元に届けたあとにはいかなる問題も存在しないよう、確実に行うことだ。」

情報管理センター主任は、おもわず笑みを浮かべた。彼女は辞去する際に、うっすらとしたユーモアさえ感じさせる口調で言った。

「完璧の域に達しないかぎりお渡ししないと、誓って保証いたします。」

老叔が触れた「いかなる問題もない」については、それを判断する決定権は彼女にあった。これらのプロジェクトは、それを引き渡さないかぎり、同センターの核心的部分として、彼女の責任対象であると同時に、その絶対的な権限の範囲内にあり続けることになる。

老叔のオフィスは、入って右側がソファーの置かれる応接室になっている。左側には屏風があった。老叔は、彼のデスクに座ったままで、ソファーに座っている来客と話をすることができたが、それと同時に、この屏風の裏に置かれた監視モニターを、見ることもできた。客のほうからは、屏風に阻まれて、モニターの画面を読むことができない。ただその画面の光とちらつきとが、すけて見えるだけだった。

老叔はその日常において弁公室内の他の部署へ行くことはない。昼食でさえ、食堂からオフィスへ運ばせる。しかし、弁公室内のあらゆる場所は、彼の視界の内にあった。全部で十二ある部署の、それぞれに置かれている監視カメラが、順繰りに、そこの情景をモニターに映し出しているのだ。三分で十二か所全部を映し終える。一巡して、また次の一巡が始まる。老叔のオフィスに足を踏み入れたことのある者なら、みなそれを知っている。彼らは、そこから帰ってくると、同僚にこう言うのだ——老叔は姿を見せなくてもいつもオレらを見ているぞ。

ところが実際は、老叔は一人でいるときにはカーテンを降ろして、スクリーンを見ていなかった。彼はモニター画面のちらつきが嫌いだったからである。だが、他の人間がオフィスへやって来る時にはカーテンを上げた。彼は、他人から自分がいつも見張っていると思われることを望んでいた。

しかし、このときカーテンを上げて見えたその画面は、ちょうど〝突処組〟のオフィスの場面だった。〝突処組〟は三十階の半分を占めている組織だが、普段は機能していない。緊急時にのみ活動する。この〝突処組〟という名は、「緊急突発状況処理領導小組」の略称である。この組織は国家安全委員会に属しているが、主席の意向でとくに設立されたもので、国家規模の重大な危機への対応と処理とを専門としていた。そのもっとも重要な性格は、自身の裁量によって必要と思われる措置と手段とをみずから選択できる点にある。他の機関や部門が、法律に縛られて協力しあえない状況下においてさえ、同組は、緊急事態で迅速な対応を行わなければ時機を失するという理由のもと、事後に法律的手続きを行うという手法が認められていた。主席はこの突処組のリーダーでもあった。

主席がお手盛りで作ったこの機関が、法律の束縛を受けないようになっているのは、随時みずからの思い通りにことを行うためであることを、事情を知る者は承知している。自分以外の人間がこの権限を振るうことのないよう、ふつう〝小組〟レベルではありえないことに、最高指導者たる自分がリーダーを担任していた。ただ一人の副リーダーは、日常業務の管理人役である。それは老叔だった。

　国家安全委員会の規則には、リーダーが職責を果たせない場合、副リーダーがその代理を務めるという条項があるが、それはいわゆる官僚語の言い回しにすぎない。老叔は、主席が必要とする時に遅滞なくその実力を発揮できるための、〝突処組〟の訓練と維持にのみ、責任を負っている。同小組の設立後、主席はまだ一度も、この組織を実際の場面で用いたことはなかったが、このたびの防疫活動は、〝突処組〟に、最初の実戦訓練の場を与えることになるはずだった。防疫は、大げさな動員のメカニズムを必要とはしない。主席は老叔に、すべてを任せる積もりでいた。

　老叔は、これが彼にとっての正念場となることを承知していた。万一、式典に影響するようなことになったら、重大な責任を問われることは火を見るより明らかである。統治術というのはそういうものだ。成功か失敗かが重大な意味をもつ仕事は、信頼する者に任される。成功すれば、それは統治者の手柄となるが、失敗すれば、実行者の責任になる。防疫の件は、老叔は成功することしかできないのだ。失敗は許されていない。この点において、彼と主席と、完全に一致していた。

　主席は、「外鬆内緊（がいしょうないきん）」を求めていた。「外鬆」〔外は緩める〕とは、外国にパニックを起こさしめないという意味である。「内緊」〔内は締める〕は、政府職員は、そのレベルにかかわらず総掛かりで絶対に疾病を押さえ込めという意味だった。「外鬆」は、喩えてみるとすれば、やわらかな風に細やかな雨といった風情であり、「内緊」は、轟きわたる雷鳴の厳めしさと恐ろしさであると言えるかもしれない。しかし、そのいずれについても、そこからいささかも違うことは許されない。パンデミックが発生した地域の政府職員は免職、上級レベルの官僚は懲戒処分となるのであり、それはけっして容赦されることはない。同時に、社会には不安を起こさせず、国家に対しては批判的な世論を形成させることなく、さらにパニックを起こさせてはならないのである。それができなければ、やはり免職か懲戒処分になるのだった。

これらの要求は、たがいに矛盾しているように見える。だがこの矛盾のなかで、バランスを保って、細い鉄線の上を綱渡りする知恵と技術とが求められているのだった。無数の者が、この鉄線から墜落するだろう。だがそれが、主席の真の目的なのだった。

彼は老叔に、ある目安となる数字を伝えていた。——地級市〔四級ある中国の行政レベルのうち下から二番目〕以下のレベルの幹部を、五パーセント程度入れ換えよ。これ以上でも可。ただし未満は不可。これは今回の防疫運動を評価するうえで絶対に動かせない指標である。この数字は公表せず、公文書に載せない。ただ自分からの私的な命令として出すだけだ。その作業については、特派局が提出する罷免リストに基づくこと。各レベルの組織・部門において、いかなる理由や縁故も配慮しない。また外部からのいかなる干渉も受け付けない。かならず特派局のリストにのみ基づいて罷免せよ。この全過程を通じて、自分は一切関知しない。組織部〔中国共産党中央組織部。人事を担当する〕の統計に照らして、五パーセントに達したかどうかだけを判断するものとする。

これによって特派局には大きな権限を与えられることになった。それは、防疫運動を推進するうえで、効果的だったからである。各省所在の特派組から派遣される特派員が全員地方を巡察した。

あたかも昔の世の、陛下より賜った宝剣を携える欽差大臣〔皇帝から直接任命されて特別な任務を持って任地へ赴任する大臣〕のように。彼らは、くだんのリストに名が載っている政府職員を、容赦なく馘首していった。どのような言い訳も認められなかった。特派員は官僚組織にとっての死神となり、その名を聞く者は、みな顔色を変えるようになった。

五パーセントは、全体と比較すれば、〝ごく少数〟である。だが絶対数を言えば相当な数になる。通常の手続きをふんで、一個一個事案を処理していけば、いつ解決するか見込みがたたない難事業だ。そうすることが理に適っているかどうかの議論になれば、弁護の理由は無数に生まれてくるだろう。そして事業は立ち往生することになろう。かの毛沢東が、反革命や右派の比率をあらかじめ定めたのを、間違いだと批判する人間は、一国の政治というものがどういうものか、分かっていないのだ。一国を治めるにおいては、具体的な個々人の無実かそうでないかなどは思慮の外である。重要なのは、規模を確保することだ。そうすれば統治に必要な効果を得ることができる。

老叔の指揮する防疫運動は、実行に当たって、特派局のこの権限に依頼する部分が大きかった。各省の特派組から、それぞれ一名、副組長が抜擢され、各省における上下のラインの結節点とし、〝突処組〟に防疫指揮部を設けた。防疫は目下の最重要事項である。よって、以前から早朝に出勤し夜半に退出するのが日常だった老叔は、さらに朝は早く、晩は遅くならざるをえなかった。だが彼は、毎日帰宅しようとするときに、監視モニターでかならず劉剛（リウカン）がまだいることを知っていた。そして彼は老叔が出勤する前に、すでに出勤していた。老叔は劉剛が自分の机に突っ伏して寝ているのを見たこともある。明らかに帰宅せずにそこで夜を明かした様子だった。それは老叔に強い印象を与えた。主席が劉剛の特情を読んで指示を下したのを受けて、老叔は劉剛を、北京特派組の副組長に昇格させて、突処組の防疫指揮に参画させていた。そうしてしばらく観察を続けた結果、老叔は劉剛を、さらに昇格させ、防疫運動の副リーダーに抜擢した。二か月で二階級の昇進はじつに異例の速度だったが、忠誠心よりも能力が必要とされていた。劉剛の特情は主席の眼鏡にかない、防疫運動の開始と展開の原動力となった。この点を指摘すれば誰も抗弁できない。しかも式典を確実なものとするための防疫運動の最重要点はここ北京である。当然劉剛の地位とその権威は、他省や他市の副組長よりも上になった。

罷免されて空きになった人間のポジションは、別の人間の争奪戦の場となる。新人を抜擢するか、あるいは組織部の人事に委ねるか、いずれにせよ、大式典年における〝最前線〟と呼ばれることになると思われた。そのなかに情実人事や、賄賂コネによる任命が、大量に混じることになるのは間違いなかった。しかしそのどれもが、防疫の英雄としての栄誉に包まれるだろう。その地位に抜擢される者は、官職の高低に拘わることなく、主席の発行する「共和国衛士」〔第二次天安門事件後に設けられた国家栄典〕の記念章と証書とを手にすることになる。証書には、墨痕鮮やかにしるされている受章者一人ひとりの姓名が、首席の署名とともに、燦然と輝いているだろう。主席が下級の公務員の任免をみずから行うはずはないことなど、みな百も承知である。しかしそれでも、選ばれた者は、証書にしたためられた主席のサインが親筆で、代筆やハンコではないと信じたい。そして、それを周囲に見せて自慢したい。額縁にいれて家の壁に飾りたい。そうやって、自分を抜擢してくれた主席に忠誠を誓いたいのだ。

特派局に与えられたのは罷免する権限のみだった。抜擢する権限は与えられていない。その、まるで赤っ面の悪党のような役回りが、恨みを買うことになった。クビにする人間の数が増えれば増えるほど、その恨みも深くなっていった。老叔は、特派局の罷免指標を特派員一人ひとりに割り振ると、各自その目標を達成せよと発破をかけた。各省の特派員は、好都合なことに、みな出向で、現地の人間とはいかなる個人的な関係もない。ある特派員は、両目を閉じて官吏リストのうえにデタラメに印をつけて、印のついた者はアウトでそうでないものはセーフと決めたという専らの噂だった。この噂を聞いた官吏たちが戦慄したであろうことは想像に難くない。彼らは、上から下まで、限界まで圧力を加えられたバネのようになって、心理的な崖っぷちに追い詰められた。クビになる五パーセントになるのか、それともその後釜に抜擢される五パーセントとなるのか。彼らの運命を分けるのは、防疫運動での、たとえささいなものであったとしても、過失の有無であった。高まる一方の緊張が、防疫運動のメカニズムの回転に拍車をかけた。

3

劉剛（リウカン）は、北京組の副組長に抜擢され、また突処組に加入してからは、それまでのように毎日外に出ることはなくなった。大部分の時間をオフィスで過ごしている。外出してもすぐに戻った。その理由は、まず最初に、北京全市の防疫活動の現場を見て回ることなど、どだい不可能であるからだ。大部分はグリッドの自動情報集積ソフトを通して、そこから情報を得ることを余儀なくされる。二つ目は、老叔(ラオシュー)だった。老叔はつねに劉剛を見ているというのが、もっぱらの噂だった。劉剛は、彼の印象を良くしておかなければならない。ということは、彼は老叔の目の届くところにできるだけ長くいる必要があった。突処組で共同して仕事に当たる各省の組の副組長たちは、日常の業務でさえ、所属する省のグリッドの情報集積ソフトに頼っていて、そこに随時上ってくる情報に対応するというやり方を取っていた。だが彼らはみな、劉剛に比べると、真剣さが足りないように見えた。劉剛は寝るときでさえネットに自分を繋いでいた。グリッドでなにか起こると彼のスマートフォンに通知が届いて、深夜でもオフィスに駆けつけて、対処した。

危機対処の面から言えば、グリッドシステムは、問題への対応を、受動的な反応から、先んじて解決に当たる方向へと転換させるものだった。グリッドの規模が小さいために、監視チームは各家庭の一人ひとりにいたるまで詳しく把握でき、即座に状況に適切な対処法を取ることができた。グリッド間でデータの共有が行われて、共同行動を取ることが可能になっている。「維穏」〔維持穏定の略。国家と社会の穏定＝安定の維持を目的とする諸々の政策およびその運動全体を指す〕の過程で設置されたグリッドシステムだったが、これは怪我の功名というべきなのかどうか、各グリッドに医療と看護の基礎的な訓練を受けた防疫要員を一人配置することで、今回の目的に格好のシステムとなったのである。その彼らを、住民委員会や、家主委員会や、不動産会社や、引退した老人たちから組織される見回り隊に加入させておけば、毎日、各家庭を訪れてこと細かに調査・検査してくれる。感染が疑われる者を発見すれば、即座に隔離センターへと送致する。そして感染が確実となれば、そのグリッドは直ちに閉鎖され、人口の出入りを遮断して、疾病が拡散しない措置が取られる。グリッドシステムには、人口の移動量をコントロールする手段がいくつかあり、必要な人員の動員がもう十分できたと判断されれば、今度は過度の騒ぎにならないよう、それを使って抑制を加える。それはまさに「外鬆内緊」の趣旨にも沿うものと言えた。

最高指導者は、これらについて、劉剛の発案であるとは言っていない。しかし劉剛自身は、これを誇るべき自分の功績だと考えていた。新疆の反テロ活動においては、この以前からグリッド化が進められていた。そのため、彼はその機能と効果を熟知していたのである。彼の目標は、北京の防疫活動を水も漏らさぬ完璧さに至らせることだけではなかった。彼はその網を、全国にも広げようと考えていた。そうすれば、自分の才幹をさらに大きな舞台で披露することができる。

「兄弟〔同年配の相手への親しい呼びかけ〕、ちょっと休もう。コーヒーでも飲もうや。」新疆組の副組長の長路（チャンルー）〔遠路はるばるという意味〕が、胸までの高さの仕切り壁ごしに、顔だけをのぞかせて劉剛に声をかけて、そのまま去って行った。なにか大事な話があるのだと、劉剛は思った。老叔がいつも見張っていることは誰もが知っているので、聞かれたくない話をするときは、廊下に出てラウンジ空間へ行くことになっている。そこは廊下の一方の隅で、あるのはカメラだけで、音声は拾えない。

しかもいまは休息時間だ。雑談するのはごくふつうの行動だった。劉剛がコーヒーマシンの前でどのボタンを押すことにするかと考えているあいだに、新疆組の副組長は、コーヒーに砂糖を入れながら、声を潜めて言った。「昌平区〔北京市にある。地図⑤参照〕の副区長がリストに名を載せられた。俺を通してあんたへ泣きついてきた。そいつを助けてやれば、新疆国内安全保衛の楊副総隊長もリストから名が外れるそうだ。」一般人にはこのふたつの話のあいだにどんな関係があるのか理解できないだろう。しかし言われた当の劉剛は、この新疆組の副組長は自分に取引をもちかけてきたなと、ピンと来た。

北京組の特派員が上げた罷免職員リストは、毎日、まず劉剛が目を通す。そのあとで組織部に回して執行されることになっている。今日の分は、彼はまだ目にしていない。ところが相手はすでにその内容を知っていた。しかもそれだけではない。楊哥が、新疆の官僚世界のなかで自分がもっとも腹を割って話す存在であることも知っている。劉剛はコーヒーを手にすると、その場を離れた。自分が話を聴いていたかさえ、相手は疑ったかもしれない。突処組の防疫指揮部が活動し始めてから二か月が経っている。すでに副組長同士顔なじみとなり、最初のころのようなお互いの警戒心は緩んだところで、個人の間の取引が始まったのだ。簡単な話ではある。ちょっと筆を動かして、特派員報告のなかにある名前を消しさえすれば、それでいい。もともと誰をリストに挙げるかについての基準など、何もなかった。確かな根拠があったわけでもない。ひどい場合にはたんに濡れ衣だった。だから名前をあとで削っても全然問題にはならないし、のちに追及されることもないだろう。

それどころか、逆にそうするのが善行になるかも知れないくらいだった。こんな、いとも簡単に人の運命を変えることができる権力を、使わないほうがどうかしているのではなかろうかと劉剛は思っている。そして、それは、相互扶助から始まったものであっても、次第に取引へと変わる。そこに多大の利益が生まれるであろうことは想像するまでもなかった。

以前の劉剛なら、目の前にこんな宝の山があるのに要らないなどと言うのは馬鹿のやることだと思っただろう。だが彼の目はいま、もっと遠くを見つめていた。この運動は彼がひき起こした。最後には何もかもを吹き飛ばすほどの大爆発を起こしてもらわないと困るのである。彼は、一生で二度とないこのチャンスを、必ずものにするつもりでいた。この大きな波を最大限に利用して、できるだけ高く、上に、飛びあがるのだ。ちっぽけな利益に目がくらんで大きな利益を取り逃がすようなまねは、決してするな。少しでもでかい権力を手に入れろ。そうすれば利益など後からいくらでもついてくる。

これはひょっとして罠ではないかという疑いが、彼を襲った。取引に応じれば、それを弱みとして相手が使おうとするのではないか。現在の彼のめざましい昇進ぶりは、表向きは羨望の的だったが、裏では、少なからぬ嫉妬を引き起こしていた。北京組の組長はできるかぎり彼を避けようとした。目を合わそうとすらしなかった。納得も敬服もしていないのは明らかで、それどころかその目には、深い憎しみの光が感じられた。特派組のそれ以外のメンバーは、劉剛をすでに未来の上司と見なして、その要領で接するようになっている者もいれば、乗っているロケットから落ちてしまえ、その時にはおもいきり踏みつけにしてやると腹の中で考えているらしき者もいた。直訴という手段は、それ自体ですべてを解決できる魔法の杖ではなかったということを、劉剛は次第に悟るようになっていた。官僚社会においてはその先があり、誰かの子分になって庇護や助力を求めねばならない。道はまだまだ向こうへ続いているのである。

誰の子分になるかは、誰とお近づきになれるかによって決まる。主席の子分になるのが、当たり前だが一番よい。しかしどうやって近づくのか。彼を北京組の副組長に抜擢した老叔は、みずから彼を呼び出して任命した。それからすれば、これは老叔が自身の裁量の範囲内で行った決定であったように見えるが、本当は老叔が周囲の凄まじい反対を押し切って行った、破格の抜擢であったはずと劉剛は推察している。そうすることで、彼は劉剛に、上へと昇るハシゴを用意してくれた。劉剛は、任命されたその場で、これからの自分は貴方の忠実な部下でありますと老叔に誓ってみせた。老叔は最高の権力を有する人間ではないが、彼が責任者となっている防疫の分野は、いまの自分がもっとも得意とする分野である。劉剛は、出向期間が満了した後も国家安全委員会に残るつもりでいた。そのさいには、老叔に組長の反対を排除してもらわねばならない。であるとすれば、老叔以外に付くべき人間はいないという結論になる。

老叔が劉剛に再度破格の抜擢を行って、防疫副総指揮〔副総指揮は副司令官の意味の役職名〕に据えたときには、さすがの劉剛本人も、事態の進展のあまりの速さに、恐れをなした。各省の組の副組長は、副庁級〔官職の一クラスの名〕である。処級〔副庁級より下位〕でしかない劉剛が、自分たちの上に立つのは面白くないに決まっている。この件について、老叔は、劉剛の抜擢はモデルケースである、若い者が上の世代に取って代わるのが世の趨勢であると公式に言明した。このことから、劉剛は、老叔の自分に対するいっそうの信任を感じた。老叔はさらに、ＩｏＳへ介入する権限も、劉剛に与えた。防疫指揮部の誰もそこまでの権限は持たされていない。それどころか、彼らはＩｏＳの存在自体を知らない。

グリッドシステムによる防疫活動の管理・運営の鍵は、どれだけ早期に患者を発見できるかにある。発熱が、もっともわかりやすい指標となる。発熱した人間は、すべて隔離センターへ送られ、そこで検査を受けた。インフルエンザウイルスの感染ではないと確認されればすぐに隔離措置は解除されることにはなっているが、実際の運用においては各方面は大事を取るので、送られたら、まず出て来られなかった。発熱が収まっても、隔離期間中にウイルスに感染している可能性は、わずかにであるが残る。ここで解放すれば新たな感染源になりかねないという懸念から、ならば隔離センターに隔離し続けておくにしくはない、防疫運動が終わるまで解放しないという結果になるのだった。

北京市の隔離センターは市の北、小湯山（シャオタンシャン）〔鎮名。昌平区に属す。地図⑤参照、以下同じ〕の地にあった。万を数える人間を収容できる規模だが、すぐに一杯になった。それで、東の平谷（ピンクー）〔鎮名。平山区に属す〕と、西の房山（ファンシャン）〔区名〕と、南の大興（ターシン）〔区名〕に、つぎつぎにさらに大規模な隔離センターが建設された。宣伝では療養施設並みの設備としてあったが、実際の事情を知る人間の間では、環境は劣悪で、基本的な日常生活用品も満足にないというのが常識だった。しかも、家族の訪問は認められず、外部との連絡も許されなかった。そのうち、みなそのことを話題にすることすら、はばかるようになった。

発熱者を隔離する際には、以下のような情景がたえずくり返された――グリッドの保安要員が鳴り物入りの仰々しさで駆けつける。家族の者はどこへ行ったのかわからないと言う。ではどうすべきか。あたりには物見高い野次馬が山のように集まっている。これでは大捜索活動などできない。だが実際のところ、発熱者はすぐ近くに隠れている。それは隣家であったり、あるいは建物の一階すぐそばの茂みの中であったりする。家の押し入れの中にいるという例もあった。保安要員が引きあげたあと、発熱者は家に戻る。敵が攻勢に出ればこちらは退き、向こうが退けば進むという、戦さのようなやりかたである。このような、逃げるネコを追いかけるようなやり方では、隔離された発熱者の数はその存在が報告された数の三分の一にも達しなかった。

この問題に対処するために、IoSが導入されたのだった。発熱した者の名前が判れば、その靴のSIDをたぐれば、モニターの上に正確な位置を表示できる。そうなれば、家族がいくら保護しようと、保安要員は、相手が床下にいても、押し入れにいても、またそれが隣室でも、あるいは廊下の水道メーター室でも、どこにいようとかならず見つけだせた。逃げ隠れしても、その靴の軌跡をたどって、あるいは先回りして待ち受けて、捕まえた。IoSを援用するようになってから、発熱者の隔離率は九〇パーセントへと跳ね上がった。

劉剛は、防疫指揮部を代表して、ＩｏＳと防疫グリッド両者の協同作業に参加した。彼は、ＩｏＳ部門が提起する要求について協力して解決に当たり、各地の防疫組織にはＩｏＳのモニターを彼の指導のもとに配備させ、グリッドの保安要員に対してはモニターと機器の操作訓練を実施した。モニターがなぜ各人の正確な位置を表示できるのかについては、関係者のあいだでさまざまな憶測が飛び交ったが、当のグリッド要員や防疫要員も含めて、自分たちの靴がネットに繋がれているのではないかという可能性に考えが及ぶ人間は、皆無だった。

ＩｏＳについての知識が増えるとともに、劉剛の老叔に対する尊敬はますます強まった。ちょっと見には、けっして自分の意見など持っていなさそうな支配人タイプの人物が、自分が開発したわけでもないＩｏＳを理解して、その導入を支持したおかげで、こんにちただいまの状況があるのだから。

老叔は工学科の出身だった。早くに進路を変更したが、新たなテクノロジーへの鋭敏な嗅覚を失うことはなかった。彼は〝上〟のなかでは、技術というものの価値をもっとも認め評価する存在だった。新しいテクノロジーの吸収に貪欲で、古い世代よりテクノロジーについてはよくわかっていると自負する劉剛でさえ、素直に帽子をぬぐしかない相手だった。

こういうこともあって、老叔という人間のなかにはまだいったい何が隠されているのだろうと、劉剛は、彼に一層興味をもつようになった。彼はＩｏＳへのアクセスを許可されていたが、それはグリッドシステムを使った防疫活動で必要とされる範囲の機能に限ってのことで、それ以外の機能へのアクセスは許されていない。そこで劉剛は、個人的な好奇心から、特派員の捜査権限を利用して、IoS関係者の個人ファイルを閲覧してみた。彼らが何をしているのかを調べてやろうというのがその動機だったが、そこで彼は、思いがけない名前に出会うことになった。それは李博（リーボー）という、伊好（イーハオ）の夫である人物だった。

　伊好のサインを手に入れた後は、彼は伊好とのいっさいのコンタクトを絶っていた。不要なことはやらないがいい。要らないことをしなければ、余計な面倒も起こらない。防疫運動が開始されると、それまで感染症を誇大に評価することに反対の立場を取っていた専門家たちが、ウイルスの突然変異体がヒトからヒトへ感染することは証明できると、危機説に迎合する主張を、争うように声高に唱え始めた。劉剛は、伊好から専門家としての支持をもう必要としていない。それどころか、いまや二人の性的な関係が他人に知られないように注意しなければならなかった。彼らが協力した事実にまで、疑いの目が向けられることになりかねないからである。最悪の場合、そこになんらかの陰謀があるとさえ見なされるかもしれなかった。そうしたなか、伊好が目下の状況にどういう反応を示すか、劉剛にはまったく見当がつかなかった。ともあれ、何事もなかったかのように振る舞うのが、目下においては最善の策である。

　劉剛とは違って、伊好は、この状況から何の恩恵も受けなかった。劉剛の特情が主席に受容されて以後、疾病予防センターでは、責任者をはじめ、六十七名のスタッフが免職になった。さらにスタッフ全員が三か月分の給料カット処分となった。伊好の評価は、世俗から超越した学究肌のプロフェッショナルから、時流におもねる世間師へと、一変した。自分たちの不運は、あの女があの悪人の特派員を支持したことから始まったのだと、だれも、真正面から敵対的な態度こそ取らなかったが、集団で彼女を疎外し、孤立させた。彼らは彼女に寄りつかず、ひとりぼっちにして、彼女をまるで晒し者のような位置に置いた。ここで徹底的に皮肉なのは、いまや彼女は少数派であることだった。大部分の専門家と意見が対立していた。それは彼女の意見が変化したからではなかった。多数派の専門家が以前とは逆の立場に鞍替えしたからだった。彼らは、パンデミックの恐怖を煽り、感染の危険を大声で訴えていた。そして伊好は逆に保守的な存在になった。もっともそういう専門家たちがみな時流に乗ろうとしたわけではないだろう。まわりの空気に迫られての、上がこのようにするのを望んでいるのであれば、それにあわせて自分もそうするしかないといった、一種やむをえざる転身もあったかもしれない。しかし彼らは、そのためには事実や真実を曲げて誇張するのを躊躇しなかった。

防疫運動を議論する各省党書記会議の席上で発せられた、外部には漏れず、またマスコミでも報じられもしなかったが、原稿にはなかった主席のある言葉が、会議の出席者に大きな衝撃を与えた。それは、この会議の精神を一言で言い尽くす内容だった。

「失策を犯した者は、その首を斬り落とす。」

この言葉を口にした時の主席の表情は、柔和そのものだった。二十一世紀に本当の斬首刑などあるはずもないが、官僚としての首が飛ぶのは覚悟しなければならなかった。官僚としての地位と肩書は官僚にとっての命である。地位と肩書がなければ、その者の首はないに等しいのだ。「首を斬り落とす」という言葉は、下へは、「国土を死守せよ」という官僚語に訳されてから伝達されたが、そのなかに籠められた脅しと、与える威力とは、同じことだった。専制とは、下に向かっての専制である。各省の省書記は主席の前では犬や馬にすぎないが、各省においては次男坊である。そこではなんでも思いのままになる。次男坊は、主席の要求を一〇〇パーセントかならず満たそうとする。そして今度は三男坊に、一〇二パーセントの出来を要求する。こうして、下へ一段階さがるごとに、その各段階のボスが、パーセントを上乗せしてゆく。そして、「首を斬り落とす」が最後には「八つ裂きにする」となり、統治機構全体が、ごうごうと回転する挽肉機と化す。各地の地方政府は、いつもの隠蔽をことととする組織から一変し、競い合うかのように、みずからの地域の流行度や危険度を公表するようになる。これでもかとばかりに事態の重大さを述べ立てる。〝上〟の理由と目的がなんであれ、〝上〟が危機を欲するというのであれば、できるだけ危機を誇大に叫んでおけばそれが自己の利益になるからだ。結果としてはそれほどの重大事にはならなかったとしても、それはそれで大いに喜ぶべきことであるし、平穏裏に事態をやり過ごせたことで、それが自分たちの功績にもなる。よしんば出た結果が芳しくなくても、事態の重大性は私たちのほうから前もって警告しておいたはずです、私たちの責任ではありませんと、言い訳ができる。この状況下で、官吏の多くが、事象を局部的に拡大、あるいは個々の誇張が、上へ向かって延々積み重ねられるうちに、それが今度は逆に、上の危機感をさらに深刻にしてゆくのだった。

このような状況において、感染の危険を喧伝することや過度の防疫措置を取ることに対して反対する伊好の言動は、同僚たちの陰口の種となった。そうなるとはもとから分かっていたというなら、なぜ最初にそう言わなかった？　それは彼女の精神を傷つけ、疲労困憊させた。家に帰っても気が晴れなかった。自分と李博とを繋ぐかすがいだった娘は、父と母がチェコへ連れて行ってしまった。三脚で安定していた我が家のバランスが、その一脚を失って失われたような気がする。李博は自分に対してあきらかに冷淡な態度を取っていた。奥になにか大きなわだかまりがあるようだ。彼女には、李博が意識的に自分を避けているようにさえ思えた。彼ら二人の関係は、この数日というもの、微信でのほんの数個の文字のやりとりだけとなっていた。

劉剛もまた彼女を悩ませていた。だが彼に対する感情は、李博に対するそれとはまったく異なる性質のものだった。これほどあからさまに自分を利用しておいて、それが終わると彼は自分をまさに破れた靴のごとく捨てた、そのことが、彼女の心に深い傷を負わせていた。彼女は、セックスを除けば、劉剛に何の興味もない。ただ、彼は男で、彼女の肉体と性欲を目覚めさせたというだけの存在だった。これまでのように、それを知らないままでいたら、彼女は冷静でいられただろう。だがいったんあんな経験を持ったあとでは、ちょっとしたきっかけで、欲望が湧き上がってくるのだ。それが、彼女を、いてもたってもいられない状態にした。伊好は、そんな時、劉剛の顔を思いだそうとは思わなかった。ただあの深く中へ突き入ってくる感覚だけを反芻しようとした。彼女は、自分があの感じをこれほどまでに好むとは、思いもしていなかった。いまでも、もし自分が欲望にさいなまれている瞬間に劉剛が現れたら、はたして拒否できるだろうか。彼女には自信がなかった。しかしそんなことが起こりはしないことも明らかだった。彼女のほうもまた、自分から彼の足下へひれ伏して懇願するようなことをするはずもない。自分には夫がいる。しかし彼では、この肉体の疼きを止めることはできない。この疼きはいつ収まるのだろう。これから自分はどうすればよいのか？

4

ガラス製のカーテンウォールからオフィスの中へはいってきた劉剛（リウカン）を最初にみた時、李博（リーボー）が受けた衝撃は大きかった。それまで彼は劉剛を写真でみたことがあるだけだったが、その顔は、彼の頭にはっきりと刻み込まれていた。

劉剛はＩｏＳ担当部署への出入りは許されているが、「性交時靴間距離」プロジェクト関係の区域には入ることはできない。しかし彼は好奇心に満ちた表情で、ガラスの壁ごしに中をのぞき込んでいた。李博と一瞬目が合ったとき、彼は愛想のよい笑いを浮かべた。だが李博は彼の視線に気付かないふりをした。

情報管理センターのほとんどの人間は、ＩｏＳのことを知らない。ＩｏＳの関係者も、そのほとんどは「性交時靴間距離」のことは知らない。このプロジェクトは、ある意味、老叔（ラオシュー）の〝自留地〟

〔社会主義体制下の集団農業で、農民個人に許される個人消費・経営用の自作地〕のようなものだった。まだ完成していないから最高指導者やその他の〝上〟へ存在を報告する必要性はないとされているが、現実にはすでに存在していて、機能もしているという意味で。

李博は毎日、老叔が関心を持っている対象――そのほとんどが権力者――の「性交時靴間距離」を、老叔に報告した。老叔がそれを何に使うのかは李博には分からなかった。李博は、老叔がときどき、SIDを打ち込んでIoSでみずから追跡を行っていることを、システムのコンソールで偶然見てから知っている。それらのSIDは、IoSのデータバンクにはないものだった。政治局員以上のSIDはIoSのデータバンクには入っておらず、これらは老叔が直接管理していることを、李博は知っていた。

このことが分かってから、李博はコンソールで老叔の動向を追うのをやめた。自分に関係のないことは関わり合いになりたくない。伊好（イーハオ）と劉剛の情事も、靴マイクで聴いてからはそれ以上調べていない。男はのぞき見が好きだというが、自分の妻の他人とのセックスは別である。他の男が自分の妻の上に乗ったことを知った後、普通の男なら次にやるべきことは、相手の男を殺すことだろう。しかし李博は、こう言って自分を慰めただけだった――自分が伊好にそれを与えることができないのであれば、伊好がそれを他に求めようとするのを許さない権利は自分にはない。セックスがあってはじめて人生は完全なものになるのであれば、伊好は自分にとって大切な人間であるからこそ、彼女に欠けた人生を送らせるわけにはいかない。だとすれば、彼女に快楽を与えているあの男の性器に、感謝すらすべきではないか。アダルトショップで売っているバイブレーターと同じと思えばいいのだ。あれは伊好に満足を与えるためのただの道具だ、と。

本物の劉剛を見た李博が、とくに強い印象を持ったのは、彼が若くてエネルギーに満ちあふれていることではなかった。彼のいかにも西北人らしい顔つきでもなく、カジュアルな服装が覆っている筋肉質の肉体でもなかった。それは、服の下に隠れているにもかかわらず、彼がありありと見たように思った、彼の硬く勃起した性器だった。伊好の身体の内部に進入し、伊好を気も狂わんばかりの状態にした性器が、勃起したままの状態で、劉剛を見る彼の視界一面に拡大した。劉剛の姿が全身性器に見えた。このペニスが伊好に入ったのかと思うと、李博は自制心を失いかけた。だがおのれの取り乱しようを自覚した彼は、やりきれない思いに陥った。

本音を言えば、李博が伊好の「性交時靴間距離」をあれから調べないのは、高潔な精神からではなかった。その根元には、知るのが恐いという感情があった。もし伊好にとって劉剛がたんなるセックスの道具ではなかったらどうしよう。一個の男性として見なしているのなら？　自分よりふさわしい夫として見なしていたら、どうする？　そのことを彼は考えたくなかった。だから見ないことにしたのだ。ところがいま、劉剛がＩｏＳの職場に現れて、ガラス一枚を隔てただけのそこにいる。

李博は、劉剛の「性交時靴間距離」の記録を調べずにいられなくなった。記録のグラフは彼がデザインしたものだ。だから使い方も見方もよく知っている。「性交時靴間距離」の出現回数、毎回の持続時間、発生地点、セックスの対象のＩＤ……。李博はそこにすぐに伊好の名を見つけた。ところが回数は、二回だけだった。ちょっと信じられずに、李博は、操作をやりなおした。だがやはり、二回だけだった。これはつまり、靴マイクで自分が聴いた二回のあと、二人は一度も性交していないということである。李博は、二人をべつべつに、彼らの靴の軌跡を時系列的にさかのぼって追跡してみた。二人の軌跡が交錯するのは、公的な機会と場所においてだけだった。しかも両者は距離が相当あって、かつきわめて短時間だった。そして劉剛が防疫指揮部に抜擢されてからは、二人の靴が出会うことはまったくなくなった。

　この結果を見て、李博は安堵を、一種死刑執行の直前に特赦を受けたようなそれを覚える一方で、伊好に対する痛ましさを感じて、涙が出そうになった。劉剛が伊好に与えたのは、セックスではなく、セックスによる拷問と強制だったのだ。しかもサインを手に入れるとすぐ縁を切った。それが追い打ちの恥辱となった。伊好の心が、いまどれだけ傷つき苦しんでいるか、李博には容易に想像できた。彼女がそんなことをしでかしたのは、もとはと言えば、自分が夫でありながら、その果たすべき責任を果たさなかったからだ。そして彼女が傷つき苦しんでいるいま、もっとも慰めと癒やしを必要としているこの瞬間に、自分は反対に彼女に冷淡に接し、彼女を避けている。

　李博はさらに、おのれの暗く澱（よど）んだ一面を発見することになった。自分は、伊好が不倫をしても、それほど衝撃を受けなかった。それどころか、緑妹（リューメイ）と何度も関係を持った。不倫をいうなら、自分の方が先だろう。伊好を責める資格は自分にはない。自分では高潔な精神で伊好がセックスで満足を得ることを望んでいるように思っていたが、それは自分自身が緑妹とのセックスで満足を得ていたからではないのか。二人とも、他人との交わりからだけ満足を得て、それがお互い同士からではないのなら、夫婦でいる意味はないだろう。しかし、伊好は劉剛とあれから交渉がないのに、自分のほうはと言えば、その同じ日に緑妹と交わっていたのだぞ。

もっとも李博は、その緑妹とそれ以後、連絡が取れていなかった。鞋老板（シェラオパン）からもいっこうに連絡がなかった。李博は毎日指折り数えて待っていたが、その一日いちにちが、日ごとに長くなる気がした。だがある日、ついに鞋老板からの「御自愛を」という文字群を目にして、相手の例のそれ専用の携帯電話に折り返した彼は、緑妹は来ていないことを知らされた。

「あの村一帯は封鎖されてる。誰も出てこられない。電話も通じん。くそったれ（ティエンパー）！」福州の方言で「ティエンパー」というのは、「気狂い」とか「精神病」という意味の罵り言葉である。「小梁（シャオリャン）に車で迎えに行かせたが、途中で止められて帰ってきた。どこもかしこも検問所だらけだ。外からの人間はどうあっても中へ入れんつもりだ。ティエンパー！」と、鞋老板は、悪態を吐きながら事情を説明した。

「今回はあんたと飯を食うだけだな。」

李博は落胆した。こうなるのではないかと、うすうす予想はしていた。緑妹の故郷の携帯とネットが数日前に切断されて、ＩｏＳも緑妹の足跡が捕捉できなくなっていた。だが彼は鞋老板が、それでもなにかうまい手を考えてくれるのではないかと、期待していたのである。なにせ地元では実力者なのだから。その鞋老板にしてお手上げということは、事態は相当深刻であるということだった。しかし彼は、緑妹の感染を心配してはいなかった。前回会ったときに彼女から咳をうつされたが、うがいをしていると数日後には収まったからである。緑妹も当然、問題ないだろうと、彼は思っていた。

「国土を死守せよ」の軍隊式命令と、五パーセントの首のすげ替えのノルマは、下へ下へとおりてゆくあいだに、雪だるま式に膨れあがっていった。最終的な命令受領者となるのは、最下層のグリッドシステムの人間である。このような巨大な圧力を前にした、村落地域のグリッド管理者が取ることのできるもっとも簡単な方法は、村ごと封鎖してしまうことだった。緑妹の故郷のある武夷山〔福建省にある山脈。地図①参照〕の一帯は、この点で、もっとも対応が早かった。コミュニケーション手段までも切断してしまった。この結果、疾病の伝播状況を伝える経路が失われると同時に、パニックの状況を伝える経路もまた失われてしまった。だが彼らに何の責任があるだろう。それまで、一般大衆に、どのような説明をその理由として伝えてきたのだったか。感染症の状況を知られてはならないという、上の要求に従って、最初は、ウイグル族のテロリストが爆弾を爆発させたと言った。だがこれでは、民衆の協力姿勢はそれほど長く続かなかった。自分がその爆弾の被害者になる確率はそれほど高いとは思えないからだ。テロリズム反対の言説は、たしかに人の心を刺激する。だが彼らの一人ひとりにとって切実な問題ではない。

いわんや、こんにち、地方の村落は、外界との交流なしには存続できないところまで来ていた。村落の住民がグリッドの封鎖を突破する事案が、日を追うごとに増加した。基層政府〔県政府。行政系統のほぼ最末端〕には、反テロリズムという〝理由〟が長くはもたないことは、最初からわかっていた。

都市部の社会は、農村部よりも外部との一体化のパーセンテージが高く、通信手段や交通手段を、そのときの都合によって自由に切断したりはできない。グリッドの閉鎖は、主として、外部からの流入人口を追い出すために行われた。都市部のグリッドが、管理と運営において依拠する主要なデータと指標は、戸籍の人口と住居の所有者に関するそれである。出入のはげしい移動人口は、グリッドの管理・運営においては問題の種でしかない。とりわけ防疫の面から言えば、移動人口は、往々にして病気の発生源やその感染経路となる。だから移動人口は流入阻止するという発想になるのは、自然の流れだった。都市部で、外来人口を駆逐する動きが、どこでも見られるようになった。各グリッドは、家屋の所有主に、部屋や家屋を外来者に貸さないように求め、すでに貸借関係にある場合については、契約の解消を要求した。団地は入口の警備体制を強化し、出入りの際のパスを新しいものに変更し、家屋の所有者だけが入れるようにした。文化大革命の後たえて見られなかった家宅調査が復活した――。

李博と食事を共にした鞋老板は、不平たらたらだった。彼の会社の従業員のほとんどは周辺の農村地帯からの出稼ぎ農民である。役付の社員や技術系の職員は外地戸籍者である。彼らは社の敷地内にいるかぎりは追い出しをくらうことはないものの、会社の中は狭いし生活条件もよくないから、長いあいだ籠城をつづけるのは難しい。故郷の家族と連絡が取れないことも彼らを動揺させている。

辞職して帰郷する者が少なくない。さらに頭が痛いのは、企業活動には外界との自由な往来が不可欠だが、いまはいたるところ障害だらけなことだった。生産高も大幅に低下していた——北京へ来る途中、なんど検問で足止めされたことか。とてもじゃないが無理だと思ったわ。

「目的は反テロリズムだと言うがね、検問の内容は発熱しているか否かだったよ。体温がちょっとでも高めなら強制的に隔離処分だ。こっちだって馬鹿じゃないんだよ！　字が読めん婆さんでも、これは感染症だとわかるわい。なんだこの子供だましは。本当のことが分からないと、人ってのは、かえってわけのわからんことを思いついたり信じたりするようになる。デマでもいいから信じるもののあるほうが楽なんだ。そして尾ひれをつけて広げて、さらにひどいデマになって、パニックになる……。実際はそんなにひどいことではなくてもな。」鞋老板の断言は、自分の会社や他の企業の抱える社員や工員とその家族を見ていてのもので、小規模な社会での話ではあった。しかし統計学的な見地からしても、より大きな社会の状況をかなり正確に反映していると思ってよかった。

「今年のインフルエンザは例年より多めだ。だがとくに変わったところはない。政府の内部情報を手にしたときには緊張したが、体温が高いと政府に通知が行って別のところへ連れていかれるだけだ。しかし政府ってのはとんでもないクソったれだから、外地戸籍者からも企業経由で銭を巻きあげようとしやがる。一人十万元だってよ。誰があんなクソに払うかって。そのうち会社の構内に隔離場所を造って、病人はそこに寝かして町で売っている薬でも飲ませておくことにするわ。それで結果オーライになるだろ。」

「その状況を政府は知っているのか?」と、李博はたずねた。

「内部の人間はむろん知ってるだろう。知る知らんの次元の問題じゃないからな。政府は下から上がってくる報告に基づいて行動する。報告は上が見たいことを見たいように書かねばならん。上が感染症が存在すると言っているのに下がそんなものはありませんと答えたら、職務怠慢ダラ幹と叱責されかねんわ。」鞋老板は、飯を食わずに酒ばかり飲んでいた。「だがな、請け合ってもいいが、これは故意だぞ。下の人間だって食わなきゃならん、聖人君子じゃいられんのよ。そりゃ悪いのもいますよ、中には。上からぎゅうぎゅう押し詰められて、悪くならずにいられますか。反腐敗運動はお役人の世界では呪詛の的だ。しかし表立ってはよう言わない。だから物事が過激に行きすぎて、死人が出るような状態にまでなるのだ。上様間違っておいでですと誰も諫言申しあげることができない。殿のご乱心をお止めすることができないのよ。さりとて、恐れながらご政道に恪勤しておられませぬようでとも言いかねる。その結果、何も問題ございませんと言うことになる。責任を負わないように、良い事を、鵜の目鷹の目で探しだして並べ立てる。あるいは自分で自分のはまる穴を掘るもっともらしい理由を、ひと山ほどもむりやりにでっち上げて、当然ながらろくでもないことになる結果を、これもひと山、製造する。上様はよしよしと宣う。自分の垂れたクソなら垂れた後は自分で拭きやがれっての。」

李博はIoSで人口動態を観察することができた。上等でない靴は、基本的に都市部への出稼ぎ農民や下層民が履く。彼らは往々にして集団的な動きを示す。春節の期間はダムから放出される大量の水流のように、大都市から逸出し、その洪水はしだいに支流からまた支流へと枝分かれしていって、最後は農村部でちりぢりになって消えていく。春節が終わると、一滴一滴の水が集まってか細い流れとなり、いくつかの細流がしだいに一つに合わさって、最後は洪水となって都市へと注ぎこむ。いまは春節まではまだ遠い。出稼ぎ農民はせっせと働いて金儲けに励んでいる時期だ。だがIoSのモニターには、その春節の時期とよく似た趨勢が認められていた。だがそれは、喜び勇んでの帰郷ではなく、都市から追い出される人の波だった。その進行は、春節の場合よりもゆっくりとしている。それが自発的な行動ではないことを示していた。一線都市〔中国の都市の等級のなかで最上位にある北京、上海、杭州、深圳市〕から追い出された波は、まず二線都市へと流れ、そしてそこからも追い出されると、次は三線都市へ……というふうに、彼らはいやいや故郷へ戻ってゆく。あちこちを迷走する動きも見うけられた。それは方向を見失った蟻の群れを思わせた。出稼ぎ農民といえども、子や孫の代になれば生活様式は都市部の住民と変わらなくなる。家の値段が高くて買えないので都市の中に入れてもらえないだけである。こういう人々は、追い出されると、故郷にも家はないので、帰るに帰れず、あてもなく移動し続けるしか道はなくなるのだ。

李博は、そのグループの中に入っていなかった。彼は北京に戸籍を持っている。国家の中核を構成する組織に就職もしている。しかし彼の根っこは、出身地と土から離れられないようだった。彼は故郷が懐かしいかとたずねられれば答えられない。しかし故郷の家族や、そして緑妹のことを思うと、あるいは鞋老板の会社の出稼ぎ農民たちのことを考えると、痛ましさで心がふさいだ。心の奥底の、他人にいまだかつて見せたことのない部分が、刺激を受けて頭をもたげてくるのだ。だがその彼はいま、彼らを追い出す側にいた。彼が設立に参画したシステムは、彼らを捕らえるためのアドバイスとデータを提供している。彼が造ったソフトは、彼らを蟻扱いして人間として見ていない……。

彼には、自分の人生が、じつに無意義で、無意味で、哀れむべきものに思えた。

「水晶宮」から家に帰る李博は、例によってできるだけ監視カメラの目から逃れようとした。赤外線を利用して通行人の体温を測定するチェックポイントが、多数設けられていた。三十七度を超えていると、ただちに監視ネットワークの追跡が始まり、IoSを利用した防疫システムによって位置を確定されて、捕まえられる。そして北京に戸籍のある者は隔離センターで、そうでない者は、中継地を経由しつつ、各地の防疫機構によって本籍地へと送り返されて、隔離されることになる。

李博の住む団地は、封鎖されていた。家主はパスを新しいものに換えて、各家庭に一人一枚しか発給しないことにしていた。団地には、鉄製の手すりで空間を仕切った回転ゲートが、あらたに設けられていた。それぞれの空間に、一人ずつしか入れない。外からこのゲートを通って中へ入るときは、カードをかざして読み取らせる。ドアが一人分回転して、仕切り内にいる人間が中へ入れるという仕組みだ。これによって、それまでのような、一人が門を開いているうちに他の人間も一緒に入りこむことはできなくなった。なにかの共益費を集めるときは、いつもたいへんな手間がかかるので家主は嫌がるものだが、このたびは未曽有のスピードで、入口ゲート新設費用の集金作業が完了した。もっともこのようなゲートができても、保安上、入口部にはガードマンを置いて部外者の立ち入りを防がなければならない。北京にいまも留まっている外地戸籍者のほとんどは、このガードマンである。彼らは、いまでは例外なくグリッドの指揮下に置かれており、グリッドの強力な兵士となっていた。彼らは各家庭を捜索し、北京に籍のない人間を追い出し、他のグリッドとの境界にチェックポイントを設ける……こういった具体的な作業には人手がいる。ガードマンたちは、ほかの外地戸籍の人間といっしょにここから追い出されたくないのなら、全力でこの都市の住民を守る番犬の役目を果たさねばならない。

李博が家に入ると、伊好がいた。疾病予防センターは、彼女への報復に、伊好を夜間勤務の責任者に任命した。彼女は毎日、夜になっても家へ帰れなくなった。李博は最初、この配置転換は彼女の希望によるものと考えていた。劉剛と楽しむための。だが、「性交時靴間距離」を遡って調べてみて、彼女はずっと一人で当直室にいることを知った。今日伊好を見る李博のなかからは、それまでのわだかまりがきれいに消えていた。彼は上着を脱ぐと、そのままキッチンへ向かった。「お粥にする？　麺がいい？」まるで鞋老板といましがた食事をしてなどいないかのように、また彼と伊好の間にはなにごともなかったかのように、彼は以前の習慣へと戻った。夕食は粥か麺類のどちらかに決まっている。李博が作り、伊好が後片付けをする。

「一人で食べて頂戴。私はもう出かけないといけないから。こっちへ来て。ワクチンを打つから。」

伊好は明らかに彼を待っていたのだった。彼が帰ってきたので、彼女は自分のやるべきことを始めた。

「勤務先で打ったよ。」

「これまでのワクチンはニセ物だったの。検査して分かった。」

「ひどいなあ。」李博はぽつりと言った。国家安全委員会がその職員に接種したワクチンがニセ物だというのなら、国家のいったい何が安全だというのだろう。

政府は国民全員に、無料でワクチン接種を行っている。ワクチンをめぐって連鎖式に形づくられた利益共同体は、そこに莫大な金儲けの機会を見いだした。とにかく数だけは揃えられた、いかがわしい中身の新ワクチンが、それまでのワクチンに取って代わった。しかし新型のウイルスにまったく効果はない。監督機関は事なかれ主義で、事を荒立てたくない。さらに言えば、ウイルスの供給者や使用者と裏では結託していて、たがいに利益を分け合っているからだった。

「ニセワクチンは人体に害はないの。だけど効果もない。」

「それじゃあ感染症の拡大に繋がるんじゃない？　まだ発生自体していないようだけど。」

「事態は思ったより深刻ではなかったということかもしれない。こういうかたちで判明するのはちょっと悲しいことだけれどね。けどこれはサンプルサイズとしては最大規模のものだから、ほかの実験結果よりは説得力があるわよ。」

「ならもうワクチンを打つ必要もないのじゃないか。」

「結論を出すのはまだ早すぎる。備えあれば憂いなしと言うでしょう。」注射を終えて彼女は注射器の針を抜くと、李博の目の上に垂れた頭髪を指で上へ撫であげた。

その小さなしぐさは、李博の心に暖かな流れとなって伝わった。二人がこれほどまでに言葉を交わしたのは、この最近なかったことだった。

5

緑妹(リューメイ)は李博(リーポー)が彼女を想うほどには李博を好きではなかった。彼女には遠い存在だったから。しかし、いまこの目の前にいる獣も同然の七兄弟(チーションティ)を前にして、李博の優しさを想った。彼女が好きだったのは、李博のような年上の男性からの、やさしい庇護だった。彼女は、七兄弟の野卑さが大嫌いだった。

彼らは、緑妹の母親を柱の梁に吊るし、彼女を椅子に縛り付けたあと、順番に犯した。犯しながら、こっちはもうガキを産んでるな、こっちはまだだな、いやわからんぞなどと、口々に言い合った。そこへ七兄弟の父親がやってきて、怒鳴り散らして彼らを追いはらった。七兄弟は父親の前ではおとなしかった。彼らはズボンを上げると、どこかよそで損の埋め合わせをするべく、他の女を犯しに戸外へと出て行った。それまでに彼らは、既婚女性を含めて、村中のほとんどの女を犯していた。

七兄弟の父親は、緑妹と彼女の母親のいましめを解かなかった。彼は卑猥な笑いをうかべながら、ふたりを交互に犯した。彼には、息子たちのような野卑さはなかった。そのかわり、全身から邪悪さが放射されていた。彼は、むかし、村でいちばん貧乏な男だった。性格が偏狭なうえに、怠惰だった。なんとか結婚はできたが、相手は知的障害者だった。食わせる稼ぎもないのに、どんどん子供を作った。規制以上の数の子供を作った者に対して、政府は強制的な堕胎処置と輸精管の結紮手術を施す。それを逃れるために、彼は一家を連れて山の中へ逃げ込んだ。十数年前のことだった。彼は、妻には荒れ地を開墾させ、子供たちには罠を教えて野鳥やウサギを捕まえさせる一方で、自分自身はちょいちょい里へ下りて、盗みを働いた。こうやって、ともかくも七人の息子を育て上げた（これ以外に娘もいたが、生まれてすぐ川に投げ捨てられたという噂である）。

七兄弟は、学校へ行かなかった。どこかで働こうともしなかった。だがこの七匹のろくでなしどもは、どこへ行っても恐れられた。暴力が日に日にはびこっていくいまの村の有り様を目の前にして、村人たちはみな、彼らの父親の並ぶ者のない先見の明に感嘆せざるを得なくなった。

それまでの彼ら一家は、少なくとも政府だけは恐れていた。ところが、今では政府のほうが彼らを頼りにする状態になっていた。病気に罹ったと疑われる人間を捕えなければならない。だが村の人間の履いている靴は、そのほとんどにＳＩＤが付いていないので、ＩｏＳでは居場所を特定することができない。村の人間の手に委ねるしかなかった。村人は、日頃の付き合いやよしみを考えて、このような役目を引き受けるのをみな嫌がった。しかし七兄弟は、どこ吹く風と、金と引き換えに引きうけた。

グリッド封鎖の段階になると、状況は県政府の手に負える段階ではなくなり、村〔県の下。自治が建前〕の内部に、情実やしがらみにまったくとらわれることなく行動し、動揺を押さえこむことのできる人間が必要になった。緑妹の村では、頭の中はからっぽだがつるんで暴力を揮うのは得意な七兄弟が、この種の役割にはぴったりとされて、県政府から重宝されるようになった。彼らに正式な辞令は出なかった。しかし県の役人は彼らの行状に目をつむった。こうして彼らは、村に君臨するようになった。

農村部におけるグリッドは、村が単位となっている。防疫活動の初期に、政府が外から封鎖しようとしたところ、面従腹背の情勢を招いた。政府は、数万数億もの人間の一人ひとりを、個体として把握しきれない。とりわけ、その個体が政府と目標を異にしている場合はである。そこで、事態をひっくり返して、村落のほうからすすんで封鎖するようになれば、政府は果てしのないいたちごっこから脱することができる。そのためにはまず、抵抗から希望へ、村民の態度を自発的なものへと変えさせる必要があった。

それを実現するべく、県政府は感染症について隠蔽するのを止めた。非公式の経路を通じて、村民に死亡率の高い感染症が全国で広まりつつあること、そしてその病気がこの地へも近づきつつあることを、正直に告げた。当然ながら、この情報は飛ぶように広まり、村民は一転して真剣になった。彼らは、テロリストの爆弾には無関心でいられる。だが、感染症は彼ら一人ひとりの身に関わってくるものだ。そして、それから逃げることはできない。耳にした人間が仰天しそうな、さまざまな噂が、どんどん尾ひれを付けながら、生まれて広がっていった。ある者などは、村の外は毎日数千数万の死人がでていると、いかにも見てきたかのようにもっともらしく語ってみせた。

こうして、状況は完全に逆転した。村人たちは、それまではなんとか知恵を絞って政府の封鎖を突破してやろうと考えていたのに、いまや我先に村の中に立て籠もって外へ出ようとは思わなくなった。村ごとに自警団が組織された。十八歳から六十歳までの男の参加が義務とされて、交代で務めることとされた。村へ繋がる道路には残らずバリケードが築かれ、検問所が置かれて、いかなる人間や車両も村に入るのを拒否した。村を通過する国道でさえ、通れるのは人とバイクぐらいのすきまを残して、何台もの大型農機で塞がれた。

暴力が、この臨時的な秩序の基礎となっていた。各村の支配権は、どこもたいてい、七兄弟と同じ類いの、村のごろつきやごくつぶし達の手に落ちていた。そして村民の間でさえ、人間性の醜い面が見られるようになった。おたがいを疑いあい、誰かが病気になると、それが何の病気であるかに関係なく、村の外へと追い出して、あとは知らぬふりをした。これ幸いと、過去の恨みを晴らす者もいた。誰々が病気になったとデマを言いふらして、恐怖にかられた村人たちに追い出させた。村から退去するのを拒否すれば、自警団がその家を取り壊し、当人は縛り上げられたまま、村の外、何もない大自然の中へと放り出された。

緑妹の村では、自警団は七兄弟によって指揮されていた。彼らは自分たちを、司令官とか、政治委員とか、参謀長とか、武装部長〔日本で言えば町・村レベルの行政機関に設けられている、軍事セクションの責任者の役職名〕とかと、彼ら相互で任命しあい、一人ひとりがそれぞれ立派な肩書きを持っていた。彼らは、村人を外へ出さないだけでなく、都市部から追い出されて村へ戻ってきた出稼ぎ者も、村の中に入れなかった。あいつらは町で病気をもらってきているからというのが、その理由だった。七兄弟は出稼ぎにいったことがない。彼らは、町で金を稼いでいる村人にいつも引け目と嫉妬を感じていた。だから、今回は、報復の絶好のチャンスになった。

近年は全国的に景気があまりよくないせいで、遠方へ出稼ぎに出ている人間のいる家庭は、少なくなっている。それで、村で「あいつのところは」と目を付けられる例は、あまりなかった。そうでない家の人間は、我が身を守るために、帰郷者を村に入れるのを嫌った。彼らは、七兄弟が悪者の役を自分から進んで引き受けてくれていることを、喜んでさえいた。

村に入るのを拒まれた帰郷者たちは、とりあえず村の外で我が身を落ち着けるほかはなかった。彼らは、手に入る材料を使って、雨露をしのぐための小屋を急造した。村の外側にキャンプ村が出現した。病気になって村から追い出された人間も合流した。帰郷者は、数こそ少なかったが、みな相対的に若い。外の世間の空気にも触れている。彼らは、故郷から出たことのない村人たちよりも、活力にあふれていた。彼らが反撃に転じるのは時間の問題で、ただそれをまとめるリーダーと、きっかけとなる出来事を待つだけのことだった。

そこへ、緑妹の兄が帰ってきたのである。

緑妹の兄は広州〔広東省の省都〕に、十数年間いた。彼は武術学校で、雑役夫から始めて、武術の教官になった。すでに社会的な地位を築いている彼には、それにふさわしいコネもあった。だから本来は広州に留まれて追い出されるようなことにはならないのだが、広州市に戸籍のない自分の教え子たちが追い出されそうになったので、自分の田舎でひとまずは彼らに難を避けさせ、そこで授業も続けるつもりで、彼らを引率して帰ってきたのだった。

ところが、彼ら一行は村の入口で例の自警団に阻止された。彼は、みずから前面に出て交渉に当たることにした。

検問所の自警団員は、彼の幼なじみだった。その団員は笑いながら、いまは七兄弟が村を牛耳っていると彼に告げた。もし外の人間を村の中へ入れたら七兄弟に大変な目に遭わされるんだ。いまは昔と違う。誰もあいつらに逆らえない。

緑妹の兄は、あんたにけっして迷惑はかけないから、七兄弟をここへ呼んできてくれと、彼に頼んだ。

緑妹の兄に向かって、七兄弟は、頭から馬鹿にした態度を取った。そのむかし、緑妹の兄は村のガキ大将で、七兄弟など鼻も引っかけなかったのが、いまは自分たちのほうが上だからである。彼らは、何か言うたびに、必ず「このクソが」と付け足した。七兄弟のなかで一番頭の悪い、結巴七弟（チェバチーティ）〔吃音（どもり）の末弟（おとんぼ）という意味のあだ名〕が、何も考えずにこう言った。「オレは、オレらは、オマエのカーチャンと、オマエのイモートを、いまさっき犯（や）ってきたぞ……ふ、二人、い、いっしょに、犯ってやったぞ。」弟子の面前で恥辱を受けた緑妹の兄は、瞬時に片方の脚を跳ね上げて、結巴七弟の横顔に蹴りを叩き込んだ。結巴七弟はあおむけにぶっ倒れた。声を上げなかったのは、顎が砕けていたからだ。他の兄弟は緑妹の兄に殴りかかろうとしたが、それまで師の後ろに控えていた教え子たちが、その前にたちふさがった。教え子たちは、自分たちがそれまでに会得したさまざまな技を、ここぞとばかりに披露した。村へ入るのを拒まれていた帰郷者たちは、大いに溜飲を下げ、ついで、その勢に加わった。見る間に叩きのめされた七兄弟は、地にはいつくばり、取り囲まれて、袋だたきの目に遭った。他の自警団員は、クモの子を散らすように逃げていった。

村の中へと入り、自分の家の前まで来ると、緑妹の兄は教え子たちに、ここで待っているようにと命じた。結巴七弟の言ったことははたしてデタラメなのか、それとも本当なのか、それが分からなかったからである。万が一にも本当だったなら、そんなむごい様を彼らに見せるわけにはいかない。だが、家の中へ入った彼が目にしたものは、入る前に想像していたよりも、さらにひどいものだった。母親と緑妹が、七兄弟の父親に犯されている最中だった。乱行のさなかのクソじじいが、背後の物音に驚いて振り返った瞬間目にしたものは、風を切る音とともに、緑妹の兄が自分に向けて振り下ろす木製の椅子だった。自分の頭蓋が砕ける音が、彼が生涯最後に聞く音となった。母親と娘の身体に勢いよくふりかかった血と脳漿が、彼らの裸体を隠そうとするかのように、流れて下へと滴った。

緑妹の父親は、生前、屠殺を生業にしていた。彼の使っていた豚殺し用の刀が、戸棚の上にあった。錆がところどころに来ていたが、まだまだ切れそうだった。緑妹の兄はその刀で、母親と妹を縛っている縄を切りほどいた。彼は一言もいわず、片手にその刀を持ち、もう一方の手で七兄弟の父親の片足を引きずって、家から外へ出た。

村の入口でのリンチは、すでに終わっていた。七兄弟は、気絶している者もいれば、なんとか立ち上がろうとして、もがいている者もいた。興奮した者たちは、何か叫んでいた。村人たちがそれを遠巻きに眺めていた。このままでは何が起こるかわからなかった。だが、死体をひきずってやってきた緑妹の兄を見ると、喧騒はただちに収まった。みなが息をひそめるなかで、七兄弟の長男坊だけは、罵り言葉を依然として吐き続けていた。緑妹の兄は豚殺しの刀で、その長男坊の心臓を刺し貫いた。切っ先が背中から突き出した。周囲が恐れおののくなかを、緑妹の兄は冷静な面持ちのまま、取り乱すことなく、七兄弟を一人ひとり、心臓の位置に刀先を当てては、切っ先が背中から突き出るまで刺し貫いていった。

そうしてのち、血の滴る豚殺しの刀を手にした彼は、まわりを見回して、おもむろに口を開いた。それは広東語だったので、その場にいる者は、まるで自分がカンフー映画の世界にいるような気がした［カンフー映画は広東語圏の香港で多く制作される］。

「人一人殺しても、百人殺しても、同じことだ。」

この瞬間、緑妹の兄は、村人たちの新たな指導者となった。この村だけでなく、あたり一帯の村落の住民が、先を争って彼のもとへとはせ参じてきた。各村の自警団は彼の指揮を仰ぐようになり、それらは合同して一つとなった。彼の教え子たちと、彼が選抜した青年たちとが、その中核となった。新しい連合自警団は、郷里を虐げる暴力団ではなくなった。加入希望者は村民や流民の区別なく受け入れられた。緑妹の兄は、よく通る声で、人々に演説した。「都市の者達は我々の血と汗を搾り取ってきながら我々を追い出した。天（あめ）が下、このような非道があってよいものだろうか。彼らが我々から奪ったものを、すべて我々の手に取り戻すのだ！」

連合自警団は、道路と線路を遮断して、都市への物資の供給を止め、その分を自分たちの故郷の人々に分配した。この地域の民衆の目には、まるで『水滸伝』の梁山泊が現代に現れたかのように映った。

地域の政府は、見て見ぬ振りをするほかなかった。それはひとえに、衝突する危険を避けたかったからにほかならない。彼らは、上には、ここしばらくは状況の推移を見守りつつ、防疫運動の終了後に一撃をくらわせる所存でありますなどと報告した。

土地の政府を悩ませていたのは、緑妹の兄が、いまやどこにでも見られる現象の一例にすぎないことだった。グリッドからはじき出された、行く先も目的も持たない大量の人間が、人の波となって、都市にはいられず、故郷にも戻ることができずに、農村部を横行し、村落を襲撃略奪する流賊の群れと化していた。その結果、村落のグリッドの側はますます閉鎖の態勢を固め、物流が阻害・分断されて、物資不足が深刻化していた。この状況が、いたるところで広がりつつあった。

都市部のグリッドは、比較的、制御に成功していた。だが農村部では、当初の期待された状態から、日増しに乖離しつつあった。とくにグリッドが村落側の自発的な閉鎖状態へと転換して以降、政府の権力すらも、村落の外部に閉め出されている。政府側でそれまでグリッド管理に携わっていた関係者は、権威と信用とを失い、彼らのほうでもまた、仕事への情熱を失った。さらに、政府の収入が大幅に低下して給与を支給できないため、辞職や無断欠勤が相次いだ。

「農村が都市を包囲する」〔毛沢東の革命戦略のスローガン〕のが、中国の地理である。それが、都市間の物流の麻痺を生み出した。そして、生産チェーン〔社会における物品生産の全過程〕の停止へと至った。企業は相互の連携動作ができずに操業停止へと陥り、マーケットは流通不能によって縮小へと向かった。もともと芳しくなかった経済情勢はいっそうに悪化し、長期的な展望は人々を憂慮させる内容となった。それでもなんとか全体としての統合が保たれているのは、地方政府が状況の僅かな隙を突いて、その時どきの状況に応じて事態のバランスをうまく取っていたからである。しかしこの状態が続けば、遅かれ早かれ破局は避けられないと思われた。

構成員の多くが農村出身である軍と武装警察においては、コミュニケーション手段が杜絶している現状で、彼らの故郷がどうなっているのか分からないために、将兵の間で、ひそかにデマが流行しはじめていた。このままでは不穏の事態を引き起こす可能性があると、情報システムは警告した。かの九組は、軍と警察の人員の個人的な通信を傍受してビッグデータ解析を行い、その警告の正しさを根拠づけた。軍隊と武装警察は安定した国家統治の基礎である。この警告は、主席のもっとも懸念する所をもろに突いた。そのような事態はけっして起きてはならないのだ。

6

式典の準備状況を報告する会議で、主席は激怒した。グリッド化で管理と制御の極致に至ったと思っていたら、こんどは新しい問題が思いがけなく頭を出したからだ。かえって混乱を来したではないか。防疫運動は大式典年を恙（つつが）なく実行するための、あくまで一部の領域にすぎない。全体ではない。ところがその一部である防疫の具体的な活動がその他の領域にまで不安定をもたらすことになったら、それは破壊活動とどう違うのか。

老叔（ラオシュー）は、会議の席上、自己批判した。彼は主席の怒りを、聡明で果断な人間による、物事は極端に至ればかならず反対に転ずるものだという高度の哲学の現れであると持ち上げ、みなこの防疫運動の新精神を深く理解しなければならないと述べた。老叔は説いた。防疫運動自体はいささかもゆるがせにすることはできない。ただ、全体のなかの位置付けと関連をもっと考えることが必要である。こっちばかりに気を取られてあっちはお留守というような、形而上学的な誤りを犯してはならない。そして彼は主席に、必ずや真摯に教訓を汲み取り、いかなる時間と条件下においても全範囲を網羅するグリッドによる管理と制御が、現在もたらしている過度の緊張を是正し、緩急の調整を適正に行い、可及的速やかに混乱を除去する旨を確約した。

主席激怒のニュースは、ただちに千里を伝わった。官僚社会の住人たちは、一斉に反対の声を上げた。その標的は、老叔の率いる防疫指揮部だった。防疫運動の具体的諸活動が混乱の元凶であるという、上部機関への上申と、免職は不当であるという訴えが、中南海と中央の各部門へと殺到して、九組のビッグデータの中へと組み入れられた。官僚集団がもっとも不満だったのは、防疫に名を借りて実行された粛清である。だがそのことについて、直接に主席を指さして言うわけにはいかなかった。よってこの攻撃は、防疫指揮部を身代わりに、主席その人に見立てて行われることになったのである。具体的には老叔を的に、主席への不満を爆発させたのだ。それは、主席にやり方の修正を迫るのが、その目的だった。

批判の矢面に立たされた老叔は、主席との間に入ったひびを至急埋める必要に迫られた。それは、そうすることで、官僚たちが主席から自分一人を切り離し悪者に仕立てて集中させてくる攻撃から、身を守るためだった。

防疫運動はたしかに、主席の提唱で始まったものだ。しかし混乱の責任は主席にはない。国家の指導者が防疫を行うべきだと言う、そのどこに誤りがあろうか。問題があるとすればそれはひとえに執行した者の側にある。それは狡猾な、君側の奸を除く式の批判だった。

老叔は、一方的な批判の標的となることから逃れるために、とりあえずグリッドでの隔離処置を解除して、世上に蔓延する衝突と混乱とを、終息させる必要があった。それによって、官僚への新たな砲弾の供給を断つ。しかしながら、防疫運動そのものに関しては、彼はその手綱をいささかも緩めることはできなかった。万が一でも疫病が拡散することになったら、これはまさに逃れようもなく自分の責任になるからである。この矛盾を解決するための唯一の手段は、一人の漏れもなく感染の疑いのある者を把握し、確実に処理することだった。そうすれば、すべての人間をグリッドのもとに監視して、彼らを隔離しようとする必要はなくなるのである。

この問題の解決方法を求めて、老叔は、防疫指揮部のメンバー全員に知恵を絞らせた。しかしどう頭をひねっても、そんな、一人も漏らさずという目的を達成できるような手段は見つからなかった。

劉剛（リウカン）は、ミーティングの席上なにも発言しなかった。だがそのあとで老叔に、個別に面会して意見具申を行いたいと申し出た。ことは機密事項であるIoSに関わるからというのが、その理由である。そうして劉剛が行った提案の内容は、彼自身も、それが本当に可能かどうか、わからないものだった。——IoSで、靴の位置の把握だけでなく、靴を履いている人間の体温を測定することはできないでしょうか。そしてそれをIoSで表示できないでしょうか。これらがもし可能なら、IoSで発熱した人間の位置を正確に特定できる、よって的確な処置を取ることができるようになります。こうすればグリッドの隔離措置は不要です。

この提案は老叔に、漆黒の夜に一穂（いっすい）の灯りを見出したような思いを抱かせた。だがこれは、ほんの、最初の手がかりに過ぎない。実際に可能かわからない。

情報管理センター主任は、生産段階で靴に測定器の機能を付加するというのであれば、それは技術的にはけっして難しいことではありませんと回答した。必要なコストを投入していただけるのであれば、実現は可能です。

――だがそれでは当座の役には立たないのだ。いますぐ実現できなければ。大衆がいま履いている靴に適用できなければ、無意味なのだ。

できるかできないかは、ＳＩＤのナノ材料を開発した本人の李博（リーボー）にたずねるしかない。老叔は、ただちにそのための特別チームを組織し、李博に対し、いま手持ちの作業をすべて中断して、全力で靴の体温測定の問題に取り組め、最短時間で任務を完了せよと命じた。

さらに老叔は、劉剛にチームの指揮を委任した。劉剛はＩｏＳとの関係が長く、それでこのアイデアを思いつくことができたのだと、老叔は彼を高く評価したのがその理由である。

李博は、劉剛と関わり合いになるのは、望むところではなかった。ましてその指揮を受けるなど、真っ平だった。だが上の決定に公然と異を唱えることはできない。だから彼は、目につかないかたちで劉剛を排斥した。つねに技術的な専門用語を使い、劉剛が理解も対応もできないようにして、劉剛との交渉を断ち切った。このため、劉剛はつねに情報管理センター主任と一緒でないと、李博とは議論はおろか会話もできなくなった。これでは、事実上、李博はこれまで通り情報管理センター主任の指揮を受けるのと同じことである。劉剛は単なるお飾りとなった。

李博にとっても、靴の内部の温度を測定するというのは、極めて困難な課題だった。ＩｏＳでＳＩＤを遠隔操作し、靴マイクを起動して、温度に感応させるのは、それほど難しい問題ではない。問題は、それで測定できた温度が、その靴を履いている本人の体温そのものかどうかという点だった。まず第一に、靴の材質が異なり、デザインが異なれば、放熱と保温の程度も異なってくる。第二に、人間の運動状態は刻々と変化する。止まっているか、歩いているか、あるいは走っているか、それによって足の温度は異なってくる。そして、さらに大きく影響してくるのは、環境的な要因だった。気温の高低、太陽の有無、そこがセメントの上か、それとも草の生えている地面かによって、温度の差はさらに開く。だから、靴の中の温度が高いからといって、その靴を履いている人間の体温が高いとは、ただちに断定できないのだ。この区別が技術的に識別困難というのであれば、一件ごとに検査と実験を繰り返さなければならなくなるが、それには何か月も必要となる。だが現在の条件下で、そんな時間的余裕はまったくない。

ミーティングに参加していた技術スタッフたちは、李博の指摘したこの難問題に、お手上げになった。さすがの劉剛もこれはどうしようもないと匙を投げたところへ、突然、老叔の声が響いた。彼は、監視システムで、ミーティングをずっとモニターしていたのである。

「細部にとらわれていては駄目だ。発想を飛躍させろ。」スピーカーから聞こえてくる老叔の声はやや苛立っていた。「技術的な面から言えば、一個一個の対象を検査するのは困難だ。だがそれはアルゴリズムで代替できないか。こう考えてみればどうか。各地区の環境的な条件を基本的に同一と見なす。インフルエンザの発病率は分かっている。例えば、一つの地区で即時にインフルエンザを発症する率は、現在のところ全国平均で二・九六パーセントだ。IoSで測定できる温度の結果を並べて、最高体温の上部二・九六パーセントをふるいにかけ、この二・九六パーセントについて対処するのだ。誤差はもちろん出るだろう。だがそれは、実際の処置の過程で識別して処理すればいい。実際の体温が高くなかった人間は解放するのだ。漏れは確実に出る。環境の温度が靴の温度を下げるとかの原因によってだ。しかし、体温の最も高い対象への注視を続けていれば、環境温度が正常に復したときに識別して、さきの二・九六パーセントのなかへ繰り込める。統計学的に言えば、最後の結果が一番正確なのだ。」

老叔の話は、出席者の気分と思考を大きく転回させた。彼は老人で、しかもお偉いさんである。専門的な訓練にも乏しい。しかし新技術の応用に関しては日頃からアンテナを張っていて、考え方は、年下の人間よりも柔軟だった。目下の急務は、主席の不満と官僚の攻撃を、二つながら押さえ込むことだった。いますぐに目に見える成果が必要なのだった。細かいことはとりあえず後回しにすればよい。

李博はただ一人、反対し続けたが、老叔の裁量で、彼の異議は却下された。細部の問題は実施する過程で解決しろ、ただちに取りかかれと、老叔は命じた。

李博は数時間で、具体的な条件の差異を考慮に入れないプログラムを作りあげた。試験と調整のための時間は可能な限り圧縮された。老叔はみずから各関連部署を督促してまわった。李博の作成したプログラムが、百台を超えるサーバーから全国のＳＩＤのタグの付いた八十三億足の靴へと、最終的に発信されたのは、すでに深夜だった。

その十時間後、アルゴリズムに基づく靴の温度分析とグループ分けの作業が完成した。返信されてきた靴の温度が、IoSの大スクリーンに表示され始め、やがて、地図として完成した。高温の靴を示す赤い色の点が、正常値の緑色の点のなかで、ひどく目立った。

電子の蜂

1

趙帰（チャオクイ）〔海外から趙家国＝中国へ帰ってきた人という意味〕の本当の身分を知っている人間はほんの少しだった。

彼は若いときに飛行機の設計を学んで、それから飛行機への愛着を持ち続けていた。彼は、国内でドローンの会社を経営していた。同業者のなかでは大きいほうではなかったが、公安系統御用達で、その筋に、製品を納めていた。

彼の主要なビジネスの場は海外だった。資産も大部分が海外にあった。不明朗な会計を理由に、主席が国家安全部〔中国の情報機関〕の副部長を拘束した際、彼が外国から二億ドルの資金を調達して副部長に渡し、それで副部長は自分が帳簿に空けた穴を埋めたという噂が立った。そのことで、彼が国家安全部の人間であったことが知られるようになった。国家安全部の海外資金調達部門の表の顔なのだろうと。

副部長の逮捕は本来趙帰にも影響が及ぶところだったのを、彼は結果的には一〇億米ドルにもなる金を差し出すことで、我が身に降りかかる火の粉を払った。このとき、老叔（ラオシュー）は、趙帰が海外亡命の反体制人士の団体を崩壊させた功を理由に、彼を擁護した。事情通は、一〇億ドルは趙帰の海外に保有する資産のなかではほんの一部なのだろうと推測した。でなければ、たかが副部長の地位を金で買おうなどとしないはずだというのがその理由だった。彼はその地位を狙っているという点で、彼らの見方は一致していた。

趙帰の年齢は、劉剛（リウカン）と老叔の中間くらいだ。南方人にありがちな、やせぎすの体型で、ある種、学者的な雰囲気を漂わせている。趣味の良いスーツを身にまとっていた。豊かな髪にウェーブを持たせることに、彼は細心の注意を払っていた。細身の金縁眼鏡が、やせぎすの顔によく似合っていた。しかし、それにちょっとそぐわない感じがするのは、顔の肌がでこぼこでシミだらけなことだった。それが、彼の印象に粗野さと荒々しさとを、付け加えていた。

劉剛が初対面で趙帰に感服したのは、趙帰の学者風起業家の表向きの顔の奥に、いざとなると手段を選ばないしたたかな世間師の顔が隠されていたからである。両者が都合にあわせて入れ替わるのだ。それは、警察の世界では〝できる〟人間の気質だった。この人が国家安全部と公安部門の両方で縦横に活躍できるのは、当然だ。

老叔が劉剛を趙帰に協力させた。ドローンがＩｏＳの目標を処理するからだった。ＩｏＳが温度を測定したあと、発熱したと見なされる者をいかに処置するかが、次の段階での問題となっていた。正常な状態にある社会では、人口の移動は主として、道路と鉄路に沿って行われる。だから、検問所を設けて、向こうがやってくるのを待てばいい。だが、グリッドの閉鎖によって交通線が寸断されて、目下大量に発生している、帰るに帰れない人の波は、グリッドとグリッドの間のすきまを移動していた。波は、脇道を通り、田畑を横断し、山岳部を縦断した。政府がグリッドの閉鎖を解除したところで、この流れはそうすぐには変わらないだろうと思われた。

監視スクリーンの上には、靴の温度が赤色のレベルにまで上昇した点が、いたるところに広がっていた。その処理に当たる任務を帯びた隊員たちは、自動車や列車に乗って交通線に沿って活動し、必要とあらば田畑のあぜ道へも踏み込んで、どこまでも彼らを追跡する。しかし流言飛語におびえきった民衆は、たとえ自分の体温が高くなくても、隊員の姿を見るや、即座に逃げ出してしまう。流民は大集団を成して移動している。彼らが反対に隊員を攻撃してくる場合もあった。ＩｏＳで温度測定を行って目標を発見しても、有効に処置できなければ、何の解決にもならない。そこで、ドローンで発熱の認められた対象に麻酔針を発射したらどうかというアイデアが出された。だが通常のドローンは規模が大きい。攻撃態勢に入れば見た目にすぐそうと判るので、対象をパニックに陥れやすい。このため、視認されにくい超小型のドローンが絶対的に必要という結論になった。この結論を受けて、老叔が選んだのが、趙帰の企業の〝電子蜂〟だった。

趙帰の正体は、国家安全部のスパイである。二十年前、老叔が国家安全部にいた時期にスカウトした人間だった。老叔が国家安全部から去った後、二人の間に仕事上直接の関係はなくなったが、私的な関係はかえって密接になった。趙帰は、つねに老叔の子飼いの配下であり続けた。そして、先の趙帰の老叔への忠誠と国家安全部への惜しみない金銭的な貢献が、彼の趙帰に対する評価をいよいよ高めることになった。他の企業であれば、いくら性能の優れた製品を生産していても、IoSのような機密事項に自社が参入する資格は得られない。また、このようなビッグビジネスは、趙帰のような内部の人間にしかチャンスを与えることはできない。そして、この受注によって、趙帰は先に上納した一〇億ドルの大半を回収することができる。

この関係を、たんにビジネスとして捉えれば、趙帰は受注業者である以上、劉剛が代表する発注者の意向に従うべきだ。ところが彼ら二人は、最初に会ったときから、趙帰のほうが当然であるかのように、主導的な地位に立った。劉剛のほうも、知らず知らずのうちに、自分を目下の位置に置いた。もっともこれは、老叔があらかじめ劉剛に、「重要な問題は趙帰の判断に任せるように」と言っておいたこともある。劉剛は、老叔のこの言葉を、自分と趙帰は上下関係にあることを明らかにしたものとして受け取った。

しかし、趙帰は劉剛に対して、少しも尊大な様子を見せなかった。彼は、つねに丁寧で友好的な態度だった。彼は、劉剛の前で〝電子蜂〟を自分で操作してみせ、わからないことがあればなんでも訊いて欲しいと言ったりもした。そして質問には、いつも、じつに愉快そうに、その一つひとつに、丁寧に答えた。常識で考えれば、趙帰はもうはるか以前から億万長者であり、そして部下には現場のプロがいくらもいるのだから、自分でこんなふうに専門的な領域に関心を持ち続ける必要はないのだが、彼はそうではなかった。研究や開発はできないものの、操作やプログラミングになると、彼は自分の手でやろうとした。

〝電子蜂〟は、寸法は、本物のスズメバチよりもやや大きかったが、形や色彩や立てる羽音はよく似ていた。一見そうとは見えないが、実はその目は、電子の、各種センサーの塊である。劉剛は、生物に擬態したドローンを見るのは、これが初めてだった。そしてそれが目の前で空を飛ぶと、さも生きているかのように見えた。彼は、なんどか手で捕まえてみたい衝動にさえ襲われた。

電子蜂はこの五年前に、趙帰の会社が国家公安部から注文を受けて開発した製品だった。当時の公安部の部長〔大臣〕が、あるハリウッド映画を観ていて、劇中で電子工学が造り出した人工の蜂が、テロリストを恐怖のどん底にたたきこむというシーンが、たいそう気に入った。そしてその部長は、電子の蜂でデモや暴動のリーダーに麻酔を打ち込めば、騒ぎをなしくずしに消滅させられるだろうと考えたのだ。だが研究と開発段階を無事に終えて最初のロットの生産に入った矢先、つまり実戦に投入する前ということだが、その部長は交替してしまったのである。そして、新しい部長は一罰百戒主義者だった。彼は、リーダーが昏倒して急になにかの病気になるよりも、デモや暴動ごと踏みつぶして見せしめにすればよいという意見の持ち主だった。こうして、一ロットすなわち百機の電子蜂は、同社のセキュリティ態勢万全の倉庫の中で、以後ずっと眠り続けることになったのである。

趙帰にとっては、この電子蜂は絶対の自信作だった。これと同じ物を作れる企業は世界でもいくつもあるまい、まして国内では我が社のみだ、と彼は自負していた。だがそれは、公安部の投資した研究開発だったために、契約上、それ以外の目的に使用することはできないという縛りがかかっていた。その存在することすら、外部には漏らせないのだった。その結果、日の目を見ることができなくなってしまっていた。しかし、今回の防疫運動は絶好のチャンスだ。そう考えた彼は、もてる力やコネを残らず動員した。

ＩｏＳシステムは、情報管理センターにおいてのみ、操作が許されている。その関係で、老叔は彼に、国家安全委員会のビルの屋上を試験場として使用するための特別な許可を与え、情報管理センターから、ＩｏＳの専用回線を屋上まで引かせた。電子蜂の側からは、趙帰一人だけが屋上の試験に参加することを許された。なにかあれば、会社に戻って問題を解決し、帰ってまたここで再開、というやり方を取ることになる。ＩｏＳとの接触をできるだけ少なくするために取られた措置だった。

趙帰は、発想の転換を提案した。麻酔は対象を逃げられないようにします。しかし現場へ出向いて後の処理を行わなければならないことは同じで、ここの面倒さは変わりません。では麻酔針を、ワクチンと神経遮断薬を混合したものに換えてみればどうでしょう。混合の割合が適度であれば、対象は蜂に刺されたような痛みを一瞬感じるだけで、本人の力で家まで帰れるでしょう。身体の力が脱けてくるのはその後になります。このような状況において、おそらくは家の者は病院へと連れて行くことになるはずです。であれば、処理隊は病院で待ち受けていればいいのです。あとに残るのは隔離する手間だけになります。そして、その薬の中にワクチンが入っていれば、防疫の目的も、同時に達成できます。

趙帰のこのアイデアは、老叔の賛同を得た。電子蜂とＩｏＳの共同作戦の試験が成功したあかつきには、ただちに発注が行われて、さらなるロットが生産されるはこびとなった。趙帰は、大いに満足した。彼の会社は、事業の本格的な拡大に向けての準備を始めた。——全国での防疫諸活動において満足すべき成果を収めることができれば、我が社はさらなる受注を見込めるだろう。

電子蜂と薬物は、劉剛の得意分野ではなかった。ここに、彼の出番はない。官吏五パーセントの罷免は、厳しい対立の状況を緩和するため、さしあたって中止されていた。それまでの、大きな権限を振るう激務の毎日から、とつぜん宙に浮いたような状態に置かれて、劉剛は、何をしたらよいのかがわからなくなった。

そんな彼が、ビルの屋上で、電子蜂が即席の標的に針弾を命中させる実験に立ち会っていると、趙帰から、ある任務を与えられた。電子蜂の使用がのちのち何か問題にならないか、それについて見通しを探ってくれというものである。趙帰が本心からこの問題を重要視しているのかどうか、劉剛には判らなかった。もしかしたら、彼にやるべき仕事を与えてくれただけなのかもしれなかった。だが、たとえ後者であったとしても、彼への配慮に発するものであることは、これは確かだった。

プロの警察官として、ここで劉剛がもっとも重視すべきと思うのは、薬物の安全性である。老叔のゴーサインが出たので、公安部は、各種の訊問用また特殊な用途に用いる神経遮断剤を、この試験に提供していた。それらのほとんどは、長年の検証と改良の結果、使用量を間違えなければ、ターゲットの身体は無力化されても、時間が経てば自然に寛解して、もとの状態に戻る。心臓が停止して死に至った例は、割合的にはそう多くはない。しかし今回は、ターゲットの数が極めて大きくなる点に鑑みて、死亡者は、絶対的には、かなりの数に達するだろうと劉剛は予想していた。

劉剛は、趙帰にこの見通しを語った。そのさい彼は、国家と社会の安全のためには、区々たる個人の死などは大局を維持するためには必要な犠牲に過ぎませんと、言い切った。そして彼はまた、一般の病院では神経遮断剤を検出することはできず、死因は急性心不全として片付けられることになるだろうとも、つけ加えた。

「――しかしながら、自分は過去刑事警察に勤めておりましたので、もし当時の自分がこの件を扱ったとすれば、おそらく、これを決して簡単な事件として処理することはないだろうと考えます。もしかして何か不審物を発見しでもしたら、殺人事件として調査するでしょう。背景がどうしても想像できない、あるいは事件の輪郭がまったく摑めない、ということはあるかもしれませんが、それでも何らかの毒を注射された他殺の線で、捜査を進めます。決して軽くは考えません。同時期の類似した死亡案件にも注意します。そこからどうなるかについては、これは一概には言えませんが。」

趙帰が返事をしないので、劉剛は、自分の懸念を、さらに敷衍した。

「考えてみてください。これは殺人と、具体的に、どこがどう違いますか。神経遮断薬の量を多くすれば、心停止に繋がります。この効果は明白な事実であり、現実においては、使用量を加減することで、いわゆる安全水準とされる範囲に抑えているというだけの話です。これでもし死亡例が発生したら、それは何かの理由で使用量が水準を超えていたということを意味します。故意に安全水準を超えて使用した結果の殺人と、本質的に差異があることを証明するのは、法律的見地から言って困難であります。」

趙帰は、やはり無言だった。しかし彼は、殺人という言葉に反応していると、劉剛は感じた。実際は、趙帰は反対に大いに反応していたのだった。彼が明快な反応を示さない時や即決しない時、そして無表情で言葉を発しない時は、ひそかに何かを考えている時である。

2

ＷＨＯが独自調査を行うべく中国へ申し入れたとき、どの関係官庁も反応しなかった。この案件は、やけどしそうに熱い焼き芋をつぎからつぎへ他の人間へと渡してゆくように、上へ上へと回されて、最終的に主席のデスクにまで行き着いた。それをおかしいと思う者はいなかった。上下こぞって外鬆内緊において全力を尽くしたものの、外鬆と内緊とは、ほんらい両立しないからである。内緊は外部での措置なしにはありえない。そのためには外鬆での虚像をいつかは破らねばならなかった。さまざまな噂やデマが、民間では生まれていた。国際メディアは、旅行者からえたあいまいな情報をてがかりに内実へ迫ろうとした。疑惑と証拠が次第に増えていった。ＷＨＯが早晩介入してくるのは、予想できたことだった。

中国政府が疾病の存在を否定しても、国際社会は信じなかった。二〇〇三年のＳＡＲＳが全世界の多くの国家に拡大したのは、中国政府が虚偽の発表を行ったからである。こんにちの中国政府も、当時の政府と、本質的には変わるところはない。一党独裁である。その行動様式に根本的な変化はありえない、と。

もし北京が、自分たちの派遣する専門家による現地調査を拒絶して、真実の情報に接するのを妨害するならば、自分たちは仮説にもとづいて決定を下さざるを得なくなると、ＷＨＯは、自らの意思を明確にした。これはすなわち、感染症が万国博覧会によって世界へ広まる危険性を考慮し、感染症警報を発して世界各国の旅行客に中国へ渡航しないよう警告し、かつ博覧会国際事務局に北京万博の取りやめ、もしくは延期を勧告するということである。

圧力にはいっさい屈しないというのが、これまで主席の一貫した流儀だったが、このたびは違っていた。――ＷＨＯからの人員を中国へ入れないのは容易である。だがその場合、ＷＨＯは全世界に向かって恐るべき感染症が流行しているという警報を発することになる。圧力はさらに程度を増すであろう。ＷＨＯ自身は現実的な権力を有する機構ではない。しかしその警告に耳を傾けない人間はいない。北京万博が惨憺たる失敗に終わることになるのは、火を見るよりも明らかである。莫大な費用をかけて準備を行ってきた以上、博覧会国際事務局は、いまさら取りやめや延期の決定など下しはしないだろう。だが、参加予定国や訪問を予定している観客が、中国に赴くのを拒否するという事態は、十分に考えられる。誰も来ない万国博覧会などは笑い話だ。そうなったあとでは、中国に挽回の目はもうない。党の記念祝賀式典なら自分たちの思うことを思うとおりにやればよいのである。それでまた通りもする。だが万博が失敗するとは、全世界の見守る中で、おのれの足の片方を切り落とされた姿を晒すということに等しい。そしてこれは、こちらからはどういう埋め合わせのしようもないものだ。二つの式典の輝かしき大成功を利用しておのれの続投を実現するというこの計画は、かえって逆の効果をもたらしかねない。そして反対勢力は、こちらの立場の弱化したところへ、ここぞとばかりに嵩にかかって攻撃してくるだろう。

こうして、主席は、WHOの中国入りに同意するほかはなくなったのである。

主席のスタッフは、局面はコントロール可能ですと、主席に向かって保証してみせた。中国の官僚社会には上の指図や介入に対処する方法にかけては数千年の伝統があります、それはもう至芸とも言うべき域であります、たかが数人の外国人がやってこようと決してボロなど出しません。そう、彼らは請け合った。この種の仕事を主席ご自身があれこれ指図されるにはおよびません、下がすべて適宜に対応いたします、とも。

だが、現実にWHOの調査団がやってくると、今回は過去の伝統では対応できないことが明らかになった。

調査団メンバーの大半は中国語を喋った。中国の経済が強大になるにつれ、中国の言葉を学ぶ外国人が増えた結果だ。本来なら中国のソフトパワーの勝利と誇るべきところが、今回はかえって不利の種となったのである。そして、彼ら調査団のメンバーたちは、主な中国語SNS上にアカウントを開き、個人のメールアドレスや中国での携帯電話番号を公表して、自分たちへ直接状況を知らせてくれるよう、中国の民衆に呼びかけた。WHOは、中国側に、調査員がネットに上げる情報を封鎖したり削除しないように要求した。隔離されている人間の家族が、つぎつぎに調査員へ接触し、彼らを案内して、一緒になって家人の足跡を追った。家人への心配が党と政府への恐怖に勝ったのだ。彼らは、調査員を味方と頼んだ。そうでもしなければ封鎖を破ることはできないだろう。こういう種類の〝内外勾結〟〔内部の裏切り者が外部の敵と結ぶという意味〕が、中国側の嘘と欺瞞の手法を封じた。外国人は騙せても家族は騙しきれない。その一方で、家族を突っぱねることはできるが外国人はできない。

指令を受けた地方の官庁や警察は、国際社会からの調査員が、彼ら自身は上からの命令で入ることのできなかった場所へ入っていくのを、そしてやはり上からの命令で、自分たちは手にすることが許されなかった証拠類を手にするのを、ただ指をくわえて見ているしかなかった。外国の調査員に、束縛されているとか自由が制限されているとかと感じさせるな、WHOの怒りを買わないよう強硬手段には絶対に訴えるなと、上が、おのれの過去の命令と同じように、厳格な口調で命令したからだった。

このような諸配慮のせいで、隔離者の家族に対しても、力ずくの対応に出ることはできなかった。もっともこれには家族の側が、調査員にたえず密着していて離れないという状況も、あずかって力があった。彼らは彼らで調査員を盾に使っていたのだった。

　中国各地に散ったＷＨＯの調査員たちは、一つひとつの病院や、隔離センターから、オリジナルの医療ファイルをコピーしていくと同時に、医者たちには一対一のインタビューを行って、患者に対して直接に検査を実施した。これらについては、部分的にはまだコントロールの余地があった。医者や患者に、事前にこう言え、こう答えろと指示して、練習させることができたからだ。しかし調査員が、病院や隔離センターでその場で行う血液サンプルの採取については、事前に準備も練習もできない。しかも調査員たちは、病院の化学実験室への突撃を敢行して、原型ウイルスのサンプルを採取する挙に出た。そしてさらには、中国側が予想外なことに、調査団は、防御態勢がもっとも厳格な北京において、もっとも多くのウイルスサンプルを採取した。それは北京市疾病予防センターのウイルスデータベースからである。防疫スタッフチーフの伊好（イーハオ）が、自らの手でデータベースを開放して、調査員に自由に採取させたからだった。

　調査団によるこの襲撃は、ある夜、突如行われたのだが、伊好は、もし劉剛（リウカン）が運転手として一行に同行していなければ、そしてやってきた彼が彼女の存在に気付いていないふりをしなければ、そしてさらに、彼が他人の視線の隙を突いて、目で彼女に何も余計な真似はするなと合図してこなければ、あるいはそうしなかったかもしれなかった。彼女が求められていた役割――データベースの管理担当の者が不在なので、あるいは、手続規則に沿っていないのでという理由で、調査団の要求を拒否する。つまりわざと的を外した対応で、のらりくらりと要求を受け付けず、調査団を立ち往生させること。しかし、劉剛の行動が、伊好を怒らせた。彼女はほとんどためらうことなく、調査団の前で、データベースを起動した。

それはたんに劉剛に対する報復というだけではない。劉剛の行動は、彼女にそれを躊躇なく行わせるためのきっかけを提供したにすぎなかった。伊好は、もともと事実を隠匿するということに対して強い反感を抱いていた。彼女の考えるＷＨＯは、防疫の世界の頂点に位置し、全人類に責任を負い、いかなる留保もなく、誠実さをもって世界に対している存在である。そして彼女は、正義のためなら嘘も許されるという考え方を、恥ずべきものと見なしていた。人間としての道徳に背き、職業上の良心を捨てておきながら、あれこれと言いわけをし、自己を正当化する。そんなことは許されない。当局は調査団に無条件に協力せよと公式に発言したではないか。それならば、私がデータベースを彼らに開放しても、どこからも文句は出ないはずだ。

三名の調査員のうちの二名はドイツ人だった。伊好は、彼らと、故意にドイツ語で会話した。劉剛を含む監視者を困惑させるためだった。聞いていても彼らには話の内容はわからない。

劉剛がスマートフォンで録音しはじめたのを見て、伊好の怒りは、さらにつのった。劉剛を指さしながら、彼女はドイツ人たちに、「ほら、あなたたちのドライバー氏が私の言うことを録音しています。彼はあなた方に自分が公安の人間だって断りましたか？」と言った。劉剛はドイツ語は解らないが、伊好が自分のことを言っていることは、察しがついた。彼はスマートフォンをしまって、素知らぬふりをした。

伊好の開放したデータベースから、ほとんどすべてのサンプルを採取した調査団は、それまでの不足分を補うことができた。翌日、それらのサンプルは、ヨーロッパの権威ある三大研究機関へと、専用機で送られた。そこでのウイルスサンプルに対する実験結果を待って、調査団は中国の感染症状況に関する調査結果を発表する予定だった。正式の結論が出るのは三週間後である。

その三週間、中国政府の内部は、まさに混乱を極めた。WHOが世界に向けて真相を発表したらどう対応すべきかをめぐってである。大変な結果が待っているのは確実で、それはもう逃れようもなかった。そこから連鎖的に起こるであろう反応は、中国がコントロールできる範囲を超えるものである。対処法が考えられるのは、いかにダメージを少しでも軽減するかという方面に限られていた。融和的な意見としては、このたび調査団と協力して良好な関係を築いたことを手がかりに、WHOに穏便な処置を要求しようというものが出た。九か月後に開幕の迫った万国博覧会には言及せず、中国がその間に感染症を撲滅できると信頼してほしいと要請するのだという内容である。強硬派は、WHOとの協力関係を解消すると圧力をかけろと主張した。会費の支払いも停止せよ、WHOが行った我が国における感染症発生の警告は、国際的な敵対勢力の陰謀によるものだ、調査員の証拠として挙げるサンプルはすべて偽造されたものであると主張して脅せという主張である。

しかし、調査団が中国政府の機関から——北京市疾病予防センターから——入手したものが、そのほとんどを占めている以上、この反論は成り立たなかった。そして調査員は、その全過程を映像資料として記録していた。

そしてそこには防疫スタッフチーフの伊好が最初から最後まで同行して協力している姿が、そこに映っていた。これは伊好の罪状の動かしがたい証拠となった。彼女に、おびただしい量の憎悪が向けられた。

これほど多くの機関を抱えて、これほど多くの人員を養っていながら、肝心なときに何の解決策も出せないのかと、主席が怒り狂ったのも無理はなかった。周囲の者は恐怖ですくみあがった。ただ、そのようななかにおいても、主席の小姨子（シャオイーツ）〔妻の妹という意味の本作での登場人物名〕は、主席と気兼ねなく話のできる数少ない存在だった。

彼女は党の記念祝賀式典の総合演出である。だがその彼女も、さすがに、式典のリハーサルに出てくれとは、いまは言いだしかねた。もしＷＨＯが中国の感染症の状況について警報を出したら、リハーサルどころではなくなってしまう。最終結果が出るのを待つしかなかった。彼女にとって、首切り刀が自分の頭の上に落ちてくるのを待っているような感じだった。

だが、この状況は、劉剛が李博（リーボー）と知り合ってから、李博が自分から劉剛に話しかける最初の機会となったのである。

伊好は北京市の公安局によって、機密漏洩の廉で軟禁状態に置かれていた。これは表面だけ形を変えた逮捕である。李博は伊好と面会しようとしたが阻止された。妻が調査団にサンプル採取を許したのは政府が国際社会にそれを許可していたからだ、何の機密漏洩もここにはないと彼は抗議した。担当者は、伊好の機密漏洩は、調査団に運転手が公安関係者だと知らせたことだと答えた。この漏洩は重大な性質を持つだけでなく、その結果も重大で、少なくとも三年から七年の刑になるだろうとも言った。李博が、劉剛があの晩調査団をセンターへ運んでいったドライバーの一人であることを割り出したのは、IoSのファイルでだった。彼女が知っているのは、劉剛は公安関係者であるということだけなのだ。

その劉剛は、李博に、伊好を告発したのは自分ではないと断言した。ほかにも調査団に随行した公安の職員はいて、彼らが一切をひそかに監視していたのだと、彼は言った。劉剛は李博に向かって、大変遺憾に思っています、心中お察ししますと言った。しかし同時に、彼は、これで自分と伊好との繋がりを切ることができるかどうかは判らないとも思っていた。これでかえって自分と伊好の間になにか関係があったのではないかと疑われることになって、何かの報復を受けるのではないか。

劉剛は、ここは当分のあいだ様子見だと決めた。事態がどう転ぶか見極めてからどう動くかは決めればいいだろう。そこで彼は、李博に、とにかく事情を確かめてみます、ただし特派局と公安局は所属が違うので時間がかかりますが、とだけ言った。沈んだ面持ちで去っていく李博の後ろ姿を見て、それまでこの夫婦に対して何の感情も持ち合わせていなかった劉剛の心の中に、すこしさざ波が立った。

実は、劉剛は、伊好が捕まる前からその情報を得ていた。それは北京市の決定だった。責任を問うとの決定が上でなされたあと、彼女の行動を「売国行為」とする罪状の認定が行われた。ＷＨＯの調査団を封じ込める計画が失敗したことを隠蔽するために、調査団に善意から協力した各地の人間が罪名を着せられて、それぞれの土地で処罰されていた。もっとも伊好に対しては、まだしも遠慮があった。〝軟禁〟は裁量次第でどうにでもできる措置だからである。北京市もまた、様子見をしているのだった。

しかし、結果は、誰もが予期しないものだった。

三週間後にＷＨＯが発表した結論は、まさに天佑と呼ぶべきものだった。なんと、実に、実にである、それは、中国におけるインフルエンザ患者の中にＨ７Ｎ９の鳥インフルエンザウイルスの変種は発見されたものの、ヨーロッパの三大研究機関における個別の実験および相互間の確認作業の結果、ヒト間の感染の可能性は考えられず、特別な危険は認められない、というものだった。中国のインフルエンザの流行状態は現状、通常レベルにあり、安全範囲内である。発病率も全世界平均と比較してもそれを超えるものではない。よって当初中国に対して発せられた黄色警報（イエローアラート）は青色（ブルー）へと下げられるべきである、という結論。

このニュースは、世界中が中国に対して抱いていたパンデミック発生への懸念を、一挙に吹き飛ばした。最初から破綻すべきデマは破綻したわけだった。中国経済関連の株価は高騰し、ワクチン関係の企業株は急落した。諸外国は、中国旅行を見合わせるようにと自国民に対して行っていた勧告を取り下げた。感染症の状況に関して中国政府がそれまで否定してきた内容に、故意の隠蔽や情報の封鎖がなかったことが、事実によって証明されるかたちになった。WHOは中国政府の情報公開およびその協力を高く評価した。中国政府の国際社会における信用度は高まり、そのイメージは改善された。感染症に関して内部告発を行った中国政府のメディアやジャーナリストは、逆に物笑いの種になった。

このような、誰も予想もしなかったような事態の進展は、主席をして、自分には天の加護があるという信念を、あらためて強固にさせることとなった。これまで進めてきた防疫運動はその根拠を失ったものの、この自分にさらなる権威を付与したことになる。官吏たちは震え上がり、"吐故納新"〔古い者を追い出して新しい者を入れる。文革時代のスローガン〕の目的は達成された。運動が引き起こす諸矛盾が、現在の情勢に大きな影響を及ぼしかけはした。なかでも最大の問題はWHOの干渉だったが、ところがそれは解決し、解決するとともに、すべての問題も解消されてしまった。険阻な山道を死ぬ思いで踏み越えてみると、これ以上はないという絶景が目の前に開けたようなものだった。これが、天の神でなければ、他のいったい誰が、これほど絶妙な救いの手をさしのべてくれるのであろうか。

式典まで、あと四十四日を残すのみとなっていた。感染症も、懸案となっていたリハーサルも、もはや問題ではなくなった。小姨子はリハーサルをやらなくてはだめだと、彼を再度たきつけた。でないと数十万の人間と音と光と電気の完璧なコンビネーションを保証できないと言いながら。

式典に関する最終的な決定は、すべて主席の同意を必要とする。彼は、電話を手に取った。

「リハーサルは予定通りだ。盛大にやれ！」

「素敵！　お義兄様！」電話越しでなければ、小姨子は彼に飛びついて思い切り抱きしめていただろう。主席の心中はいま、幸福感に溢れていた。天帝はかくのごとく我を加護される。これからの計画も、すべて順調に実現するであろう。

「お義兄様もかならずリハーサルに来て下さいね。ご意見を聴きたいのだから。」

「とにかくスケジュールを確かめてみなければね……。」

「いらしてよ、必ずよ！　式典はお義兄様に捧げられるものなのだから！　必ずお義兄様に一〇〇パーセント満足していただけるようにしてみせます。いまリハーサルをやれば、たとえ問題点が見つかっても直せますもの。だからリハーサルはとっても重要なの！　とっても‼　とっても‼‼」

「ハハハ、警衛局〔中国共産党中央弁公庁に属する要人警備担当部署。軍系統〕に言っておくよ……。」

3

実のところ、老叔（ラオシュー）は、こんな時に電子蜂プロジェクトの報告などを聞きたくはなかった。WHOの警報が解除されると、恐るべき速度で進んでいた防疫運動は、まるで見えないガラスの壁にでもぶち当たったかのように、突如終了してしまった。電子蜂も、当然ながらもはや不要品だ。その始末をどうするかなど、自分がわざわざ判断するような問題ではない。いま自分の目の前にある問題と比べれば、そんなものは吹けば飛ぶような話でしかないのだ。

しかしどうしても報告させていただきたいと言う趙帰(チャオクイ)を見て、老叔は、これはなにか別の用件があると察した。彼は、趙帰とともにビルの屋上へと上った。

国家安全委員会のビルは、巨大な一個の電子機器だと言えるかも知れない。その内部にある無数の電子設備は、ほんの一部に過ぎない。ビルの壁の中や、床板の間や、天井の裏側には、データ回線やケーブルや、コンセントや、インターフェイスが、ひしめきあっていた。このビルから、それら以外の建築材料をすべて取り除いても、これらの配線やケーブル類は同じ建物の形のままでそこに立っているのではなかろうか。たがいに絡み合わさったこれらの配線のなかを、データが、滝や激流のように一瞬も止まることなく駆け巡っていた。それに加えて、ビルの内部を、無数の無線シグナルが行き交っていた。だがそれらは、このビル全体を包みこむ巨大な電磁シールドで内部へと閉じ込められて、外へと飛び出すことは、決してない。

このビル内部と外界とを繋いでいるのは、ビルの屋上にある、長大なアンテナタワーだ。これは、数十種の大出力アンテナの集合体で、外見はそれらが融合し、一体となった姿にデザインされている。そしてそれは、その先鋭なフォルムでビルの装飾の役目を果たしつつ、腕を、シールドを越えた上空へと伸ばしていた。アンテナタワーの根元は、ビルの天辺に置かれている、半透明の青色をした基礎部分に突き刺さっていた。台形部分の上辺とビルの屋上の間には、高さ一二メートルの空間がある。アンテナタワーは、そこで、各直径一・五メートルある、数十本のステンレス製の根に分かれて、広がっていた。柱は、アンテナタワーを支える役目を果たしていた。一本いっぽんの柱の内部には、それぞれ異なるアンテナ線が走っている。柱の根本は、ビル本体の構造と一体化していた。

台形部分と屋上との接触部にある、この一・五メートルのはざまから、放熱が行なわれていた。屋上からは上空を見ることはできない。しかし空気が対流し、そこにはつねに、かなりの速さの風があった。このような、柱が林立し、かつ風が吹くといった環境は、電子蜂がＳＩＤの対象を捕捉する実験には絶好の環境だった。これらのアンテナを林や森になぞらえ、空気の対流を自然の風に見立てるならばだ。

老叔は、屋上へはほとんど行ったことがなかった。太陽の光の下、上方を覆う台形からの透明な青い光線が、彼に水の底にいるかのような感じを抱かせた。趙帰と劉剛(リウカン)以外の人間はあらかじめ場所から排除されていた。趙帰は、前もって準備していた。

老叔がやって来ると、電子蜂は、すぐさま離陸した。標的役の劉剛は袖の長い上下の服を着て、ゴーグル付きのヘルメットをかぶり、走ったり、あるいはゆっくりと歩いたりしながら、アンテナタワーの柱のあいだをぐるぐる回った。発射台からつぎつぎに飛び立つ電子蜂は、劉剛の後を追った。接近すると、ニードル弾を発射し、〝蜂の巣〟と呼ばれる回収箱へと戻っていく。趙帰は老叔の目の前に劉剛をやって来させて、彼の衣服に刺さっているニードル弾を、指で老叔に示した。

「ご覧下さい。これが長らく解決できなかった問題です。ＳＩＤは電子蜂に、弾を発射すべき人間の身体を指示してくれます。しかし人体の大部分は衣服に被われています。電子蜂の体積の関係から、ニードル弾の射撃力には限界があり、衣服が皮膚に密着していない場合、衣服が緩衝材となって針が皮膚に刺さらず、薬品が人体に注入できません。弾は、衣服に引っかかったままになることもありますが、大部分の場合、抜け落ちてしまいます。何度か実験を重ねた結果、皮膚がもっとも露出する夏の条件を再現しても、ニードル弾の有効率は五パーセントでした。それ以外の条件下ではすべてゼロパーセントという結果が出ました。このような有効率では実用化は無理でしょう。」

趙帰は劉剛に向こう側を向かせて、ヘルメットの後頭部、うなじの部分を覆っている白色のプラスチック製のクッションを指さした。「有効率を上げる方法は、人体の皮膚が露出している部分に命中させることです。人間は多くの状況下で衣服を身につけており、頭頂部には頭髪が生えています。つねに皮膚が露出しているのは、首、顔、そして手です。しかし手は動作が活発で、命中させるのは困難です。顔の部分には目があり、目に命中すると傷が後に残ります。でありますから、もっとも適当な位置は首、そしてその後ろということになります。つまりここ、おおよそ上下五センチメートル、左右一〇センチメートルの部分です。このような小さな目標に正確に命中させることだけでも容易ではありませんが、それ以上に問題なのは、この部分は、その人間の取る姿勢によって位置が変わることです。いろいろ対応方法を考えてみましたが、そのどれも解決策には至りません。さもなこの点から言えば、防疫運動の中止はかえって私の煩悶を解決してくれたことになります。

ければ貴方にどう報告すべきか苦慮し続けるところでした！」

老叔は、それが趙帰の本当に言いたいことではないことが判っていた。本当にそうなら、黙っていればすむことである。何かをやったと言うなら、それによって何もかもが解決したと言わないと、自分のメンツが丸つぶれになる。

「私は何の問題もないと思っていたが。ドローンのように、人の手でリモートコントロールはできないのか？」

「肉眼の範囲内でなら、手動で操縦は可能です。首の背後に命中させるのは問題ありません。しかし防疫運動の範囲は国家の全土に及びます。衛星と移動体通信ネットワークを通してのコントロールとなります。シグナルは距離に従い遅延の度を増します。少ない場合でも一秒、多い場合は三秒にもなります。対象が静止していればよいのですが、そのような状況は多くありません。人間の手で計算して目標からのシグナルの遅延を補正する方法もありますが、エラーの確率が非常に高くなります。電子蜂から自動発射するほうが、結果はまだ良好でしょう。」

「それでは、どうする？」

趙帰が手を振ると、劉剛はそこから離れて、屋上の反対側のＩｏＳの作業室へと引っ込んだ。趙帰はこちら側にある電子蜂の作業室の中へと老叔を誘って、椅子を勧めた。屋上を補修する機会を利用して設けた作業室は、一部がガラス張りで、そこから屋上全体を見通すことができた。内部には空調設備が設けられていて、トイレもあった。趙帰は身につけていたシールド発生装置をオンにした。直径二メートルのシールドが、彼自身と老叔とを包んだ。電子によるスパイ活動を遮断するシールドは、特殊な機器が形成する電磁フィールドで、それは、形は持たないが、あらゆる電子シグナルを遮断する。外の信号は入っては来られず、内部のそれは出てはゆけない。それ自体が大きなシールドによって包まれた国家安全委員会のビルのなかで、さらにシールドができた。それはビル内部からの盗聴を防ぐためだった。

趙帰はまず、茶を淹れて、老叔に勧めた。普段のてきぱきとした口調ではなく、一言ひとことを慎重に選んで喋る口調になった。「これまでの技術的な蓄積に鑑みて、この問題は、解決することは可能であると思います。ただ、第一に、移動体通信ネットワークと衛星を用いての電子蜂のリモートコントロールですが、そのいずれにも痕跡が残り、のちの追跡調査において手がかりとなる可能性があります。この種の特殊な目的においては、不適当と言えましょう。第二に、もし対象が静止していたとしても、手計算で電子蜂の照準を修正するには、なにぶん、首の後ろというのは小さすぎる目標でありますから、射程が五メートル以内でなければ、成功は見込めません。さもなければ、空気の干渉によって、ニードル弾の弾道がずれます。であります以上、万が一、対象が半径五メートルを超える大型シールドの中にいれば、電子蜂がそのシールド外から発射しても、狙った個所には一撃で命中しません。そして発覚した場合、それまでの苦労はすべて水の泡ということになります。――このようなやり方は一回限りで、繰り返しは不可能です。しかしです、電子蜂をシールドの中に潜り込ませれば、リモートコントロールは遮断されて、人力による操縦は不可能になります。

あとはＳＩＤに導かれての電子蜂の自動発射に頼るしかなくなりますが、ここでまた、首の後ろへは正確に打ち込むことができないという問題が発生するわけです。」

趙帰の話のなかの、「特殊な目的」「一発で命中」、また「これまでの苦労は水の泡」といった言葉は、彼がまえもって考え抜いたあげくの表現だった。そこには特別な意味が込められていた。なかでも、「半径五メートルを超える大型シールド」など、老叔は何を意味するかに直ちに気が付くであろうことに、彼は自信を持っていた。

はたして、老叔の血圧は、一挙に上がった。めまいがした。シールドを使うのは要人だけである。しかもふつうの携帯式のジェネレーターでは半径二メートルのシールドしか張ることはできない。五メートルを超えるシールドといえば、それ専門の人員が随行して、ジェネレーターを運ぶ形式だ。その操作はより複雑で、かかる費用も桁が違う。そしてそれを日常使うことができるのは、いつも身辺に複数の随行員がいる、中国共産党中央政治局常務委員だけだった。

老叔は手に持っている茶碗を、黙ったまま、指でいじりつづけた。茶がぬるくなるとともに、彼の血圧も次第に下がった。彼はそのぬるい茶を、一口すすった。しかし味はしなかった。趙帰は、あらたに新しい茶を急須から茶漉しに注いだ。薄く明るい黄色の細い流れが、輝きながら茶漉しの下のガラス製の茶碗に流れ落ちる。空気は重く沈んでいた。趙帰は、それまでと一変した、はっきりした口調で言った。「目下の情勢は貴方にとり非常に危険です。私などからわざわざ申し上げるまでもないでしょうが。」

趙帰と老叔は、こんな、直接的な物の言い方で、官僚世界の秘密や宮仕えの秘訣を話し合える関係だった。高位にある者はよろずにつけて慎重さを心がけるようになるが、同時に、何でも腹蔵なく話せる対象も欲しくなる。ほのめかしや持って回った言い方をしないですむ相手、相手にこちらの意図を忖度させずにすむ相手、自分に反対してくれる相手、自分が間違っていることを歯に衣着せずに指摘してくれる相手、自分を啓発してくれる相手が、必要なのだ。そういう相手は、なんらかの過去の因縁から得られる。年齢や地位といったものは、たいして関係はない。ただ、安心して信頼できる人間というだけである。趙帰は、長年にわたって老叔のために彼の海外にある秘密口座を管理してきた。仕事上必要という口実で、趙帰は毎年、その口座に一〇〇万ドルを超える額を、それがまるで公的な義務であるかのように、振り込み続けた。老叔の溺愛する孫が米国に留学するに当たって、乗用車を一台買った代金の支払いも、趙帰がこの口座から支出したものだ。

ＷＨＯの調査結果は、ある意味、中国の思いも寄らないかたちでうまく事態を収束させることになったが、べつの意味においては、防疫運動はまったくの空騒ぎだったという結果にもなった。主席は、おのれの運を噛み締めたそのすぐ後で、その始末をつけなければならなくなった。彼は、自分が過敏だったから過度に反応したとは、口が裂けても言うわけにはいかない。これまでにそうであったのと同じく、今回のこの事もまた偉大な勝利であったと、高らかに凱歌を揚げなければならないのである。主席は、鳴り物入りで全国防疫功労表彰会に列席し、功績ある戦士と模範的労働者の面々に手ずから賞を授与した。彼は、防疫運動において取られた諸々の措置を高く評価し、党の指導において全国の人民が心を一つにした結果、この感染症との戦いに勝利したのだと総括した。情報のファイアウォールの中に生きる中国民衆は、ＷＨＯの調査結果が防疫運動は大失敗であったと述べていることを知らない。みな、成功裡に終わった後にＷＨＯからその旨のお墨付きを貰ったと思っているから、政府のやりかたに不平や怨恨を抱くことはなかった。危機は去り、毎日はもう安全となった。隔離されていた人々はみな解放されて家へ帰った。検問所は廃止され、通信は回復し、人々は日常の生活へと戻ってゆく。大衆の一番の関心は娯楽と、消費と、安楽へと向けられ、防疫運動が個人の生活にもたらした損失は、それによって補塡されてゆくだろう。

だが官僚集団を騙すのは、それほど簡単ではない。彼らはＷＨＯの調査の内容を完全に把握している。適当なことでは彼らを宥（なだ）めることはできないだろう。なかでも、防疫の大義名分のもとに辞めさせられた十万人ちかくの官吏は、感染症が本当だったのなら、仕方がないと諦めて、疑いの声も上げはしないだろうが、そもそも何も無かったという結末になった。これは最初から首切りが本当の目的だったのではないかと、疑う者がでても当然だった。

これからは感染症が起こったという口実をつけてはその度に粛清を行うのではないか？　これで自分たちはどうして毎日を安心して暮らせるだろう。まして真面目に仕事などできるはずがないではないか。

十万の免職された官吏にはそれぞれ、能力もあれば人脈もあった。その彼らがどのようにして騒ぎ出さないよう抑えるか。馘首を免れた官吏も、明日は我が身と思っているだろう。彼らを納得させることのできる説明が必要なのだ。

全体主義社会の最高統治者は、それが皇帝でも主席でも、過ちを犯さない存在である。なにか誤りがあれば、それは下の者の落ち度とされる。主席が防疫運動中の免職官吏の名誉回復と復職ができなければ、彼の権力維持の保障面で多大の脅威となるだろう。すべては始まる前へと戻り、それによって得られた効果は失われる。

空いた職位を与えた新人たちには、彼らがどのように運動し哀訴しても、もとの職位と収入と利権は帰ってはこない。このふたつを両立させることは、絶対に不可能である。免職された官吏はこのたびのことで、なにも失策を犯したわけではなかった。過去の反腐敗調査においても、何も出てこなかった。なにもないのなら、現在の待遇を奪う理由はない。文句があるなら復職はなしだと言ったら、まともに働く者は誰もいなくなるだろう。

しかしながら、統治は臨機応変を要諦とする。かつての毛主席は、ときには反左〔左派を攻撃すること〕、ときには反右〔右派を攻撃すること〕と、たくみに舵を切ることによって、官僚の心理を不安定な状態に置いた。威嚇される恐怖、それと同時に、そのうち状況が反転して良い日がくるという前途の光明、そのどちらをも抱かせたのだ。何事につけ、決めつけてしまうのを避けるという心性が、その裏返しの拮抗物として生まれた。そうすることで、官僚たちは、あまり卑屈にもならなければ、過激に走るということもなく、自分たちの腹いせの的にして身代わりの存在を探して、それをおのれの正義のシンボルとするようになった。

「退職者へのいつもの扱いじゃないか。遅かれはやかれこういう日がやってくる。誰も死ぬまで勤めることなどできないさ」と、老叔はわざとのんびりとした口調で言ったが、声に力がなかった。

主席が必要とするスケープゴートの役目を老叔が負わされることになるのは、火を見るよりも明らかだった。防疫運動は、老叔の責任において行われた。官吏の罷免は、彼が主管する特派局の名のもとに、その人選が行われた。昨今の防疫指揮部への前例のないほどの強烈な攻撃の嵐は、これまで主席が擁護の姿勢を示していたのが、最近はそれがなくなった。防疫運動が偉大な勝利を収めたことを認めるのであれば、当然の手続きとして防疫指揮部の主任を表彰すべきだが、老叔の責任において行われたこの運動が終了したあと、主席は反対に、老叔を避けるようになった。中央弁公庁に実務を任せた表彰において、その対象に防疫指揮部の人間は一人も含まれなかった。官僚たちが、この後ろに潜んでいる意味を読み取らないはずがなかった。老叔は主席の腹心の部下だが、政治は政治、いざという場面においては、義理も人情もない。必要とあれば、〝大義親を滅す〟で、親兄弟でも切り捨てる。老叔は引退間近の身である。どのみちお払い箱になる前にもう一働きさせて代わりに罪を着せるのに、これ以上ふさわしい人選はないだろう。

趙帰はもってまわった言い方をすることなく、老叔に直言した。貴方が平穏を望んでも、状況はそれには関係なく進展してゆくのです。この失敗は、あまりに多くの官吏を巻き込んだ。その元凶の主席は、責任を取ろうとせずに知らぬ顔を決め込んでいます。官僚は主席に対して不満をぶつけるわけにはいきません。その報復は、何倍にもなって、必ずや貴方の上に降り注ぐことになるでしょう。復職の目のない免職官吏が、連合して報復する可能性は、大いにあります。事態は貴方一人が辞職しただけでは収まりますまい。貴方の家族全員に、災いが及ぶことになるでしょう。

老叔の妻は、中国宝石協会の会長を務めていた。汚職とはあまり縁のない仕事だが、それでも毎年あたり千億元を超えるカネの流れがあった。まったく潔白というわけにはいかない。娘と娘婿が共同で経営している投資会社に至っては、言うまでもなかった。いまの中国で金融業へ参入しようとすれば、どうして闇取引なしでいられるものか。いついかなる場合でも貸し借りがついて回る。孫がアメリカに留学できたのはなぜだった？

「主君が臣に死ねと言えば、臣は死なざるを得ない。ほかに何の道が？」と、老叔は致し方もないといった態度を隠そうとはせずに答えた。考えに考え抜いても、どうしても解決法は見つからない、あとは天命に身を委ねるだけといった様子だった。

「ＯＫ、ＯＫ……どうしようもないことを思いわずらっても仕方がないですね。その時が来るまでせいぜい真面目に勤めることにしましょうよ。」趙帰は無理に明るい調子を作って話題を換えるふりをした。しかし本心は、同じ話題にもう一歩、さらに槍を深く入れる積もりだった。「話を戻します。さきほどの技術的な問題です。もう一息で完成の段階にありますが、ただ、私が使える技術的な資源はすでに限界に達しております。しかし貴方には使用できる技術的資源を豊富におありです。ですから、もしかして私の問題解決を助けていただけるかもと考えました。如何でしょうか。もしこれが解決できれば、貴方は退職前にいま一つ、技術的な資産を後任者に残せるわけですし、また私としても、この間の奮闘は無駄ではなかったということにもなります。」

趙帰は、これ以外の問題では、老叔に向けてずばりとしたものの言い方をしてきた。なぜならそれが老叔の望むところであると知っていたからだ。しかしこの件については、さすがにずばりと言うと老叔は恐怖するだろうと思って、彼は、簾(すだれ)の向こうにその姿がほのかに透けて見えるような話し方をした。彼は、老叔がここまでの話は理解しているものの、すぐに反応をみせることはないだろうと判断した。もっともそういう反応になるかは分からない。もしかしたら反応自体がないかも知れなかった。そのときは自分の計画は小説にするまでのことだ、と彼は思った。

4

趙帰(チャオクイ)は政治小説を読むのが好きだった。そしていつか、身をもってくぐってきた政治の光と闇とを小説に書きたいと思っていた。ただし公表するつもりはない。自分が楽しむだけである。

彼は、このたびの一件でＩｏＳに接した。まず最初に思ったのは、これはいい題材になるということだった。劉剛(リウカン)が電子蜂を使っての暗殺を言い出すにおよんで、それまで眠っていたインスピレーションが、暗闇のなかできらめいた。フィクションたる小説と現実とが融合した一瞬だった。あるいは現実から乖離する一歩手前。その一歩を填めるのは、小説にして、はじめてできることである。だがこのときは小説のほうが、現実になりそうな感じがした。

趙帰は、理屈から言えば、ここまで関係する必要はなかった。電子蜂とＩｏＳの連携を知っている人間は、ほんのわずかである。彼と老叔の、諜報員と上司の関係に至っては、二人以外、誰も知らない。だから、老叔の没落は彼に、いかなる影響も及ぼすことはない。もし彼が、この巨大なビジネスチャンスを失うのを問題視しないなら、そして、この数か月間のあれこれを無駄な骨折りだったと割り切ってしまえるなら、それは、ただたんにそれ以前の状態に戻るだけのことだった。

だが趙帰は、諦める気は毛頭なかった。人生で得られるものは、〝それ〟以外なら、もうすべて手に入れていたからだった。金、女、豪邸、外国のパスポート。しかしそれらを現実に手に入れてみると、彼にはとたんにつまらなく思えた。そして彼が、子供のときから渇望してきた権力は、一向に手に入っていなかった。

彼の精神においては、栄光と栄華は、権力においてのみ存するのだ。彼は子供のころから、他人の上に立って威張り散らす官吏が憧れだった。たかが村役人であっても、一般大衆を踏みつけにできる。彼は大学に入ると、大学のスパイになって、他の学生を監視して密告した。その後、彼は国家安全部で専業スパイとなって、海外に出た。彼はみずから志願して科学技術畑のスパイから政治スパイへ移籍して、海外の中国民主化運動を破壊した。これもまた、彼の政治と権力への志向から出た行動だった。ＫＧＢからロシア大統領の位へと上ったプーチンが彼の偶像である。彼が一〇億ドルを党と政府に献金したのは、自分の忠誠心をそういった形で示して、国家安全部における自身の地位と身分とを確保し続けるためだった。そのすべては、ひとえに、権力との密接な関係を保持するため、権力を手に入れる機会を維持し続けるために行われたものだった。

今度の防疫運動は、絶好の機会となるはずだった。老叔は彼に、もし電子蜂が防疫運動で成功して、式典に貢献ありと認められれば、国家安全委員会はドローン専門担当グループを設置し、趙帰をそのリーダーにすると約束していた。そしてゆくゆくはハイテク技術全般へとその担当分野を広げ、特派局と同格の技術局に育てて行く方針であると、老叔は、彼に伝えてもいた。趙帰はすでに副局長級の職位を有している。その時が来て、技術局の局長に就任することには何の無理もなかった。技術関係に限定された管轄といえども、現代における技術と権力の関係は、暴力と権力とがそうであるように、不可分のものである。しかもその占める割合は、時とともに増大する一方だ。趙帰は、ビジネスでの大量注文よりも、将来における権力との結びつきの方を見据えていた。長年の種まきと地道な丹精の年月に、ついに収穫の時がやって来たのである。

ところが、それは突然に、始まりもしないうちに終わりになってしまった。いまさらもとの地点へなど戻れようか。自分がこれまで無数の計画を夢み、練ってきたのは、おのれの心の中に飼う狼に、血の滴る生肉を与えるためだ。その狼はすでに実体となり了えている。いまさらもとの夢想へ戻りはしない。現実の権力争奪の場へ進み入らないではいられなくなっているのだ。

趙帰は老叔を助けなければならない。それは、老叔のためではなかった。老叔が失墜すれば権力へと繋がる門が永遠に閉じられるからである。そして二度とチャンスはめぐってはこないだろう。だからここは老叔を助けて、踏ん張らせる必要があった。そして彼の手の中には、ここぞと言うときの取っておきのカードがあった。あと足らないのは、些細な、テクニカルな要素だけだった。彼が老叔に対してああいうふうに持ちかけたのは、老叔の反応を見るとともに、実は彼ひとりの力では解決できないその些細な技術的な問題について、老叔の態度を探る目的もあったのだ。

――老叔さん、この一手を指し間違えないようにしなさいよ。正しければ天に昇れますが、間違えれば地獄に落ちる。あんたの運命の分かれ道、瀬戸際ですぜ。

翌日の朝早く、趙帰は老叔の秘書からの呼び出しの電話を受けた。彼は氷水を二杯飲んだ。しかし内心の動揺は収まらなかった。老叔がどう出るかは分からない。しかしまったく何も言わないということはないだろうと思った。

オフィスで彼が見た老叔は、いかにも主任としての顔と振る舞いで、昨日の屋上での驚きとためらいは、すこしもうかがえなかった。彼はテキパキとした態度と事務的な口調で、こう言った。

「君が昨日述べたところのプロジェクトだが、継続して完成させてくれ。私は個人的に賛成する。国家の安全を考える時、近視眼的な観点に陥ることなく、かつ、同プロジェクトがあとわずかで完全というところまで来ている点に鑑みると、このまま続行し完成させるのが、国家にとっての利益となると私は思う。ただし、防疫運動はすでに中止され、国家安全委員会が組織として参加することは、中央の精神に抵触齟齬するところもあろうかと勘案した結果、この作業は君個人のプロジェクトとせざるをえないと判断した。ついては君の自発的希望に依って続行するという形式を採りたい。私は、君に対して正式に権限を委譲することはできない。いま述べた内容もすべて、私個人の見解である。正式な場面で何らかの根拠として言及するようなことは慎んでもらいたい。」

老叔は、窓の前へと移動した。ずっと降っていた雨が止んだばかりだった。ガラス一面が雨粒で濡れている。雨と霧のなかの都市の風景がにじんで、一枚の水彩画のように見えた。景色は形がゆがみ、輪郭が不鮮明に映っていた。

「君が昨日提起した技術的な問題だが、純粋に技術的な角度から、私の考えを述べたいと思う。純粋に技術的な面に限ってだ。」

老叔はこの一連の発言のなかで、三回、「技術」という言葉を使った。そのどれにも強調の響きがあった。老叔の顔が趙帰の方に向けられた。

趙帰は、老叔の話から彼が伝えようとしているメッセージを読み取った。一つ目は、黙認する。少なくとも反対はしない。二つ目、この話をする際は、このような曖昧な言い方でしか行わない。三つ目、今後の趙帰の行動について自分は一切関知しない。

これを聞いて、趙帰は、真空のなかで自分の心臓の鼓動を聞くような気がした。現実と小説は違っていた。彼は目を上げて、ぶ厚い眼鏡の奥から注がれている老叔の視線を受け止めた。「承知しました。純粋に技術に限ってということですね」と、趙帰は「純粋に」の言葉に力点を置いて言った。

老叔は、黙ってしばらく窓の外を眺めていた。やがてその顔に、あきらかにわざと作ったと思える表情が浮かんだ。突然おかしなことを思いだしたという感じだった。彼はデスクに置かれているPCを操作して、ある動画を呼び出すと、趙帰に見えるようにモニターを回した。それは、球体と、円柱と、円錐とで形成された、二体の人体だった。片方は男、もう片方は女性のようだった。男女の区別は、胸に円球がついているか、股間に円柱がついているかだけで、それ以外の部分は同じだった。その男女の人体は、交合の動作を行っていた。老叔は、あらかじめ断っておくがという様子で、これは自分の趣味でファイルしているわけではないと、おどけた口調で言った。これは、ＩｏＳから派生したテクノロジーなのだよ。「性交時靴間距離」プログラムという。それに基づいて計算すると、このシミュレーション動画が自動的に生成されるようになっているのだ。

これが、趙帰が「性交時靴間距離」について耳にした最初だった。彼は、ＩｏＳについては、すでに知っている。だから「性交時靴間距離」が、靴の空間的な距離を正確に測定するＩｏＳの上に成り立っていることや、人体の姿勢や両脚の位置が、それと密接に関連していることは、説明されなくても理解できた。靴の左右両方にＳＩＤが仕込まれているのであれば、両脚の位置関係やその変化が知れれば、法医学のモデルを使えば、人体の姿勢や、それがどう動いて変化したかを決定できる。つまりこのアニメーションは、実際に計測された男女の靴の距離の動態に基づいて、「性交時靴間距離」プログラムが自動作成したものではないか。

アニメーションでの女性の身体の動きは不自然だったが、男性の方は、流れるようにとまでは言えないものの、十分リアルな動作だった。老叔が、これは女の方はオフィスのデスクのうえに座っていて、足が地面に届いていないのだと注釈した。しかしそれは動画では直接には示されていない。だが男の方は両脚ともしっかり地面を踏みしめていた。老叔は、「性交時靴間距離」が算出した人体の位置は極めて正確である、もしこれに対象の体重や身長、頭長、脚の長さといった四つのパラメーターがそろえば、その対象の正確な首の後ろの動作と位置が割り出せる、技術的には、なんの問題もない、と言った。彼はここでまた、〝技術〟の二文字を強く発音した。

趙帰は呆然としていた。自分のあと一歩を詰めるための苦心惨憺の過程が、老叔のこんな、たかが一篇のエロアニメで、完了されてしまったのだから。だがこれで画竜は点睛を得て、めでたく大空へと飛び立てることになる。あのシールドは、外への信号を遮断できる。しかし電子蜂ならその中へ飛び込める。内部に入ってからはターゲットの靴の距離のパラメーターに基づいて、首の後ろの位置を算出できる。そうすれば一撃必中だ。ことの後ではそこにたまたま昆虫が飛んでいたとしか思われないだろう。このエロ動画は、趙帰を、彼がそれまで陥っていた行き止まりから解放した。彼の小説はいまや現実のものとなるのである。

趙帰は、大いなる運命が突然、彼の手の中に落ちてきたと感じた。その瞬間の彼が経験した感情は、喜悦ではなかった。それは、激しい苦痛だった。そして、突然孤峰の天辺に置き去りにされたかのような、寒さと孤独だった。自分はいっさい協力はしないし責任も負わないと、老叔は彼に、明確に意思を表示している。しかし同時に、このまま奈落の底へすべり落ちて行くよりは、起死回生の反撃を選ぶ意思もまた、明らかにしていた。

趙帰は、背中を押された気がした。年の功で、老叔という人は勝ち負けの見極めに長けている。その老練な人物が、自分にゴーサインを出せば後は崖から跳ぶしかないことを承知していながら、反対しなかった。それどころか、最後の鍵まで提供してくれた。ということは、この御仁は勝ち目ありと踏んだのだ。でなければ、何も知らない振りをするだけでなく、両手で耳をふさいで断平拒否する態度を示しているはずだ。

だが感慨に浸(ひた)っている時と場合ではなかった。趙帰はただちに自身の感情を圧殺し、雑念を排除した。彼は、必要なシークエンスに思念を集中した。「性交時靴間距離」が提供する座標に従って照準を行い発射できるためには、プログラムの合体が、電子蜂に関しては必要となる。

――つきましては、このプロジェクトの技術要員による参与が必要になります。そしてその後はさらに実験を重ねる必要があり……。

という趙帰の話は、老叔によって遮られた。

『性交時靴間距離』プロジェクトの担当責任者は李博(リーボー)だ。プログラムの総合ができるのは彼だけだ。以前は、IoSの温度測定に関しては劉剛が彼の上司だったが、現在においても、この関係は明確には解消されていない。今後もし君が李博を何かに携わらせるなら、情報管理センターを通して彼に任務を与えることはできない。また、彼に秘密を厳守させるため、なんらかの手段を劉剛に考えさせるか、君自身で案出する必要がある。これは君の個人的なプロジェクトだと、私はさきに君に対して言った。君を含めて、この三人の参画で十分であり、これ以上の規模の拡大は妥当ではないと考える。私が与える支持も、あくまで非公式なものだ。」

老叔はここでまた、ふと思いついたような様子で、いま趙帰に見せた動画は他人に漏らさないように頼んだ。これはシミュレーションではないのだ、ある政治局員の本当の「性交時靴間距離」のデータから作成したものだからと。「具体的に誰とかは言えんよ。IoSでも調べることはできない。政治局員以上のSIDはIoSのデータベースには入っていない。ここだけにある」と言いながら、老叔は、彼のデスクの上に置かれたネットに接続されていないPCを指さした。

言外の意味は、ゴーサインを超えて余りあった。この仕事の基本中の基本は、誰にも何も漏らさないということである。それは政治局員に関するか否かの問題に限らない。趙帰は、それまで、すべてのSIDがIoSのデータベースに収められていると思っていた。老叔の教示がなかったら、本番で狙うべき相手を特定することはできなかっただろう。老叔はこの自分が必要とするものはすべて与える積もりでいる。趙帰は確信した。

趙帰は、度胸のあるなしで人を判断しない。一〇〇パーセント成功する確信を持てるなら、度胸のない人間などというものはそこには存在しないであろう。問題はその確信を持てるかどうかにある。趙帰が予想していたのは、残りのあと一歩をなんとかできなければ、九五パーセント失敗するという状況だった。彼はここで他人がどうするかは知らない。自分は小説で我慢しておこうと思っていた。ところが老叔はその最後の一歩が何かを知っていた。これで彼は一〇〇パーセントの成功を確信できることになった。

成功による最大の受益者になるのは老叔である。だが老叔は危険を冒そうとはしない。それどころか身を翻してしまった。しかし趙帰は、そのことを意に介さなかった。老叔は大きな利益を得る。

しかしそれは自分もそうなるのだから。

しかし、彼が自分とは本来関係のないこのヤマを踏むのは、計算からではなかった。防疫運動が無事に終われば、自分は局長になれただろう。二年後に老叔は退職だ。そこで雲霞の如き同輩の官僚連との椅子取り合戦が始まる。上へ昇れるのは果たしてそのうち何人だろう？　この観点からすれば、目下の事態の変転は、腐れた日常から輝かしい非日常へと、状況を変えたものと見なせる。老叔がいまよりさらに歩を進めて、天上へと昇れるなら、自分はその後に付いて、山の頂きへ昇れるだろう。老叔が空へ飛ぶならば、この自分にも羽が生えるだろう。地道に務めれば、いつかは自分がその後を襲うことができる時が巡ってくると考えても、それはけっして荒唐無稽な望みではないはずだ。

ここまで考えをめぐらすと、趙帰は、おのれの体内に勇気が湧いてくる気がした。自ら顧みて直くんば、千万人といえども我行かん〔『孟子』の言葉。直は正しいの意味〕という気分だった。安全を期して賭けに出なければ、チャンスは永遠にめぐってこない。ベンチャーキャピタルなら完璧に失敗する。しかし一〇〇パーセントの見込みがあるのなら、リスクはゼロだ。賽を振ればかならずいい目が出るというのであれば。

退出しようとする趙帰を、老叔は呼び止めた。デスクの上で咲いている盆栽の蘭の花を指さして、こう言った。「これはとても珍しい品種でね。君はこれまで見たことがないんじゃないか。雲南省長が昨日、送ってくれたのだよ。今日開花したところだ。まるで女性が舞っているような姿じゃないか。花を咲かせるのはたいそう難しいらしい。私以外で花が咲いているのを見るのは君が最初だ。これも何かの縁だろうから、写真でも撮っていきたまえ。まだ他に誰も見ていないということで、何か運が付くかも知れんよ。」

趙帰は老叔が何を言っているのか理解できなかった。老叔はこれまで、こんなとりとめのないことを喋ったりすることはなかった。何か意味があると思った趙帰は、スマートフォンを取りだして、蘭の花を写した。「もう一枚」と、言いながら、老叔は、さも趙帰がオフィスの背景をきれいに撮れるようにというふうに、蘭の花の横にあったＰＣのモニターの向きを変えた。趙帰は即座に老叔の真意を悟った。彼は蘭の花を構図の端に寄せて、カメラのピントをＰＣのモニターに映っているファイル画面に合わせると、シャッターを切った。

5

仕事をする際、趙帰（チャオクイ）は人手が多いのを好まない。一人増えれば変数が一つ増えるからだ。一つ増えるというのは、それだけ危険度が増すということである。とりわけ大きな仕事のときには、人数は少なければ少ないほどよい。たとえて言えば、アルキメデスがただ一つの支点で地球を動かしてみせるようなものだ。支点の数をふやしたら、かえって何もできなくなってしまう。

もし李博（リーボー）が万事彼の指示どおりに動くとしても――彼の能力についてはすでに十分証明されてい

る——、李博は、ロボットではない。趙帰は彼に直接命令できる立場にはなかった。彼に何かをさせるのは容易ではない。よってなにかで誘惑してこちらの思い通りにさせるか、あるいは脅迫して無理矢理に従わせるかになるのだが、なにぶん時間的な制約がある。劉剛(リウカン)を参加させたのは、李博を引きずり込むのが主な目的だった。それ以外の条件はすでに整っていた。最後に残った難関にして最大の鍵が、李博だった。

趙帰は、劉剛と李博に、最終的に何をする積もりかを教える気はなかった。もっとも、どんな口実を設けようと、あるいはどんな説明をしようとも、隠しきれなければ、この秘密計画は実現するところまで漕ぎ着けられない。だから誰にも、とくに〝上〟には、絶対に秘匿しなければならなかった。

国家安全委員会は、いまも彼らに、実験目的で屋上の使用を許可していた。IoSの専用回線も維持されていた。建物内部からの進入経路はすべて遮断されていた。ビルの外壁に設置された、趙帰専用の、彼の指紋と顔認証併用のカードによってのみ作動する、清掃用のエレベーターがあるだけだった。この事実は、非常に奇怪な現象として、関係者の目には映っていた。趙帰の権限はきっと、とんでもない上からのお墨付きなのだろうと彼らは考えた。だからこれほどまでに秘密主義なのだと。

趙帰は劉剛に対して、老叔(ラオシュー)の定めた上下関係を隠さなかった。彼は、劉剛が現在、焦りでほとんど溺死せんばかりの状態にあるのを承知している。劉剛は、水底に沈まないようにしがみつく何かを、大至急必要としていた。

劉剛が上にあげた特情が、防疫運動を引き起こして、彼を大空へと飛び立たせた。だがまさにそのための彼の資本となったモノとコトとが、いまは彼に対する集中攻撃の的となっていた。特派局のオフィスで交わされている会話は、劉剛が入ってくるとぴたりと止んで、人々の顔には何とも言えない笑いが浮かぶのだった。それは、犬が獲物の周りを取り囲んで様子を窺うのに似ていた。劉剛が少しでも弱った気配を見せれば、吠え声をあげて一斉に噛みついてくると思われた。北京特派組の組長は、劉剛は個人的な野心からあの特情を捏造したのだと、批判していた。それが結局その後の一連の失敗の始まりだったと、彼は言うのである。組長はまた、劉剛が特情を作成するにあたって二度、深夜に伊好（イーハオ）の当直室へ忍びこんでビデオ撮影を行っていることが調査の結果明らかになったと言い、劉剛を党則に基づいて処罰すべきだと主張していた。さらに彼は、伊好も査問すべきだ、査問して捏造への関与を問いただすべきだとも、唱えていた。そうなれば劉剛は万事休すとなる。劉剛がドリーム・ジェネレーターを使用した事実が、調査の結果明らかになれば、背任行為と捏造の罪で、彼の監獄行きは確実だった。

劉剛をとりわけ焦燥させたのは、それまで老叔のオフィスへはフリーパスで、いつでも老叔に会えたのに、現在は秘書に制止されて中へ通してもらえなくなっていることだった。電話も通じなかった。まさか、老叔はこの俺を見捨てたということなのか？

そんな彼に、趙帰はこう言って保証した。「老叔がその地位にあるかぎり、君は彼が難関を無事乗り越えることだけを祈っていればいい。そうすれば何の問題もない。」だがこれだけで劉剛を安心させるのは無理だった。いま老叔は難しい所にいるというのがもっぱらの噂である。もし早期退職にでもなったら、あと誰が自分を守ってくれるのか。現在のところは老叔に禍は及んでいないが、それは主席が七月一日の式典の前に事を荒立てて騒ぎにしたくないからだけではないのか。式典が終われば、老叔の命運は尽きるのではないか。

趙帰には、劉剛の懸念がよく理解できた。

「実にだ、君の運命は老叔のそれと一蓮托生の関係にある。老叔が無事なら君も無事だし、老叔がいなくなれば君はお陀仏となる。老叔がクシャミをすれば君は発熱して寝込む。つまり、自分を守るためには、君は全身全霊で老叔を守らなければならないというわけだ。」

劉剛はそれまで様々な誓いの言葉を述べてきた。軍隊に入ったとき、中国共産主義青年団〔中国共産党の青年組織〕に入ったとき、共産党に入ったとき、警察に入ったとき、国内安全保衛に入ったとき、そして最高指導者から重大任務を授かったとき。だがこの時ほど、彼は心の底から誓ったことはなかった。

「趙哥(あにさん)、ご安心下さい。老叔にもどうかお伝え下さい。老叔がなにか御用がある時は、なんでも言いつけて下さい。この劉剛は死んでもやりとげます！」

それに対する趙帰の返事は、ひどく含みのあるものだった。「人生にはここぞという瞬間があるが、そんなとき、目先の事情に囚われないで大局を見据えて決定を下さなければならない。君がまさにいま、しっかりと踏まえておくべき根本は、老叔にどこまでもついて行くということだ。やれと命じられたら必ずやれ。考えず、疑うな。知らなければ、あれこれ心配することもないし、責任も回ってこない。老叔はいま大変な嵐の中にいる。しかしやがてすべては解決して、万事うまく収まる。いま我々がなすべきことは、力を合わせてあの方をお助けすることだ。平穏な日々が来るとかたく信じてな。そのときに、君の前に姿を現すのは昇進の階段どころではない。摩天楼へのエスカレーターだ。」

劉剛は趙帰の話に、この件にはさらに奥があることを察した。ただ事ではない何かが企てられている。だからこのような話し方になるのだと。

趙帰は彼に、老叔が劉剛とはしばらく会わず、いっさいは趙帰を経由すると言い、さらに、今後劉剛の老叔への忠誠は趙帰への服従によって量られることになると付け加えた。これこそが劉剛の望んでいたことだった。非常の場合には非常の手段が、現状打破のために不可欠である。中間に人間が介在する指令は、多くの場合、それが秘密行動であることを意味する。

だが、趙帰がこのあと劉剛に与えた任務は、彼が拍子抜けするほど、簡単な仕事だった。李博を仲間に引き込めというだけの話である——李博に、この自分が指示するとおりのプログラムを組ませろ。それが完成したら別のある技術と組み合わせて試験を行うのだ。

「俺の任務とはそれですか?」劉剛の語気には、なんでそんなことをこの俺がという感情がにじんでいた。こんなしょうもないことをやるために俺はいままで頑張ってきたのか? これのどこが、ただ事でない企てかい？

「実にだ、これができれば、事は九九パーセント成ったも同然なのだ」と、趙帰は、歯切れよく言った。そして彼は、一万元札の札束を二束、慣れた手つきで劉剛に手渡した。それは半月間の三人分の食料と、日用品、また蚊帳や寝具を整えさせるための金だった。事前にこの屋上に準備しておくのだ。李博の件が片付き次第、自分たち三人はここに籠もり、外界とは完全に連絡を断って、任務を達成する。

劉剛もさすがに、これはただ事ではないと悟った。地味でどうしようもなさそうな仕事だが、何があっても達成しなければならない内容であるらしい――だがいったいどうやって李博にこんなビルの屋上に半月もいさせるのか。外部との連絡も許さない、絶対に誰にも言うな、勤務先の上司にも不可という条件でだぞ。拉致は、だめだ。本人をただ無理矢理連れてきても何の意味もない。技術的な難題を解決するのが目的なのだから。嫌々ながらの頭から、ろくなアイデアが出てくるはずがないだろう。かといって、能力不足のそれ以外の技術者を呼んで来ても、やはり意味はない。どうやったら李博に自発的に協力させることができるだろう。

これが、劉剛にとっての難題だった。

6

劉剛（リウカン）はそれまで自分は人と合わせるのは上手いと思ってきた。しかし、李博（リーポー）にはうまく行かなかった。彼にはその理由が分からなかった。もっともこれまでならまだそれでもなんとかなった。だがこの件については組織の力は使えない。自力でなんとかしなければならなかった。

だが、ちょうど具合のいいことに、このあいだ李博のほうから、伊好（イーハオ）の件で、彼に話しかけてきた。これぞ渡りに船というやつだった。劉剛は、その後進展があったようなふりをして、李博に接触した。彼は李博に、伊好を自由にするために北京市の公安局と折衝を重ねたところ、さいわいその努力が実ったと言った。実際にはおとがめはないも同然で、ごく軽い処分ですむでしょう。伊好さんが相当程度改悛の情を示した自己批判書を提出しさえすれば、本件は捜査打ち切りとなって彼女は家に帰れます、と、彼は李博に言った。

ここで問題になるのは、伊好が自分の誤りを頑として認めようとしないことだった。WHOは彼女を名指しで賞賛している。調査団は、疾病予防センターのウイルスバンクから採取したサンプルが、現地で採取したサンプルと同一であると確認し、そのことが、中国政府の透明性と誠実さを証明する鍵となった。この点から言えば、伊好に誤りなどあろうはずはない。それどころか大の功労者である。

だが劉剛は、この考え方を非とした。「結果がどうだからというのは、重要な論点ではないです。問題の核心は、侵してはならない原則があるということです。例を挙げます。ある人間が外国のスパイだったとして、外国に情報を与えるのは誤りです。それが国家に損害を与えることに繋がらなかったとしても、国家はそれを理由にその人間を赦すわけにはいきません。」

「伊好さんが高潔な精神の持ち主であることは私は承知しています。ちょっと頑なところがおありですが」と言いながら、劉剛は、タイプされた自己批判書を取り出した。「伊好さん本人のお手を煩わせることはありません。私が、あの方の文章を真似て、代わりに起草しました。ただしあの方を説得するのは貴方の仕事になります。サインだけしていただければ、それで結構です。そうすればすぐにご自宅へ帰れることを、私が保証します。」

「サイン……?」モニターを見つめたきりで、劉剛を見ていなかった李博が、この時になって振り返った。

「非常に反省した内容にしてあります。お気に召さない部分や言い方もあるでしょうが、それは仕方がありません。あの方が目を通されたらきっと一悶着起きると思います。だから内容をお読みにならずにサインだけしていただくほうがいいでしょう。」

「また、サイン、だって?!」李博の顔が真っ赤になった。口元が震えた。何かを言おうとしたが出てこないような感じだった。彼は突然、掌で机を叩いた。上に載っていた茶椀が、跳ね上がった。彼は、驚いている劉剛をその場に残して、荒々しく部屋を出て行った。

国内安全保衛での経験から、劉剛は、駄目なときは駄目で、風向きが変わるのを待つというやり方を身につけていた。忍耐すべきときには忍耐せよ。工作の対象を落とすためには、たとえその相手から悪口雑言を浴びせかけられようとも、平静な心持ちでやりすごすのだ。

だが李博に対しては、彼はお手上げの状態に陥っていた。ビッグデータから得られた李博の情報を、いくら角度や語彙を替えて、隅から隅まで、検索し分析してみても、乗ずべきところが何も見つからないのだ。賄賂は取らない。女遊びはしない。飲まない。打たない。弱みというものが見あたらなかった。賄賂と女の記録なし、唯一つけ込めそうなのは身体の弱い娘がいることだが、いまはチェコにいる。駒としてすぐには使えない。

しかし、医療ファイルを検索していた劉剛は、李博が心療内科へ通っていた時の記録を発見した。

劉剛の国家安全委員会特派員の証明書を見せると、呉（ウー）という姓の精神科医は、何も反問することなく、李博のカルテを見せた。その医者は、薄れかけた記憶を呼び起こしながら、劉剛にこう語った。「……この人は、妻とのセックスが出来ないということでしたが、原因は器質性のものではなく、機能性のものでもありませんでした。純粋に心理的な原因によるものです。彼は無意識レベルで同性愛者なのではないかと、当初、私は考えました。〝普通人〟として生活し、結婚もして子供も儲けることができるが、異性との性関係では快楽を得られない。そうして急速に異性とセックスする能力を失っていく。それを自分ではなにかの病気のせいだと思っているのではないか。そう私は思ったのです。それを確かめるために、私は彼を一人で部屋に置いて裸でアダルトビデオを鑑賞させるという実験を行いました。同性愛の光景を見せて彼が反応するかどうか見てみたのです。しかし彼が勃起したのは、異性間のセックスビデオに対してでした。これは反応として正常です。これで彼が同性愛者ではないことが確実となりました。彼の性的不能の原因は、彼が妻に対して感じている心理的な圧力です。こういった事例は、ないわけではありません。似たような例では、外に別の女性を作ることで解決したという男性の症例がありました。これは、妻との間に性的な関係をもつことをもう気にしなくなった結果です。しかしこの李博という患者の場合、妻との結合を熱望している反面、性的不能をひどく恐れていて、そのため、恐れるあまりにさらにできなくなる、できないことがさらに恐れに拍車をかける、という悪循環に陥っていました。その結果、ついには妻との性的な接触をまったく諦めるという状態にまでなってしまったのです。そのことによって彼の生活と人格もひどく影響を受け……ん？　ああ、ここに当時の私が考えた治療方法が記録されている。〝睡眠薬で妻を眠らせる、あるいは妻を泥酔させる。知覚を失った妻は彼に対して心理的な圧力を構成しない。性的な不能も解除されるのではないか。〟この時、彼が、妻と無事結合に成功していたら、性機能障害もここで打破されて、今度は良性のサイクルをたどって、最終的には問題は解消されていたかもしれないですね。しかし医者としては、立場上、このような法に触れる可能性のある問題のあるアドバイスはできませんので。婚姻関係にあっても強姦罪が成立するとする国家はいくらもありますから。私は、彼に向かって、冗談に紛らわせてそれとなくすすめたことはあります。しかし、あのような堅物のインテリさんには、それがお判りにならなかったようです。あるいは判っておられたのかもしれませんが、実行には踏み切れなかったか……。」

これを聞いた劉剛の胸には、おのれの取るべき策がすでに出来あがっていた。


スマートフォンを見た李博は、それが呉医師からであることを表示から知って、ひどく意外に感じた。もう会うことはないだろうと思っていたからだ。スマホのアドレス帳から削除しなかったのは、たんにそうするのを忘れていたからにすぎない。呉医師は、貴方の病状がずっと気になっていたと、李博に言った。そして、最近新しい機械を入手したのだが、これなら貴方の問題を解決できると思う、成功率は一〇〇パーセントだろうと、続けた。

これは天の配剤だろうかとさえ、動転した李博は考えた。劉剛がその三十分前に電話してきて、自分が責任を負うと言って警察に一札入れた、これでもう伊好の自己批判書は必要ないと連絡してきた、すぐ後の出来事だったからだ。居住監視措置解除の手続きも済んだ、警察はいまから彼女を家まで送っていくという。この知らせは、もちろん李博を安心させたし、気持ちをおおいに明るくさせもした。しかし同時に、これまで彼がよく知っているところの、あの恐れの感情が、心のなかに、ふたたび忍び寄ってきていた。

彼は、IoSによって伊好の軌跡が家の玄関へと至るのを眺めていた。彼は家へ飛んで帰るべきだった。彼女を抱きしめ、接吻し、慰め、食事を作り、彼女が眠るのを見守るべきだろう。ところが彼はぐずぐずして、そこから動こうとしなかった。それは、この恐れのせいだった――さあ、寝るとき、どうするのか？

今日の今日、彼女と別々の部屋で寝るというのは、ありえない。だが自分は〝できる〟のか？　そして今日は、これまでよりも、さらに条件が悪かった。あの最中に、彼女は自分と劉剛を比べているのではないかと思ったりしたら、もう目も当てられない。その結果は、李博には火を見るよりも明らかだった。

このタイミングで以外なら、李博は、呉医師からの電話を、セールス電話だと思っただろう。しかしいまこのときの彼は、溺れる者は藁をも摑むの状況を、まさに地で行ってしまったのだった。「すぐ効きますか？」

それに対する相手の返答は簡単明瞭だった。「即座に！」しかも、お試しで無料だという。

「効果がなかったらこちらが罰金を払いますよ」と、呉医師はひどく快活そうな口ぶりで言った。よほどの自信があるらしかった。李博は、至急持ってきてほしいと頼んだ。「いますぐ試したいのです。本当に効くのなら、費用はいくらかかっても構いません！」

呉医師と会うのを約束した場所は、家の近くのスターバックスだった。呉医師は一人、助手を連れていた。ウェーブした髪が頰髭にかかっているといった風体の、黒いサングラスをかけたその男は、無言で、自分の身体に斜めに掛けているザックから、その機械を取り出した。

呉医師の話し方は、たしかにセールストークのようだった。それは、前もって暗記した売り込みのセリフを喋っているようだった。

「この機械は、ドリーム・ジェネレーターと言います。その効果は抜群です！　人間を束縛から解放して本能へと回帰させます。勃起しない男性を勃起させ、不感症の女性を燃え上がらせます。他人のように冷え切った夫婦も、あつあつの新婚カップルのようになります。ドリーム・ジェネレーターを手に取ってみて下さい。この〝ＲＰ端子〟が見えますか？　お二人に照準を合わせて五分以内でその効果がてきめんに現れます。これであなたもタフガイになれますよ！」

呉医師は、助手に向かって目配せをした。助手は機械のスイッチを入れ、暗証番号を打ち込んでから、李博に照準を合わせた。呉医師のセールストークの続きが始まった。「ではご自分で体験してみてください。衝動をだんだん感じ始めましたか？　欲望が理性を圧倒しましたか？　勃起してしまいました？……それでＯＫです。貴方はもうタフガイにならなければと思う必要はないのです。お二人そろって昇天しますか？　このドリーム・ジェネレーターがあれば貴方の奥様はもう貴方から離れられない！……」

呉医師のＰＲに嘘はなかった。ドリーム・ジェネレーターの効果は抜群だった。李博は、体の中の火が、小さな点から大きくなって燃え広がってゆくのを覚えた。秋風が地面に積み重なっている枯葉を、一層、また一層と吹き飛ばしていくかのように、セックスへの渇くような欲望が、徐々に満ちあふれてきた。李博の両目は、憑かれたように、ドリーム・ジェネレーターを見つめ続けていた。

7

これは夢だろうかと、ことの終わったあと、李博（リーボー）は何度も自分に問いかけた。彼は、涙が出るまで目を擦り、出てきた涙が指先で光るのを見、口に入れて、しょっぱいのを確かめた。これは本物の涙だ。だからこれは夢ではない。だから、たったいま起こったことも夢ではないのだ。

だがそれは、まるで夢のようだった――伊好（イーハオ）は彼の肉体の下で律動していた。あらわな腕が、彼を抱きしめていた。舌が自分の口のなかへ入ってきて、熱い口づけを交わした。彼女は快感に堪えかねて声をあげ、卑猥な言葉を吐き散らした――どれもこれも、これまで彼が、たとえ夢のなかでさえ、思いもしなかったことだった。マスターベーションのときの妄想でしか考えたことはない。李博は、自分が生きているうちにこんなことを伊好と行うことができるとは思っていなかった。まして、自分の性器で彼女を、これほどまでに我を忘れて狂喜させられる、これほどまでにたしなみを失わせ、溺れさせることができるなどとは。ふたたび挿入に成功することすら、予想もできなったことだった。ところがいま、それがすべて成就したのだった。夢ではない。挿入しただけではない。セックスし、その絶頂へと行き着いた。

これらはすべて、ドリーム・ジェネレーターがもたらしたものだった。

スターバックスで呉（ウー）医師の助手が取り出して、彼に見せたドリーム・ジェネレーターは、李博に、激しい興奮状態をもたらした。その状態のまま帰宅した彼の心中は、激しい欲望と、恐怖とが、ないまぜになっていた。ドアをあけて最初に彼の目に飛びこんできたのは、応接間のソファの上で寝ている伊好の姿だった。それは予想外のことだったので、どうしたものかと、彼は迷った。後ろの呉医師の助手が、李博の背を押して家の中に入らせた。その助手も一緒に入ってきた。助手は、勝手知ったる自分の家という感じで、ドリーム・ジェネレーターを部屋の角にあるタンスのうえにセットすると、パラメーターを打ち込んだ。照準をソファの上の伊好に合わせた彼は、李博の両肩を押して、自分が設定したドリーム・ジェネレーターの輻射範囲のなかに入れると、入口のドアを閉めて出て行った。

数分もしないうちに、伊好は反応を見せはじめた。身体をねじり、あえぎ声をしきりに上げ、その合間にかぼそい呻きが続いた。いっそうの激しさを求めているかのようだった。彼女の姿勢が横向きから仰向きへと変わって、両脚がスカートの下から長く伸ばされた。その動きは、その奥にあるものへの連想を誘った。李博の緊張と恐怖もまた、ドリーム・ジェネレーターが融解させていた。身体を縛っていた、目に見えない縄が切り離されたような感じがした。身も心もとびきり自由な空間へ飛び込んだような気分になった。激しい感情の波が、全身を突き抜けた。ホルモンがとめどなく湧いてきた。信じられないくらいに強力なエネルギーが生まれる。彼はためらうことなく、伊好のスカートをめくった。黒いパンティが太ももに密着しているのが彼をさらに猛らせた。パンティを脱がせる李博にはもはや恐れもためらいもなかった。そろそろとではなく、欲望のままに、しかし伊好を起こさないようには注意して。伊好の両脚が開いた。それが、李博の目の前に初めて曝された。それは、これまで彼が彼女に対してとても求めることができなかったことだった。無理やりなど、ましてできることではなかった。だがいまそれは、余すところなく彼に見えていた。そのことが彼に、それまで感じたことのない、狂おしいほどの欲望を抱かせた。彼は、自分の〝息子〟がこれほど荒れ狂っているのを、かつて見たことがない。それは世界でも征服できそうな勢いだった。そのことが彼に、ますます自信を持たせた。

　これが、彼にとって、これほどまで硬くなって伊好の中へと進入した初めての経験となった。そしてそれは内部を荒らし回り、蹂躙した。やがて歓喜の極に達したあとは、彼は、言葉が見つからないほどの満足を伴う征服感を味わった。ただの征服ではなかった。なぜなら伊好は、もう以前のような誇り高さも、冷たさもなく、俺を歓喜して迎え入れたのだ。進入し、進入され、一体となって、夫婦相和し、ともに昇天したのだから。

　セックスに関して、李博はテクニックや能力など、もちろん持ち合わせていない。だが伊好と交合した彼は、一度死んでいたのが生き返ってきたかのような感覚を味わった一方で、射精はしなかった。これは、ひとえに、劉剛（リウカン）が装備しておいた継電器があっての成果だった。劉剛の目的は、李博を苦しめることではなく、李博の快感を長持ちさせることにあった。それによってドリーム・ジェネレーターの魔力に取り憑かれるようにだった。あらかじめ設定されていた一時間が経つと、継電器は自動的にＯＦＦとなって、それまで断崖の際で貪り合っていた二人は、その断崖の下へ墜落した。すでに夜になった街の喧騒がなければ、二人の霊魂がからだ中の穴という穴から発した阿鼻叫喚の叫びが、周囲を死ぬほど驚かせたにちがいない。

李博が玄関のドアを開けて外へ出てみると、呉医師も助手もいなかった。そのかわり、劉剛がエレベーターの横の窓辺でタバコを吸っていた。彼の着ている服は、呉医師の助手が着ていたものと、まったく同じだった。巻き毛の髪と頬髭だけがなかった。李博は、最初に呉医師の助手を見てから、ずっとどこかで会ったような気がしていたが、その理由がようやく分かった。それは当然で、劉剛がカツラと付けヒゲをしていたのだった。

劉剛は、笑いだした。

「李先生すみません。貴方の問題を解決したくて。貴方に避けられているから、こんな手段を取るしかありませんでした。」

それを聞く李博の心境は複雑だった。だがこれで、伊好と劉剛のセックスが冷静な選択の結果ではなかったことは分かった。あれはドリーム・ジェネレーターのせいだったのだ。

そのことが分かったいま、彼は劉剛にどう対処すべきだろう。なるほど、劉剛は伊好を利用した。しかし劉剛はいま、伊好を取り戻すうえで彼に貢献したのだ。これまでの伊好は、ただ同じ屋根の下で寝るだけの存在で、自分は彼女を、真の意味で人生のパートナーとして感じる意識までは持てていなかった。だがいまや自分と彼女はセックスを通じて結合し、真実の意味での夫婦になった。自分はいま、はたして劉剛を恨むべきなのか。それとも感謝すべきなのか。

しかしいまは、それとは別の問題が、それよりもはるかに切実に、彼の目の前にあった。あのドリーム・ジェネレーターがなかったら、また息子は役立たずの状態に逆戻りするのではないのか。これからもあのような結合を望むのなら、劉剛を頼りにするほかに道はないのではないか？

劉剛はまるで彼の心を読み取っているかのようだった。彼は、李博が内心で抱いている問いに、間髪を入れずに、こう答えた。「今日のところは、これは持って帰ります。しかし貴方が私と一緒にやるプロジェクトが終わったら、ドリーム・ジェネレーターは、貴方の物になります。」

伊好は、ソファの上で深く眠り続けていた。満足したセックスのあとの疲労と、それがなくても、最近の精神的な圧力がなくなったせいだろうと、李博は思った。それは、帰宅するまえに劉剛の指示で警察が彼女に飲ませる水に入れた薬のためであることを、李博は知らない。その薬は、肉体を興奮状態にはするが頭脳は睡眠状態にさせるという働きを持っていた。だから、どれほど激しい活動をしても目は覚めないのだった。劉剛がこの措置を取ったのは、呉医師が言った睡眠薬がそのヒントになっていた。——伊好がもし覚醒していたら、事態が面倒になる。あの時も、劉剛は同じ手を使ったのではないかと、伊好は考えるかもしれない。そうなれば自分がコントロールできない状況へ発展するおそれがある。伊好はこの間、意識が朦朧としていてくれるほうが、劉剛が予定どおりにことを運ぶのには都合がよかった。

よって、目下の劉剛には、事態をコントロールできる自信があった。彼は慌てず騒がず、李博の家の中へ入り、ドリーム・ジェネレーターを回収し、それを斜めに背負った。それは国内安全保衛の人間の使うデザインのザックだった。ヤクザがみな揃いのバッジを付けるのと同じようなものである。彼は、前もって要点をメモしておいた紙片を取り出した。それには、李博の口調を真似た、〝ある機密プロジェクトに参加しなければならなくなった、それが終わるまで家へは帰れない、連絡もできない〟という文章が書かれていた。彼は李博に、これを写すように言った。

「どのくらいの期間？」

「そんなに長くはかかりません。しかし手紙には期間については書かないでください。それからちょっと急いで。」

李博は劉剛の腰にあるドリーム・ジェネレーターを見た。彼は、本当は家に残って、伊好を見守っていたかった。彼女を起こすことができなくても、自分の手で食事を作りたかった。だが、彼女は、満足できるセックスを彼としたことを憶えているだろうか。夢だと思っているのではないだろうか。もし憶えているとしたら、どう解釈するだろう。自分が、過去のように逃避するのをやめたら、家に帰れば彼女とこのようなことができるようになるのだろうか。そしてこのように勃起するのだろうか。こんな、出口のない問いを繰り返しながら、彼は劉剛が用意してきた文字を機械的に写した。ただ、彼はその末尾に、「愛している」とつけ加えた。これが、二人が知り合って以来、口頭でも、文字の上でも、李博が伊好に対してこの言葉を用いた最初だった。

事変

1

その日の夜、清掃用のエレベーターで国家安全委員会ビルの屋上へ上がった三人は、そこから下りてこなかった。彼らは食事・排泄・睡眠、すべてそこで済ませた。食料と飲料で満杯になっている冷蔵庫が空になるまでの籠城が可能だった。最初の数日は快調だった。朝早くから実験で忙しい。李博（リーボー）はIoSの部分を担当し、趙帰（チャオクイ）は電子蜂の部分を担当した。劉剛（リウカン）は実験担当である。

屋上の中心に、いくつかのジェネレーターを組み合わせて生成した半径五メートルのシールドが出来ていた。趙帰は電子蜂を放つと、まずシールドを目標にする。シールドの中へ進入すると、内部で動いている劉剛の靴間距離の変化を追跡するように切り替わり、李博が組んだプログラムで目標の座標を算出し、ニードル弾を発射するという手順である。劉剛の首筋には、ニードル弾の命中地点、強度、深度と、注入された薬剤のデータとを記録する、センサーが装着されていた。これらのデータをもとに調整を加え、再度実験し、再度調整し、そうやって精度を上げていく。

李博に任された仕事は、他の誰にもできないことだった。しかしその李博もまた、自分がいったい何をしているのかは、解っていなかった。「性交時靴間距離」プログラムは彼の発明で、彼はそれを熟知していたが、ここで求められているのは、医学模型の標準値と人体のパラメーターを打ち込んで、あとはそれらをマッチングするという作業である。そうすれば、電子蜂に首の後ろの位置座標を送りこむことができるのだ。趙帰から彼に求められているのはこれだった。

李博は、趙帰がなぜそれを必要とするのかを訊ねなかった。趙帰は「性交時靴間距離」の存在を知っていた。そして彼は李博に、必要な権限は上から与えられていると言った。彼が李博と「性交時靴間距離」のことを話すのは、かならず劉剛がそばにいないときだけだった。このことは、彼は権限を与えられていると李博が判断する根拠になった。趙帰は、これが中央の極秘プロジェクトであることを、ごく抽象的な言い方で示唆したが、そのことについては李博は深く考えなかった。わざと鈍くなっているほうが、余計な気を回さなくていいので楽だからだ。

忙しい何日かが過ぎ、解決すべき問題点はすべて解決した。実験はほぼ完了である。ただ、インターフェースを一つ作る必要があると、李博は考えた。実行時に対象のＳＩＤと身体のパラメーターをそこから打ち込めば、プログラムが自動的に生成されるようなものをだ。彼はそれを、できるだけ簡単な構造で、趙帰や、あるいは劉剛でも操作できるものにして作ろうと思った。自分がいなくてもよくなれば、自分は抜けることができるはずだと考えたのだった。

しかし、趙帰はこの案に賛成しなかった。そんなことをすれば、ＩｏＳに痕跡がいくつも残ってしまう。あとでそこから遡って追跡される。趙帰は、できるかぎり痕跡を後に残さないことを、強く望んでいた。深く隠されたソースコードをいじって、しかもそのいじった跡を残さず、操作しながら消去していくという作業まで、彼は要求していた。そしてそれができるのは、李博だけだ。

「李先生、もう少しの辛抱だ。もうすぐ終わる。」趙帰は判で押したように、このせりふを繰り返した。

もし上から権限を与えられているのが事実なら、どうして痕跡を残さないことにこれほど神経質なのか。趙帰は、この李博の疑問に、ためらう様子を見せることなく、こう答えた。「事態を単純に考えてはいけない。たんにプログラムを実行すればよいというものではないのだ。国家の統治というのは複雑なもので、ときには特殊なやり方を用いねばならないこともある。それが何かは上が決めるのであって、私たちはただそれを実行するだけのことだ。」

李博は反論しなかったが、それが本当だとも思わなかった。本当なら、正式の肩書を持っていない趙帰が、彼にこのような事情を話せば、必ず後で問題になる。

だが、正式な肩書を持つ劉剛が、趙帰に向かっては部下のように対しているのは、これは確かに単純な事態ではなさそうだった。それに、この屋上の実験目的での使用が継続している事実もあった。これは、たしかに、相当上からの許可がないとできないことだった。

無風で晴天の日には、空気の対流が起こらない。屋上の台形部分に太陽が照りつける。そこにいる彼らは、一日中、クーラーの効いた工作室に潜んでいるしかなかった。その一方で、風のある日には、屋上の風速は下の数倍となって、テントの中で寝ていると、まるで嵐の吹きすさぶ野原にいるかのような気分になった。李博は、こんな、室内とも野外ともつかない環境に慣れていなかった。忌々しいのは、IoSの専用回線を除けば、外界とここを繋ぐ経路が、何もないことだった。インターネットもなければ、携帯電話も繋がらない。構内の金属製の扉はことごとく閉鎖されている。それらは防火用の斧でも歯が立たなそうだった。ここで李博は、表面的には賓客扱いされていた。しかし現実には囚人も同様だった。仕事が済んだあとは、やることが何も、まったくないのである。だが趙帰には、まだやるべきことが残っていた。彼は、少々年は取っていても、体力はまだまだ衰えていないエンジニアのように、こまごまと自分の手と身体を動かしていた。彼は、朝から晩まで、休むということがなかった。劉剛は、標的の役目を務めている以外の時間は、これも朝から晩まで李博の側に付いていた。寝るのも自分のテントではなく、李博のテントの前で寝た。そのほうが涼しいからと本人は言っていたが、まるで看守のようだった。

李博をかろうじて我慢させていたのは、それが〝中央の極秘プロジェクト〟だからなどではなかった。ドリーム・ジェネレーターのためだった。これが首尾良く終われば、ドリーム・ジェネレーターは貴方のものだと、もし劉剛が請け合わなければ、彼はこんなところで缶詰になっていたりしなかっただろう。その劉剛は、空いた時間に、ドリーム・ジェネレーターの使い方を、実物を使って、李博に教えていた。起動方法、ウォームアップ、モードの調節、劉剛はそれらを一つひとつ、指で示しながら、丁寧に李博に教えた。「どのみち貴方のものになるんだから、前もって勉強しておいたほうがいいです。実際に使い始めてから失敗しないように。とくにこの忘却機能は、大変危険ですんで。私は本当に心配ですよ。貴方のような優れた人材が記憶をまるきりなくしてしまったりしたら、国家の大損失ですからね。」

李博が興味を示したので、劉剛はドリーム・ジェネレーターの底部にある蓋を指さした。それを開けると安全装置になっているスライドがあり、それも開けると、ボタンが顔を出した。ボタンを十秒間押し続けて暗証番号を入力し、確認のためにもう一度おなじ番号を入力すると、忘却機能がオンになる。

「恐ろしいのは、いったんまちがってでも作動させると、どれだけの時間を忘却するかを、操作する者が決められないところです。これはドリーム・ジェネレーターの欠陥ちゃあ欠陥です。忘れるというのは、ある一つのことについてだけじゃなくて、その間にあったことすべてを忘れちまうんです。どれだけの期間を忘れるかは、この機能を作動させたあと、どれだけ長く対象に当てるかによって決まります。いつやそれがどこかに関係なく、この機能を使用すると、十分間の照射で、相手は自分の親の見分けがつかないところまで記憶が消去されちまいます。つまり廃人ですわ。」

想起機能は、劉剛が李博に試してみたらいいと薦めたものだった。それは、ドリーム・ジェネレーターには最後に使った対象の脳波のデータが残っていて、同じ対象にドリーム・ジェネレーターの中に残っている通りのその脳波を再度浴びせれば、セックスの相手がいなくても、対象は幻覚のなかでまったく同じ過程と経験を追体験できるという機能である。それは、試した李博を仰天させた。彼は、こんなことが本当に可能とは、とうてい信じられなかった。彼は、伊好(イーハオ)とのこのあいだの交渉を、細部にいたるまでありありと憶えている。その声、気分、合わせた肌の感じすら、それらが、まったくそのまままた繰り返されていた。その経過時間さえ、真実のそれとそっくり同じだった。ただ、すべてが終わって醒めると、自分一人であることを知ることになった。伊好は闇のなかに消え、汗と漏らした体液がベッドを濡らしているだけだった。

李博は一回だけでそれ以上の使用を断った。気に入らなかったのではなく、そのような環境で伊好とのセックスに手を触れるのは冒瀆だと思ったからだった。彼は、劉剛のどこか人をひやかすような目つきが気に入らなかったし、再現中に自分の出す声を当然のこととはいえ、他人に聞かれているのも厭だった。しかし、この想起機能は、ドリーム・ジェネレーターが欲しいという彼の思いをさらに募らせた。自分にとってもっとも大切な経験が、このなかにある。どうして他人の手に渡せるものか。

劉剛には、いかにも西北出身者らしい、竹を割ったような豪気さと率直さとがあった。彼は、李博が何か質問すれば必ず答えた。そのなかには忘却機能の暗証番号とドリーム・ジェネレーターの起動暗証番号が同じである事実も含まれる。だが彼は、ドリーム・ジェネレーターの起動暗証番号そのものについては教えなかった。しかしそれがなければ、李博が機械を手に入れても使うことはできない。彼はここに閉じ込められて、言われたことを、言われた通りにやるしかないのだ。

これから述べることが起きる前に、もし劉剛が、李博が自分の靴の中にマイク機能を仕込んでいること、そしてそれによって李博のいないところで彼が趙帰と秘かに交わしている会話を聴いていたことを知っていたら、彼は、李博をうっかり信用して、ドリーム・ジェネレーターの忘却機能について、あれほど詳しく教えるべきではなかったと後悔したに違いない。彼がそうしなかったら、李博は、たとえ二人の話を盗み聴いても、何のことかわからなかっただろうからだ。

李博が劉剛の靴マイクを起動したのは、元はと言えば、いつ自分は帰れるのか情報を得たいと思ったからだった。趙帰と劉剛はいつも、屋上の反対側にある電子蜂の作業室で会話していた。ときにガラス越しに李博に視線が向けられることもあった。そんなときは自分に関わることを話しているのだろうと、李博は思った。

靴マイクで「忘却機能」という言葉を、彼にとっては二度目に聞いたとき、李博は、とてつもない恐ろしさに震えた。早く気が付くべきだったのだ。ここで仕事が終わったあと、ドリーム・ジェネレーターを持ってここから出て行けるはずがないということを。趙帰は、IoSシステムにさえ、いかなる痕跡も残さないことを望んでいた。この自分の頭の中になにも残しておくわけはないのだ。

彼が聞いたのは、自分のどれだけの期間の記憶を消去するかということに関する会話だった。忘却機能について執拗に訊ねる趙帰に、劉剛は相手によっては記憶がいくらか残る場合があると答えた。正確にではないにせよ、一定の条件に置かれれば何かを思い出す可能性は排除できません。

「では彼にできるだけ多く忘れさせることだ」と、趙帰は言った。

「やりすぎると予想外の事態を引き起こすおそれがあります。つまり、あまりに何もかも忘れていると、その異常さによって人目を引くことになります。どこかの医者が、なにかの奇病だと思って、調査研究に取りかかる可能性もないとはいえません。そうなれば少々やっかいなことになるかも。」

「いまからいろいろ思い煩っても仕方がない。任務の完了後は、こんなことはまったく問題ではなくなる。だから適宜に処理すればいい。彼の記憶は長時間消去とする。後で災いになるような種は絶対に残すな。」

「OK。では照射時間は二分とします。最低でも一年以上の記憶を無くすでしょう。彼はまだここへ来て一か月も経っていませんから、これで私たちの顔も覚えていないということになります……。」

このやりとりを聴いた李博は、恐怖のどん底にたたき込まれた。考えれば考えるほど、恐怖が彼の全身に瀰漫し、心の中に滲透していった。一年まるごとの記憶を失うだって！　劉剛の顔が判らなくなるなどどうでもいい。しかしドリーム・ジェネレーターの存在を忘れてしまうのは！　伊好とのあの一つとなった時間を忘れてしまうのは！　そしてもし忘却時間がより長ければ、緑妹（リューメイ）のことも忘れるということになるのか。すべてが以前に戻るのか、あの味気ない日々に……。ダメだ。嫌だ。それは平穏な毎日だろう。しかし、伊好も自分も固い殻のなかに閉じこもっている……。ダメだ、二人がどちらも一度は日常の枠から外れたことは、厳然たる事実なのだ。だが、そのことが彼の方の記憶からだけは消える。自分は以前のとおりに自分を不能者だと思い、以前どおりにセックスを忌避するのだ。伊好の記憶は消えてはいないものの、セックスの快楽を経験してしまった後では、もはや元には戻れず、それまでのようなセックスレスの生活には満足できなくなるだろう。そして自分の方はと言えば、そのことも忘れて、それまでどおりにただセックスを避けるだけで、何も変えようとはせず、変わろうともしないで、ついには伊好を失うことになるのだ。そうなる結末は目に見えている。家庭を失い、そして娘までも失うという。

李博にとって、ドリーム・ジェネレーターは、運命を変えられる希望だった。記憶を失うこと、それはすなわちドリーム・ジェネレーターを失うことである。彼は、絶対に記憶を失うわけにはいかなかった。そしてそのためには、絶対にドリーム・ジェネレーターを手に入れなければならないのである。

2

毎夜、国家安全委員会ビル屋上の台形の部分から、数百個のライトの光が放たれる。外から眺めると、その青い光は、市中の夜景のなかでとりわけ目立ちながら、ビルの先端を彩っていた。台形部分とビルの屋上の平面部の間にある空間は、青色の下にある、白色の光の線の部分を担っていた。

ビル屋上の平面部は、真昼のように明るい。夜も更けた午後十二時の消灯後に、ようやく夜がきたという感じがするのだ。下から伝わってくる街のナイトライフの喧噪も、次第に静かになっていく。それをときに破ってゆくのは、夜間に移動する工事車両だろう。

対流の発生する屋上で、趙帰(チャオクイ)はその風のなかを待機していた。彼は、電子蜂を放つタイミングを計っていた。放つのは時間的にはできる限り後にするほうがよい。だが夜の闇にまぎれる必要もあった。というわけで、夜明け前がベストということになったのだった。

この夜が明ければ、式典のリハーサルが始まる。それは、これ以上はないであろう、絶好の機会だった。電子蜂を中南海に飛ばすのは不可能だった。あそこは電子スキャンの密林のようなものだ。さらには、ドローンが常時巡回している。しかも、ターゲットが中南海をどのようなルートで移動するか、そのスケジュールを事前に知ることは絶対にできない。前もって待ち受けるなど不可能だった。だが、式典リハーサルとなれば、話は別だ。時間割はあらかじめ決められている。地点も天安門だけだ。情報を集める必要もないほど、すべてが明白である。その一方で、本番ではないということで、警備は本番ほどの厳重さではない。ドローンの類いは空に飛ばさない。唯一の不確定要素は、ターゲットが本当に現場に姿を現すのかということだけである。

趙帰は、現すと確信していた。式典の主役なのに、リハーサルに姿を現さずに本番の式典だけ出てきても、それは他者が決めたお膳立てに乗るだけのことにしかならないからだ。それは主席にとって受け入れられることではない。彼はそう計算していた。もっともリハーサルの見学に、極秘で行くにしても、警備はしないというのでは、中央弁公庁と警衛局は必ず反対するだろう。だが、強い指導者として、周りの意見に配慮するようなことはしないはずだ。

もしターゲットがやって来なかったら、それは天がその機会を与えなかったと思うほかはあるまい。趙帰は、それは運命というものだと考えたりしてはみたが、安らかな心境を得ることはできなかった。運命とは自分で切りひらくものだ。おのれの努力を尽くしたその果てに、運命というものは、あるならあるのだろう。

ビルの高い頂から見える東の空が、わずかに白んできた。この街のいちばん静かな時間である。工事車両すらも停止する。さあ幕が上がるぞ！

趙帰は、背筋を伸ばし、椅子に座り直して、息を止めた。傍目には、目を閉じて精神を集中しているかのように見えただろう。だが実際は、心の中で声を限りに叫んでいた。それは祈りにも似ていた。やって来い！　必ず、必ず、やって来るんだ！

趙帰は、テントで寝ている李博（リーボー）を起こすように、劉剛（リウカン）に命じた。そして自分は電子蜂の最後の点検を行った。電子蜂は、二つのグループに分かれている。一つのグループは四機で、データ線とPCを繋ぐボードの上にいる。設定されたプログラムに従い、先頭機は天安門の屋根の瑠璃瓦の上に着地する。相互に一三メートルの間隔で横一列に並ぶ。午前九時になると――リハーサルの開始時刻だ――電子シールドの感知機能が、自動でオンとなる。電子シールドまで五〇メートルの距離に近づくと、すべての機能が起動する。シールドが移動を停止して二分以上経過すると、それはすなわちその中の人間がしかるべき場所に落ち着いたと判断されて、「性交時靴間距離」プログラムが、対象の身体のいまある状態を算出する。第一グループの四機の電子蜂が順番に上空から接近して、シールド内に突入する。シールドの中で受信するSIDの信号が、前もって入力されているSID信号と符合することを確認のうえ、「性交時靴間距離」プログラムの計算結果に従って、ターゲットの首筋へ向けてニードル弾を発射する。発射終了後はただちに離脱する。シールド内に目標のSIDを発見できない場合、それ以後の予定動作は行わず、ただちに退避行動に移る。……こう説明すると長くなるが、実際にはこの間、三秒に満たない。根本的なコンセプトは〝一撃離脱〟だった。そして、離脱した電子蜂は、国家安全委員会ビルの屋上まで飛んで帰ってくると、自動的に巣へと戻る。

第二グループの電子蜂は予備隊だった。実行するプログラム内容は第一グループとほとんど同じだが、ただ一つだけ、追加項目があった。それは、万一、半径五メートルのシールドが二個出現した場合（可能性は限りなく小さいが、万一にも備えるのが趙帰の流儀だった）、第一グループがまずどちらか一つへ突入するが、そこで符合するSIDを発見できなかったら、ただちに反転離脱する。その理由は、いつまでもその場で飛び回っていては、周囲の注意を引いてしまいかねないからだが、この時に、第二グループが、もう一つのシールドを目標として同じプログラムを実行するのである。シールドが一個しかない場合は、第二グループは待機したまま、その場から動かない。第一グループが帰還を開始してから三十五秒後に、帰還行動を開始する。

眠気で朦朧としている李博は、顔を洗ったあと、タオルを使わずに早朝の風にさらして、目覚ましがわりにした。こんな時間に彼を起こしたのは、待っていたその時が目の前に迫っていたからだった。趙帰は、ノートPCに一枚の写真を呼び出して、そこに示されているデータを、ターゲットのパラメーターの枠内に入力するよう、李博に言った。写真は周囲の背景がすべて消されていたが、拡大されたその数字は、あきらかにPCモニターのドット文字だった。どこか別のPCで作成されたファイルを写真に撮ったものだろうと思われた。そのファイルは、初めも終わりも欠けていて、ただ数字が並んでいるだけだった。数字はそれぞれ、十三の桁から成り、全部で七十二列あった。その下にはさらに四つ、単位の付記された数字が並んでいた。これがIoSのSIDの十三桁の数字であることに、李博は、当然気が付いた。後の四つは何かの説明がないが、kgやcmという単位から判断して、それは誰かの体重、身長、頭長、脚長だと思われた。これらは、電子蜂が首の後ろの位置を決定するために、必要なパラメーターだった。

IoSは、SIDを入力すると、自動的にデータバンクのなかで該当する靴を選びだし、それと同時に、靴の所有者のファイルを呈示する。ところが、李博が打ち込んだSIDはデータバンクに該当なしと出た。李博はこの自分の気づきを、ありったけの自制心で押さえつけて、それ以上何も考えないようにした。すこしでも考えると、ものすごい恐怖感に捕らわれそうだったからだ。七十二列のSIDがすべてこうであるなら、もしそれが特定の一人の人間のものであるなら、その意味するところは、どの靴を履いていようと、電子蜂のターゲットになるということだ。

もし李博が、この日に式典のリハーサルが行われるということを知っていたら、彼の恐怖は何倍にもなっていただろう。もしかしたら彼は、趙帰の指令を拒否していたかもしれない。だが、彼の足の下にあるビルこそ中国全土の情報が集まる心臓部ではあったが、彼個人が知ることのできるのは、ただ、台形の下の空間から遠くに望む北京市の町並みと、その上に広がっている大空だけだった。

劉剛も、退屈のあまり、悶々として毎日を送っていた。彼は上半身裸で屋上をジョギングしたり、あるいは空気相手に正拳突きを繰り返しながら、聞く者が耳をふさぎたくなるような叫び声を上げたりしていた。外界と連絡を保っているのは趙帰だけだったが、彼は外で何が起こっているかについては、ひと言も言わなかった。

彼は、劉剛を励ましたり、戒めたりした。趙帰は彼に、公安部部長補の職を約束していた。「部長補というのは一見地味な印象だが、副部長〔副大臣〕と一歩しか違わない。年齢的に若い人間が通るキャリアだ」と、趙帰はパトロンのような口ぶりで、劉剛に教え諭した。「副部長になってしまえばこっちのものだ。それから後は君の自由な天地が待っているぞ……。」こんな約束ができるのは、趙帰本人は少なくとも公安部長にはなるということだった。劉剛は、結局のところ、これがどういった計画なのかを知らされていなかった。彼はただ、老叔（ラオシュー）が長兄で、趙帰は次兄、そして自分は三男坊であると、そうとだけ、理解していた。それで、べつに、十分じゃないか。

データの入力自体は、李博にとっては簡単な作業だった。しかし趙帰は、李博のモニターをじっと見ていても、データをソースコードのどこに入れればいいのか、まったくわからなかった。しかも、キーボード上の李博の複雑極まる指の動きからは、どれが何に相当するキーであり、何のための動作であるのか、皆目見当がつかなかった。もしかしたら、そこには、目くらましの動作がわざと混ぜてあるのかもしれなかった。趙帰は、コンピューターのプログラミングに関しては中級程度の知識と技術しか有していない。だがそのおかげで、自分が見よう見まねの初心者とたいして変わらないということを自覚していた。初心者の見よう見まねでは、一歩まちがえば取り返しの付かない結果を招く恐れがある。だからいまは、このチャンスを過たず摑むためには、李博に頼るしかないということもまた、彼は分かっていた。

すべてのデータが入力されるべきところへ入力されて、あとに残るのは「性交時靴間距離」システムとの最後のマッチングだけとなったところで、李博は手を止めた。彼は、劉剛のほうを振り向いて、「ドリーム・ジェネレーターをくれ」と、言った。

劉剛は、とっさに何を言われたのかが理解できずに、しばらく突っ立っていた。

「先……先にこれをやって、仕事を片付けてからあらためてその話をしましょうよ……。」

「先に渡せ。」李博の声は緊張してはいたが、おおむね平静を保っていた。

劉剛の顔つきが一変した。相手を甘言で丸め込む詐欺師のような表情になった。「李先生、心配しなさんなって。ドリーム・ジェネレーターは趙兄さんの仕事室にある。これが終わったら一緒に取りに行きましょうや！　だが、まずは仕事だ。兄さんを待たせちゃ悪いぜ！」

「いま渡してほしい。」李博はつとめて冷静に振る舞おうとしていたが、浮かべた微笑は、こわばっていた。「行って持って帰ってくるのに二分もかからないだろう。作業に影響はない。」

ＰＣデスクのライトが、劉剛の顔を浮かび上がらせていた。その眼の中に凶暴な光が点るのを、李博は見た。だが李博は退かなかった。最後の操作は彼にとってはなんでもないことだが、他の人間には何をどうすればいいか見当もつかない代物だからである。二人が何を言ったところで、彼らに選択肢はない。李博はとりつくしまもない様子で、椅子に背をもたせかけて座ったままでいた。彼は、両手を頭の後ろに組んで、なんならこのまま放っておいてもいいぞという意思を、態度で示した。時間が気になるのはこちらではない。

趙帰が、声を荒げて劉剛を叱った。「お前は、遅かれ早かれ李先生のものになると言っていただろう。それが少し早くなっただけのことだろうが。契約書を取り交わしたわけでもないのに、何を杓子定規なことを言っている。李先生、ここで待っていてください。私が行って取ってきます。」

「わかりました、わかりましたよ……。」劉剛の眼から凶暴な光が消えて、笑顔になった。「では、李先生のご希望の通りにしましょうか。」趙帰がドリーム・ジェネレーターを持って帰ってきた。彼は劉剛ではなく、李博に直に手渡した。

「ありがとう。」李博は機械の電源を入れると、あらかじめ用意してあった紙と鉛筆を、劉剛の前に差し出した。ドリーム・ジェネレーターの画面に出ている、暗証番号欄に打ち込む暗証番号をここに書けという意味だった。

劉剛の笑顔が凍りついた。彼は趙帰のほうを見た。趙帰は目で、言うとおりにしろと命じた。劉剛は、無言で、暗証番号を書きとめた。

番号は本物だった。システムが稼働し始めると、李博は作業メニューの中から「暗証番号を変更する」を選び、自分のテントに戻って、寝袋を自分と機械の上にかぶって新しい暗証番号をセットすると、機械を再起動させた。暗証番号の変更が無事成功したのを確認してから、彼はドリーム・ジェネレーターをシャットダウンした。そのあいだ、趙帰と劉剛は、でくの坊のように、ただ突っ立っていた。どうすればよいのか分からなかったのかもしれない。あるいは、分かっているけれどもできなかったのかもしれなかった。

李博は、暗証番号を変更したドリーム・ジェネレーターを、自分のリュックに収めた。彼は残りの作業を終わらせるべく取りかかった。それはただ、あるコマンドを打ち込むだけのことだったが、そのあとでエンターキーを叩くと、新しいパラメーターとプログラムとのマッチングが完成し、パラメーターがデータ線を通じて八機の電子蜂へと伝えられて、システム内の痕跡はすべて抹消された。

李博は、趙帰の方に向き直った。「私のやるべき仕事はこれで終わりました。エレベーターで下へ降ろしてください」と、彼は言ったものの、椅子から立とうとはしなかった。李博は、そう言えばすぐに出て行けるとは思っていなかった。だが、その顔には強い決意の色が表れていた。ドリーム・ジェネレーターは手に入れた。自分の自由が制限されるのを自分がこれ以上我慢しなければならない理由は、もうどこにもない。

「任務はすぐに完了する。そのあと出て行けばいいじゃないですか」と、劉剛が言った。

「断る。私はドリーム・ジェネレーターを交換条件として手に入れるためだけにここに来て働いた。任務は私には関係ない。関与したくもないし、あんた方の言う任務が何なのかを知りたくもない。いまその交換は終わった。私たちの関係はここまでだ。ここから先はおたがい無関係だ。心配しなくても、誰にも何も話さない。」

「よかろう。李先生を帰してあげなさい」と、趙帰は、説得を続けようとする劉剛を制して言った。

彼は、清掃用エレベーターの操作器にカードを当てて、指紋認証と顔認証を行って、ビルの真ん中あたりで止まっていたエレベーターを、屋上まで呼び寄せた。李博を力尽くでも引き留めようとしていた劉剛も、道を開けた。李博は安堵した。それどころか、彼は趙帰にすまないような感情さえ抱いた。趙帰は気にするそぶりもなく、李博がリュックを両肩に背負うのを手伝った。彼は、肩紐の捻れも直してやった。李博が「ありがとう」と言ったその直後、彼は、首の後ろに、何かが刺さる痛みを感じた。それは虫に刺されるような痛みだった。反射的にそれを叩こうとした、彼の手が叩いたのは、人間の手だった。振り向くと、皮肉な表情を浮かべた趙帰の顔があった。すぐに李博を眩暈が襲った。身体から力がぬけ、彼は腰をかがめ、膝をつき、身体を曲げて、倒れた。意識が遠のいていった。劉剛の笑い声が、どこか別の世界から聞こえた。「趙兄さんにはまったくシャッポを脱ぎますよ……。」

趙帰は、李博に渡すドリーム・ジェネレーターを取りに行くのを利用して、神経遮断薬を半分の濃度に調節して仕込んだニードル弾を忍ばせて帰ってきたのだった。電子蜂を使うことなく、彼は手で、李博の背後から首へと打ち込んだ。電子蜂を使うよりも間違いなく正確である。

劉剛は、李博が息をしているのを確認すると、返ってくる返事を承知のうえで、どうしますかと趙帰にたずねた。趙帰は、しばらく生かしておくと答えた。まだ李博を必要とすることがあるかもしれないというのがその理由だった。「いまのうちにいちばん面倒のない方法を考えておけ。」趙帰は吐きすてるように言った。「記憶を消すだけで済ませてやろうと思っていたのに、自分から死ぬ方を選ぶとはな！」

劉剛のお陰で時間を無駄にした趙帰は、作業のテンポを速めた。だが、プログラムの最終点検は、注意のうえにも注意を重ねなくてはならない。薄青色の空の縁が色付きはじめた。墨絵が次第に彩色されてゆくようである。まだ日の光もほのかな周囲を見渡して、趙帰は、そこがあたかも劇場の舞台であるかのような気がした。彼の頭のなかを、「一旦弦から放たれた矢は戻せない」という諺がかすめた。しかしそれは彼の動作に、なんの遅滞も及ぼさなかった。マウスをクリックしてモニターの上の発射ボタンを押す。発射台の上の第一グループの電子蜂が、羽を震わせてつぎつぎに飛び立ち、まず高度〇・五メートルへ、そして瞬く間に大空へと飛翔していった。四機の電子蜂は、時間にして一秒差、空間的には八メートルの相互間隔で、まったく同じ姿勢と軌跡を取って、飛ぶ。

その三十五秒後、第二グループ四機の電子蜂が、やはり同じ状態から同じ操作手順を経て、飛び立った。

3

趙帰（チャオクイ）が首都空港のヒルトンホテルに着いたのは、初夏のぎらつく太陽が昇ってすぐの時間だった。彼は、ホテルの数百メートル手前で、タクシーから降りた。彼は、朝早くに外で運動してきた宿泊客を装って、周囲の注意を引かないようにしながら、十一階の部屋へと向かった。部屋は彼の女性アシスタントの名で長期契約されているものだが、しかしほとんど使用されることがない。

彼が事前に準備したスーツケースが、部屋に置かれていた。その中には、三冊の違う国のパスポートが入っている。名前はそれぞれ異なるが、顔写真はどれも彼のものだ。そして、タイミングを違えて別々に購入した、随時に搭乗できる優先権つきの航空チケットが複数枚。行き先は別々になっている。

これらはすべて、国家安全委員会ビルの屋上で缶詰になるまえに揃えておいたものだった。式典リハーサルの際には、市内の交通は渋滞するに違いなかったし、また飛行機ショーのために航空管制が敷かれて、民間機の発着に遅れが出ることが予想されたからである。このホテルから外へ出ればすぐ空港だ。いざという場合は、その時で一番近い便に飛び乗ればいい。

雲のほとんどない、一面の青空だった。太陽の光が東側にある両開きのガラス窓から部屋の中へと流れこんで、床と壁に溢れていた。カーテンを引かないとPCの画面は見えない。彼は、警察用の監視ネットにアクセスできる暗証番号を所持していて、それを使えば北京市内の数万の監視カメラ映像をどれでも見ることができた。もっとも、彼がいまチェックしたのは、天安門にある何台かだけである。

数千人の警察官や武装警察が、前夜から引き続いて現場で管制を敷いていた。パレードやプログラムに参加する部隊が、続々と集結しつつあった。糧食を配った運営者側の人間が、食べおわった後のゴミをその場に捨てるなと、トランシーバーを使って厳しい口調で注意して回っている。気温を上昇させつつある太陽の光のもとでも、人々は整然とした秩序を保っていた。

天安門の内側は、いまはなにもない。故宮博物院は閉鎖されていた。門は開いているが、金水橋〔天安門の前にある橋。地図⑥参照〕が、立ち入り禁止の鉄柵で閉じられていた。長安街には、天安門側に百台を超える警察車両が、びっしりと停まっていた。リハーサルを見物しようとする人々は、その反対側の広場に、密集していた。天安門の上にあるバルコニーは、本番では最高指導者と国賓のための席となるところを、今回は劇場のバックステージとして使われている。大小さまざまの設備や器具類が、あちこちに置かれていた。ワイヤーケーブルが縦横に走り、十いくつかある撮影カメラに繋がっている。数人の監督助手が、無線機を手に、大声で叫びながら、そこかしこを駆け回っていた。ある監視カメラから、天安門の屋根を見ることができた。一面黄色の瑠璃瓦が輝いていた。何回か拡大してみたが電子蜂は見つけられなかった。だがそれでいいのだ。電子蜂は瑠璃瓦と瑠璃瓦の隙間に身を隠す選択肢を選んだのかもしれないからである。

趙帰は、バーカウンターのコーヒーメーカーで、モカを一杯、淹れた。だが目は、モニターから離さなかった。彼は、内心の動揺を極力、抑えようとしていた。しかし、リハーサル開始の時間が近づくにつれて、それは急速に困難となっていった。じっと座っていることができなくなった彼は、ノートPCをバーカウンターの上に置いて、立って操作した。いくつかのカメラ映像を順繰りにチェックして、あちこち異なる方角を見た。リハーサルの参加人員はすでに整列を終えて、後は開始の号令を待つだけとなっている。ついに、天安門の内側を映しているカメラに、端門〔天安門にある門の一つ。地図⑥参照〕から進行してくる車両の隊伍が現れた。中南海と故宮のあいだの地下道の出口がそこにあるのだ——それで、結局、どうなのだ？　イエスか⁉　それともノーなのか⁉

先導車と後尾車に乗っているのは、銃を持った警護兵たちだ。中間の車両は、マイクロバスだった。そのマイクロバスが、天安門の下へ来て停まった。車のフロント部分がエレベーターのすぐ前に当たっている。右側の車は左側のドアを、左側の車は右側のドアを開いて、人々は同時に二台の間に降り立った。ざっと数えたところ、三十人はいた。彼らは、移動するときも、停止するときも、一斉に動く。歩調も揃える。趙帰は、カメラを最大限に接近させて、ターゲットがいるかどうか、画面の中にその顔を確かめようとした。

そこに映し出されたのは、じつに奇怪な光景だった。三十人の身長と体格が、同じだった。そして、全員が白のシャツに黒のズボン、そして赤い日よけ帽子に黒い革靴。今日は快晴で、空気も澄んでいる。それにもかかわらず、その三十人は、一人残らず黒色のマスクを着用し、黒いサングラスを掛けている。誰が誰か、当の彼ら自身でさえ、見分けが付かないのではないかとさえ思えるほどだ。

趙帰は、歩行式のロボットが一台、その三十人の傍らで作動しているのを見て、状況を理解した。三脚の機械の足の上に、半球の形状の機械が据え付けられ、そこから四方向へ斜めにアンテナが伸びている。五メートルの半径をもつシールド発生器だ。ロボットは自動で、その主に従って歩く。これで、どれかは分からないが、その主があの三十人の中にいることは、確実となった。

これは中央警衛局が取った警備方法だが、まったく妙案とでも呼ぶべきものだった。警護部隊の中から警護対象に体つきのよく似た者を二十九人選んで、対象をその間に紛れ込ませたのである。みな同じ服装をし、帽子、サングラス、マスクで顔を隠す。もし暗殺者がいて、いくつものチェックポイントを運よくくぐり抜けて、現場へと潜り込めたとしても、三十人の同じ姿格好をした集団の中から、正しい目標を探し出さねばならなくなる。そしてその正しい本人は、何重もの人間の盾に護られているのだ。

天安門の電動エレベーターは、一度に乗れるのは三十人が限度だった。赤色日よけ帽子軍団の頭数は、そこから割り出されたに違いなかった。さもなければもっと規模は大きくなっていたはずだ。赤色日よけ帽軍団がエレベーターに乗ると、エレベーターは上の展望台へ一気に昇っていった。すべてを承知している小姨子(シャオイーツ)を別にすれば、それ以外の人間は、こんなお揃いの帽子をかぶってどこの田舎のご一行様かと思っただろう。一体全体、どういう伝手で、こいつらはこんな観光ルートを組めたのかとたまげたに違いない。ここは天安門のど真ん中だぞ。

一秒の遅れも決して許されないはずのリハーサルは、すでに五分十七秒の遅れを見せていた。しかし赤帽子の一団が姿をみせると、広場の四隅のスピーカーは、ただちにそれまでのＢＧＭから式典の行進曲へと切り替わって、メインテーマを奏で始めた。それがこのご一行様に聞かせるためであることは、誰の目にも明らかだった。

趙帰は、落ち着け、興奮するなと、自分に何度も言い聞かせた。しかし深呼吸をしてみても、効果はまったくと言っていいほどなかった。彼はバーカウンターの冷蔵庫から氷を取って、それをアイスペールへ半分ほど入れると、顔をそのステンレスの胴へ押しつけた。

瑠璃瓦の間に潜む電子蜂が活動を開始したのが見えたような気がした。シールドに進入するように設定された距離になると羽が起動する。シールドが停止して二分経つと飛行を開始する。趙帰はいま、天安門の庇の下に取り付けられたカメラを通して、場面全体の状況を眺めることができる位置にいた。そして赤帽子の集団に取り巻かれている最高指導者も、たしかにその目で確認することができた。最高指導者は他の者と同じ服装をしていたが、彼が本人だとわかる特徴が、ありありと窺えた。日常、他者を従わせることを当然のこととする、その悠揚迫らざると同時に、昂然とした主人としての立ち姿は、周囲の奴隷たちのそれとは、きわだって異なるものだった。彼らは、主の前に立ちはだかって護る盾になろうとしても、主の視界を遮ることになりはしないかと気兼ねし、またご主人様があまりの混み具合に不快になられるかもと、萎縮していた。ターゲットは確かにここにいると確信できたその時、趙帰の心臓は、その鼓動が、天地の間にそそり立つ一個の大きな秒針と、一体となった。秒針が一秒ごとに動くたび、それはまるで轟く雷鳴のように、彼に共振をもたらした。彼の身は凍ったようにこわばり、血液は重さを失って頭に残らず殺到した。式典の進行役を務める女性の甲高い声が、飛び回る蚊の羽音のように遠くからワンワンと聞こえた……二分間が刻々と過ぎてゆく。しかし終わりは永遠に来ないように感じた。彼はいまだかつてこれほど長い二分間を経験したことがない……。

炒め物をしている鍋の油の真中に一滴の水を落としたように、突然、赤帽子が激しく外に弾けて、次の瞬間、その波は中心へ逆向きへと凝縮した。真中へ一斉に殺到し、防護しようとした。外周部は銃を抜き、銃口は四方へ、いまにも引き金が引かれるばかりの緊張とともに向けられた。それはそのまま、足が密生するカイガラムシのような姿と動きを見せながら、可能な限りの速度で、天安門の奥へと移動していった。

命中したのか？　どうなのか？　全景になっていた画面からは、確認できなかった。趙帰はプレイバックした。プレイバックした画面はコマ送りにでき、部分的に拡大することもできる。コマ送りで確認していくことにする。ようやく、電子蜂の飛ぶ姿を見いだすことができた。だがその姿は、コマ送りではきわめて不明瞭だった。最大限にクローズアップすると、画質が粗くなって、モザイク模様のようになったが、一発目のニードル弾の発射後の軌跡を見つけることができた。軌跡の終わるのはターゲットの首の後ろだった。ニードルの先が肥ったうなじに刺さってゆく。針の後ろに付いているプラスチック製の袋が慣性力によって圧縮され、一〇〇パーセントの濃度の神経遮断薬がそこから絞り出された。外部に漏れた形跡が認められないのは、皮下に注入されたということを意味した。電子蜂はすぐにそこから飛び去った。趙帰は思い切り、酒杯をテーブルから払いのけるかのように腕を振った。ターゲットは、蚊に刺されたように感じて、手で首筋を触った。それによってニードル弾は払われて地面へと落ちた。この時、二番手の電子蜂が飛んできて、ニードル弾をターゲットの手に射ち込んだ。振る手の動きで、プラスチックの袋は空になる。三匹目の電子蜂が飛んできた時には、ターゲットはすでにもうまともに立ってはいられなくなっていた。身体の姿勢は、「性交時靴間距離」プログラムの計算結果からは大きく外れて、射出されたニードル弾は、衣服をかすめるに止まった。息が詰まる感覚に襲われたターゲットは、マスクを引きはがして身を二つに折る。そのため、四番手の電子蜂のニードル弾は大きく外れて、首の後ろへは届かない。そのかわりに、ターゲットの大きく開いた口の中へと吸い込まれていく。

プレイバックは続いていたが、趙帰はもう見ていなかった。涙が目を曇らせ、眼鏡のレンズの片方を濡らした。もう何の心配も疑いもいらない。一発だけで命を奪うのには十分なところへ、三発も命中したら、もうなにをしても無駄だ‼　趙帰はソファーに崩れ落ちて、両手で頭を抱えた。頭を両膝に埋めて、長い間歓喜の涙に暮れた……この世界は一変した！　新たな世界がいま始まったのだ！　無数の、まったく新しい可能性にあふれた未来が、大きく腕を広げ、抱きしめようとして、この俺の方を向き、待ち受けている……。

しばらくして、趙帰は、自制心を取り戻すと、手洗い場で顔と眼鏡を洗い、モニターの前へ戻って、現場をあちこち見てまわった。武装した軍の兵士や士官が天安門上に殺到し、あたりにいる人間を、一人残らず拘束してまわっていた。中南海のトンネルの方面からは、中央警衛局の部隊を載せた軍用車両が、やって来つつあった。長安街では、リハーサルのパレードの列が、まだ何が起こったのか分からないままに、指示が途切れたことで混乱をきたし始めていた。救急用のヘリコプターが一機、武装ヘリに護衛されて、天安門の内側へと着陸した。赤帽子集団が、彼らと同じ背格好のご主人様を担架でヘリに運び込むと、ヘリはすぐに離陸して、その場を離れた。

ぐずぐずしてはいられない、すぐに行動に移らなければ！　趙帰は正気に戻った。この歴史の大きな節目に、一秒遅れれば結果は大きく変わってくるだろう。彼がまず考えたのは、老叔（ラオシュー）のことだった。かの御仁はどうするのだろう。いや、どうすべきかだ。しかし何をするにしても、それをいかにやるべきか、だ。初手がその後の局面を決定する。そしてその一手は、打ってしまった後はもうやり直しがきかない。ほんの少しの軌道修正すら難しいだろう。ここは絶対に間違えることはできない。だが老叔はこれまで、一貫して態度を明らかにせず、このことについて触れることを避けてきた。この自分とも腹を割って話し合ったことがない。だがあの時はまだ、成功するなどまだ遠い夢物語の世界だった、しかしいまは、目の前の厳然たる現実となってここにある。あの時は考えることがなく、またあえて考えようもしなかった問題が、いまや怒濤のように押し寄せ、湧き上がり、辺り一面に、上から下まで、溢れている。

趙帰がホテルから飛び出した時、ちょうど西洋人の老夫妻が手をあげてタクシーを道路脇へ止めたところだった。趙帰は二人の目の前に割り込んで、タクシーのドアを開けると、中へ素早く乗り込んだ。「緊急事態だ！　三倍の代金を払う！」本来なら罵声を発したはずの運転手は、ただちにアクセルを踏んで車をスタートさせた。趙帰は、驚いて呆然とたたずんでいる老夫妻に、一言謝るほどの精神的な余裕もなかった。本来、失敗した場合の逃走の便に備えて取っておいた距離が、いまや、勝利の果実をつかみ取るためには障害となっている。

タクシーは猛スピードで走った。運転手はクラクションを鳴らし続ける一方で、このような運転をしたら罰金がものすごい、それもコミでこの客に払わせせんといかんなと思案していた。三倍ではおっつかんぞと考えている運転手の算段を、趙帰の「安心しろ、十倍やる！」という声が断ち切った。

急いで飛び出したので、シールドジジェネレーターも使い捨てのプリペイド携帯電話も、ホテルに置いてきてしまっていた。持っているのは常用の携帯電話だけである。趙帰は少しためらったが、肝心な所でささいな問題に拘るなと、自分にふたたび言い聞かせた。この事態を制するにはまず先んじてしまうことだ。いったん制してしまえば、あとからどのようにも修正できる。彼は敢然として電話を掛けた。呼び出し音が聞こえた。ということは、繋がったということだった。しかし相手は出ない。そのままでしばらくして、デフォルト設定の、「ピーという音のあとにメッセージをどうぞ」という声が聞こえた。

「いまそちらへ向かっています。そのまま待っていて下さい。なにもせず、動かないように！」

と言う彼は、老叔はこの伝言を必ず聞いてくれるだろうと信じていた。もっとも大切なのは初動なのだ。この局面は自分が創り出したものだ。だからここから何の手を打てばよいか、自分ほど知りぬいている者はいない。すべてが始まるのはこの自分が現場に姿を現してからだ。

4

老叔（ラオシュー）の使い捨て携帯電話に趙帰（チャオクイ）の常用携帯電話番号の表示があったとき、彼の趙帰への評価は半分に下落した。大事においても我を失うべきではない。それどころか、いよいよ細心であるべきだ。規則では、スパイと抱え主の通話には、必ず使い捨て携帯電話を使用することと定められているのである。

老叔はしばらく迷ったのち、彼と趙帰の間での連絡用の、使い捨て携帯を手に取った。老叔は、趙帰から電話がかかってこないように願っていた。それはつまり、すべて順調に進んでいるということだからである。ところが、趙帰はたったいま、それも通常の電話から掛けてきた。こちらが出ないことであいつはこちらの意図するところに気付くだろうと思ったのが、あいつはなんと、さらにメッセージまで残してきた。

老叔が監視システムで確認すると、趙帰は、空港から市内へのルート上にいた。

——あいつはおそらく、脱出の準備を事前に整えていたのだろう。だがいまや大急ぎで馳せ戻って状況の牛耳を執ろうというわけだ。

老叔は、いままで見ていた監視画面に戻った。それは、警察ですら接続できない北京医院の国家指導者医療区の内部映像だった〔北京医院は国務院に直属する要人専門の病院。地図④参照〕。中南海と国家安全委員会のみ有する権限である。救急救命室の台上に裸で横たわっているのは、主席である。天安門の上で倒れてから、直ちにヘリコプターでこの病院へ運ばれてきたのだった。あの瞬間、周囲の保安要員ですら、暗殺だとは思わなかった。多数の人間に囲まれていた。刺客の姿は認められていなかった。武器の存在は確認されておらず、それらしい音も聞こえなかった。それでどうして暗殺の可能性が頭に浮かんでくるだろう。誰もが、心臓病かもしくは脳溢血の突然の発症だろうと考えた。

医師たちによる検査で、まず主席の首の後ろにある、針状の物体によると見られる刺し傷が発見された。ついで、手の甲にある二個目の同様の刺し傷。そして、通常の状態ではちょっと考えられない、口中の針の存在。それは喉の奥に刺さっており、プラスチック製の袋が平たく潰れていた。口を閉じて実行する人と評された主席は、針で本当にその口を閉じられてしまうことになった。病院に搬送された時点で、事実上、彼はすでに死亡していた。この検査と救急措置とは、病院側が全力を尽くしたということを示すためのポーズでしかない。

趙帰はまた電話をかけてきた。あいつは興奮しすぎだと老叔は思った。理性を失っているのではないか。老叔は、やはり電話を取らなかった。自動録音になってからの趙帰の声には、あきらかな焦りの色が浮かんでいた。「……くそったれが。なんでこんなに渋滞してるんだ。ヘリで迎えに来て下さい！……」老叔は応答しなかった。趙帰の語気が緩んで、弁解するような口調になった。「時間がないんです！　土佐（トゥーツゥオ）に、先に喋られたら駄目なんです！　絶対に！」

趙帰の現在位置を監視システムで確かめたさい、老叔は携帯電話を使って監視システムにアクセスした。その結果、彼は、その電話がトレースされていることを意味する信号報告ランプの赤い点滅を見ることになった。老叔は、即座にアンテナとの連絡を切断して、その携帯を、デスクの横の廃棄口へ投げ込んだ。それは、壁内を通っている一本の滑道で、何かを放り込むと、それは地下の粉砕器で瞬時に跡形もなく粉々にされてしまう。老叔は、たったいま受けた信号を、分析室へと転送した。分析室はただちにそのトレース信号の場所を特定して、電子地図の上に表示してきた。中南海を熟知している老叔には、それが九組の所在地であることが、ひと目で分かった。

趙帰の電話は大変な面倒の種を撒いたことになる。これは簡単には片付かない問題になる。いまはまだ九組がどう出るかはわからない。だが持てる技術と権威と権力で競い合ったら、国家安全委員会（こちら）が風下に立たされる可能性がある——それをできる組織が全国で唯一、九組だった。

幸いにも、彼と趙帰以外には、〝土佐〟とは誰か判る者はいない。それは、趙帰が中央警衛局の局長を嘲ってつけたあだ名だった。〝土佐〟とは日本の護衛犬の一種の名である。普段は声もたてず、静かで、主人には忠実無比であるが、それ以外の人間にはきわめて凶暴という性質を持っている。趙帰の言ったことは正しい。まず土佐を手なづけなければならない。それ以外はとりあえず置いておいてもよい。しかしそんなことは言われなくても判っている。あいつは自分以外の人間はみな馬鹿だと思っているのか。

老叔は、北京医院の救急救命室の外に立っている土佐を見つめた。

ちょうど良いタイミングを狙わなければならない――それは病院が正式に主席の死去を発表した時である。それより遅くては駄目で、早くても駄目だった。病院側からすれば、精一杯の努力をした後で、やむなく諦めたというアピールをしておかなければならない。そして土佐は、病院がこれ以上はいかなる手の施しようもないという絶対不可能の状況が確定して、はじめて次の段階に移れる。これより前には、土佐は絶対に誰とも、何も話すことはできないのだ。

画面では、治療台を囲んでいた人の垣が、沈黙のなかで、解散しつつあった。救命作業に従事していた医師が去り、土佐が狂乱の体で部屋へ飛び込んできた。彼は看護師が白いシーツで主席の身体を頭から足先まですっぽりと覆うのを、声もなく、見つめていた。土佐は、自分以外の全員を部屋から退出させた後は、ただ一人でその場の番を続けていた。それは、彼の感情の表現と外部からは受け取られたが、その内実は、次の一手をどう打つかの思案だった。

天安門の現場検証からは、三本の針が見つかったという報告が戻ってきていた。残留物を検査したところ、神経遮断薬の反応が得られた。よって暗殺と断定してもよさそうだった。死は一つである。だが急病で死ぬのと、誰かに殺されることとは、同じではない。この二つは、法律上の扱いや処理がまったく異なる。もたらす結果にも、天と地の違いが生じる。先ず第一に、中央警衛局の局長の問われる責任が異なってくるだろう。最高指導者が暗殺された。これ以上の職務怠慢はない。そして、これだけの厳重な警戒と警護のなかで、暗殺された。ここで真っ先に内部の者の犯行の可能性を考えるのは、極めて合理的である。でなければ、取り囲んでいた護衛たちが何の異常も感じないうちに、その中心にいる人間に、三発も、毒薬の仕込まれた針を打ち込めるだろうか。とすれば自分の責任はさらに重くなってくる。それどころか、自身の関与さえ疑われることになりかねない。土佐はいま、恐るべき緊張とストレスの下に置かれていた。彼は、政治局常務委員の誰に、どういった表現で、このことを通知すべきか決定しなければならない。しかし彼は、自分を襲ったこの大変な出来事に驚愕するあまり、実のところなすすべを知らなかった。

老叔は、国家安全委員会から土佐への直通暗号電話をかけた。規則で、この種の電話は、そのときの状況に拘わらず、必ず取らねばならないことになっている。土佐は、その千々に乱れる内心の動揺を押して、電話に出た。老叔はまず、土佐に、発生した事態について既に把握していると言い、これについて報告や説明は必要ない旨を告げた——これは、土佐は常務委員への報告前に、他の何人にもこの件について報告説明する必要はないという意味である。「国家安全委員会は独自の情報経路を有していますす」という老叔の言葉が、すべてを物語っていた。誰も、国家安全委員会の情報の正確さと速さを疑うことはできない。

老叔の登場は、土佐の受けていた圧力に分担者が現れたことを意味した。それ以上に重要なのは、彼の背負っている責任を分担することになったのが、老叔であることだった。

職務において、土佐のそれと関わるところはまったくなかったが、老叔は、自発的に、彼、土佐に対して会釈を怠らず、礼儀を欠かしたことはこれまでになかった。それに加えて老叔は主席の腹心の部下である。主席に忠誠を誓う土佐にとって、老叔は同じ陣営の仲間で、しかも信用できる存在だった。そして、重大な危機の処理はまさに、国家安全委員会の職務であった。老叔の介入は、法的にも道理からしても当然の行動であると言える。だから老叔が、いまから北京医院へ向かう、貴方とお会いしたいと申し入れてきた時に土佐は拒否しなかった。

「このことを知っている人間を暫時全員隔離することを貴方に提案します。情報が外へ漏れないようにするのが目的です。そのほかの行動については当面取ることを控えるほうがよかろうと思料します。私がそちらへ到着したら貴方に状況を説明しますので、それから決定を下されたく。いま私たちは歴史の大きな分岐点に立っております。一挙一動にも周到で細心の考慮と配慮が求められます。一つでも失敗があれば、党と国家の命運に関わるかも知れません。此方ではこの事態に際して、国家安全委員会の危機分析システムを起動させました。結果が出るまでには今少し時間が必要ですが、とにかく私が病院へ着きましたらご一緒に閲覧することにしましょう……。」

老叔は、北京医院へ出発する前に、端末で趙帰の写真付きの身分証明証のカードを作成した。それが終わると、ブザーを押して〝外勤秘書〟を呼んだ。「ビルの外でこの趙氏をお出迎えしろ。このカードを使って彼を中へお通しせよ。Ｆ区から下行きのエレベーターに乗ってＢ５００まで行き、このカードでドアを開けて、趙氏にご自分で中へ入っていただけ。君はドアの外側からもう一回カードを当てるだけでいい。」

外勤秘書は、いつもはどこかに身を潜めていて姿を見せない。趙帰は、彼を見たことがなかった。そのような職名の人間がいることも知らなかった。この「外勤秘書」という名は、給料支払い名簿の上に書かれている名称である。彼は、ほとんどの場合、なにもしていない。唯一の職務は、老叔の呼び出しに応えて、それがいついかなる時でも、現れることである。古語で言うところの「千日兵を養うのは一時に用いるため」（『三国演義』にある言葉）のようなものだ。そして、その外勤秘書に命じる仕事は、いつも機密に関わる内容だった。だから、彼が滅多に喋ろうとしないのは、当然といえば当然だと言えた。

趙帰は、彼の口から、老叔がいまどこにいるのか、何をしているのかと、自分に有用な情報を聞きだそうとしたが、無駄だった。外勤秘書の案内する道筋は、老叔のオフィスへ行く方角ではなかった。セキュリティゲートも迂回した。エレベーターで地下へ下りた。趙帰は質問しなかった。このような時期にはできるだけ人目に付かないように振る舞うのも、当然といえば当然のことだろうと考えたからだった。

Ｂ５００は、地下五階の廊下の端にあった。外見は、その他の部屋と同じ、普通の木のドアだった。だがカード認証を行うと金属音がした。油圧式で開くドアは、かなり重量がありそうだった。

外勤秘書は、礼儀正しく身を傍らに避けて、腕を差し伸ばした。「こちらでしばらくお待ちください。」

ドアが趙帰の背後で閉まった。内側から見るドアは金属だった。それが閉じると、やはり金属製の部屋の壁へと同化した。趙帰がひどく奇妙に思ったのは、ここには家具と名の付くものがいっさいないことだった。四方の、光沢ある壁だけだった。やはり金属製の天井の四隅に防水仕様のスポットライトがあるのは、何のためだろう。床も光っていた。これも金属製だった。二本の対角線が交差して、四個の三角形を形作っている。まるでなにかの工業設備の一部分のような感じがした。

いや、それは感じではなかった。趙帰は機械の作動音を聞いた。すると彼の足下の床が動き出して、対角線が、なんと、開き始めたのだった。四個の三角形が、下の方に折れ曲がりだした。対角線の交差点は、開きつつある口に変わり、四つの角は鋼鉄の牙と成った。その口の、漆黒の奥から、歯車の噛み合う音が聞こえてきた。趙帰は仰天して後ずさった。その背中は壁にぶつかった。下へと折れ曲がってゆく三角形は、傾斜の角度がどんどん広がり、彼は立っていられなくなった。しかし輝く壁は、つるつるして摑むことができない。彼はただ、身体の摩擦を利用して、なんとか貼り付いているだけだった。しかし傾斜が四十五度を超えると、重力は、もう彼に貼り付いていることも許さなかった。彼は滑り台をすべるように落下した。趙帰はかすれた絶叫とともに、開いた口の中へと落ちた。彼が最後に見たものは、らせん状の粉砕器の回転が乱反射する鈍い光である……。

5

北京医院へ着いた老叔（ラオシュー）は、取るものも取りあえず、まず主席の遺体に向かって五分間、涕泣した。五分は、普通ならたいした時間ではない。しかし死体を寝かせてある救急救命室においては、相当な長さと言えた。老叔に付き添っている土佐（トゥーツゥオ）は、身体をしきりに動かし始めた。老叔にそろそろ本題に入るよう暗に急かしているのだった。滂沱たる涙のなかにあった老叔は、それに応じて、眼鏡を曇らせていた涙を拭うと、せきあげる涙とひっきりなしの嗚咽を次第に収めていった。その後、彼は主席の遺骸の横でＰＣを開いて、ある画面を土佐に示した。

それは、天安門に据え付けられている監視カメラ数台が記録した映像を、選別したのち分析した結果の内容だった。その中心となっていたのは、蜂型の飛行物体が上空から主席に接近していく映像である。局所的に拡大してコマ送りにすると、その飛行物体からニードル弾が発射されて、主席の首筋に命中していることが、よく視認できた。これで実行者は主席の身辺にいる警護兵ではないことが証明されたことになる。土佐は、安堵の息をついた。もっとも彼はこれでまったく責任を免れたわけではない。その性質が違ってきただけの話である。

老叔が彼の負う責任を軽減したことと、彼が主席の遺体の前で、かくも多くの涙を流してみせたことで、土佐の老叔に対する親近感は、大いに増していた。主席の左右の腕として、主席の生前は私的な交際を控えていたが、主席亡きいま、一致団結して互いに助けあわねば乗り越えられない困難な局面に、両者はいるのである。

中央警衛局の人員がすでに、国家指導者医療区に厳重な警備体制を敷いていたが、老叔はまだ、気を緩めてはいなかった。左右に目を走らせてから、彼は土佐を、オペレーターの休憩室の外側にある空間へ誘った。そこはもともと、採光と通風のために設けられた空間で、普段は無人である。だから、監視装置も付いていなかった。老叔はそこで、危機分析システムがはじき出した結果を、土佐に伝えた。だが彼は、そこでもささやき声だった。

危機分析システムは、国家安全委員会の作成したシステムだ。その基本的な機能は、すでに得られている情報とビッグデータとをマッチングさせ、スクリーニングを施した後、その相関度に従って排列するというものである。情報の量が多ければ多いほど、またビッグデータの量が多ければ多いほど、そして運用にかける時間が長ければ長いほど、結果の確実性は増す。

老叔は土佐に、以下の内容を伝えた。

――監視カメラ映像に映った飛行物体の画像を精密に分析したところ、公安部に警察用ドローンを提供したある企業によって生産されたものである事実が判明した。該企業の経営者は趙帰(チャオクイ)という人物で、現在手配中である。犯行は単独犯による行為とは考えにくく、また、ニードル弾に残っていた神経遮断薬は公安部が研究開発したものと同一種類であることが、現在までに明らかになっている。これは思ったよりも複雑な背景があるのかも知れない。背後にいる主犯、もしくはクーデターを企んだ集団を、暴き出すことが、さらに重要な問題だと思われる。趙帰は、公安部と特殊な関係にある。ビッグデータからのスクリーニングの結果、彼は過去一年間に、公安部の局長以上の役職者と三十七回もの食事を共にしていることが明らかになった。そのなかには部長と副部長も含まれる。そしてその費用はすべて、趙帰が負担している。

……これらの点から考えるに、と老叔は言った。この案件は、警察に任せることはできない。公安部の介入を防ぐため、中央警衛局が担当してくれればこれ以上の良策はないというのが、私の考えです。そのためには、国家安全委員会は必要な技術の提供は惜しみません。

「……しかし、警衛局は事件捜査の経験に乏しく……」と、土佐は躊躇する様子を見せた。この権限を手に入れるのを望まないからではない。警衛局には、経験が不足どころではなく、皆無だったからだ。その点については、老叔はむろん百も承知していた。この権限がその他の人間の手に渡らないようにするのが彼の目的である。彼は、とにかく土佐を説き伏せて同意させたかった。

だが土佐は、しばらく考えこんでいたが、やはりお受けしかねます、と言った。それでも説得しようとする老叔を遮るように、彼はこう答えた。

「ではこうしましょう。国家安全委員会が捜査を担当する。警衛局はそれをサポートする。これなら無理もないですし、各方面とも調整できると思います。」この言い方で、土佐は、この件に関する議論はここで打ち切りにしたいという意思を、老叔に向かって表した。

こうなっては老叔も、これ以上押して説得を続けるのは憚られた。この仕事は、最初から火中の栗を拾うことになることは分かりきっている。彼は、のしかかるその重量感とともに、それを己が引き受けざるを得なくなった。老叔は、土佐に、事件の解明は全体の一部に過ぎない、より重要なのは背後の黒幕と集団を捕らえることであり、そのためにはつねに行動においてスピードとテンポとを失わないこと、しかし単なる拙速に陥らないことだと言った。土佐は、この件については賛同した。

国家安全委員会の危機分析システムが稼働し続けていた。スクリーニングとマッチングが終わったあとの主要な結果が、老叔の端末画面につぎつぎと上がり始めている。すこし目を離していたすきに、数十もの結果が累積していた。老叔はそのなかの一つを見て、あからさまな驚きの表情を浮かべた。彼は、瞬間どうするか迷ったが、結局何も言わなかった。しかし彼をじっと見つめている傍らの土佐の鋭い視線に気が付いて、彼は考えを変えた。

「貴方から隠そうとしたわけではないのです。内容が国家のトップレベルに関わるものだったので、つい、いつもの職務上の習慣でそうしてしまったのでした。以前ならこの種の問題については主席にだけご報告するのですが、いまはもう主席はおられない。国家の危急に、職務上の紀律を後生大事に守っていても意味はないでしょう。このいま現在、貴方こそが国家の柱石なのだから、貴方に隠し立てすべきではありますまい。」

その情報を知らされた土佐は仰天した。危機分析システムがさらなる相関性分析を進める過程で、趙帰の会社の株主の一人は総理の息子であることが判明したという。総理は政府の首脳であり、政治局常務委員のナンバー・ツーである。ただし、主席が権限を越えて権力を行使するのを常としたので、総理の座は次第にお飾りになりつつあった。

——総理と主席のあいだに長年の暗闘があることは、官僚社会では周知の事柄である。結果として、総理はじりじりと後退し、いまではわずかにその肩書を保つだけとなっている。そして来年の党大会で退職すると予想されていた。ところがここへ来て、総理には主席の暗殺との関連が突如浮上した。まだはっきりしたことはなにも言えないが、事態の現在へ至った背景を考えると、どうしても疑いの目は向けざるを得ない。

——趙帰が捕らえられれば、総理の関与の有無は自然と明らかにされるだろう。監視画面を遡ってサーチしてみると、ヒルトンホテルで趙帰の姿が確認された。彼の部屋に置かれていたスーツケースからは、複数のパスポートと航空チケットとが発見されていた。これは故意に捜査を攪乱しようという狙いかと疑われる。もしかしたら本人はすでに出国しているかもしれない。だが出国地点のカメラ映像からはまだ彼の姿は見つかっていない。目下、インターポールを通じて世界中の空港に対し、当人の身柄の確認と足止めとを依頼したところである。

では、いま何をなすべきか。二人の目はここで、異なる方向を見ていた。お互いに相手がいま考えていることを知れば、どちらも驚いただろう。主席と総理の闘争の過程で、土佐はつねに主席の執行者として働いてきた。主席が表に立つのが都合の悪い場合は、彼が実行した。それには容赦がなく、ときにはやりすぎることさえあった。党の規約に従えば、いまや、その総理が序列上、最高指導者の座に就いて実権を握ることになる。そうなったら土佐は完全に終わりである。ゆえに総理をナンバー・ワンにさせないことが、土佐の切望するところだった。

老叔は、実は、総理の息子が趙帰の企業の株主であることを、以前から知っていた。それが、趙帰の自分の会社の箔付けのための株主でしかないことも知っている。総理の息子は苦労知らずのボンボンで、頼まれたら断り切れないところがある。本人は株主であることなど憶えてもいないだろう。彼には、これと同じような、憶えていないままで株主になっている会社が、いくつもあった。だが分析システムは、そんなことは考慮しない。彼が株主であるという事実だけを指摘する。老叔は、土佐にその指摘を見せるとき、自分もいま初めて知ったようなふりをした。それは土佐と一緒にこの大変な秘密を知ったように思わせるためだった。土佐が驚愕したのを見て、彼はこれで事は成ったも同然と、内心ほくそ笑んだ。

土佐がまずこちらから話してもらいたいらしい気配を察して、老叔は、しばらく考えた後で、慎重に言葉を選びながら口を開いた。「息子が株主だという事実は何の証明にもなりませんな。しかし、まず何もないということを証明してみせなくてはならないのも、確かに必要でしょう。後継者として権力を握った後で、シロだったと言われても、信用するのはなかなか難しい。国家のしかるべき地位にある者が、信用されないという状況は、国家の危機にも繋がりかねません。父親としての責任の点、また国家に対する責任の点からしても、まず我が息子が主席の暗殺と関係がないことを証明してからの後、父親は権力を継承すべきでしょう。」

土佐は賛成の意を示した。老叔の論法は明確かつ穏当であり、また大局を踏まえたものでもある。ただし、政治局常務委員会がその見方を受け入れるかどうかはわからなかった。そもそもそこではそのような話自体が出ないかも知れないのだ。常務委員会のメンバーには、主席の強権的なやり方に不満を抱く者が多い。彼らは仕方なく主席に従っているだけだった。それがこのたび、穏健で勢力も弱い総理が規則通りに後を継げば、独裁体制から以前の集団指導体制へと戻ることができる。余計な問題をわざわざテーブルに持ち出して情勢の安定に寄与するよりも、自分たち常務委員の地位の安定のほうが、彼らにははるかに重要だろう。

「このような大事は、何があろうといい加減に済ませるわけにはいきません」と、老叔は激しい口調で言った。

「まことにその通りでありますが、我々は常務委員会において意見を述べる資格を有しておりません。たとえ発議はできても、あの方々は耳を貸すことはないかと思われます。まして取り上げることなどありましょうか。」

「〝国家の存亡は匹夫といえども責あり〟〔『三国演義』に由来する慣用句〕です。まして我々は匹夫ではない。」老叔は、ふたたび激しい口調で言った。

「ではいかがなされると言われるのですか？」土佐は老叔の言葉から、何か考えがあるらしいと気付いていた。

しばらく口を閉じたのち、老叔は重々しく口を開いた。

「四人組を除いた前例がある。」

思いもかけなかった発言に驚愕した土佐の反応は遅れた。「しかし……あの時は党の実力者の支持があり……。」

その反応は老叔を安心させた。なぜなら、土佐の言った言葉の内容は、自分たちにはそのような行動を取れるだけの地位がないという意味でしかなかったからである。

「いまここ、救急救命室におられる主席が、その実力者でなくて何であるか。かのお人が生きておられたなら必ず支持されると貴君は思わないか。」老叔は本人でも気づかないうちに、土佐を「貴方」から「貴君」呼ばわりしていた。「現在の情勢はかの四人組の時よりもさらに厳しい。党の領袖はすでに天安門上において暗殺されている。犯人は党内にいる。しかもそれが誰であるか、あるいは誰と誰であるのか、それすら明らかではない。これは危機の極みと言わずして何であろう。ただ一本の髪で千鈞の重みを支えるがごとき危機の極み、その歴史の切所において、果断なる行動が全党の支持を得るであろうことは必定である。而して行動せざるは歴史の罪人たるべし。」

土佐のよく肥った身体には、この狭い空間が息苦しそうだった。彼は、その圧力を減らそうとするかのように、ことさらに大きく息を吐いた。その長く吐き出される息が、それまで沈滞していたその場の空気に、流れをもたらした。

「……しかし、皆を納得させるにはそれなりの手続きというものが必要で……。」

「手続きならある」と、老叔は土佐の動揺を抑えるために、手すりの上に置かれた彼の肉付きのよい手を、数度、軽くたたいた。

「国家安全委員会の緊急突発状況処理領導小組、すなわち突処組には、この種の職務権限が与えられている。国家の危機に際しては如何なる手段も採用できるという権限だ。憲法にも拘束されることはない。国家安全委員会の職務規定に、突処組のリーダーが職務を遂行できないときには副リーダーがその代理を務めると定められている。そして突処組の副リーダーはこの私である。だから私がこの件について責任を負うことができる。」

危機の最中に党と国家を救うためには、法律も制度もその時宜を得た処置を取るうえで障碍となってはならない。これが共産党という権力集団が共有している認識であり、容認事項だった。突処組にこのような職務と権限を与えたのは、主席その人だった。それはこの危険きわまりない種類の権力を自分がコントロールするため、また他者の干渉と介入とを許さないためだった。突処組は、国家安全委員会の下部組織である。副リーダーはそれほど高い職位の者がならなくてもかまわないから、老叔をその地位に当てて雑務担当としておいた。これも、他人が自分の権力に手を突っ込んでくるのを防ぐための措置だった。このように、主席は、起こりえる可能性に周到に備えて規則を定めていた。しかし自分が死んだ場合についてだけは考えていなかった。まさにその彼の死によって突然、老叔は権力を、合法的に手に入れることになった。それは誰もが予想していなかった状況だった。

だが老叔には、最初からこうなることが分かっていた。しかし他の誰も、この可能性に気が付いていなかった。彼自身も、あえて、自分ひとりのときでさえも、そのことについて考えようとはしなかった。しかしこれがいまや然るべき、正しい手続きになっている。誰もそれに異議を申し立てる余地はない。

土佐はこの瞬間、そこにおのれの利用すべきものを見いだした。突処組が危機の期間中にいかなる措置も採ることができると規則で定められているのであれば、この現在において自分は老叔の指揮を受けるのが正しい。老叔が何をしようと、そしてその結果がいかなるものになろうと、その責任はすべて老叔にある。自分ではない。

土佐は息を整えて、平静さを取り戻した。指揮系統における下級の者が上級に接する態度になった。「党と国家が危機に瀕している現在、中央警衛局は突処組の指揮に服従すべきであります」と言ってから、彼は、右手を眉の上に挙げて敬礼した。そこには、言外の意味が多分に込められているように見えた。

6

中国の憲法は、中国共産党が中国を指導すると定めている。そして中国共産党の規約は、政治局常務委員会が党を指導すると定めている。よって、中国における最高権力は、七名から成る常務委員会にある。

主席が死亡した時、その他の常務委員は何をしていたか。二名は中南海で執務中だった。一名はコンゴ大統領に随伴して八達嶺〔北京郊外にある地名〕の長城に出かけていた。一名は中央電視台を視察中だった。もう一名は全国人民政治協商会議〔組織名〕の会議を主宰していた。全国人民代表会議委員長の三号（サンハオ）〔ナンバースリーという意味の、この作品における呼び名〕は、上海に出張中だった。

常務委員の一人ひとりに、中央警衛局局長が直接指揮する護衛隊が付く。その各護衛隊の隊長は、一斉に、警衛局局長からの緊急命令を受けた。最高レベルの反テロリズムマニュアルに沿って行動せよとの。

北京にいた五名の常務委員は、それぞれの護衛隊に伴われて、地下壕へと案内された。彼らは何が起こっているのかを知らない。護衛隊の隊長の説明も、要領を得なかった。だが、危険を目の前にすると、人間はたとえその危険が何なのか知らなくても、そのための指示には従うようになるものだ。よしんばそれがおのれの自由を束縛するものであっても。

常務委員の通信手段と外部との連絡経路は遮断された。その理由は、テロリストはきわめて高レベルのテクノロジー的能力を有しており、彼らが通信シグナルからこちらの位置を察知して攻撃を仕掛けてくるから、というものだった。常務委員たちの目の前で、それまでの顔なじみの兵たちが新顔の兵に交替した。彼らは、夜になっても家へ帰らせてもらえなかった。通信は、ずっと遮断されたままだった。常務委員たちは、さすがにおかしいと思い始めた。

反テロリズムマニュアルは、上海にいる三号にも適用された。ただし外地であるために、護衛隊の人員の入れ換えは行われなかった。その数時間後、強硬に主張したことで、彼は通信の自由を回復したが、彼以外の常務委員との連絡は取れなかった。本来その夜のうちに北京へ帰る予定だった彼は、しばらくのあいだ上海に留まることを決めた。

総理は、事態の最初から、何かがおかしいと感じていた。自分自身、家族、オフィス、秘書団、これらすべての通信が、すべて同時に中断したからである。警備の兵士たちは、彼を防弾仕様の車にほとんど力づくで押し込んで、中南海地下の迷宮へと運び込んだ。そこは何十年ものあいだの掘鑿作業の結果、無数の道路や通路が複雑に連絡し交差している空間だった。車両はその中を、点灯している照明が示す道筋に従って走った。数トンもの重量がありそうなシェルターのゲートが開き、車は、その扉の下を通り抜けた。彼が最後にたどり着いたのは、密閉された一部屋である。内部にはあらゆる設備がそろっていて、生活条件は良好だった。しかし外部に連絡はできない。

コントロールセンターから経路を指示し、シェルターのゲートを開閉したのは、土佐（トゥーツゥオ）だった。車の運転手も、総理に同乗してきた護衛の兵士たちも、そして老叔（ラオシュー）でさえも、それがこの地下迷宮のどこに位置するのかは知らない。いったんこのゲートを閉ざしてしまえば、戦車で砲撃しても進入は不可能だった。クーデターが起こったのかもしれないと総理は考えた。だがまさか主席が死んだとまでは、彼の想像は及ばなかった。だから彼は、既に軍門に降った自分に、主席がなぜここまでするのかと、理解に苦しんだ。

中南海は全面的な管制下に置かれた。兵による統制がその全区域に及んだ。人員はいかなる移動も禁じられ、各自が所属するオフィスで、次の指令に備えて待機することだけを許された。テロリストの襲撃に備えた予防措置であるという説明は、時の経過とともに疑われるようになり、人々は、これは何か大事件が起こったのだと思うようになった。主席が殺されたという噂を、早耳の人間がどこからか仕入れてきた。それは中南海のいたるところへと広まり、あちこちで囁かれた。

そのような状態のなか、唯一、外部から来た人間に接収されてその管理下に置かれたのが、九組だった。国家安全委員会の情報管理センター主任が、チームを指揮して乗り込んで、九組の外部との連絡経路をすべて切断した。中央警衛局は、中南海のあらゆる機関の通信チャンネルをコントロールできる。ただし太子の九組だけは、その管轄外という特権を有していた。また、その擁する先端技術は、警衛局の太刀打ちできるところではなかったから、九組以上の専門家集団に処理を任せるほか、方法がなかったのである。九組の人員は残らずオフィスから退去させられ、そこにあった電子機器はすべて差し押さえられた。

老叔は、土佐に、こうすることがどうしても必要だったのだと告げた。主席への裏切りなどではない、安定を保証するために必要な措置なのだと言って、土佐を慰めた。老叔は、さらに言った。――主席が暗殺された事実は、それにふさわしい時期がくればふさわしい方法で発表しよう。だがそれ以前には、いかなる形においても漏れることは、動乱を醸成する契機となりうる。

国家安全委員会情報センターのチームは、施設の封鎖を宣言し、秘密裏に、九組のもつあらゆるプログラム、情報、データをコピーし、あるいは設備ごと、持ち去った。そのあと、彼らは〝プロ消去〟を行った。プロ消去とは、素人の行う消去とは異なり、いかなる手段を用いても元のデータを復元できないよう完全に消去する作業である。

こうして、九組が収集した情報を分析した国家安全委員会の専門家は、主席が暗殺された瞬間には九組はまだその事実に気づいてはおらず、太子が小姨子（シャオイーツ）――式典の総合演出をしているあの――から電話を貰って、やっとそちらへと注意を向けたことを知った。小姨子は、天安門上で誰が倒れたのかまでは判らなかった。それが病気なのか、それとも他の理由によるものかなどは、言うまでもない。彼女は太子に、状況を把握して、万が一のこともあるから、とりあえず彼の母親に知らせておいてほしいと頼んだのだった。九組は、主席が暗殺された事実をすぐに摑んだ。太子は虚脱状態に陥って、九組の活動にはまったく役立たずとなった。

まず最初に、その瞬間の前後に北京で使用されていた使い捨て携帯電話が、スクリーニングの対象となった。そのなかの一つに、趙帰（チャオクイ）の携帯電話からそこへ掛けられたものがあった。ただ追跡が開始されると、その端末は直ちに消滅した。それがあまりに迅速だったため、国家安全委員会という所在地しか判明しなかった。その後、趙帰の方の携帯は、国家安全委員会の遮蔽シールドのなかに入って以後、出てきていない。国家安全委員会のセキュリティシステムへクラッキングしてみたが、趙帰の退出記録は発見できなかった。

国家安全委員会のチームが接収に乗り込んできた時、九組のビッグデータシステムは、ちょうど趙帰に関連する材料を精査している最中だった。

――以上の内容の、情報管理センター主任からの報告をタブレット上で読みおえると、老叔は、ただちに九組の材料を封印するよう命じた。いかなる人間のアクセスも不可とし、それらはすべて自分のところへ持ってくるように。

そして太子から九組の一般技術職員まで、全員に保護的隔離処置が取られた。小姨子が太子を通じて主席夫人に知らせることができなくなったことで、状況は老叔にとって非常にやりやすくなった。さもなければ噂が一気に広まるところだったからだ。常務委員たちもそれを聞いて、ただちに事態の収拾に乗り出したかもしれない。そうなったら、それ以上歩を進めることは難しくなっていただろう。そして、老叔が土佐と同盟を結ぶチャンスも訪れなかっただろう。

土佐は、しばらくの間太子を家へ帰らせるなという老叔の要求を呑んだ。太子を監視する兵は、彼が誰であるのかを知らなかった。鍵をかけられた部屋のなかで彼が叫んでいても、差し入れた食事を投げ返しても、相手にせずに放っていた。

太子の現在位置は、主席の家から六〇〇メートル離れている。主席夫人もヒステリーを起こしていた。彼女は、主席が暗殺されたことは知らない。知っているのは警護の人員が入れ替わったこと、電話が不通になったこと、インターネットが遮断されたこと、家から出るのを禁止されたことだけだった。彼女は、土佐を呼び出そうとした。いつもの土佐は時間に遅れるということは決してなかった。ところが今回は、承知しましたという返事すらかえってこなかった。彼女の前にいるのは、下っ端の兵卒たちばかりである。最高でも下士官どまりだった。何をきいても、「自分は知りません」

としか答えなかった。彼らは、命令されてただそれを実行するだけの存在である。いくら彼女が非難しようと、あるいは罵倒しようと、彼らはまったく表情を変えることもなければ、心を動かされることもないのである。

このような、命令をひたすら履行することのみを知る軍人を前に、中国の最高権力者たちは、その持てる権力を残らず回収されてしまった。あらゆる命令は、土佐の執務室から、しかも矢継ぎ早に、発せられていた。ここが、すべてを指揮していた。トップレベルの権力がすべてここへ集中された。平時、わずか一個師団の兵力しか持たない中央警衛局に、である。そして現在、その中央警衛局を指揮している局長というのは、無能で、引退の日もそう遠くない、ハゲの公務員殿と、陰口を叩かれている人物だった。

北京医院外のがらんとした空間で、土佐が老叔の指揮下に入ることを誓ったあと、二人は一台の車に同乗して、中南海へ向かった。土佐は、自分の執務室に入ると、一連の遠隔操作的行動を開始し、そしてそれらを、次々に実行させていった。……本日の中国はいつも通りに、喧噪を極めるべく極めよ。混乱すべく混乱せよ。誰も何も考えず感じず、いま中南海の二人の眠らない老人の手の上で、その運命が彼らの望むままに動かされつつあることを知らずにいよ。

両人は、ひと時も離れなかった。腹が空けば、構内の食堂から簡単な食事を持ってこさせ、眠くなれば、ソファーの上に転がって、しばらく目を閉じた。この一心同体ぶりは、同志愛からではなかった。相手を安心させれば自分が安心できるという、言わず語らずのうちに二人のあいだで交わされた黙契によるものだった。——こうしていれば互いに相手を裏切ることはできない。そう、口に出してはどちらも言ったわけではないが、トイレに行くときですらドアを閉めず、大小便の音がもう一人の耳に聞こえて来たのも、そしてその結果便臭があたりに充満したのも、ひとえに、隠れて電話などかけて密謀を巡らしたりはしないということを、互いに示しあい、相手を安心させるためだった。

そうして、ここで決定すべきことを決定し、それらが実現されおわると、彼らは、もう後戻りできなくなった。彼ら二人の運命はいまや固く結びつけられた。もはやどちらか片方だけ抜けることはできない。互いに、自分の命を相手に差し出したと言ってよい。あとに残るのは共存共栄か、一蓮托生かの道だけだった。だからいま、二人は安心して別れることができた。あとは二人の共同計画を、各自が遂行するだけである。

7

老叔（ラオシュー）が中南海を離れるさい、土佐（トゥーツゥオ）は、中南海の警護部隊から一隊を割いて、彼に付けた。彼らは今よりあなたの専属部隊ですと、土佐は磊落な口ぶりで老叔に言った。警護隊の隊長は少佐で、皺一つない軍服に、磨き上げられた革靴を履いていた。警護隊は三台の車に分乗した。そのうちの一台は先導し、あとの二台は後ろに付いた。少佐は、老叔と同じ車に乗り、前の助手席に座った。この車は総理用の防弾車両だったが、土佐が老叔に献呈したものだった。「人はそれ相応の持ち物をと言いますからな」と、これからの外出にはこの防弾仕様の車両を使うようにと、土佐は老叔に、ものやわらかく勧めた。だが老叔のほうはと言えば、あまり関心を示さなかった。彼がどっちでもいいだろうと考えていたところを、土佐は、一方で、この少佐に対しても同じ内容を伝えていた。つまり命令した。というわけで、老叔はこれ以後の外出にはこの車両をもっぱら用いるしかなくなった。

沿道には、政治局常務委員待遇の第一級安全保障警備体制が敷かれていた。信号はすべて青のままである。それ以外の車両は例外なく通行を規制され、沿道は武装警察によって通行人の移動が差し止められていた。主席が総理の車に盗聴器を仕掛けていたことを、老叔は知っていた。中南海所属の車両は、すべて土佐の管轄下にある。盗聴も、土佐の管轄だった。その土佐が、いま老叔にこの車を与えたということは、それはとりもなさず、いまから心おきなく老叔を盗聴できるということである。老叔はわざと大きい音を立てて放屁した。この警護隊は、彼を護衛しているが、同時に彼を監視してもいる。必要ならいつでも彼を逮捕できる。これがまさに、主席が政治局常務委員の一人ひとりに与えた待遇だった。このやり方によって、彼らは一人残らず主席の手のひらの上にいた。だが主席は死に、その手のひらの主は土佐へと代わった。

しかし老叔は、土佐のことは心配していなかった。あいつは主席の家僕にすぎない。主がいなければ自分がどこで何をすべきかもわからないような奴だ。あいつがいまやっていることは、主席が彼にインプットした内容が慣性で動いているだけだ。

本人は極力表に出すまいとしていたが、老叔は一晩、寝ずに土佐とつきあって、よく分かっていた。土佐（あいつ）は、困惑しきっている。元来、あいつの生きる目的は、非常に明確だった。死んでも主に忠誠を尽くす。主人を護る。ただそれだけだ。そして実際、あいつは自分の一生をその主に捧げ尽くしてきた。だがその主が突然消えて、あいつの足元も一緒に崩れ落ちた。虚無の深淵に墜落していきそうな瞬間、摑めさえすれば、何であろうとよかったのだ。そして手を伸ばして最初に摑んだのが、この自分だった。それだけの話だ。

あいつが自分の指揮に服従すると誓ったのは、失敗した時に責任を逃れるためにほかならない。人の野心とは、それが可能であるなら膨れてゆくものだ。主席があいつを絶対的に信頼していたときには、あいつは〝土佐〟でいるしかなかった。ほかにありようがなかったのだ。ところが今、何の因果か自分が主になってしまった。そしてこの自分があいつに自我の拡大を促した。もともと野心がなかったなら、クーデターに参画しようなどとは思わないだろう。そもそもこの度のクーデターの成功の鍵となったのはあいつだ。主席が存命中に、それまで最高指導者を護衛する機関にすぎなかった中央警衛局に、北京に在住する正部級〔国務院各部門の委員会議長および省の党委員会書記・人民政府の長〕以上の現職官僚、および大将・元帥クラスの軍人の護衛をも担当させるべく、その職務を拡大していた。それは、新たに対象となった者たちにとっては栄誉のように見えて、しかし実は、彼らの首にはつねに刃が当たっているようなものだった。それはつまり、彼らの行動はそれ以後、逐一主席に伝わるということだったからだ。

主席は、警衛局の士兵全員に〝中南海衛士〟という称号を与えた。そして、彼らの食事と待遇に、その他の部隊とは歴然とした差を付けた。その特別待遇は、彼らの家族にも及んだ。そのことは、彼らを無条件に服従させる洗脳工作におおいに貢献した。こうして主席は、中南海の警護部隊を、彼一人の命令にのみ従う軍隊、いわば近衛軍に変えたのだ。この部隊は、他の常務委員の言うことを聞かない。憲法も眼中にない。ただ主席の代理として土佐が発する命令にのみ従う。主席は、一見それとは見えにくいかたちで、だが実は鉄の網を打っていたのだ。その投網を、あの土佐がこれまで彼の代理として握っていた。だが主席が死んで、網はあいつ自身のものとなり、そして自分は、いま土佐のその網のなかにいる——。

車が、国家安全委員会前に着いた。中南海から付いてきた警護隊は休憩室で待たされた。老叔が国家安全委員会の内部へ進入する権限を与えなかったからである。自分のオフィスに戻った老叔は、序盤を制したという勝利感で、昨夜一睡もしていないにも拘わらず、高揚した気分だった。独裁体制下では、独裁者が死ぬとすべてはご破算になって権力の真空ができる。勝負は、まず誰が一番に第一歩を踏み出すかで決まることが多い。一歩だけでいい。多くは必要ない。他の誰もが呆然としていて何をすればよいのか判らない時、あるいはただ驚いているだけの時に、誰かが先んじて全体像を構想し、戦略と戦術とを立てて、具体的な一歩を踏み出す。そうすれば、他の者はみな受動的な対応者にならざるをえない。そして彼らは、一歩先を行く者が付けた道筋に沿って一歩を踏み出し、さらに歩を進めて、最終的には、真空を自分たち自身の身体で埋めることになる。

今回の出来事は、老叔だけが、始める前から、それが起こることを知っていた。だから彼だけが、これからの全体像を描け、具体的な一歩を踏み出すことができたのだ。

だが実際にそれが起こるまでは、それは単なる空想にすぎなかった。これを喩えて言えば、高嶺の花の女性を夢見るようなものだ。たとえ、あらゆる過程を、具体的な詳細や細部に至るまで想像していても、それはつまり、オナニーでの自己満足のようなものでしかない。現実の性交の快感とは、とても比べものになるようなものではない。

しかしそれが、いざ現実に実現しはじめると、彼は、怖くなって逃げ出したくなった。昨日、朝早く目覚めたとき、老叔は、自分がこれから第一歩を踏み出そうとしているとは、どうしても思えなかった。それどころか、本当にその時が来たということさえ、考えたくなかった。彼は、主席が死んだことを自分の目で確かめてようやく、空想と現実のあいだの一線が取り払われたことを、正面から認識できたのだった。

老叔のような、一生を統治機構のなかで一個の歯車として生きてきた実務家タイプの人間には、それがたとえ空想であっても、その実現に際して順序と段階を考慮しないということはありえない。それが空想のオナニーであろうと、あるいは現実において打つ手であってもだ。そしてそれは、主席という存在を絶対に必要とするのだった。それが生きているかどうかに関わらず。空想において練り上げられた戦略と戦術は、主席が死んだからといって空想に戻ることはない。そのままでベストの作戦でありつづける。滑り出しが順調であるのは、ひとえにこの作戦によって、彼が事態を主導しているからだった。

冷静で動揺のかけらもなさそうに見える老叔だったが、実は、本当にこれでよいのか、このままゆけば大変なことになるのではないかと、内心は不安にさいなまれていた。彼の資質と性格からすれば、まさかここまでやることになろうとは思ってもいなかったというのが、正直な心境である。彼は、主席が防疫運動の論功行賞から彼を外したことで、自分が身代わりの羊にされようとしていることに気付くと、これから自分の身に起こりうるあらゆる事態を想定した。その内容の深刻さは、趙帰(チャオクイ)が彼に描いて見せたものをはるかに超えるものがあった。だが、そこから逃れる手はずを、彼はどうしても思いつかなかったのだ。独裁社会というものは、独裁者がいったん決定を下すや、あらゆる環が閉じられてしまう。それを改変しようとする試みは、すべて、その独裁者を通してしか実現しない。よって希望はない。老叔は自分の首が斬り落とされることを覚悟していた。そこへ趙帰が、彼が唯一思いも付かなかった選択肢を呈示してきた——すべて閉じている環のなかの、かの一個を無くしてしまえばよいのではありませんか？　それで問題は根本的に解決するのでは？

自己保身。それがここでのただ一つの選択であったのだ。死ぬだけが能ではない。そして、老叔が生きるのなら、主席は死なねばならないのだ。できることは何もない——どうしても生きのびることは無理だ——だが、自分が敢えてやろうとしていなかったことはなかったか。こう考え至った老叔にとって、後は、それを実現するための実際的・具体的な手順を考えるだけのことだった。

振り返ってみれば、これらすべての絵は、趙帰が描いたものである。老叔は、趙帰の前では背中を押されるばかりの、いかにも小心で愚鈍な様子を装っていた。だが実のところは、自分が口や手を出さない方がいいことを百も承知していたから、そう振る舞っていただけのことだった。やるべきことは、趙帰がすべて、言われなくてもやる。彼は趙帰をよく知っていた。飼い主が長年飼った猟犬をよく知っているようにである。老叔は、趙帰の人間としての器量と能力とを熟知していた。目的を示唆すればあとは自分で考えて実行するだろう。だから細かいことまで指示する必要はない。そもそも飼い主が飼い犬と行動計画を議論するなどという話がどこの世界にあるか。主人が行うのは犬に獲物を指し示すことと、あとは頃合いを見計らって首の縄を解いて檻から放つことだけだ。

そして趙帰はやり遂げた。それはみごとな出来だ。老叔に、趙帰への哀惜の情が湧いてきた。彼は棚から一瓶の茅台酒(マオタイ)を取るとその封を切った。一口飲むと、残りを瓶ごと廃棄口に投げ込んだ。それは、趙帰の一番好きな酒だった。あいつの頭が良ければ帰ってきはしなかっただろう。すぐさま出国して、目立たないように生きて、二度と姿を現さなければよかったのだ。あいつが稼いだ金は我が家全員で一生かかって有難く使わせて貰うことにする。あんなことをしでかさなければ、あいつはこんな目に遭うこともなかったのに。あれほど急いで戻ってこようとしたのは、権力を握るためだ。事を成功させたのはひとえに自分だという自負が、あいつの野心を膨らませた。電話口でのあいつの口調から、それがぷんぷん臭っていた。放っておけば、ますます膨れあがっていくだけだっただろう。だがそれだけならまだよかった。九組からの追跡があいつの運命の分かれ道になった。あいつが追われることになるのは確実だった。そしてそのあと追及の矛先が自分に向かうことも確実だった。それを未然に食い止めなければならなかった。廃棄口に放り込んだ芽台酒は趙帰と一緒になれただろう。

ビル内部にあるすべてのオフィスの廃棄口は、あのＢ５００に繋がっていた。あれは大型ゴミ用の処理設備である。紙やプラスチックはもとより、金属でも動物でも、書類でも、ＰＣでも、生きた人間でも、放り込めば粉々に粉砕し、高圧蒸気を吹き付け、金属の分解液で溶かし、気化室に入れて、無形無色の気体にして大気中へと排出する。つまり蒸発させてしまうのである。

もう趙帰は問題ではなくなった。あとは劉剛（リウカン）と李博（リーポー）だ。そして、屋上にある電子蜂と関係のある各種の証拠だ。趙帰が現れないことで、劉剛たちはパニックに陥っているかもしれない。趙帰が帰ってこなければ、エレベーターは動かない。あの二人は下へ降りられない。いまはどういう状態になっているのだ。

ひとまずの大きな山を越したことで、老叔の思慮はようやくそちらへ向けられた。趙帰に屋上を与えて実験を行わせるようにして以後、そこの監視システムは老叔だけが見られるように制限をかけてあった。

最初に目に飛び込んできた光景は、奇妙なものだった。視界のどこにも人影が見えなかった。カメラを回すと、アンテナの一本の柱の向こう側に片脚が見えた。画面を近づけると、それは黒いカジュアルシューズと、靴下をはいていない素足であることが分かった。自らを支える力を失って倒れたように見えた。反対側のカメラに切り替えると、地面に倒れている肉体を見ることができた。いや、これはもう死んでいる。カメラに背を向けた姿勢で、顔は柱の方を向いていた。逆光のせいで、それが劉剛か李博かは判らない。だが明らかなのは、もう一人はここにいないということだった。

老叔は、ドアの状態を確かめた。開いた形跡はなかった。損傷も受けてはいない。監視カメラの映像の記録を遡って、早送りで見てみた。李博が劉剛にドリーム・ジェネレーターを要求している。李博は出て行こうとして趙帰によって昏倒させられた。その趙帰は、電子蜂を発進させたあとエレベーターに乗って降りたが、その前に、劉剛に李博をどう処分するかはあとで知らせると言い残した。李博はずっと昏倒したままだ。劉剛がTシャツを脱いで風にあたって涼んでいる。式典のリハーサルが開始された。劉剛は屋上の周壁の上で伏せの態勢になって天安門の方角を眺めたり、空を見上げて式典に参加する飛行機の数を数えたりしている。第一グループの電子蜂が戻ってきた。劉剛は暇つぶしに電子蜂の帰巣する様子を観察している。四機の電子蜂が等間隔に、一機ごとに巣のラッパ状の入口へと入っていく。特に異常なし。その三十五秒後に第二グループの蜂が帰ってきた。眺めている劉剛の横を通り過ぎた直後、先頭を飛んでいる電子蜂が、あたかもなにかの警戒シグナルを受けたかのように、空中で動作を停止し、ついで方向転換して、劉剛に向かい巡航速度から急速降下の動作を開始した。

電子蜂と何度も実験を繰り返してきた劉剛は、身の危険を感じた。彼は、すばやく身体を翻すと、最初のニードル弾を手でたたき落とした。だが右手にかすり傷を負った。もしこのとき、彼がTシャツを脱いでいなかったら、二機目の電子蜂が彼の背後から発射したニードル弾は、そのシャツに阻まれて刺さらなかっただろう。しかし今は、容赦なく彼の背中に突き刺さった。その痛みが彼に、すべてこれで終わりであることを教えた。彼は腕を背中に回しながら、「くそったれ」と絶叫した。だがそのために回避行動が遅れた。三機目の電子蜂から発射されたニードル弾が、彼の右耳の穴のなかに吸い込まれた。四発目は彼の首の後ろに命中した。劉剛はふらつきながらも数歩歩いてから、どっと地面に倒れた。冷水機が倒れて、水がどくどくこぼれだした……。

老叔は、電子蜂がどうして劉剛をターゲットにしたのか判らなかった。しかし、それがもたらした実際的効果としては、これでまたひとつ、厄介な問題が片付いたことになる。これは天の助け、あるいはもっけの幸いと、喜ぶべきものだった。

早送り映像は、李博が目を覚ますところまで来た。劉剛の死体を見た李博は最初恐慌をきたしたが、すぐに平静を取り戻した。李博の表情と態度から、彼が何が起こったか理解したことが窺えた。それに続く彼の一連の動作は、この場所から脱出する手段を彼が早くから考えていたことを示していた。両肩で背負っているリュックに、ドリーム・ジェネレーターがあることを確認してから、彼はその中から手製の布靴を取りだし、それに履き替えた。そして、消防設備の箱から緊急避難用昇降機を取り出した。それを見た老叔は、この組織で勤務する人間に使用法に習熟させる目的で、以前に演習を行ったことを思いだした。李博は不器用な手つきながらも、スチールワイヤーの一方の端を、屋上の床面に埋め込まれた金属製の環に引っかけ、もう一方の端の安全ベルトを自らの体に巻いた。ビルの外側を昇降機が自動で静かに下りて行った。二分少しで真下の地上に着いた。彼は歩いて道路に出ると、いずこかへ急いで駆け去った。それ以降、李博の姿はどのカメラにもまったく映らなくなった。あらかじめ監視カメラの盲点になっている地点を調べあげたうえでの行動と考えるほかはない。彼は、平素そう見えているほど阿呆ではなかったということだった。

これは、老叔にとって、李博の危険性が減少したことを意味した。本来直接的な接触はない。趙帰も彼には何も知らせていなかった。ただし彼はＩｏＳと「性交時靴間距離」プログラムについては知っている。それからＳＩＤと、電子蜂のマッチング実験についても。そこから足がついて老叔へと芋蔓式に繋がる可能性は十分にあった。老叔は検討の結果、李博の捜索と逮捕はしないことに決めた。指名手配はいっそう不可である。そんなことをすれば、かえって世間の注意を李博に向けさせることになる。どこからかの不要な介入を招き、状況がコントロールできなくなる恐れがある。それに、国家安全委員会の人員はパスポートを持っていない。国外へ逃亡する心配はなかった。奴が手製の靴に履き替えたのは、身を隠すつもりだからだろう。それならいっそのこと好都合だ。他人の手に落ちなければそれでよい。しばらく捕まらなくともそれは大した問題ではない……。

秘書から内線電話がかかってきた。「〝蜘蛛の巣組〟が揃いました。」

目下の喫緊の用は、権力を手にすることである。その後なら何が起ころうと、権力さえ握っていれば何とでもできる。最終的には李博の件は片をつけなくてはならない。徹底的に後患を取り除くためにだ。だが今のところは、外勤秘書に李博の社会的な関係を残らず洗い出させておくだけにしておく。そのすべてを監視下に置くことにする。そうして獲物が仕掛けた網にかかるのを待つのだ。人は誰でも切っても切れない相手やしがらみというものを持っている。そしてそこにすがって助けを借りたりもしよう。その時に奴の足跡を捉えることができるはずだ……。

8

　国家安全委員会の三十一階は、いつも鍵がかかっている。主席がここで正式に執務したことはなかった。それがいまドアが開けられ、蜘蛛の巣組が設備に電源を入れ始めた。テレビカメラの場所を決め、ライトの位置を調整する。老叔（ラオシュー）は主席の椅子に座っていた。デスクの上には国章が置かれ、背後には国旗が下がっている。老叔はそれが僭越の極みと官僚社会から非難を浴びるであろうことを承知していた。しかし彼はそこに座らなければならないのである。なぜならそこは国家の危機の際に〝突処組〟のリーダーが座る場所だからだった。

　メイクアップアーティストが、老叔の顔に仕上げのメイクを行った。三台のカメラの準備が整った。これまで官僚社会以外ではほとんど無名の存在だった老叔が、全国に主役として登場する、その最初の機会である。だから細部に至るまでのチェックは怠れない。彼は何度も、布告を読み上げる際の語気や喋るスピードをチェックした。布告の文章は、彼が自分で書いたものだ。一字一句、念入りに推敲を重ねた。何度もカメラテストを繰り返して、姿勢や服装を直した。外見から伝わる雰囲気をメッセージに相応しいものにして、絵づらを完璧にしなければならない。しかし最後は、完全と言える前に、時間の切迫が妥協を強いた。

蜘蛛の巣組の手になる最終ヴァージョンの英語字幕翻訳が、普通話〔中国語の共通語〕の字幕とともにセットされた〔中国の映像放送は方言話者のために普段でも普通話の字幕が付けられるのが基本〕。もっともここまでは他の部門でもできることだ。蜘蛛の巣組の本領は本番にあった。

危機管理に関して、主席はいつも、これ以上はないほど周到な予想と準備を行っていた。万が一の場合として、突発的な事件が発生、あるいは不測の事態が起こって（その最たる例がクーデターだが）、あらゆる放送手段が使用不能になったとしても（たとえば占拠された場合である）、いかにして全国民にそのことを伝え、世論を味方につけるか。蜘蛛の巣組は、このために設立された。主席の意図を推し量った老叔が、自分の裁量で養成した組織である。これまで幾度となく演習を重ねてきたものの、実戦は今回が初めてとなる。

放送システムのインストールとデバッギングが終わると、老叔は自分以外の人員の退出を命じた。このシステムは主席個人専用の仕様になっている。最終的な放送開始には主席の指紋を必要とした。それ以外の人間の指紋を識別させようとしても効果はなく、反対に警報が作動してシステムが自動的にシャットダウンしてしまう仕組みになっている。老叔は、金庫の中から、「母の形見」と万年筆で書かれた指輪箱を取り出した。指輪を収めるビロードの型の下から、注意していなければ気がつかないほど極薄のプラスチックで作られた指サックを取り出した。これは、識別システムを設置した当初、主席から採取した指紋で作られたものである。老叔はその鋳型を廃棄する前に指サックを作っておいた。それは、言うなれば、主席の右手人差し指から剥落した皮膚のようなものだ。老叔がこのような危険を冒したのは、その時はとくに目的があってのことではなかった。万が一、何かで必要になるかもしれないと考えただけだった。彼の一生は、この種の「万が一」のたぐいで充満していた。そのうちの九千九百九十九は無駄だったが、この一つで元が取れたと言えるかもしれなかった。

老叔は指サックを右手の人差し指にはめると、左手の掌でしばらく包んでいた。体温と指紋の温度が一致していないとスキャナーを通らない。指紋の認識後、システムは動き出した。十秒のうち残り九秒を表示する時計が表示された。メインスクリーンにタイマー表示が映し出された。続けて二度、「放送を開始しますか?」と質問文が出る。老叔は落ち着いた心持ちで、二回、「是(はい)」をクリックした。あたかもこれから歌謡曲でも放送するかのように。

タイマーが終わると、中国全土の主要なテレビのチャンネルが——衛星放送、ケーブルテレビ、国際放送が——、主要な放送局が——中央局、地方局、ネットテレビが——、そして主要なネットメディアが、すべて、男女の声で繰り返し読み上げられるメッセージによって強制的に中断された。

「お知らせいたします。これより重大な布告が行われます。ご静聴くださるよう全国の人民に要請いたします。」

この通知メッセージが数回繰り返された三十秒後、老叔の放送は開始された。音声と字幕が同時に示された。各種メディアの技術要員はそろって驚倒した。放送をどうしても止められない。彼らは、放送を最後まで眺めているしかなかった。彼らのなかには、ハッキングしてまで止めようとした者もいた。しかしあらゆる手を尽くしたものの、その甲斐はなかった。このように放送中に強制的に割り込んでこられる権限は、あらゆるレベルの管理者のそれを超えるものである。それは、あらゆる機能を麻痺させ、すべての動作を無効にしてみせた。機械のスイッチをオフにすることすらできなかった。この事態は、おのれの技術に自負と自信を持つＩＴ人種を、茫然自失させた。彼らが見たことも聞いたこともない権限の持ち主がどこかにいて、それは、自分たちの知識と常識では、とうてい想像できるような相手ではない。彼らは、そのことを思い知らされたのだった。

放送中の老叔は、最初から終わりまで、国家安全委員会突処組からの布告を読み上げる動作に終始した——主席が暗殺されました、と。布告の長さは二分十五秒だった。その布告の放映が十回、繰り返された。それぞれの回のあいだに、「お知らせいたします」の三十秒が挿まれた。これより重大な布告が行われます。ご静聴くださるよう全国の人民に要請いたします。メッセージの男女の声には抑揚がなかったが、それを聞いた人間がその時にしていることを止めさせる力と、テレビの前に彼らを集める力、あるいはスマートフォンをオンにさせる力、あるいはまだ聴いていない人間に耳を傾けさせる力はあった。全国で少なくとも五億人は、十回繰り返されたこの放送を視聴すると、予測されていた。

放送が終了すると、それが始まったときのように画面は突如切り替わり、強制的に介入してきたその存在はあとかたもなく消え去って、各種のメディアは、それまでのプログラムに戻った。ただし、放送中におびただしく取られていた布告映像のコピーは、その後ももの凄い勢いで、くりかえし放映され続けた。

布告のなかで、老叔は、主席が暗殺された状況については詳しく説明しなかった。事件は捜査中につき、詳細についてはしばらく発表を控えるというのが、その理由である。状況は完全にコントロール下にある、最終的には全党と全国民に詳しく報告することができるだろうと、彼は保証した。彼はまた、各レベルの地方政府とその公務員に、おのれの職責を果たすこと、軍と警察には厳戒態勢に入ること、人民は平静さを保ち、社会は平常の状態を維持するよう求めた。すべての国民が党と政府が必ずや今回の試練を乗り越えるであろうことを信じるよう、彼は諭し、最後に、「現在は一人ひとりが国家を護(まも)るべき時であります。国家もまた貴方の一人ひとりに、それに相応じたところの信賞必罰を執り行うでありましょう」という文句で、結んだ。

国際メディアは中国共産党主席が暗殺されたというニュースに驚愕したが、どこの誰かもわからない一人の官僚が、このような形式でそのニュースを公布したことに、同時に異常さも感じた。中国共産党の常のやりかたではなかったからだ。老叔自身が放送中に行った説明では、政治局常務委員はそれぞれ任務を分担しており、この種の重大な突発事件や、のちのち危機を招来すると懸念される事件に関しては、主席がリーダーとなっている国家安全委員会の〝突処組〟が、その処理の職務に当たるとしていた。また、それと同時に、国家安全委員会の規則によれば、リーダーが職務を執行できない場合は副リーダーが代理として執行する、そしてそれが只今の状況である、との説明がなされた。

同規則を調べてみれば、たしかに、老叔が述べた通りの条文が見つかる。だが、いまは通常の状況ではない。国家の最高指導者が暗殺された、その時になお杓子定規なやり方にこだわるというのだろうか。党内の地位で言えば常任委員のはるか足元にも及ばない同組の副リーダーが、事態の処理に当たる。これをおかしいと思わない人間のいないはずはなかった。なによりもまず、政治局常務委員会が開かれて新しい党主席を決定すべきではないのか。布告はそれからのはずだ。ショックを小出しにして緊張を徐々に緩めていき、人々の認識を統一し、準備万端整ったうえで、全国民に発表する手筈だ。いずれにせよ、このようなメディアに強制的に割り込むような方法は採るべきではないだろう。原爆を突然落とすようなものではないか。この展開は、クーデターが起こったのではないかとさえ思わせた。

自分がさまざまな流言の対象となること、また、一番手として四方からの攻撃の標的になるであろうことを、老叔はもちろん承知していた。しかしこの賭けは、どうしても必要だった。通常の手続きに従えば、彼よりも職位の高いものは数十名もいる。彼らはみなエリートである。そして普通の手続きの枠内では、職位の低い者は、絶対に状況をリードする立場にはなれない。職位が上の人間に主導権を持って行かれてしまう。そうなれば状況は自分の手綱を離れ、矛はただちにさかしまになって、この自分へと向かってくることになる。自分を護るためには、自分が主役でいなければならないのだ。そのためには、通常の手続きは破る必要があった。破って、別の方法を採る。主席は死んだと、誰が最初に言えるか。その権利は誰の手に落ちるか。その結果次第で、それ以後の発言に世界が耳を傾けるようになるかどうかが決まるのだから。

　ニュースそのものの持つ破壊力と、くわえて蜘蛛の巣組による放送の拡散力とが、老叔を一躍、国民の注目の的とした。彼の名は、ネットにおける一番の検索語となった。官僚世界の事情や規則に暗い一般大衆は、この公布を行った者が国家権力の継承者だと、当然のこととして思うだろう。

9

　土佐（トゥーツゥオ）と別れてからまだ六時間しか経っていなかったが、テレビスクリーンで見る土佐の態度は、さらに変化していた。最初は老叔（ラオシュー）より格上と自負していたのが、別れるときには平等のパートナーとなり、そしていまでは、自分でもそれと気が付かないうちに格下になっていた。蜘蛛の巣組による放送が、土佐の老叔を見る目を改めさせたのだった。老叔のイメージは、放送によって、百倍にも大きくなった。彼ら両人の関係は、実質的にはなにも変わっていない。だが、空気の入っていない風船が、百倍にも膨らんだ風船の前でおのれの卑小さを思い知るように、土佐はいまや無条件に老叔の指揮を受ける気になっていた。よしんばそれが、いかに奇妙で理解しがたい内容であっても。

たとえば、この度の老叔の要求は、中央軍事委員会〔全国の軍隊を統括する機関〕の孫副主席と通話するさい、土佐は老叔の合図に従って副主席の警護兵に腕立て伏せをやらせろというものだった。

「腕立て伏せ?」土佐は自分が聞き間違いをしたと思った。「腕立て伏せでありますか? 身体を鍛錬する、あの?」

「左様。何か問題でも?」

問題など、あるはずはない。土佐は自分の兵に人を殺すのを命じることさえ問題とは思っていない。腕立て伏せなどなにをか言わんやである。

中央軍事委員会副主席の警護隊は、中央警衛局に属していた。土佐は隊長と随時連絡可能だ。その隊長からは、さらに勤務中の兵士へと常時連絡が繋がっていた。よって、土佐の命令はただちに実行することができる。土佐は腕立て伏せについてはそれ以上なにも質問しようとしなかった。老叔が孫副主席と通話しているあいだ、土佐もその状況を画面で確認していて、老叔が手にしている鉛筆を縦に向けたら土佐が命令する、という手はずを、二人は取り決めた。

「腕立て伏せは何回ですか? 十回? それとも二十回?」

老叔は頭のなかで、どれだけの長さがその場の雰囲気では適当かを考えた。「二十回だ。――もし私がもう一度鉛筆を立てたら、さらに二十回。」

懸念されるのは、孫副主席が反応しない場合だった。あるいは、こちらの言うことに従わない場合である。その際はさらに圧力を加えなければならなくなる。老叔には、軍隊を押さえることが、何よりも先ず第一にクリアすべき問題となっていた。主席が生きていたときは、職責が多すぎて、具体的な指導をみずからの手で行うことはできなかった。そのため、軍隊に関しては、孫副主席が実質的に指導していた。この結果、孫副主席は自らについて、上にただ一人ある以外はすべて下という意識を持つようになっていた。主席が存在しなくなったいま、彼は誰の指揮も受けようとはしないだろう。

果たして、軍は突処組に服従せよという老叔の要求に対して、孫副主席は鼻も引っかけない態度を示した。それどころか、副主席は、老叔にいったい如何なる資格があってそのようなことを言ってくるのかと逆襲した。彼は、主席の暗殺の件がまだ真相もあきらかになっていない以上、軍は国家防衛の職責を果たすまでであって、陰謀勢力に利用されるようなことはしない、とまで言った。孫副主席は、老叔に口を挿ませようとせず、大義名分を滔々と述べ立てた。それはまるで小学生に向かって訓話を垂れているような態度だった。

やがて、孫副主席の演説が一息つくときがきた。老叔はこの機を逃さず、画面の向こうの当たるべからざる勢いの相手に向かって、こうなってはしかたがないといった表情をしながら、溜息を吐いた。

「孫副主席、貴方は主席がこのような状況を考えて準備されていなかったとお考えなのですか？　党が銃を指揮する〔毛沢東の言葉。銃は軍〕ことは、我が党の安全を保障する上での基礎であります。党は、銃をかならず服従させるための方法を講じております。もし信じられないと仰るのであれば、私はまず、貴方の身辺にある銃を指揮してみせましょう。貴方の背後に立っている警護兵をご覧下さい。それから、ドアの横で歩哨を務めている警護兵を。もし可能であれば外の庭に立っている警護兵も。」こう言って、老叔は、手に持っている鉛筆を立てた。彼の視線は、孫副主席の背後にいる警護兵を見て直接命令するように、副主席の頭の上を通り過ぎた。「警護兵、その場で腕立て伏せを二十回行え。」

老叔のこの言動に、孫副主席の表情に不安の色が浮かんだ。背後を振り返った副主席は、そこにいる警護兵と、ドアの側の警護兵が、銃を横に置いて、回数を口で数えながら腕立て伏せを始めるのを目撃することになった。驚愕した孫副主席は、「何をしている！　止めんか！」と叱責したが、効果はなかった。二十回まで数え終わると、警護兵は再び銃を執って、何事もなかったように、もとの位置と姿勢に戻った。その部屋は冷房がよく効いていたが、孫副主席の額に汗が浮かんだ。その汗は眉間に流れ落ちた。彼は、二百万の軍と百五十万の武装警察の統率者である。その自分の目の前で、老叔が自分の警護兵を指揮してみせたことに、彼は恐怖した。三百五十万は、彼にとっていまやただの数字に過ぎなくなった。ここにいる、この数名が、一年三百六十五日×二十四時間、彼と彼の家族のすぐかたわらに常時立っているのだ。

孫副主席が緊張する様子を見た老叔は安心した。面白いという感想すら浮かんだ。「中央警衛局は貴方に対しさらに警備の人数を増やすことを決定しております。みな腕立て付せのできる屈強な戦士たちであります。」孫副主席は返事をしなかった。それまでの傲慢さは、すでに消え失せていた。

彼は、老叔が国家安全委員会の名のもとに下す命令に、もはや逆らおうとはしなかった。老叔は、孫副主席がこのうえ陰でなにかを企むとは考えなかった。腕立て伏せの警護兵たちが、一分一秒も彼の身辺から離れないからだ。

老叔が中央軍事委員会に求めたのは、軍政ではなく、戒厳令でもなく、政権の運営への介入でもなかった。各地の軍隊に、全国の県レベル以上の党・政府の機関および指導者に対する警備を実行し、警備の対象を監視して、随時に中央軍事委員会に報告させ、かつ、彼らを中央軍事委員会の命令に従って行動させることである。県以上の通信手段、飛行場、テレビ放送、インターネットなどの機構については、その地方との関係が密接な武装警察に替わって、軍が警備の任に当たるように指示した。さらに、国家安全委員会が中央軍事委員会に特派組を派遣することと、特派組は中央軍事委員会と協力して職務を執行し、かつ共同で指揮活動およびその他の活動に当たる旨を、老叔は通知した。――中央軍事委員会は特派組に対し無条件に開放されるべきこと。意見の相違が見られる場合は各自がそれぞれ国家安全委員会に申し立てを行い、国家安全委員会の決定に従うこと。最後に、老叔は、目下国家は危機の最中にあり、全国が国家安全委員会の指導に従わなければならず、くれぐれも感情的な対立など起こすことなく、まして野心を抱くなどあってはならないと、強い調子で言明した。

老叔が次に通話した相手は、地下のシェルターにいる六号常務委員だった。世界中が主席暗殺の報に大騒ぎしているというのに、中国共産党中央政法委員会〔一〇五頁参照〕の書記を務める六号常務委員は、老叔からそのニュースを聞くというていたらくだった。しかし、彼は、〝保護〟の下にある他の常務委員よりも早く、その知らせに接することにはなった。そして彼に、老叔は、公開されているよりも多くの情報を伝えた。「主席は厳重な護衛下にもかかわらず、暗殺されました。内通者がいると思われます。よって主席ともっとも関係の深かった貴方がさらなる暗殺の対象となることを恐れて、安全な地下のシェルターへとお移しさせていただきました。連絡手段を切断したのは、内通者が貴方の所在を突き止めるのを防止するために取られた処置です云々。」

六号常務委員は、政治局常務委員会における、主席の最大の同盟者だった。反腐敗運動を通じて政治的反対者を粛清しようとする主席に、彼は一貫して協力の立場を取ってきた。彼は、主席が独裁者の地位を確立するうえでの不可欠の役割を果たした。老叔の説明に対して、六号常務委員は、理解と感謝とを示したが、その態度と口調には明らかに真摯さが欠けていた。そこにあるのは、緊張した思考と、深い疑惑だった。しかし老叔は、反腐敗運動で割を食った人間の数は防疫運動で割を食った人間よりはるかに多いこと、主席がいなくなれば襲いかかってくる報復の波からいかに逃れるかが、自分にとっての最重要課題であることを、六号常務委員は分かっているだろうと、その肚を読んでいた。この一点において、六号常務委員と老叔は同病あい憐れむの関係にある。両者の利害は一致していた。そこで、老叔は、六号に向かって、常務委員会における自分の代理人となってもらうよう依頼した。六号は承諾するだろうと予想しながらである。

老叔はさらに、電子蜂や、趙帰（チャオクイ）や、総理の息子の株式に関する情報を、六号に伝えた。総理を拘束した理由についても説明した。老叔は、この難局から脱するための一歩を取るうえで必要な処置であり、それが突処組の代理リーダーとして決定する一歩であると言った。総理に対する次の一歩としての審査を、中国共産党中央政法委員会を主管される貴方にお任せしたいと、老叔は言った。六号常務委員による審査の結果、総理に問題なしとなれば、自分は一切の責任を負って処分を受けるつもりであるという意思を、彼は表明した。

老叔のこの発言は、六号をやや安心させた。総理の拘束の決定に自分は無関係だったが、総理を審査する権力を自分に渡すという。そうなれば自分はフリーハンドの地位を手に入れることができると考えたからだった。

陣営のあれこれの事情が、当然ながらそこに関わってくる。自分は主席の腹心である。常務委員会での主席の唯一の同盟者だった六号は、この自分を信用できる相手と見なすだろう。ただ、この一点を別にしても、六号が総理をそうやすやすと赦免するつもりはない筈と、老叔は判断していた。総理の主席に対する不満はつねに、六号へと向けられた。両人の関係は、当然の結果として、極端に悪化していた。総理をここで自由にしては、この六号氏はわざわざ自分で自分の墓穴を掘るようなことになる。

政権の運営に関して、老叔は主席の〝小組〟に、もっぱら依拠するつもりだった。これは、主席が権力を集中する目的のもと、正式の機構に伴う煩瑣な法律や手続きを迂回すべく設立した、それとは別の指揮系統である。名義上は、党中央の各領域に設けられた、指導もしくは連絡調整のための小グループであるが、実際は、主席が下のレベルの組織や機構を直接指揮するための手段だった。「小組による国家統治」のやり方は、「法よりも党が上」のやり方であって、法治に反していると、広い範囲からの批判を受けていた。そして、すでに権力として固定化しており、また既得権益をも押さえている、これら〝小組〟に属するメンバーが、主席が暗殺されて最初に考えたのは、自分たちはどうなるということだった。彼らは老叔が全体の支配者となることを願った。それは、老叔は主席の腹心だったのだから安心ということのほか、老叔には政権を指揮運営するための十分な合法的な根拠がないから、これまでよりもいっそう、自分たちの小組は依頼されるようになるだろう、そうなれば、小組の地位は下がるどころか、ますます上がるだろうと、算盤を弾いたこともあった。というわけで、老叔が各小組の責任者と通話した際、彼らは国家安全委員会の指揮に従う——すなわち老叔の指揮に従う——と、口々に表明した。

　老叔が布告を行ってから最初の二日間は、まるで何事もなかったように、たいした問題は起きなかった。それは人々が驚きはしたものの、まだどう反応してよいかがわからず、依然としてそれまでの習慣に従って反応していたからである。実際にはおびただしい不確定要素が、あの布告によって惹起されていた。ただしそれらがいつ、思いがけないやり方で、予想外の出来事を巻き起こすか、それが分かっていないことと、そして、困難さは時間が経過すればするほどその程度が増して行くことに、誰も気が付いていなかったがために、そうありえたのである。いま老叔の一番の懸念は、三号常務委員（サンハオ）だった。彼は常務委員のなかでただ一人、コントロール下に置かれていない存在である。彼の警護隊は、保護せよという土佐からの命令を、確かに執行した。ところが、北京にいる他の常務委員とは違って、そのあとどこかへ消え失せることはできなかった。上海では常に外部の人間の目があった。警護隊が三号常務委員をどこかへ連れ去ろうにも、上海人の視線からは逃れることができなかったのである。

中国共産党上海市委員会書記は政治局局員である。老叔の主席暗殺の発表を聞いた彼は、状況の複雑さを考え、多数の公安と武装警察をみずから率いて、三号常務委員の保護を行うべくその居所へと出向いた。それと時を同じくして、上海警備区〔中国人民解放軍の軍事単位。上海市警備区は他の省軍区と同格〕も、軍隊を派遣して、協働を申し出た。中南海からの警護隊を突破して三号常務委員に会うことができた上海側に、三号は、直ちに警護を交代するよう要請した。自分たちの数十倍もあろうかという数の上海の軍と警察を前に、かつ三号の激しい口調での命令もそれに加わって、中南海部隊は、交代を了承せざるを得なかった。その後、三号常務委員は行方不明となった。老叔の要請に従って、六号常務委員が三号常務委員にコンタクトを取ろうとしたが、いかなる手段を使っても連絡はつかなかった。

民主

1

三号（サンハオ）はいっさいの連絡を絶ったが、老叔（ラオシュー）の目から逃れられたわけではなかった。彼の身辺を警護する人間たちは、考えつくかぎりの防衛手段を講じた。そのなかには、訪問客にいかなる電子機器も持たせたままでは彼のいる空間には入らせないということも含まれていた。だが彼らは、IoSのことを知らなかった。老叔はIoSから、三号が連続して二日間、上海市党委員会書記と一緒にいたこと、浙江と福建省の党委員会書記が、彼に面会するためだけに上海を訪れたことを知った。彼らの靴の軌跡は、彼らが何を話し合ったのかは分からないものの、彼らが集合したことは、明確に表示していた。「性交時靴間距離」プログラムからは、その夜、女性が三号の寝室を訪れたことが判明した。SIDから、それが三十七歳のマッサージ師で、マッサージが終わった後、三号の寝室でその夜を過ごしたことが分かった。

三日目、三号常務委員は、中央委員と候補委員〔中央委員会は中央委員と候補委員から構成される〕の全員に向けた書簡を発表して、目下北京で発生している局面について、深刻な疑問を表明した。彼は、そのなかで正常なチャンネルにおいても、あるいは特殊なチャンネルをもってしても、在京の何名かの常務委員と連絡が取れないこと、また現在誰が中央の工作を主導しているのかが不明であること、さらにこれら数名の常務委員の安否すら判明しないことを指摘し、その上で、これは極めて非正常な状態であると、結論づけた。そして彼は、ゆえに自分は政治局常務委員の資格において、上海の地で中国共産党中央委員会全体会議を招集するとの意思を表明した。――そこで主席暗殺の真実の情況が究明され、対策が協議決定され、新主席が選出されるであろう。彼は、中央委員ならびに候補委員全員が上海に赴いて会議に参加するよう要請した。

この書簡は、中央弁公庁の専用システムから、一斉に発信された。その際、そのすべてに極秘タグが付けられた。老叔は、三号がまさか、このシステムにアクセスできるとは、それまで思っていなかった。彼は、ことが起こってからあわててシステムを封鎖したが、すでに手遅れだった。だが、これによって内通者がいることが明らかにもなった。老叔はしばらく考えて、このルートを閉ざしておかなかったことはかえって怪我の功名となったと結論した。内部に敵がいるのであれば、チャンネルを完全に閉じてしまうと、かえって切羽詰まって真相をすっぱ抜くような挙に出るかもしれない。そのことで、権力集団内部が分裂して陣営間で対抗する事態を招くことにもなりかねないだろう。そうなれば一人ひとりが残らず旗幟を鮮明にせざるを得なくなる。これは事態としてさらにまずい。

三号はそれから、もう所在をくらまそうとしなくなった。ひんぱんに中央委員と直接連絡を取った。その内容が盗聴されていることは百も承知のはずだが、それをまったく意に介さないかのようだった。彼の主張するところは、ひたすら党の規則と組織の手続き論に則ったものだった。そこにまったく陰謀の臭いは感じ取れず、じつに公明正大な議論と言うほかはなかった。そのことが、北京側のいわく言い難いところがあるという感じと、なにかを隠している、ごまかそうとしているという雰囲気とを、際立たせる効果をもたらした。三号は、序列第二位の総理が姿を現して局面における主体となれば、自分はただちにその協力者になると、明言した。だが、その総理が出てこないのであれば、自分は第三位たるおのれの地位をもって中央を代表するつもりであるとも、同時に公言した。

この行動は、最初の二日間に交わされた秘密合意に基づくものだった。上海市委員会書記と浙江および福建省委員会書記は、それぞれが役割分担して、他の省や市の指導者の説得工作に従事している。その際に彼らが用いる論理は、これと同じだった。党の規則と組織としての手続き論、それ一本槍だった。そして北京への疑いと三号への支持。

老叔がもともと描いていた構図は、中央警衛局が中央軍事委員会をコントロールし、軍の保証のもとに統治機構を服従させて、社会を安定させることによって時間的余裕を得、そのあいだに地方権力の再編成と人事の刷新を行い権力の過渡期を乗り切る、というものだった。各地の軍隊が、中央軍事委員会の命令を積極的に執行し、政府機構と指導者の警護兵を接収して、それに取って代わったのは、それで自分たちが権力を支配下に置くことができるようになると判断したからである。つまり、自分たちの利益になるからそうした。だから、それ以上の中央軍事委員会の命令に従うかといえば、自分の利益にはならないからそれはしない。

いわゆる「党が銃を指揮する」とは、独裁体制が運営されていく際において、あくまで結果である。現実には「党主席が銃を指揮する」のだ。その主席の座が空くと、党は軍を指揮できなくなる。党を代表する中央軍事委員会でさえ、それは不可能となる。中央軍事委員会は、たんなる機関に過ぎない。本当に軍隊を握っているのは将軍だった。地方の政府についても同じことが言えた。主席がいなくなれば、地方における各レベルの書記が、現地の独裁者となる。そして軍の将軍たちは、その現地の書記たちと、すぐさま結びつく。現地の行政を知り尽くしている、しかも野心を抱いた地方官僚は、将軍に向かって、自治は土地住民にとって利益となるだけでなく、将軍や現地に駐屯する軍隊にも有利な点が多々あると、吹き込む。

老叔は、三号常務委員に反駁する書簡を、中央委員と候補委員に向けて、三号が使ったのと同じチャンネルを使って送るように、六号(リウハオ)常務委員へ依頼した。老叔は、自分はいろいろな手段を用いて三号と連絡を取ろうとしたが反応がないとその証拠を示しながら、六号に、三号が北京へ来て常務委員会の集団指導体制に参加するよう要請してもらおうとした。党内に党を作るような分裂行為は許されないという原則論に依拠して。

さらに老叔は、北京の外にいる中央委員と候補委員に対し、中央をあらたに作ろうとする行為に参画することのないよう、警告した。さもなければ党の規則と国家の法律に照らして厳重な処置を取ると。

三号が招集する中央委員会全体会議の開催は、絶対に不可能だった。なぜなら、半数以上の中央委員と候補委員が北京にいるからである。彼らは中央警衛局の監視下にあって、彼らが上海へ行けるはずはなかった。たとえ三号が北京の外にいる委員たちを上海へ集めることが出来たとしても、決議を行うのに必要な人数は確保できない。

だが三号の言動は、地方を大胆にさせた。彼らは、北京が状況に関して何かを隠蔽しているのではないか、手続き的に違反を犯しているのではないかと疑問を呈し、かつそれを理由に、自分たちで独自に事を行うようになった。北京の委員を廷臣であるとすれば、外地にいる委員は、各地に割拠する諸侯である。廷臣の権力は諸侯が服従することを前提とする。もし地方が服従しなければ、廷臣はなにもできない。この点からすれば、地方の高級官僚がいま持っているものこそが実権だった。

老叔が押さえているのは、北京市内にすぎなかった。中央警衛局の兵力では、それ以上の面積はカバーできない。郊外は軍と武装警察へ渡すしかなかったのである。式典の閲兵式に参加するはずだった中部、北部、西部の三つの戦区〔軍および武装警察の統合作戦指揮単位。全土に五つある。地図③参照〕

の部隊が、中央軍事委員会の命令に従い、駐屯して警備の任に就いていた。だが、この三戦区の部隊の部署は、たがいに複雑に入り組んでおり、それに相互の連絡は許されず、結果、互いに牽制し合う状態に置かれていた。そのうえ、土佐（トゥーツゥオ）が中南海衛士をそれぞれの部隊の司令官付として送り込んでいたから、たぶんに一時的な措置とはいえ、北京の安全は保障されていた。ここでもう一つの好材料は、政治局の常務委員の多くが北京におり、また歴代の元老たちもまた、その多くが北京在住であることである。中央は、いわゆる〝天子を差し挟んで諸侯に号令する〟〔『三国志』に由来する表現〕という、有利な立場を保っていた。各地方政府が、また各部隊が、たがいに疑心暗鬼の状態を続けているうちは、圧倒的な大勢力というものが出現する見込みはない。そしてそのような情勢下では、〝大義名分〟が、きわめて重要な意味を持ってくる。

最も問題となるのは、統治メカニズムだった。これを制御しないかぎり、社会はコントロールできない。いったん社会が混乱すると、そのメカニズムもそれにつれてストップすることになる。コントロールできなくなれば、ついには収拾がつかない状態へと至ることになる。独裁のメカニズムには、ボルトがいたるところに打たれている。そしてボルトの先が届く先端は、独裁者という結節点である。だがその独裁者が死ねば、ボルトはばらばらになって、その機構は機能しなくなる。

——たかが一中央委員にすぎない自分が、これらのボルトをすべて自分の身の上に引き受ける結節点になりえるのかどうか。言うは易く行うは難しだ。その裏付けには何がなりえるか？

この問いに対して、老叔は、自信の持てる回答を持っていなかった。これからの方針を発表したときも、彼は最初から最後まで六号を前に立てて、自分は執行者としての役割を演じ続けた。六号も協力的だった。しかし、六号よりも序列の高いその他の常務委員たちはどこにいるのか、何をしているのかという疑問には、答えることができなかった。そして総理になるとまったくの消息不明である。

四号と五号は、たんにメディアの文字の上に名前が出るだけだった。官僚社会では周知の、主席が引きずり下ろそうとしていた七号は、数か月たってから和やかに談笑する姿をテレビの画面に現したが、やはり同様で、直接に連絡を取ることはできない。そして、たとえそれが六号常務委員でも、コンタクトを取るには――彼のごく親しい人間でさえも――、老叔を通さなければならなかった。これでおかしいと思わない人間のいないはずがないだろう。

人々は、老叔が今の本当の権力者なのではないかと、疑いはじめた。

六号常務委員の反論に対して、三号常務委員は、新たな提案を出してきた。彼ら以外の政治局常務委員は北京から離れ、党員と一般大衆を安心させるために、分散して各地を巡視すべきだというものである。そうすれば皆、常務委員会が正常に機能していると信じて、その指導を受け入れるだろう。そうなれば自分もただちに北京へと帰還すると、三号は唱えた。この提案は、各地の高級官僚からの支持を受けた。

こうして老叔は、三号常務委員の攻勢の前に自らが守勢に立たされている目下の局面を転回すべく、総理を解放せざるをえなくなった。すみやかに疑惑を解き、こちらの内情を曝して見せて相手をいったん安心させなければ、この局面を打開するのは困難だろうと判断したからだった。彼は、個人の資格で中央委員と候補委員に向けての書信を発した。そのいちいちに、相手の名前を宛名として付し、あたかも私信であるかのような体裁を取った。老叔はその私信形式の書簡のなかで、釈明を行うとともに、大略以下の内容を通知した。

——総理は主席暗殺事件における役割はまだ確定されていない。総理には権力闘争において不利な状況に置かれたことが暗殺の動機となった。彼の息子は複数回、主席を殺すと口にした事実がその証拠とともに確認されている。それは酒に酔っての席ではあったが、酒に酔えば本音を吐くというのもまた真理である。重要なのは、総理の息子が株式を保有していたドローン企業が、主席殺害の基地となっていたことだ。社長の趙帰（チャオクイ）は、反腐敗運動のさなかに一〇億米ドルをむりやり上納させられた。暗殺を実行する動機は十分にある。彼が主犯であったことはすでに確定しており、現在、インターポールを通じて全世界に指名手配中である。従犯の劉剛（リウカン）は、防疫運動の拡大を招くことになったところの誤った情報の提供者である。彼はすでに住所において死亡しているのが発見されている。死因は電子蜂による攻撃である。おそらくは操作ミスか、あるいは趙帰によって口封じに殺されたのではないかと思われる。ただし、結論を下すにはいまだ時期尚早であり、目下はさらに捜査を進めるべき段階である。しかしながら、三号常務委員の疑惑に答えないままでいれば、党の危機を招くかも知れず、大局的見地から、規則に違反することになるが、個人的に中央委員各位に対し報告させていただくものである。

その理屈はまったく非の打ち所のないものだったが、ここで老叔にとってやや面倒だったのは、この筋書きに合うように事件現場の状況と手がかりを整え、そのため劉剛の死体を彼の自宅へ移すことだった。まだ本格的な犯罪調査は行われていないものの、調査系統はコントロール下にある。だから老叔の意に外れた調査結果は出るはずはなく、彼の書いた筋書き通りの結果が出るのは決まっていた。国家安全委員会の屋上は徹底的に清掃され、物品はすべてあの廃棄物処理室送りとなった。趙帰と劉剛に関するあらゆる出入の記録はセキュリティシステムから抹消され、彼はそもそもそこに存在しなかったかのような状態になっている。これらの一切を指揮したのは老叔であり、その過程も内容も完全に把握していた。

ただここで唯一、リングとして欠けているのは、総理自身が、黒幕として指令したことを認めるという事実だった。だがそれは、絶対に必要なファクターというわけでもない。総理がおのれの身の潔白を証明できなければ、隔離しての審査が、これからもずっと続けられることになる。そうなれば総理は罷免されたも同然である。中央委員たちへの書簡のなかで、老叔は「趙帰をできるだけ速やかに逮捕し、真相を天下に明らかにする所存であります」と約束していた。その約束はいつ実現するのだろう。それは彼以外には誰にも分からないことだった。

総理が主席を暗殺した。——この情報の破壊力は、老叔に関する疑惑を、たちまち取るに足らない問題へと変えた。老叔のそれまでのすべての行動が理に適ったもの、納得のいくものとして受け取られ、北京の官吏は、誰もそれに異議を唱えなくなった。北京をとりまく省や市の公務員には北京に家を構えている者が多い。自分や家族が人質になっていることを考えれば追随するほかなかった。西部や東北部の各省の財政は北京の中央政府頼みである。よってその指揮棒どおりに動いてみせるほかはない。だが東南部の、沿海地域の各省〔浙江・福建・広東の三省〕となると、話は違ってくる。財政的にこそ北京頼みであるものの、彼らは、総理自身の口からそれを認める発言を聞くまで、罪名を総理にかぶせるつもりはなかった。彼らは総理自身に発言させろと、異口同音に要求した。

三号常務委員は再び、中央委員に向けて書簡を発信した。そこで彼は、党の指導者に対しては推定無罪の原則が適用されるべきである、と述べた。想像や思い込みで先に話を作り上げるべきではない。彼曰く、中央委員会全体会議においてこの案件は審理すべきであり、その場へ総理自身が出席して申し開きさせる権限を同全体会議に与えるべきである。もし委員の多数が、総理が暗殺に関係があると信じるのであれば、党内の機関で審理するのではなく、彼を司法機関に引き渡せばよい。多数が関係ないと考えるならば、総理の職権を回復すべきである。目下の急務は新たな党主席の選出であり、党と国家の管理・運営の正常化である。事態は遅延することを許さないのだ。

三号常務委員は、中央委員会全体会議を上海で開催する要求を取り下げるかわりに、中立の重慶市〔北京や上海とおなじく直轄市で省と同格〕で開催せよ、護衛は西部戦区の兵力に担当させよと、高圧的に要求してきた。それならば自分は会議に出席すると言うのである。この提案は、各省の高級官僚のあいだにおいて、広汎な賛同を得ることになった。老叔は追い込まれた。

——同意しなければ、その理由がなんであれ、防ぎきることはできないだろう。信任を失って、それでなくても脆弱な自分の立場がますます弱くなる。だが、同意すれば、北京にいる委員は重慶に行くこととなり、自分のコントロールから脱することになる。そのなかの何人かは三号の側に立つことになるだろう。誰が主席に選ばれるとしても、それはこの自分ではなくなる。自分の終わりの日も近い。

三号のこの提案は見事で、将棋に喩えるならば王手に等しかった。老叔は打つ手がない。

彼は、悪夢にうなされて目を覚ます夜を何日も過ごすことになった。

その昨日までの夢は、はっきりした内容を持ったものではなかった。ある種の恐怖が膨れてゆくだけのことである。それは次第に大きくなって、ついにはその恐ろしさに目が覚める。だが今日のそれは違っていた。犬の胴体に土佐の頭が付いたものが出てきた。それは家の垣根の角で壁に向かって足を上げて小便をした。まるで門の外へ出されてすぐのように、喜んで小便をしていた。普通ならそこでおかしいと思うところだが、その土佐犬は頭を垂れて小便をしているあいだに、頭の後ろに一つ目が開いて、その目じりからカタツムリの触覚のようなものが生えて、目の前に垂れた白髪をかき分けて伸びてきた。陰気な両つ(ふた)の目が、冷たい視線で老叔を探るように見た。その視線と目が合った瞬間、彼は恐怖で跳ね起きた。心臓が、暗闇のなかで激しく打っていた。

彼がこのような夢を見るのは、情報センターから転送されてきた映像と関係があるに違いなかった。それは、土佐が九組のチーフとともに九組のオフィスへ入るところを撮影したものである。中南海は、国家安全委員会が唯一手を触れられない場所である。そこの一切は、中央警衛局の管轄下に置かれている。だが、主席の遭難を利用して九組の設備を検査した際、国家安全委員会情報管理センターの人員は、無音カメラをひそかに設置していた。それは、そこから送られてきた最初の映像だった。

それまで九組のオフィスへ立ち入った者はいなかった。土佐がいま入ったのは、偶然ではない。老叔は、三号常務委員がその前日土佐にかけた電話を盗聴していた。土佐は、三号に対して、全体会議が開かれた後は選出された新主席に服従すると伝えた。常識的に考えれば、全体会議が開かれれば、新主席に選ばれるのは三号常務委員である。土佐は、相手は総理より序列が下でも、協力はできるし、取引するのもべつに問題はないと、算盤を弾いたのだろう。いまのところは大きな変化は起こってはいない。しかし徐々に、老叔にとって不利な兆候が、微細な形ではあるが姿を現しつつあった。三号常務委員からの猛攻、地方高級官僚の疑惑の目、そして形勢を逆転させようとする傾向らしきもの、それらが土佐に、進むべき道を再考させた。もし土佐が他の勢力と手を組めば、自分は孤立する。

映像のなかで、九組の副組長は、土佐に、捕捉できた趙帰の足跡を見せようとしていた。副組長は、趙帰の最後の電話は国家安全委員会に向けてであることを、前後の状況を交えて詳細に話していた。だが封印されていた設備を起動して、副組長は、データが全部消えていると叫んだ。土佐は、驚きと怒りを抑えようとして、顔色を青黒くしたままで無言で突っ立っていた。老叔に疑惑があったがゆえにここへ来たのであるとすれば、ここを出るときにはその疑惑はさらに膨らんでいただろう。だが老叔は、それについてはかえって心配していなかった。なぜならそれは証明不可能だからである。しかし、趙帰と国家安全委員会の関係は、遅かれ早かれ明らかになるだろうと、彼は思った。死人に口なしで、説明ならどうとでもつく。だが自分に矛先が向くのは避けられまい。主席が暗殺されて一番権力を手中に収めたのは突処組であり、それはとりもなおさず老叔その人である。これは偶然では通らない。

老叔はいまや、自分が渦巻く暗黒の激流に落ちたと感じていた。明確な形をとった、あるいは形のないおぼろげなイメージのままの、さまざまな危険が、一歩一歩と自分へ近づいて来つつあるかのような感覚に捕らわれていた。そのあるものは、白日のもとで刀を手に引っ提げて、またあるものは、物陰に身を隠しながら、匍匐前進している。またあるものは、まっすぐ此方へと直進して来、そしてまたあるものは迂回しながら次第に接近して来る。もしかしたら、その先頭はもう、自分の背後のうなじに鼻息が掛かりそうな距離にまで、迫ってきているのではないかとさえ思えた。老叔は、この統治メカニズムのなかでもまれて数十年間を生き抜いてきた。その何処を押せばどうなるかを知り尽くしていると自負していたが、こうしていざ自分がその主たる操作者となってみると、それがいかに難しい存在であるかを思い知らされることとなった。自分などには到底御することはできない。

その日の老叔は、眠れないどころか、仕事もしなかった。彼は、ただ考えていた。そして最終的に彼が思い至ったのは、これまで致命的な定理に気が付いていなかったということである――このような巨大で複雑極まるシステムにおいては、トップにいる人間の間で起こすクーデターだけが成功するのだ。二流の人間ではどだい不可能な話なのだ。なぜなら二流の人間は数が多いからだ。そのなかからただひとりだけ、しかるべきステップを飛び越えて最上階へと上がった成り上がり者に、残りが服従するわけがないのだ。二流の成り上がりは、この階段式のピラミッドのなかで、長く存在し続けることはできない。必ずシステムからの縛りをいたるところで受けるようになる。システムというものの力は、かの毛沢東でさえ統御できなかった代物だ。だから毛は、文化大革命という方法で、それまでのシステムを破壊して新しいシステムをつくろうとした。自分のような二流の人間が、システムを利用してなおかつそのシステムを制御するなど、とうていできるはずはなかった。

翌日、老叔は中央委員全員宛の書簡を発信した。そのなかで彼は、党の祝賀式典まで残る日数も少ないことに鑑みて、全党の意見の相違は暫時棚上げとし、いまは固く団結して全力をもって大式典の開催と成功へと邁進すべきであると述べ、さらに、突処組は、三号常務委員の提議に同意し、大式典の終了後、重慶において党中央委員会全体会議を開催し、その場において、中央委員会が信任投票した常務委員会および選出された新主席に危機処理の権力を移譲すると、表明した。

老叔のこの表明は、三号常務委員を含む中央委員全員の賛同を得た。

2

七月一日。党祝賀式典は、風雨を押して予定通り挙行されることになっていた。二日続きの雨は、式典が開始される前になんとか止んだ。それまで黒々と蟠(わだかま)っていた雲のすきまが切れて、光が差しこんできている。吹く風はやや冷たかったが、それはぬれそぼっている色とりどりの旗をはらませ翻らせていた。風と雨とが、スモッグをきれいにぬぐい去って、あたりは清新の気に満ちていた。中国共産党主席が暗殺されたという大事件のインパクトはいまだに強烈で、それがさらに、この大式典に世界的な注目を集めさせる効果をもたらした。取材にやって来た内外のジャーナリストは数千人にも上った。その彼らを意外に思わせたのは、中国側が、これまでとは打って変わって、開放的で、誰もかれも大歓迎といわんばかりの態度を取ったことだった。入国申請は例外なく許可された。過去に〝反中国的〟と見なされて許可が下りなかったメディアや記者にも、今回はこの件についてトラブルはまったく起きなかった。天安門の足元に設けられたプレスセンターの規模は、過去のどの祝賀式典のそれよりも大きい。二階建ての上下を合わせて六列、その一列ごとに数十台のカメラがひしめいていた。

参加する二十万人は、その所属に従って、天安門広場のそれぞれ指定された場所に集合させられていた。旗やプラカードのほか、人々はそれぞれ一枚ごとに色の違うファイルを持たされていて、式典のあいだに、指示に従って、そのうちのどれかを頭上に掲げる手はずになっていた。それは、天安門の上から見下ろせば、各種さまざまな、共産党をことほぐ、巨大な一幅の画となる計算だった。パレード隊と山車は、天安門の東側、長安街で、隊列を整えて待機していた。その末尾は、建国門〔地名。天安門から約五キロ東にある。地図④参照〕にまで及んでいる。しかし、式典のハイライトとなるはずの軍事パレードの隊伍は、なぜか姿を見せなかった。武器も、車両も、飛行機も、影も形もない。それは、中央軍事委員会の命令によって、北京市外で警備に当たっていたからである。彼らは、市内へ入ることを許されていない。

中国は、一隻の巨大な船のようだ。機関が突如爆発して停止したにも拘わらず、慣性でそのまま何事もなかったかのように航行を続けている。人々は、表面的には、それまでどおりの営みを続けていた。この大式典もまたその一つ。一年近くがこの訓練に費やされた。途中、上の誰も止めると言いださないので、担当グループの委員会はそれまでどおりに出勤し続け、それまで通りの日程で運営し、今日の開催へと至った。だが、これまでとは異なるところも、またある。広場に集まっている人間からは、明らかに緊張が失われていた。一連の予行練習の開始に当たって強調された、規律と緊張は、もはや存在していない。実際に身体を動かす人々たちだけでなく、その彼らを指揮する側の人間も、精神の集中を欠いているのは、明白だった。人々は、整列せず、三々五々固まって、私語を交わしていた。立てた旗やプラカードは、てんでにばらばらの方向へ傾いている。お揃いのユニフォームを着ていても、そのうえにひっかけた各人各様のレインコートのために、外から見たときの視覚的な統一性は損なわれていた。あれから一か月が過ぎたが、主席の暗殺はいまだに誰もが耳にし、口にする話題であり続けている。しかしいくら議論を繰り返してみても、想像を逞しくしてみても、結局これだという結論は誰からも出てこない。もっともそれは、寄ると触るとその話になるとはいうものの、正直なところ、自分とは関係のない問題だからでもあった。太陽はこれまでと同じく東から昇り、生活はこれからも同じように続いてゆくのだ。

暗殺が再び起こる危険を防止するため、軍や警察による、質量ともに厳重な警備体制が敷かれていた。加えて、中南海から徴発された六機のドローンが、天安門の上空を、地引網でも曳くような様子で、ひっきりなしに巡回していた。天安門全体と、観礼台〔天安門前方の左右に設けられたひな壇設備〕は、特大の電子シールドによってカバーされた。シールドは、たとえそれが蚊程度の大きさでも、進入してくる何物をも感知する。式典警護の責任者である土佐（トゥーツゥオ）は、絶対に安全であると確約した。

天安門の楼上に、式典の主賓たちが順番に登場した。彼らはその地位に従って、それぞれが違う場所に導かれた。北京在住の中国共産党の指導者や政府の首脳、生存する前政治局常務委員や政治局委員、外国の共産党代表団、それに慣例で参加参列する各界からの代表。

小姨子（シャオイーツ）は、老叔（ラオシュー）の心遣いに感激していた。老叔が、彼女を特別調査チームによる隔離審査から解放して、この式典の準備を続けさせたのである。主席暗殺という連想を引き起こさせる存在になってしまったいま、式典の開催は中止すべきだという声もあった。老叔が断乎として主張しつづけなければ、彼女のこの数年間の苦心は、まったくの無駄になるところだったのである。主席の死は、彼女にとっては大きな打撃だった。もはやよるべき大樹は存在しない。だが、彼女は、おのれの不運をかこつだけの身には落ちぶれたくなかった。未来は自分の手で造りだすものだ。そしてこの式典は、自分が全世界にみずからを証明してみせるための絶好の機会だ。成功すればチャンスはきっと次から次へ湧くようにやって来る。そんな彼女に、式典の取り消しは、社会的な抹殺にも等しかったのだから。

老叔は、式典中止の主張に対し断じて反対の立場を取った。彼は、こう論じた。主席は式典のために亡くなられたのである。式典を中止することは主席の死を無意味なものとすることに等しい。主席がいま生きておられたら、はたして式典の取りやめに同意されるだろうか。皆様にはこのところをよくよくお考えいただきたく思う。もし中止すれば、それは敵に対して怯(ひる)むにも等しい行為と言えるのではないか。彼らの凶悪なる所業からは何も得られないことを、彼らに悟らしめなくてはならない。またそれと同時に、この式典を通じて、全国の人民と国際社会に向けて、党の団結と国家の安定とを示さなければならないのだ。

それは正論であり、正論に反駁できる者は、誰もいなかった。よって式典は、予定通り行われることとなった。しかしながらいま、ここ天安門から見下ろすと、総合演出の小姨子の目に映る式典の人員の雰囲気は、緩みきっているのだった。それが彼女に、大きな不安を感じさせた。それは、これまで行われてきた類似の大式典のなかで、まちがいなく最低の出演者とスタッフだった。そう思った彼女は、老叔に向かって平謝りに謝った。しかし、当の老叔はまったく気にしていないようだった。

「このような状況下でここまでこぎ着けただけでもたいしたものですよ。これからもうこんな機会はないからね」と、老叔は小姨子の肩を軽く叩くと、向こうへ歩いて行った。最後の言葉がどういう意味なのか、小姨子はよく理解できなかったが、きき返すのは憚られた。老叔はいかにも円満を絵に描いたような外見をしている。しかし対していると、彼は、声を荒げることはめったにないが、おのずから威厳を感じさせた彼女の義兄よりも、彼女を緊張させるのだ。例の一件以来、彼女は姉と甥と連絡が取れていなかった。自分は自由の身にはなったが、特別調査チームはまだ、彼女を無罪放免にしたわけではなかった。彼女はいつ再拘束されて査問されるかもしれない身分である。そのことが、これからいったいどうなるのかという先の見えない不安とともに、彼女の心を、暗くむしばんでいた。

出席者の席順が確定すると、老叔はその端に自らの身を置いた。だが彼こそがこの場の中心だった。表面上は、主役は天安門の真中の場所を占める国家級正職〔党と国家の指導者クラス〕の人間たちである。そして歴代の元老たちも同じく前列に立って尊崇を受けている。だが彼らはこの場において、決定したり指示したりができる人間ではない。彼らには自分の意思で出席しないということさえできないのだ。いかに悲痛な面持ちで、身体の調子がよくないと訴えても、手足が動かないと言っても、国家安全委員会は、優しくて非の打ち所なく礼儀正しい美人の看護師を派遣して、あるいは担架を用意して、彼らを天安門まで運び上げるだろう。そしてその背後には命令を違えることを許さない存在がいる。それが老叔だった。

九時が、式典の予定開始時刻だった。広場の人の群れは、私語を止め、顔を上げて、天安門の城楼を見上げた。こういう場合に誰が場を主宰するか、誰が発言するか、何番目に登場するか、どこに居るかが、判断の材料となる。実権がどこにあるか、またどういった陣営に分かれているか、そしてそれらしく装われた外見の下にどのような実態が隠されているか。それがこれで判るというのが、中国の政治を知る者にとってのイロハとなっている。メディアから消えてもう日も長い総理は、やはりここにも姿を見せていない。彼が主席暗殺の黒幕だという噂もあるが、その彼が姿を見せないという事実は、外部には、なによりの証明として受け取られた。外国のジャーナリストはただちにこの事実を報道した。

観客を驚かせたのは、式典が、これまでの同様の式典とは異なり、開会式もなければ、行進曲も鳴らず、礼砲も発射されず、国旗掲揚も行われないことだった。大式典であることを示すためのあらゆる荘重さというものが、どこにも見当たらなかった。かわりにそこで人々が目にしたのは、ただ、短軀でぱっとしない風采の、灰色の人民服を着こんだ人物が、端のほうから中央に立っているマイクの前に進み出てきた情景である。ジャーナリストたちが望遠カメラでクローズアップしてみると、それは主席が暗殺されたニュースを、あの奇妙な方法で全世界に告げた人物だった。あの時のかの人物は、テレビの画面の向こうで顔をさらしたのだが、今回はいよいよ直に姿を現したというわけだ。そして、この度は、現職の党と政府の首脳を己の左に、前任者たちを右に引き連れていた。その人物が、折り畳んだ原稿を取り出した。近眼鏡から老眼鏡に掛け替え、自分が原稿を上下逆に手にしていることを知ると、それをおもむろに直して、咳を一つした。その咳は、マイクを通じて広場の四方に設置された大出力のスピーカーから雷のような響きとなって飛び出し、広場にまだ少し残っていた、私語を続けている者たちの口を噤ませた。

数十万人が完全に沈黙した。

見ているほとんどの人間が、老叔を式典の司会だと思った。それはとりもなおさず、彼の地位が以前とは比べものにならないほどに跳ね上がったということだった。伝統的に、この種の式典の司会は、ナンバー・ツーの人間が行うことになっている。講話を行うのがナンバー・ワンである。ところが、その老叔が司会なしにそのまま講話を始めたので、人々はますます驚くことになった。司会者と講話者を一人で兼ねる、あるいは司会者というものがいない手順は、普通では考えられない進行だった。しかし、彼らが老叔が始めた講話を聞いて仰天した程度に比べれば、そんな破天荒さは序の口にすぎなかった。それはそもそも講話ではなかった。一字一音をゆるがせにせず読み上げられてゆくその演説の内容は、その一語一語が、世界を驚倒させるものだった。

「中国共産党の同志諸君、中華人民共和国の全国の同胞の皆さん。この二十八日前、いま私が立っているまさにこの位置で、我が党の主席、国家元首が暗殺されました。現在までに判明しているのは、背後の教唆者が国家のナンバー・ツーの地位にいた人物であるということです。その詳細と証拠に関しては、いずれ司法機関より公式発表がなされる予定であります。現在においては、より根本的な問題の解決が、一刻の猶予も許されない情勢にあるのであります。歴史を振り返るに、この種の国家指導層の間の権力争いが、党と国家とを幾度となく危地へと陥れてまいりました。そしてこの度はついに、最高指導者を暗殺するという事態にまで立ち至ったわけであります。眼前に危機が充満しております。ありとあらゆる野心家達が、この機に乗じてその野心を逞しうせんとしておりますす。彼らは党を分裂の危機に晒し、社会の動揺を醸成し、人民の幸福を脅かさんとしているのであります。よって、この情勢下において、我々はいま、みずからの手でみずからの腕を切りおとすがごとき、断固たる決心を以て、情勢を挽回し、来たらんとする災難を必ずや回避しなければなりません。

かくのごとき状況に、我々をして立ち至らせたその根源は、権力が人民に来源するに非ざること、人民が権力を掣肘する能わざること、そしてそれが少数の人間間において争奪されること、彼らが国家と人民の利益を決して顧りみるなきこと、実にここにあるのであります。これに対する根本的な解決方法は、ただの一個よりありません。すなわち、権力の来源を変更し、権力を人民より授与されたるものとすることであります。さすれば権力の座にある者は、真に人民に服務するようになるでありましょうし、人民に対して責任を負うようにもなりましょう。これが〝血の教訓〟〔文化大革命中に作られた毛沢東および共産党・革命中国賛美の新作京劇の劇中歌「血的教訓」を踏まえた表現〕であります。これは、人民の利益がそれほどまでに必要とされているということを意味するだけではありません。権力の座にある者にもまた、みずからの根本的安全を獲得するために必要な措置なのであります。

マルクス主義が求めたものは、人民が統治権を手にすることでありました。歴史上の人民革命もそれを目標としております。中国共産党もまた、本来は民主主義を旨としていたのであります。中国共産党の創始者である毛沢東は、延安におけるかの有名な講話で、つとにこう指摘しております。統治者の盛衰のサイクルから抜け出すために拠るべきは民主であると。我が党の『新華日報』はその年、民主を目標と定め独裁に反対する言論を張っております。それらは歴史におけるはるかな先駆けの声でありました。そしてそれは人民に向けての厳粛な約束でもあったのです。民主主義は資本主義社会だけの専売特許ではありません。西側社会だけのものでもないのです。それは、革命の無数の先達たちが、その赤い血をもって購ってきた人類の文明と進歩そのものであります。毛主席が行った文化大革命は、権力を人民に付与するべく行われた一大実験でありました。人民を信じ、人民に依拠し、言論の自由、結社の自由を支持した文化大革命は、空前の大民主主義を現出したのであります。それは、毛主席の抱いた民主主義の理想を十分に展開するものでありました。

中国共産党が政権を樹立した当初は、敵の包囲やそれによる圧殺に対抗するために、一定の期間をかぎっての独裁が必要でありました。しかしそれはあくまで暫時であるべきで、永久的な体制とはなりえないものであります。それは手段ではあっても目的ではないのであります。政権が安定し強固なものとなった暁には放棄されるべきものであります。しかるに、独裁時期に形成されたところの特権階級は権力の返還を望まず、それどころか、権力をして個人の私有に帰せしめるまでに至りました。その結果、各種の権力闘争、路線闘争、果ては宮廷闘争とさえ呼んで然るべきものを引き起こし、ついはこの度の党主席暗殺という未曽有の事態へとたち至ったのであります。これはすでに亡党亡国の淵に居ると言うべき状況でありましょう。我々は、これを教訓として深く反省しなければなりません。そして、権力を人民に授与した毛主席の英明さと偉大さとに、いまいちど目を向けるべきなのであります。

文化大革命は、毛主席の理想を完全に実現するに至りませんでした。その原因は、革命の激情に主導された大民主主義が、秩序と手続きの性格を欠いていたからであります。これでは、政治の日常的運営において長続きはいたしません。でありますから、革命が規則や規定に基づく常態へと回帰したとき、管理の職務と能力を有する官僚集団が再度復活するのは、自然の成り行きでした。彼らは権力をその手に取り戻し、以前にまして人民を敵と見なし、毛主席が彼らに授与した権力を徹底的に奪いました。この経験から私たちが学ぶのは、制度化され手続き化した民主主義の建設が不可欠ということであります。さすれば毛主席の理想も、ついには実現することが可能となるでありましょう。しかしながら、その中でもとりわけ鍵となるのは、権力の座にある者に対し人民による普通選挙を実施することであります。権力者は、人民の選択の結果、権力を授与されるべきなのでありますから。

中国共産党建党祝賀式典のこの場において、私はここに、偉大なる中国共産党がその歴史的使命を完了したこと、同党は独裁を放棄し、権力を人民に返還することを、宣言いたします。これから人民は、普通選挙によって国家の指導者を選択することになります。かかる意義において、本日の祝賀式典は、たんに歴史を記念する儀式としてではなく、人民に権力を返還するための儀式となったのであります。

本日以降、人民への権力委譲の過渡期が開始されます。二年以内に、憲法改正を完了し、新憲法に対する国民投票を実行します。三年後の本日、新憲法に基づく普通選挙を実施いたします。しかるのち、全ての権力は、新たに選出された政府へと移譲され、軍隊の国家化と徹底的な司法の独立が実行されることになります。地方の各レベルの中国共産党組織はすべて、政権との関係を断絶します。地方は、新憲法の枠組みのもと、地方選挙を行い、地方政府を組織します。

全党および全人民は以下の認識を確固として持たねばなりません。民主主義こそが国家の最大の安全保障であること、そして人民の安寧と幸福の根本的な保障であることであります。民主主義を国家の安全という大所高所から考える時、国家安全委員会は民主化改革、憲法改正、そして過渡期の体制変換に責任を有しますが、それはとりもなおさず、国家安全委員会の職務の存する所なのであります。民主主義への転換は、その過程における平穏なる道のりを不可欠といたします。そしてそれ自体、一個の法治へと至る過程であり、社会の動乱や国家の分裂などというものは、決してその発生を許されぬのであります。であるがゆえに、選挙によって新政府が選出されるまでの三年間は、それまでの国家体制をして継続して運営せしめ、国家安全委員会によって日常の行政管理を担当せしめるのが適当と判断いたしました。国家安全委員会は、各レベルの地方政府、軍隊、社会団体、また全国の諸民族人民に、この過渡期において平静と安定を保つこと、我々委員会の指揮に従うことを要請すると共に、平和を破壊し衝突を造り出そうとする野心家や分裂勢力に対して、それが誰であるかを問わず、容赦ない打撃が加えられるであろうことをここに厳粛に言明し警告するものであります。

最後に、私は世界各国の政府に向けて呼びかけたいと思います。中国の民主主義への転換を支持されることを、また、皆さんからの援助の申し出がなされることを期待します。中国はいま、世界の民主的社会の大家庭に加わろうとしております。人類共通の価値観や普遍的人権のために、国際社会と協力すべく、その第一歩を踏み出そうとしております。北京万国博覧会は予定通り開催されます。民主主義へと向かう中国は、参加国の皆さんと訪れる観光客の皆さんを最高の熱烈さで歓迎するでしょう。北京万博が全世界による中国民主化の祝祭とならんことを。」

天安門広場の数十万人は、凍り付いていた。共産党を代表しての老叔の話は、つまり、権力を人民に返還するということだ——そしてこの自分もその人民としてそのなかに含まれている。歓呼の声はなく、拍手の音もなかった。彼らはただ、木彫りの人形のように無言で立っていた。何の反応もなかった。彼らは、共産党がこの挙に出ようとは、夢にも思っていなかった。もしかしたら自分はなにか見間違い、聞き間違いしたのかもしれないと、彼らは思った。他の人に聞いてみよう。ぜったいに大笑いされる。それとも頭がおかしい奴が何かわけの分からないことを言っていると思われるかもしれない。彼らは、たしかにいま、その耳でいま聴いたというのに、あれは何かの幻聴空耳だったのではないかと、自分を信じなかった。おのれの腿を自分でつねってみたり、周囲の人間の表情をそっと盗み見たりする者はいた。しかし誰も口に出して他人にたずねてみようとはしなかった。

老叔は、このような状況になることを最初から予測していた。だから彼は、拍手も歓呼も期待していなかった。そのかわり彼は、このあとどう対処するかについて、前もって準備を整えていた。彼の講話は伝統的な形式で終わった。スローガンである。そして最後の一語が口から発せられると、彼はただちに、マイクロフォンの横のスイッチを押した。小姨子が作成した進行表では、そのスイッチは式典の終わりに押すことになっている。そのスイッチを入れるや、広場にまんべんなく配置されたスピーカーから、雄大なメロディーを奏でる音楽に合わせての大合唱が、大音響で流れ出した。そのバックには、無数の群衆の歓呼の声が聞こえていた。この現場にいあわせず、放送だけを視ている人間は、広場の群衆が老叔の声に応えて発した歓声と思うだろう。そして、それと時を同じくして、数千あるいは数万にもなろうかという風船が、空へと放たれた。そのとりどりの色彩が空気中に舞いあがった。そのうちの三百個の大型気球には、花籠が吊るされていた。それらは二〇〇メートルの高さに達すると、自動的に花籠の底が開いて、花を下の世界へと撒いた。広場の上空はひとときのあいだ、花が大気中に咲き乱れるような情景をつくり出した。それはスチーム鍋の蓋を開けた時のような感じもしないでもなかったが、少なくともテレビのスクリーンには、皆が心を一つにして祝っているように映った。

凍り付いている広場の群衆はさておき、それよりはるかに広い見識を誇るはずの、諸外国からのジャーナリストたちもまた、おのれの目と耳を信ずることができなかった。彼らは、翻訳がまちがっているのではないかと思って、何度となく、録画映像を最初から最後まで見なおしていた。中国語のできるジャーナリストは、自分の中国語の力が足りないせいで理解を間違えているのではないかと、自分を疑った。そうやって彼らが金縛りになっていたことには、老叔の話した内容以外に、そこにいる権力集団の態度が同様だったこともあった。左右の両側に分かれて居並ぶ党と国家の要人たちが、老叔の講話を聴きながら、何の動揺も見せなかったからだ。彼らは、過去何百何千回となく聴いてきたお決まりの話を、またここで聴いているかような様子だった。まるで、それは、彼らが議論に議論を重ねたあげくに至った合意でもあるかのように。彼らは、老叔の講話が終わると、一斉に拍手さえしたのである。それは、お決まりの、いかにも官僚式の拍手ではあったけれども、それが拍手であることに変わりはない。それにしても、これほどまでの非常事態、画期的な歴史の一瞬に居合わせながら、彼らがこんなに泰然とした態度でいられるのは、信じられないくらい奇怪なことだった。

彼らは、権力集団のその態度が、老叔に賛同していたからではなく、老叔に謀られていたからであることを知らない。老叔は、蜘蛛の巣組に、インターネットを通じて祝賀式典の音響システムへと侵入させ、天安門の楼上にあるスピーカーと広場に設置されたスピーカーのリンクを切断して、それぞれ異なる音源を送らせるようにしておいたのである。それと同時に、電子シールドの音声遮断機能をオンにし、音声が内外ともに七五パーセントカットできるようにしておいた。さらには、両者の間には距離があるうえ、自らの発する音によって、残った二五パーセントもかき消されてしまうので、結局天安門上では、ここのスピーカーから流れてくる老叔の講話の声しか聞こえなかった。それは、事前に準備された録音音声だった。外の老叔の講話と同じスピードとピッチで流れるようコンピューター制御されたそれは、結果としてあまり大きなズレは出なかった。事前に録音されたその講話は、いかにもお決まりの、何の新味もない内容で、それ以前の同様の機会における指導者の講話と、ほぼ変わるところはない。それは官僚特有の思考様式と言い回しに満ちて、退屈で、平板で、まさにこれまでの老叔の与える印象そのままといった感じのものだった。だからこそ、老叔がこのような大式典の場で講話を行う立場になったのは、たしかに僭越きわまることではあったけれども、彼が主催者であり、かつ発言するその内容も非の打ちどころのない穏当きわまるものだったがために、老叔が最後に、「偉大なる、栄(は)えある、誤るところのない中国共産党、万歳、万歳、万々歳」と唱えたとき、それが政治的に正確であるという一点において、彼らは拍手せざるを得なかったのである。しかし、広場の民衆や、メディアセンターのジャーナリストや、外部への放映システムから老叔が実際に話した講話を聞いた人間には、それは「勤勉なる、勇敢なる、知恵ある中国人民、万歳、万歳、万々歳」という言葉だった。

天安門の楼上で、小姨子だけが老叔の本当の講話を聴くことができた。式典の総合演出である彼女は、中央電視台の放送をモニターしていたのである。彼女はイヤフォンを引き抜き、着け直し、それから、ついには、一個だけを着けて聴いた。外したのは、天安門上のスピーカーと同じ音声が聞こえる方である。こうして彼女は、ついに、二つの講話が違っているという結論へと達した。だが彼女の身分では、何も言うことはできなかった。ものの見事に騙されて、あまつさえ拍手している最中の共産党のお偉方を前にして、しかも当の老叔が、講話が終わるやいなやボタンを押して満場一杯の色彩と歓声でこの場に一挙に祝祭感を創り出してしまったいまにおいては。いかにも平凡で、おもしろみのない外見をしている老叔が、実はこれほどのマジックを披露できる魔術師であったことを、彼女は思い知らされた。――この人がもし、商売替えをして総合演出をやったら、自分などとうてい足元にも及ばない。

老叔は話し終えるとすぐにその場を離れた。彼は自分がもと立っていた場所には戻らず、城楼の横の通用口から外へ出た。

彼の講話はすべてをひっくり返してしまった。小姨子はこれから先、どう式を進めたらよいのか見当もつかなかった。というか、進められるのかしら？ あの人は、司会としては一言も発言しなかった。それはつまり、この私がパレード開始の合図をしろということ？ あの人がこんなかたちで講話を終わらせたあとに？ 偉大なる、栄えある、誤るところのない中国共産党を賞賛し、党の指導を堅持する云々というスローガンを掲げて登場させろと？ その後は歴代の最高指導者の巨大な肖像画を堂々と？――小姨子は、「これからもうこんな機会はないからね」という老叔の不思議な言葉の意味を、ようやく理解した。

スピーカーから流れる大音響の喧騒が、広場にいる人々を、次第に正気へと戻らせた。彼らは、自分の見たものや聞いたことが正しいことを、お互いに確認しあった。その一つひとつは低い、ささやき声だったが、数十万が同時に交わすささやきは、広場の端々までを共鳴させる轟音となった。人々の声は知らず知らずのあいだに大きくなっていった。そして自分は間違っていなかったということを知った後の高揚も手伝って、声はさらに大きくなった。パレードを待っていた隊伍も、隊形は乱れ、人々はてんでにあちこち固まって議論しはじめた。旗やプラカードは地面に投げ捨てられた。老叔の言ったのはこういうことだったのかと小姨子は納得した。確かにもうこんな機会は二度とない。それどころかこの回もここで打ち止めだ。

3

老叔（ラオシュー）はトイレにいくふうを装っていたが、エレベーター口の前に待たせていた車に乗ると、そのまま会場を後にした。それは相変わらず総理の車で、警護するのは土佐（トゥーツゥオ）の兵である。しかしその土佐はいまも天安門の上にいる。そして彼が聴いたのは録音の方だった。ゆえに彼は、しばらく動かないはずだった。もし土佐が、自分の本当の講話を聴いていたら、即刻自分を逮捕させただろうか。あるいはそうはしなかっただろうか。老叔にはどちらとも判らなかった。車が、天安門を覆っているシールドから出るやいなや、老叔はただちに、あらかじめ決めておいたシグナルを携帯端末から発信した。それを受けた国家安全委員会のＩＴ要員は、直ちに、土佐と警護隊の隊長との連絡を切断し、同時に車内のモニターシステムをロックした。これまでにそれをしなかったのは、土佐を欺くためである。だがこれで老叔が車中で何をしているのかは、土佐には分からなくなった。それどころかいまこの車が何処を走っているかも彼には分からない。警護兵というのはロボットのようなものだ。何が起こっても、土佐の命令がないかぎり、老叔を護衛すること以外、彼らは何もできない。

老叔は、前部座席と後部の間にある防音ガラス壁を上げた。冷たい半透明の色調をしていた。彼は脚を伸ばして、背もたれにふかぶかと身を委ねると、車の天井を見上げた。これで、やっと気を緩めることができる。彼は汗で曇った眼鏡を外して拭った。天安門の楼上にいる党や政府のお偉方はいま、どうしておられるだろうと思うと、彼の頬は緩んだ。自分の講話は、現場のメディアだけでなく、蜘蛛の巣組によっても、全土で強制的に放送された。今頃は世界中に伝わっているだろう。知らぬは天安門上の御歴々ばかりなりだ。天安門のシールドから出れば、あの人たちも、何が起こったか知ることになる。そのときの彼らの反応はさぞかし見ものだろう。そのとき自分がまだあそこにいたら、あのご老体たちに袋だたきにされるかもしれない。

老叔は、中国共産党の内部に潜みつつその転覆をひそかに企んできたといった種類の人間ではなかった。彼はこれまでの人生で、民主主義などというものにまるで関心もなければ、価値も認めてこなかった人間である。彼は、この国の統治システムのなかで、民主主義を撲滅の対象とする仕事に就いてきた。口に出したことは実行する。それだけでよい。民主主義などというものは不要なものである。老叔の本音は、もっと低いところにあった。自分の身の平安を保つことができればそれでよい。そしてまさに、彼はこの自己保身の低きから、この挙を始めた。ところがいざ一歩踏み出してみると、そのまま前進するしかなくなった。先んじた一歩を守るためには、歩み続ける必要があるからだった。さもなければ、他人に先を越されて、大いなる危険に直面することになる。だが、たえず一歩を先んじるために踏み出すその一歩ごとに、新たな問題が持ち上がった。一見、自分が一歩先にいて、それ以外の他人を引っぱっているように見える。だが実際は、その自分でさえも虎の背に乗っているだけだ。そしてこれからも乗りつづけなければならないのだ。さもないと背から振り落とされてしまうのだから。その虎が好きなように駆けてゆくのにただ任せているほかはないのである。今日の結末は、老叔が求めたものではなかった。虎の往くところあれしかなかったというだけの話である。体制が、二流の人物を上には据えないというなら、そしてそこから下りても我が身の安全を保てないというなら、体制を変更してしまう以外、いったいどんな選択肢があったというのか。体制そのものを変えてしまえば、それまでの一流二流の別もなくなる。すべては仕切り直しとなる。そしてそれがもともとは誰であったとしても、新たに始めた者が一流だ！

亡き主席が連任実現のプランを考えていたとき、その中の一つに、主席が二期目を終えたら交代しなければならないのが党規である以上、それを破ろうとすれば体制から大きな反発が予想されるし、そしてそれはおそらく抑えることができないほどの強さとなる、ならばいっそのこと体制を変えてしまえばよいのではないかという案があった。普通選挙に基づく大統領制への移行案である。

主席は高い得票率で当選するだろう。主席の国民における人気が高いことはもちろんだが、選挙活動に様々な制限を設けるなどそのための細工はいくらでもできる。民衆が主席以外の誰にも投票できなくするのは簡単である。そして普通選挙で選出された大統領となれば、主席は既存の体制のもつ束縛から脱することができる。他の誰もが挑戦できない合法性を手にすることも、同時にできる。さて、大統領としての任期だが、まずこれから十年はやれるだろうし、ひょっとしたらそれよりも長くいけるかもしれない。

この案が採用されなかったのは、これは綱渡りだ、奇策すぎると、多くのスタッフが反対したためである。反対者たちは、体制を変更しなくても主席が連任するのは可能だと考えていた。

老叔もこの案に反対した一人である。しかし彼は強い印象を受けていた。それが、今度の苦境のなかで、彼の頭のなかに再度浮かび上がってきたわけである。くだんの案はファイルが残っていて、そこにプランの詳細が記されていた。ただ、それはやはり、老叔クラスの二流人間には荷が重すぎる内容ではあった。主席は頂点にいた。いかなるプランであっても、それを遂行できるだけの権力がその手にあった。そのための人、物、金に事欠くことはない。十分な時間をかけることもでき、無理をすることなく段階を踏んで実行してゆくことも可能だった。主席ならば実が熟して自然に落ちるのを待つことができた。だが二流の人間にはそんな贅沢は許されない。時間は友ではない。それどころか、時を移すと足元をすくわれる。奇策に出て勝ちを制すべきだった。老叔は、あらゆる可能性を検討したのち、式典の講話を利用するのが唯一、その勝ちを拾うチャンスだと判断した。

それ以外に選択肢はないと。

これについても、はじまりは、主席から得たヒントだった。あるとき、老叔が主席につき従って中国南部への旅に同行した際のこと、主席は文化大革命時代の毛沢東が紅衛兵に接見した事件を話題にした。主席はこう言ってその話を締め括った。「毛主席が紅衛兵の有象無象にあんな滅茶苦茶をさせたこと、そしてその紅衛兵に接見したことは、たしかに非常識きわまる行為ではあった。あの豚の脳味噌程度の連中に、毛主席の深謀遠慮をうかがい知ることなどできるわけはなかったのだから尚更だ。文化大革命とはいったい何か。それは、指導者たる彼が官僚集団に勝利するための手段だった。古来この国の指導者は、官僚集団に妨害されて、自分の思うところを実現することができないのが常だ。彼らの干渉と制約から逃れることができない。そして民衆はと言えば、官僚集団の持つ合法性に反逆しようとはせず、ただその支配を受け入れるだけだ。文化大革命の最重要目的は、この仕組みを破壊することだった。毛主席は紅衛兵に接見した。彼らをただで汽車に乗せた。北京へやって来た彼らに、食い物と寝場所をただで提供した。官僚たちは、各地から上京する学生の波を阻止することができなかった。毛主席は、天安門の楼上から紅衛兵に向かって軍帽を振った。これは、彼と民衆の間に横たわる官僚集団を跨いで無視したということにほかならない。年端もいかない紅衛兵が主席に紅衛兵の腕章を差し上げた。これはすなわち、民衆の体制への造反〔反逆〕に合法性を授与したということだ。接見を賜った紅衛兵たちは故郷へ帰ると、その地で造反を始めた。民衆は彼らによって動員されていった。官僚集団は抵抗する力を失って、腐った枯れ木の如く打倒された。天才の頭脳ならではの見事な一手だったのだ。」

言うまでもなく、この議論を聴いていたときの老叔は、たんなる一人の聴き手だったに過ぎない。毛沢東にも、またおのれの主席に対しても、ひたすら、高山を仰ぎ見るかのような感情を抱いて、人の上に立つ主の気質を持つ人はやはり見るところが違うと、ひたすら感心していただけだった。しかしいま自分がその立場に立って、そしてつらつら考えてみると、この苦境から脱出するにはやはり、この毛沢東の遺産に依るほかはなさそうに思える。そうしないと、何もせず、できないまま、追い詰められていくことになる。老叔は、自分に毛沢東の権威はないことは、むろん承知している。だが毛沢東の思想を借りることはできる。人民を旗頭にし、文化大革命の理想を再度掲げて、群衆の共鳴を誘うのだ。天安門の上で発表した改革路線や、普通選挙のタイムテーブルは、老叔を中国民主化の中心人物にするための権威付けと人気取りのためであり、権力を手に入れるうえでの基礎固めの作業である。さらにもう一つ、民衆への合法性の付与という目的があった——誰であれ、この発表された路線に逆らう者には服従する必要はないという。そして、過渡期において現体制を継続して運営するというのは、その間の三年間に老叔が独裁権力を獲得するためだった。共産党は民主化によって放棄される。中央委員会全体会議が、政治局常務委員会が、何を言おうと、しようと、あるいは疑念や疑惑を抱こうと、どうでもいい。これが、老叔のさらなる奇策だった。だがいまはまだ、これが功を奏するかどうかはわからなかった。うまく行けば完勝だが、負ければ完敗である。自分だけでなく、中国共産党の天下ごと、この世から消えてなくなるだろう。だが老叔は、もし自分だけでも勝てるのならば、共産党がどうなろうと知ったことではなかった。自分が負ける時はこの天下も道連れというのも悪くなかった。わが亡きあとに洪水よきたれ。それも一興である。そのときには自分はもういないのだから、どうなっても知るものか。

老叔は、タブレットから、前もって準備しておいたメッセージを、全武官宛に発信した。その数秒後、軍隊と武装警察の少尉以上の士官の個人メールアドレス、スマートフォン、コミュニケーションアプリ、仕事用通信チャンネルのすべてに、それは届いた。

メッセージには、軍の国家化の未来が述べられていた。

第一。民主化には軍隊は影響を及ぼすべきではないこと。軍隊は現在の体制を維持するべきであること。

第二。軍の国家化は士官個々人に、より大きな安全と利益をもたらすものであること。貴官らの頭上に党はなく、ただ憲法と国家に従えばよいこと。国家の事務においては仲裁者の役割を演ずることになること。これまでのように政治に従属し、それとともに浮沈することはなくなること。

老叔は、士官たちに、軍は国家化の大局を見据えてよろしく協調ありたいと要請した。軍の高層部には、もしかしたら党の名のもとに反乱を指揮しようとする輩が出ないとも限らないが、決して随従することはないように。中国の大なること、軍のよく掌握し得るところではなく、歴史に鑑みてもかかる伝統は見ない。軍にその能力なし。軍は政治と無関係であらざるべからず。その職務はただ、国家の統一と社会の安定にのみ限定せらるべし。憲法改正および総選挙が終わるを待ち、然る後は民選の政府に忠誠を尽くされたし。

老叔は、軍の支持をあてにしていなかった。介入せずにいてくれれば御の字だというくらいに考えていた。天安門での講話内容は普遍的な価値についてのみで、共産党の掲げるスローガンや主張については、一言も批判に繋がることは言っていない。であるから、一般の党員や大衆からの支持は大丈夫だろうと思われた。知識人や産業界の承認も得られるだろう。公務員集団の内部からもまず反対には遭わないはずである。競争相手が反撃に移れるまでの時間差を利用して、その間に素早く多勢を以て寡勢を圧倒する局面を作り上げておくことが肝要である。

車が国家安全委員会に到着した時、警護隊の隊長は土佐と連絡が取れないことに気が付いた。彼は老叔に、国家安全委員会の機密電話を使用することを要求した。老叔は、数分後に誰かに電話のあるところへ案内させようと答えた。老叔はオフィスに戻ると、またB500のカードを作り、外勤秘書に、護衛隊長をお送りせよ、前回趙帰（チャオクイ）の時と同様に、と命じた。警護隊は隊長だけが土佐と直接に連絡できる。警護隊長が消えれば、警護隊は機能を停止する。その次は、土佐派の部隊が国家安全委員会を襲撃占領する事態に備えなければならなかった。老叔は〝セキュリティプランB〟の発動を指令した。セキュリティプランBは、同Aと警戒度や対応の厳重さにおいて同等であるが、外部からはその状態にあるとは気づかせない点だけが、Aとは異なっている。外見は平常通りのまま、正面ゲートやセキュリティゲートも、平常と同じ状態を続ける。だがビルは全体が完全に封鎖される。装甲シャッターがドアと窓に下ろされ、あらゆるセキュリティシステムおよび防衛システムが始動する。保安要員は実弾装備の武器を携帯し、進入してくる勢力には抵抗し、戦闘状態へ入る。内部の人員に対しても、各自その持ち場を離れず職分を果たすことが要求される。食事と寝起きもオフィスで行い、持ち場を離れることは許されず、自分の所属部署を越えたいかなる活動も不可となる。このようにして、同ビルは一個の要塞に等しい存在に変貌する。そのため一か月を支えるに足る量の生活物資が蓄えられていると同時に、外部との通信手段も確保されていて、有効な指揮活動が保障されていた。

老叔は、特派局の専用ネットに接続した。各省の全ての特派組は、彼が送った〝紅太陽〟という三つの文字（「赤い太陽」という意味だが、過去には毛沢東個人を指したこともある）を、同一の時刻に受け取った。

4

真っ先に国家安全委員会のビルの前に駆けつけて老叔（ラオシュー）を声援したのは〝上京陳情民〟だった。上京陳情民とは、自分の居住する土地において解決のできない行政や司法上のトラブルを抱えて、地方政府から反対に迫害を受けている底辺層の大衆が、中央政府に直訴する目的で北京へと上ってきた人々を指す。彼らは、官庁でぞんざいな扱いをうけ、諸部門の間をたらい回しにされ、あるいは力づくで門前から追い払われているうちに、しだいに強固な同胞意識を持つ集団を形成した。彼らが世間の注目を引くために使う手段は、もっぱら騒ぎを起こすことである。そうやって、お上の側が折れて彼らの要求を満たすまでそれを続ける。底辺に生きる彼ら上京陳情民は、失うものはなにもないという強みを持っていた。ゆえに彼らは、このたびもっとも行動力が求められる役割を担うことになった。

彼らはことを起こすとき、しばしば、毛沢東とその言葉の一言一句を錦の御旗にする。それは戦略上の必要性でもあったが――毛沢東は中国共産党の創立者である。その毛の往年の矛をもって、今日の中国共産党の盾を突く。そうすれば揚げ足を取られることはない――、同時にそれは、彼らが毛を心底から神のごとく崇めているからでもあった。とりわけ、彼らは、毛が発動した文化大革命における彼のさまざまな発言に基づいて、こんにちは〝資本主義の復活〟そのままではないかと考えていた。彼らは、林彪〔文化大革命時期に毛沢東に次ぐナンバー・ツーで後継者とされた人物〕が当時、毛沢東を讃えて言った、「一語一語が真理であり、一語が一万語に匹敵する」を、そのまま地で行くと言ってもいいほどだった。政府による情報の封殺と、宣伝による洗脳の結果、彼ら底辺の民衆は、自分の頭で考えるためのリソースを持っていない。彼らはひたすら、毛沢東のなかに自分たちが現実に対抗するための思想的な武器を見出していた。そしてそれは、彼らの現実に対する不満と相まって、毛その人に対する崇拝へと変化し、いまでは、中国の社会における広汎な一思潮を形成するまでに成長していた。彼らは、エリート層からは、〝毛沢東ファン〟、もしくは〝毛左翼〟と、侮蔑のこもった名称で呼ばれていたが、彼ら自身は、〝毛派〟と自称していた。

この底辺層の群衆を狙いとする市場は、エリート相手のそれよりも、はるかに大きいものがある。老叔の式典講話は、この毛派を、主たるターゲットに定めたものだった。彼は、民主主義の合法性を、エリートたちのように西洋にではなく、毛沢東に帰していた。彼は講話で、文化大革命の〝大民主〟主義〔暴力的手段によって敵を打倒するやりかた〕は、いまや日常における秩序と手続きの民主主義へと変化したという見方を示した。彼は、〝資本主義の道を歩む実権派〟への反乱を、執政の任に当たる人間を、選挙によって掣肘しようとするものとして描きだした。これは、毛派が好んで受け入れる類いの論法である。文化大革命があれほど激烈な運動であったにもかかわらず、終了すると実権派が復活したという事実は、それは見る者には否定しようもない社会における現実だからだった。だとすれば、制度として完備された立憲政治、また普通選挙といったものだけが、長く継続するものと信じるほかはなくなるだろう。毛派は、老叔の講話へ熱狂的に反応した。彼らの支持の声はＳＮＳの中だけに止まらず、またたくまに全国各地の街角へと広まった。いたるところで、誰かが演説をぶち、誰かが老叔の講話をプリントアウトして撒き散らした。群衆を率いてスローガンを叫ぶ者もいた。そして人々はその土地の政府の建物の前へと向かった。時の経過とともに、その数は増加していった。彼らは官吏に、中央政府が打ちだした方針に意見を述べよと迫った。社会的な階層が下に行けば行くほど、人々は老叔の講話を個人的な言動とは見なさず、中央政府と指導部全体の講話だと考える傾向が強くなる。

だが、毛派の行動力がいかに大きくても、これほどまでの、打てば響くような反応や、群衆の集結のあまりの速さは、奇妙だった。老叔の講話からまだ一時間も経っていない。それなのに国家安全委員会ビルの前には陳情民が集まり、当初数十人だったその数は数百人規模へと増加していたのだ。どこからかは分からないが、数十両の警察車両が国家安全委員会ビルの敷地内に進入しようとした時には、陳情民たちは手と手を繋いで、人の壁を作った。車のまえに寝ころがる者も出た。そういった現場の写真は、保守勢力の反撃の図というキャプション付きで、ただちにネットで拡散された。民主化を支持し、国家安全委員会を守れという声が、澎湃として起こった。北京市にいる毛派が大挙して押し寄せ、その場の人の数は数千に膨れあがった。状況がコントロールできなくなることを恐れた警察は、増援部隊を送るのを断念し、車両は群衆の拍手と歓声のなかを撤収していった。市外の陳情民たちは、各種の交通手段を用いて市内へと急ぎ、集結を開始した。個々の集団が横の連絡なしに動いているらしいことから、どこかに司令塔があるのではないかと推測する者もいた。そしてその目的は、可及的速やかに国家安全委員会に集結し、人間の盾となることではないかと。

　外国メディアのジャーナリストは、国家安全委員会ビルのすぐ横に陣取って、世界中に向けてのライブ中継を行っていた。式典パレードに参加するために東部戦区から派遣されて北京へきていた某部隊の隊長は、国家安全委員会ビルを占拠せよという三号（サンハオ）常務委員の命令を受け取った。彼は、斥候が現場で撮影した映像を検討した結果、外国メディアのカメラの前で陳情民に発砲して鎮圧する決心を行わない限り、地上からのビルへの接近は不可能であると報告した。彼はまた、ヘリで空中から攻撃するという方法もあるが、同ビル屋上には防護スクリーンが張られており、徹甲弾でどこかに穴を開けてそこから降下した兵が進入できるようにする必要があると、意見具申した。彼は、その場合、周囲数キロの北京市住民および外部からの旅行客および諸外国の機構はみなそれを目撃することになるとも付言した。この報告を受け取った三号常務委員は、沈黙したまま何も言わなかった。それが誰であっても、こんな決断はとても下せない。

すべては、老叔が発した〝紅太陽〟の三字によって始まった秘密計画である。国家安全委員会は、長年にわたって、毛派に対する研究と分析とを行ってきた。各地の特派組は、その地方の毛派の中核部分をなす幹部級の人間たちと密接な関係を結び、有事に迅速に動員するための仕組みを構築してきた。彼らを一種の予備兵力として育成してきたのである。これまでの苦心はこの時のためだった。老叔を、民衆の支持をうけていると見せるための、その手段として。北京の毛派は、老叔の講話を聴き終わってから集まったのではない。彼らは、式典の開始前から、リーダーに率いられて、陳情民の団体を装って近くの公園で待機していた。彼らは、特派員の準備したプロジェクターで天安門での老叔の講話を視聴していた。それが終わると、彼らは国家安全委員会ビルの前へデモの姿を取りながらやってきたのだった。

彼らの現場到着は、当初の計画よりも一時間、早かった。一時間早めれば陳情民のデモがだれかの指図ではないかと疑われる危険があると、特派局の内部では異論があった。しかし時間が差し迫っている事情を最優先した老叔が最終的にそう判断したのである。

それは、生と死を分けることとなった決断と言ってよいかもしれなかった。自身のオフィスの窓から警察の車両がUターンして引き返していくのを見下ろしながら、勝負とはときにほんの紙一重の差で決するという感慨に襲われていた。もし、陳情団の登場が一時間早くなかったら、特殊警察部隊とここへの先着を争うことになっただろう。国家安全委員会の保安要員が特殊警察の頭を押さえることができたとしても、法執行機関同士が直接衝突することになって、どちらも後に退けなくなる事態になる可能性が高かった。銃の撃ち合いにでもなったら、警察は大幅な増援を要求するだろう。そして遅れて到着した毛派の連中は、それを外から取り巻いて大いに騒ぐだろうが、身を挺して銃口の前に出て行く奴は、まあいるまい。そうなれば勝負はどうなっていたかわからない。そしてもし相手が軍隊を動かしていたら——。それがたとえ一個連隊ぐらいの規模であったとしても。かのエリツィンがロシア最高会議ビルに向かってそうしたように〔一九九三年の十月政変のこと〕、この国家安全委員会ビルの窓に向かって何発か砲弾を撃ち込めば、こちらは降伏せざるをえなかった。

陳情民と毛派は、続々とやってきた。老叔は部下に命じて国家安全委員会の建物内から日よけシートを出して声援者たちの休息場を作り、そこで彼らのために水や食べ物を用意させた。野宿同然の生活環境に慣れている陳情者たちは、秩序なく、思いのままにあたり一面に座ったり寝そべったりした。それが老叔の狙ったところだった。民衆の肉体は最高の防護壁である。毛派の幹部級は、このような陳情民のだらしなさに慣れていなかったので、彼らは臨時指揮部を設けてこの現場を組織し、長期戦に備えて秩序を導入しようとした。反民主主義勢力がつけ込むチャンスを塞ぐためである。こうなることは、紅太陽計画においては想定内だった。毛派のオルグを入れておいたのはまさにこのためだった。それがいま効果を現しつつある。

各省の特派組は、〝紅太陽〟のシグナルを受け取ると、あらかじめ定められていた行動に直ちに移った。毛派によって開始された声援活動の群衆が、各省の省政府所在市に集まった。彼らは全国的な声援を形作るとともに、各省においてその地の政府指導者に去就を明らかにするべく圧力をかけた。省政府の指導者たちは、当然のことだが、老叔の講話に本心は賛成していない。なぜなら、彼らの安住の地にして独擅場であるただいまのこの世界が、崩壊してしまうからだ。だがもし彼らが、即座に反対の態度を明らかにしていたら、老叔の天安門での講話が彼一人のスタンドプレーであったことが、白日の下にさらされてしまう。これもまた、奇襲攻撃でこの世界が突如転覆させられたに等しい事態となる。しかし町中に溢れんばかりのデモの群衆を前にして、また地方政府のなかには占拠される例さえ出てきている状況下で、地方の指導者たちは、大抵の場合、頭を引っ込めて、いかなる態度も表明しない道を選んだ。彼らは国家安全委員会からの指令を断乎として拒絶することもしなかった。それが老叔に時間を貸す結果を生んだ。

老叔は、国家安全委員会が有する、インターネットコントロールに関する最高権限を利用して、ファイアーウォールを撤廃させた。彼の指令に従って、SNSを検閲して禁止リストに載っている語句をフィルタリングする作業が停まり、党や政府に雇われたインターネット輿論工作員は、活動を停止した。自由になったネット空間で、老叔を応援する声が急速に広まった。速度を何倍にも増しながら、それは大都市から中小の都市部へと広がり、巻き込み、滲透していった。中国メディアは、最初のうち、様子見をしていた。その代わりに、国際メディアの報道が世界を覆っていた。インターネットでファイアーウォールが消滅したのを受けて、海外メディアと国外のウェブサイトが、中国人にとっての主要なニュースソースとなった。知識人社会と産業界は、毛派とは思想上では対立していたが、老叔が約束した民主化の未来像のなかでは互いに重なり合う部分も多々あったから、彼らもまた、老叔の支持の列へと加わった。産業界は、経済的なリソースと輿論形成力において毛派をはるかに凌駕する。上下の階層を繋げるうえでの接着剤の役割を、毛派とともに、たがいに補い合いつつ果たすことになるだろうと予想された。

これこそが老叔の期待したことだった。官僚世界のなかだけでの賭けにすると、自分は孤軍になってしまう。成功は望むべくもない。式典において発表した講話は、大衆に直接語りかけるためだった。正義と大義は自分の手の内にある。あと民衆の支持を手にすれば、力関係に変化が生じるだろう。自分の立場は、時間が経てばたつほど強大なものになり、敵はじりじりと後退するほかはなくなる。軍は、いまのところいかなる行動にも出ていない。軍隊が動かなければ民衆を抑えるのは不可能だ。

リクルートの時間だった。正義を掲げるだけでなく、陣容も充実させておかなければならない。老叔は熟慮のすえに作成したリストに従って電話を掛けた。その一人ひとりに、老叔は、これからの三年間の政治的移行過程で何をするつもりであるかを、簡潔に説明した。——亡き主席に倣って一連の小グループを設置するつもりである。これは現体制を迂回して自らの考えるところを徹底するためである。この小グループに正式の職務はないが、それ相応の権力を付与される。老叔は、参加するのが早ければ早いほど分け前が多くなるということを、聴く者にはっきりと解る言い方で伝えた。電話を掛けた相手全員が老叔の招聘を承諾したわけではなかったが、自分の目の前で起こった力関係の変化は、彼に賭けへ踏み切らせるのに十分な希望を与えるものだった。この半分でも乗ってくれれば、自分の陣営に十分な頭数が揃うだろう。

全ての相手へ電話をかけ終わると、老叔は秘密電話に視線を転じた。それは一番右側に置かれた、赤い色の電話機で、主席のオフィスへの直通回線だった。彼は、しばらく目をつむって気持ちを落ち着けてから、ボタンを押した。予想通り、まるでそれをずっと待っていたかのように、相手がすぐに出た。

こういう場合、無駄口を利くのは相手に自信のなさと弱さの現れとして受け取られることを、老叔は分かっている。彼は挨拶ぬきで、本題に入った。

「大将にしよう。西部戦区〔地図③参照〕で司令官をやってもらいたい。」

老叔がこれほど単刀直入に来ると思っていなかった土佐（トゥーツゥオ）は、しばらくのあいだ黙っていた。やがて、冷笑してみせた。

「無数の革命の烈士がもたらしたこんにちをお前はよくも——。」

「私たちの間でそのような建前のやりとりは不要と思うが。こんにちをもたらした烈士はもう一人もこんにちに生きてはいない。君にも、そしてこの私にも、関係のない話だ。それに、ひとこと言わせてもらうとするなら、彼らは十分にその報酬を手にしているではないか。そのために彼らの後進はその何倍のつけを払うことになったか？　君も、もう少し自分のことを考えたほうがいい。」

「私は〝海〟で三十年生きてきたのだ」と、土佐が言った〝海〟とは、中南海を意味する内部での呼び方である。

「君は判っているはずだ。こんな非常時にはどちらの側にいても〝海〟に留まることはできないことを。西方が、君にはもっとも安全だろう。」

「私もこの歳だ。あと何年働けるだろうか？」

土佐の話は、取引での値段の駆け引きになっていた。老叔は安堵した。取引ならいずれはまとまる。

「君は現在、大軍区〔戦区のこと〕の副司令官の職にある。来年は退職の年齢だ。西部戦区の長の職に昇れば、あと三年、延長が付く。三年の間にはいろいろ変化もあるだろう。その期間を、地方で大軍を擁しつつ、事態がどう動くか静観するという手も悪くはあるまい。」

「もう疲れた。そんな先のことは考えたくない。」

「よく解る。一生働いてきたのだから、最後くらいは引退して楽で不自由のない暮らしがしたいものだ。いまは寿命も延びた。退職後の生活が二、三十年もある。きちんと前もって考えておかないと、いい過ごし方はできない。君は以前、主席の反腐敗運動を支持するために息子をスイスから呼び返したのだったな。息子さんはそれで君を恨んでいる。自分の宮仕えのために将来を潰されたと、不満たらたらだそうだね。ではここは一つ、息子さんをまたスイスへ行かせるというのはどうだろう。そして君にも、時期を繰り上げて、それなりの待遇を用意するというのは――スイスは老後を過ごすにはいい所だと思うが。君が身辺清潔なことは知っている。外国で余生を過ごせるような蓄えなどないだろう。国家安全委員会が君のために湖畔の家を一軒用意しよう。家屋と、それからスイスで決して見苦しくない生活ができる費用も。一〇〇〇万米ドルだ。これも国家安全委員会が支出する。国家の危機における君の功労を考えればほんの僅かな金額だが。」

老叔はこの科白を一気に喋った。仄めかしよりも、ずばり言ったほうがよいと判断したからだった。こちらがどれだけの好条件を提供しているかをはっきりと解らせるためである。そうすればあれこれと揣摩憶測して逡巡することもないだろうと、考えてのことだった。

「まるでもう天下を取ったような言い方だな。こっちがどんなことになっているか知らんだろう。常務委員会の長老たちは会議を開いている。彼らはこのまま黙っていないぞ。人も兵もある。行動に出る。結果はまだ分からんぞ！」

「彼らが動かせるのは自分の唇と舌だけだ。彼らの対外通信網はすでに切断してある。彼らは部下に連絡できないし、互いに会って話すこともできない。」

彼らは全員、土佐が押さえていた。他の誰もどこにいるのか知らない総理も含めて、土佐の資本になるはずだった。だが土佐は、その彼らをどう使えばいいのかの良案を思いつかなかった。彼は、とにかくカードとして、その時どきの情勢を見て使っていこうとだけ考えていた。ところがいま老叔がそれまでのルールを一変してしまった。カードは、一枚残らず使い物にならなくなってしまった。老叔に言わせれば、彼らはもう厄介者でさえあった。いま彼らを重慶へ行かせて、中央委員会全体会議を開催しても、それは一政党内の一会議というだけにすぎないからだ。国家や社会とは何の関係もない。あの三号常務委員が今に至るもこの件に関して公式発言を行わないのは、そのことが解っているからに違いなかった。

「そんなに自信たっぷりでいないほうがいいと思うがね。国家安全委員会がすべてをコントロールできているなどとは思わないことだ。君は九組のデータと、二セットのコピーを持ち去ったが、実はコピーはもう一セットあるのだ。君は知らなかっただろう。九組はこの数日間、主席が暗殺された手がかりを全力を挙げて探している。」土佐のこの言葉がただのブラフなのか、あるいは取引のカードをあらたに作ろうとする魂胆から出たものなのか、老叔には判断できなかったが、喋っている土佐本人も、自分が何を言っているのかよく分かっていないように思えた。どんな行動を採るにしても、それが自分にどう有利になるのか考えてからでないと、意味はなかろうに。

老叔の動揺を見せない声音と態度は、装ったものではなかった。それは、状況をすでに見切っているからだった。マイクロカメラから送られてくる映像で、老叔は数日前に九組の人員がオフィスに戻ってきて、設備を再起動したことは知っていた。インターネットは国家安全委員会によって封鎖されているが、グーグルの衛星ネットトは使用可能である。それにしても、皮肉なのは、企業としてのグーグルが地球をすべてカバーする複数の衛星を打ち上げたのは、世界のどこでも無料でWi-Fiを使えるようにするためだったことである。本来の目的は独裁国家の人民が自由にネットへアクセスできるようにすることだったのに、今は中国の独裁者を救う手段となっているとは。

そこには太子の姿もあった。彼は見るからに意気消沈していて、以前のような、すべてを自分が管理するのだという気負いはまるで見えない。毎日、ひたすらデータの海のなかでの分析作業に没頭していた。

彼らが何を発見したのか、その中身について、土佐は口にしなかった。しかしそれがまさに、老叔が問題にすべきことだった。土佐は、趙帰(チャオクイ)が最後に入ったのは国家安全委員会であることを知っている。やろうと思えば、いまここでそれを取引のカードとして持ち出すこともできるはずである。ところが彼はそれを口にしなかった。いざというときの隠し球として温存しておく肚かと思われた。

マイクロカメラを通じて、九組が、ビッグデータのスクリーニング対象を趙帰と劉剛(リウカン)に絞った後、李博(リーボー)と劉剛の関連、そして趙帰との関連を発見していることが分かっていた。事件の前、彼らは一か所に集まり、事件後、李博が失踪した。通信、消費、旅行、銀行そのほか、あらゆる記録が存在しない。九組の疑惑を引き起こしたのは、突処組が中央委員向けに出した内部報告の中に、趙帰と劉剛に関する記述はあるのに、李博については何の言及もなされていないことだった。真剣に作業を行っていてこういうミスが起こるのは、原因は無意識に手を抜く何らかの動機があったか、あるいは意識的に隠蔽したかのいずれかである。そのいずれであったにせよ、問題ありと考えるべきだということになる。そこで九組は、趙帰の追跡を継続すると同時に、李博を重要な対象として定めた。劉剛は既に死亡している。李博でも趙帰でも、どちらか一方を見つけ出せば、謎を解く鍵になると判断した。

老叔は、土佐を教え諭すような口ぶりで、通話を終わらせた。「歴史の十字路で重要なのは、時代の趨勢をよく見極めることだ。あの人たちは、以前は権勢があった。しかしいまは、身一つ保てるかどうかも分からない身の上だ。君に何かを与えるなど、とてもとても。時代の流れに従うことだ。君はすでに歴史の転換点における大功労者なのだし、現世でその報償を受けるべき位置にもいる。私と一緒に、正しい道への第一歩を踏みだそうじゃないか。私は、君が終わりを全うし、千慮の一失を以て汚名を千載に遺さぬよう、切に希望している。」

電話を置いた老叔は、オフィスのなかを歩き回った。趙帰は永遠に見つからない。それについては何の心配もない。不安材料は残る一人、李博だった。それ以外の脅威となるものはすべて排除してある。しかし、たかがＩＴオタクとこれまで歯牙にも掛けていなかったあの男が、いまや最大のトラブルを引き起こしかねない火種になっているとは。まだ他人の注意を惹いていない時分なら、あいつは大した問題ではなかったし、ゆっくりと片付ければそれでよかったが、九組がターゲットに定めたというのであれば、この狂言が根底からひっくり返される危険がある。奴はその決め手となる。老叔は、できるかぎり早急にこの問題を解決しなければならなくなった。だが現状の待ち受け作戦では、李博の足どりはいまだ全くつかめていなかった。

幸福

1

山裾をぐるりと回った前方の交差点に検問所が見えた。運転手はトラックを停めると、警察に咎められないように、後ろの荷台に乗っている人間を降ろした。だがそれが警察ではないことはすぐにわかった。この土地の連合自警団である。手に手に鉈や槍を持った彼らは、行く車や人を大声で停めて、道路の端へ避けさせようとしていた。まもなく彼らの〝お頭〟の車の一行が通るので、道を空けておく必要があるのである。連合自警団の団員が、町で偉い役人が通るときの武装警察と交通警察をそっくり真似ているのは、お笑いだった。

李博（リーボー）が荷台から降りたのは最後だった。彼は、山中に入ってからというもの、気持ちのよさに、ずっと前後不覚で眠っていたのだった。そのおかげで気分爽快だった。なるたけ他人の注意を惹かないように注意しながら、彼は路肩の斜面に腰を下ろした。

〝お頭〟の車列がやってきた。先頭は、数台のバイクが連なって、露払いの役を務めていた。迷彩服を着た乗り手たちが、映画でよくあるように、国賓が通るときにやるV字形に並んで運転している積もりのようだったが、実際には団子になっていた。これはたしかに道を空ける必要があっただろうと、彼は思った。少なくともこのバイク隊には、前方にできるかぎり広い空間が必要になる。〝お頭〟の車は、「閩A」で始まる福州ナンバーのベンツだった〔閩は福建省の別名〕。交差点で止められている人と車の数がかなりの数であるのを見て、〝お頭〟は乗っている車のサンルーフを開けて、上半身を現した。彼は、道の両側に向かって手を挙げて挨拶した。その姿は、まるで選挙で票集めのために街頭で手を振る台湾の政治家のようだった。

李博は緑妹(リューメイ)の兄の顔を知らない。その兄がこの地方で自治運動の立役者になっていることも知らなかった。だが彼の乗っている車の運転手に、李博の目は釘付けになった。あれは小梁(シャオリャン)だ。間違いない。それに、あの車は鞋老板(シエラオバン)の車じゃないか。小梁が運転していたやつだ。自分が緑妹の家へ行くとき乗った車だ。いったいどういうことだ。なぜ小梁はここの連合自警団の首領のドライバーをしているのか。

フロントガラスから見える小梁の顔は愉快そうだった。ガムを嚙みながら、あちこち、車の外の人垣に向かって手を振っている。自分に人々は注目していると思っているのだろう。李博はうつむいて、小梁に顔を見られないようにした。彼が考えをまとめようとしているうちに、車は前を通り過ぎていった。その後に続く車列には、どれも、さまざまな武器や棍棒のたぐいを手にした連合自警団員が、押し合い圧し合い乗っていた。交差点で道路を開ける役を担当していた隊員も、それに飛び乗って、彼らと一緒に、なにかを大声で叫びながら、むこうへと消えて行った。

トラックは再発進の態勢に入ったが、運転手は李博を乗せなかった。「あんたのお目当ての村はもうすぐ先だ。よそ者は公道を歩かないほうがいい。連合自警団に捕まったら厄介なことになる。」

これまで李博はグーグル・アースで緑妹の村を調べて、何度も3Dの周囲の地形のなかを歩きまわっていた。それで、緑妹の家がどちらの方角にあるか、記憶をたどればだいたい見当がついた。彼は、横道にそれて山を越えることにした。北京を出てからこれで四十三日目だった。検問を避けるためだが、車に乗っている時間よりも、歩いている時間のほうが長かった。

国家安全委員会の屋上で目が覚めた彼は、劉剛(リウカン)の死体を見て、自分が大変なトラブルに巻き込まれていることを悟った。しかも、その他は別にしても、劉剛の死は、彼のせいなのだった。李博がドリーム・ジェネレーターを渡せと言ったとき、彼は劉剛の目に殺意を認めた。それで彼は、趙帰(チャオクイ)に七十二個のSIDをひき渡すとき、劉剛のSIDを消去せずに渡したのだ。それは劉剛がニードル弾の発射実験を行っている時に使った内容のままということだった。李博は、劉剛のSIDを七十二個のSIDの後に残したままにして、消していなかった。つまり、電子蜂のプログラムには、目標が二つ設定されていたことになる。第一グループの電子蜂は第一の目標を攻撃してミッション終了となる。しかし予備隊である第二組の電子蜂は、この時点ではまだミッションを完了していなかった。そして巣に入る前に二番目の目標を発見して、攻撃を継続した。だが、使用するニードル弾が致死性の効果を持つものであったことは、李博がまったく知らないことだった。彼は、防疫運動期間中にあったような、一時的に身体の機能を抑制するニードル弾だと思っていた。だから彼はＳＩＤのことを言わずに黙っていた。ドリーム・ジェネレーターを持って無事出て行けることになったら、清掃用のエレベーターが動き始めた時に、彼は劉剛にそのことを言う積もりでいた。靴のナノマシンをオフにしろ、そうすればＳＩＤは失効する。靴を脱ぐのでもいい、電子蜂が巣に入ってしまえばもう安全だと。しかし趙帰の行動が迅速だったために、李博はそれを劉剛に言うことができなかった。

劉剛が死ななかったら自分が死んでいただろうと、李博は信じている。だから彼は、劉剛の死に対しては、さほど自責の念を持っていない。それよりも李博は、第一グループの電子蜂がいったい何をしたのかという方に、はるかに大きな懸念を抱いていた。劉剛は第二グループの蜂に殺された。だとすれば第一グループに狙われた相手も確実に死んでいるだろう。趙帰は李博に、例の七十二個のＳＩＤを、すべて同一人物に関連づけさせた。そしてその人物のデータは、ＩｏＳのデータファイルには存在しなかった。ということは、その人物は政治局委員以上の役職にある誰かということに？　そして、劉剛のように死体に変えられた？　だとしたら、これはたいへんな重大事件ではないか。

セキュリティ関係の職場で長年働いてきた李博には、知らず知らずの間に、一つの基本的な行動原則が身についていた。それは、何が起こっているのか分からないうちは、そして自分にどのような影響があるかはっきりしないあいだは、何もしないというものだ。だから彼は、身を潜めて、自分がそこにいた形跡を残すようなことは、決してしなかった。どうするかは、すべてが明らかになってから決めればよい。

彼は、国家安全委員会ビルの屋上にいる間に、ビルから脱出する際に備えて、清掃用のエレベーターの操作方法を調べて頭に入れていた。劉剛が彼を自宅から直接拉致したとき、彼はまるで何かを予感したかのように、祖母の布靴をリュックの中に入れていた。降りるエレベーターのなかで、彼は靴を、その布靴へと履き替えた。さらに、モニターカメラが彼の顔を認識しないよう、黒のサングラスを掛けて、サンバイザーを被った。

彼は、複数の路線のバスに何度も乗り換えた。しかし結局同じ場所をぐるぐる回っただけのことで、あまり遠くに行くことはできなかった。彼は、北京市のすぐ隣の廊坊市の二十四時間営業のマクドナルドで、一晩を過ごした。そこで彼は、調査機関に対してどう説明すればよいのかを考えた。夜が明けると、彼は市内をぶらついて時間を潰したが、街角の食堂で麺を注文した彼は、そこのテレビに老叔（ラオシュー）の公布が強制的に割り込んできた瞬間に、ちょうど居合わせることになったのである。そして彼は、電子蜂の第一グループが殺害したのがなんと、主席であることを知った。

これまで李博は、それがどのような内容であれ、上からの命令は言われたとおりにすべきものだと信じてきた。またそれが公務員というものであるとも思うようにしてきた。ところがいまや、そんな言い訳は通じなくなってしまった。公務員が自国の最高指導者の殺害に参加していいはずはないだろう。自分は大変な罪と悪の渦中に落ちてしまった。

ドリーム・ジェネレーターを手に入れたい一心で、自分がいまやっていることはいったい何のためなのかという点に、彼は自分の耳と口とを塞いで、何も考えず、ただ手だけを動かしていた。ところがそれはこんな恐ろしい陰謀だったのだ。私は詳しいことを知りませんでしたと言って、いったい誰が信じてくれるだろうか。実を言えば自分だっておかしいと思っていたのだから。ただ目を閉じて見ないようにしていただけだ。とくにあの七十二個のSID、同一人物に打ち込んだ身体のパラメーター。それは確かかなどと疑う余地など、ここにない。あれがいまテレビが延々報道しているあのニュースのかの人のでなくて、いったい誰のだというのか。自分がドリーム・ジェネレーターを自分のやったことの理由にするのは自分の勝手だが、他人がはたしてその言い分をそれはもっともだと認めてくれるものか。馬鹿な。笑われて恥をかくのがおちだ。

廊坊市の食堂で、テレビに映る老叔の悲痛な顔を眺めていた李博は、突然気が付いた。七十二個のSIDの出所はこの人だ。この人でなければ主席のSIDを知ることはできない。趙帰も劉剛も、ただの使い走りだったのだ。そしてこの自分はといえば、使い走りの使い走りだったのだ。

司法による正式な裁判を受ければ、李博はおのれの罪を認める覚悟でいた。少なくとも全ての事情を隠すことなく話す積もりだった。しかし正式な裁判などありそうになかった。李博が老叔が全ての黒幕と思っているように、老叔も、李博はそのことに気が付いていると思っているだろう。その老叔が、自分に一切合切をぶちまける機会を与えるはずがない。

李博は、何度も繰り返された老叔の放送が終わったあと、目の前のテーブルの上にある冷めて伸びきった麵を見ながら、黙りこくって長い間考えていた。しかしどうやっても、この状況から脱出する方法を考えつかなかった。――そもそもこれは、自分とは何の関係もないことだ。誰が最高指導者になろうとなるまいと、自分の知ったことではない。ところが降って湧いたように、突然その一切合切の不可分の一部分にされてしまった。もし老叔と会って話ができるのなら、天に誓ってあの七十二個のＳＩＤのことは誰にも言わない、老叔に都合の悪いことはこれっぽっちも言わないと約束しよう。望みは無事逃げ延びることだけだと言おう。平和に何事もなく暮らすことだけだと言おう。

だが実際問題として、老叔に会うことなど、できるはずがなかった。それに、よしんば会えたとしても、やたらに誓う自分の言葉をつぎからつぎへと反故にするような政治家が、他人の誓いなど信じるものか。隠れた災いは、それが隠れているうちは、まだ本当の災いではない。隠れているうちに消滅させれば本当の災いとなるまえに潰せる。主席を殺すのを躊躇しなかった人間に、この自分を殺すなど、蟻をひねり潰すくらいのことではないのか。

李博はまた、伊好(イーハオ)と連絡が取れないことについても考えた。彼は国家安全委員会がコミュニケーションの手段を切断してくれているのが不幸中の幸いになったと思った。伊好は何も知らないから、老叔も彼女には手を出さないだろう。伊好と話ができていれば、彼女は彼と行動を共にしたに違いない。

彼にいまできることはたった一つだった。できるだけ北京から遠く離れて身を潜め、事態の進展を見守ることだ。老叔が権力闘争で失敗して下獄するか、あるいは死ぬのを待つこと。

李博は、ＩＤカードを破棄し、携帯電話をへし折って捨てた。銀行カードも捨てた。彼は、至る所にある監視カメラを避けた。それからの彼は、飛行機にも鉄道にも乗らなかった。彼は、トラックの荷台に忍び込んだり、ヒッチハイクをしたりした。ホテルの類いには泊まらず、野宿した。僅かな所持金を節約するために、レストランから出る残飯を漁って食べた。祖母の手作りの布靴が破れて使い物にならなくなると、彼はそれをゴミ箱に捨てて、かわりに誰かが捨てた靴を履いた。

こうして、ひたすら北京から離れた彼は南へと向かった。歩いては休み、休んではまた歩いた。彼の風体は浮浪者のようになった。警察の取り調べに遭った時は眼鏡を外し、頭髪をわざとぼうぼうにしておいて、訊かれていることがよくわからないふりをした。それでたいていは放免になった。

自分が指名手配になっていないことを知って、李博がほっとしたことは確かである。これでもう取り調べや捜索にいつもびくびくしている必要はなくなったからだ。だがそのもう一方で、彼は気持ちが重苦しくもなった。老叔が彼を闇から闇へ葬り去ろうとしていることが、これで明確になったと思ったからだ。彼は、自分が考えすぎであるよう祈った。もしかしたら老叔は、彼のような小者のことなど、最初から気にもしていないかも知れないと。李博はそれまで神仏を信じていなかった。だが彼は、ある寺院の前を通りかかると、境内に入って跪いて頭を地に着けた〔中国の拝み方〕。

自分の祈りが通じて、仏様や神様が自分や家族を加護してくださるようにと、彼は祈った。それを庫裏から見ていた寺の住職が、この殊勝な浮浪者を哀れんで、信徒が御仏にお供えした食べ物を頭陀袋に一杯詰めて、彼にくれた。

李博は、自分のありとあらゆる社会的な関係が、監視の対象となっていることを知っている。しかし、様々な角度から考えて、緑妹はそのリストから漏れている可能性が高いと、彼は判断していた。彼は、福州に入ると、あの靴工場へ行った。鞋老板に会うためではない。勝手知ったる工場内の設備から、衛星ネットワークを使えるポータブルPCを拝借するためだった。夜の暗さに紛れて、彼は夜勤の臨時工にまじってシャワーを浴びた。緑妹に会う前に、浮浪者のような今の姿をすこしはましにしておくほうがよいと考えたからである。

空は曇りがちだったけれど、雨にはならずにすみそうだった。大きな灰色の雲が風のなかを流れてゆく。雲と雲のきれ目から青い空が見えた。山腹の竹林の緑が鮮やかだった。緑妹の家は村のはずれにある。村人の目を避けることができるので、李博には都合がよかった。こっそりと家の中へ入ろうとした李博の目に、まず飛び込んできたのは、門の表側や裏側に貼り付けられた、「囍(シー)」の字〔結婚式などの祝い事で用いる文字。双喜紋〕だった。それは彼を驚愕させた。結婚式がつい最近執り行われたということだったからだ。では誰が?

李博は庭先から小声で案内を請うたが、反応はなかった。声を大きくして同じことを繰り返した。それでも誰の返事もない。しかし門が閉じられていないということは、外出中としてもそれほど遠くへは行っていないということだった。庭は、きれいに掃除と整頓が行き届いていた。グリーンツーリズムに関わるものはもうどこにも見あたらなかった。どの戸にも、婚礼にちなんだ対聯〔めでたい内容の対句を記した赤い紙〕が張られている。窓はどこも「囍」の字だらけだった。李博には、家の中に入る勇気はなかった。母屋の窓の外から中をのぞいてみると、室内の壁に婚礼式の写真が貼ってあった。それを見て彼は跳び上がった——新婦は緑妹で、新郎は、なんとあの小梁だ！

理解に苦しむほどの奇妙さではあったものの、特別な感情は、李博には不思議に起こらなかった。彼がいまここへやって来たのは、緑妹とよりを戻すのが目的ではない。彼は、伊好とのドリーム・ジェネレーターを使ったあのセックスの後、心の中にいるのは伊好一人になっていた。それ以外の女性のことは、緑妹でさえも、もうまったく念頭になかった。彼がここにやって来たのは、身を隠すためである。緑妹が連れ合いを見つけて落ち着いたこと、それは彼女にとって良いことに決まっている。それが小梁だったのが彼には意外過ぎただけだった。ただそのことがはたして彼女に良いことか悪いことか、それは分からなかった。李博は、二人に会ったら後は出たとこ勝負だと、覚悟を決めた。

畑から野菜を取って帰ってきた緑妹は、李博を見て真っ青になった。予想外だったからという以上に、激しい恐怖が、彼女を恐慌状態にまで追い込んでしまった。緑妹は李博に、いますぐ出て行ってくれと、泣くように訴えた。「兄さんが見たらあなたは絶対に殺される！」という彼女の声も、身体と一緒に震えていた。

緑妹の兄は、緑妹と母親に、自分は過去の顧客とはもう二度となんの関わりあいも持ちませんと、刀の前で誓わせた。もし誓いを破ったら、自分は許してもこの刀が許さないと、彼は言った。それは、口だけの脅しではなかった。彼は小梁をほとんど殺しかけたのだった。緑妹と母親の携帯電話は彼に壊された。だから鞋老板が小梁に車で迎えにいかせても電話が繋がらなかったのである。防疫運動は終息し、封鎖も終わったはずだった。鞋老板には北京へ行く時には緑妹を連れて行く義務がある。前回はそうしなかったから、彼は李博に理由を説明しなければならなかった。今度連れていなかったら、前回のような言いわけは通らない。

小梁の運転する車が村の入口に着くや、連合自警団によって停められて、緑妹の兄へと報告された。もし緑妹の兄が、小梁が彼の母親と寝たことを知っていたら、小梁の胸に突きつけられた刀は、確実に彼の身体の中に進入していただろう。小梁は、世間を渡り歩いてきた、すれっからしである。彼は、二人とは寝ていないと、シラを切り続けた。緑妹は北京にボーイフレンドがいる、そのボーイフレンドが会いに来るのをここまで連れてくるだけだと。それが本当で嘘ではない証拠として、小梁は李博の身の上や姿形について、微に入り細にわたって喋り立てた。

緑妹の兄は、固めた拳で小梁の顔を何度も何度も殴った。「そいつは妹の倍の歳で、妻も子もいて、それでボーイフレンドだと？」

「大哥（あにさん）、大哥（あにさん）、いまのご時勢、嫁や子供がいたってなんてことはないんですよ。別れるときは別れちまいますよ。男が二十歳年上なんてのも、ざらにある話です。しかもその男は北京のいい職場に勤めているそうで……。」

緑妹の兄はおし黙って、考え込んだ。その間、屋根の梁からぶら下げられているサンドバッグへ、パンチが何発も打ち込まれた。やがて小梁のほうへふたたびふり向いた彼の態度は、打って変わった穏やかさを見せていた。「お前の話を信じるかどうかはとりあえず置いておく。村の人間はお前が妹のところへ来たのを見ている。お前の説明ではこれは否定できないし、だいいち彼らは聞いても解るまい。俺はお前をこのまま放免するわけにはいかない。お前は妹の評判を傷つけたのだからな。妹と結婚しろ。」

仰天した小梁は、むやみに手を左右に振った。彼は、それができない理由を、あれこれと必死に並べた。妹さんのボーイフレンドはわたしじゃなくてあの李博です、わたしにはコレがいて秋には結婚する予定なんです、わたしは福州に住んでいてここまで通うのはたいへん手間です、云々云々。

「まず第一に、俺は事情を何も知らん誰かに素知らぬ顔で妹を嫁がせるような真似はできん。第二に、お前はたったいま、妻や子供がいても問題ではないと言ったではないか。恋人がいてももっと問題ではないだろう。理由にならん。第三に、お前はもう福州に帰る必要はない。ここで働くのだからな。専属の運転手がいなくてちょうど困っていたところだ。婚礼は明日だ！」

小梁は、ほとんど失神しかけた。どうにか口実を見つけて、とにかくここからひとまず逃げ出さねばならない。「でしたら両親にひとことでも言っておかねばなりません。それから社長の車を返さないと……。」

「ご両親の住所を書け。すぐ迎えの車をやる。お前が乗ってきた車はお前が貰え。社長に長年お仕えしてきたのだろう。向こうとしてもなにがしかの結婚式のお祝いをせねばなるまいよ。」

鞋老板のベンツは百万元以上する。だが緑妹の兄の本当の狙いはそこではなかった。彼の本当の目的は、妹が売春婦をしていたという汚点を過去から消し去るところにあった。防疫運動が終わって、各地へ帰郷した人間は都市へ戻って仕事に復帰できるようになった。にも拘わらず、彼はそうしなかった。緑妹の兄は、防疫運動のあいだに、この地の民間における指導者的存在になっていたのだ。周辺の一般庶民は、なにかあると、政府ではなく彼に解決してもらおうとした。それを見た地元の政府は、彼を脅威と見なした。彼が七兄弟（チーションティ）を殺したこと、また彼が指揮して公共道路や鉄道で行った略奪行為の廉で、彼を逮捕しようとした。それに対して、緑妹の兄は村を出て身を隠すどころか、反対に、この土地の〝自治運動〟に積極的に参加するようになった。それは、老叔が民主化を宣言し奨励した一件のあと、中国各地で巻き起こった風潮である。さまざまな勢力が、この機に乗じて、おのれの生存圏や勢力圏を確定し、あるいは拡大しようとしていた。地方自治はそのための格好の口実である。彼のこの一連の行動を、緑妹の兄本人の立場から説明するとすれば、こうなるだろう。この土地から出ていけば、自分を支持してくれるこの土地の民衆という、己の基盤を失うことになる。そうなれば地方政府は躊躇なく立件してくるだろう。どこにどう身を隠そうと、警察の情報網による指名手配は、たとえ省の境を越えてでも必ずやってくるにちがいない。だがここにいれば、どうにでもしのぐことができる。ここの役人たちは我が身かわいさで、わざわざ身を挺して立件などしない。そして、この自分の身をさらに安全圏へと置くためには、地方自治を実現するにしくはない。

いま彼が集めている人気の高さと信頼度から判断して、議員に当選するのは確実だった。議員になれば免責特権もある。そして彼がもし望めば、県長〔中国の県は市より下の行政単位〕になるのも可能ではないかと思われた。現に彼の取り巻きはすでに彼にいろいろなプランを持ち込んで、将来の計画を練り始めていた。そのような、政治家になろうとする将来のある人間にとって、妹や母親が売春婦だったという過去は、絶対にあってはならないことだった。現在の彼には、北京にいる国家安全委員会勤めの誰某にむりやり離婚させて妹と再婚させるような力はない。だがこの車の運転手風情なら妹とお似合いのカップルだ。まずこの二人をめあわせたら、つぎは母親の始末である。どこか遠くの辺鄙な尼寺にでも送って出家させてやる。過去の恥ごとそこに生き埋めにしてやるから、二度と世間様に顔を見せるな。

そんなことは李博は知らない。緑妹のかつての客をすべてシャットアウトするという彼の兄の決心を聞いて、それまでやっとのことで抑え込んできた疲労感と脱力感が、堰を切ったように全身にあふれた。立っていられなくなった彼は、物干し場の柱にすがりつくことで、かろうじて我が身を支えた。

「……しかし……しかし……僕にはもう行くところがないんだ……他には何もいらない、どこか数日間でも休める場所がほしいだけなんだ……。頼むから僕を助けてくれ、教えてくれたらすぐに出て行くから……。」

疲労困憊した李博の姿が、緑妹の同情心をかきたてた。彼女は李博に水を汲んで飲ませた。李博の格好が身分相応にきちんとしていたせいか、あるいは災難に巻き込まれているという身の上が見た目にも明らかであったせいか、とにかく、かつての買春客だったことを連想させるようなところはなにもなかった。しかし小梁は、李博の顔も正体もよく知っている。彼は緑妹の兄の梁山泊的な言動に感化されて、以前のような李博のようなタイプを敬うところはなくなっていた。緑妹の兄も、李博の名は知っている。彼が緑妹を買ったことも知っている。だから彼ら二人を、李博には決して会わせてはならないのだった。彼女にとって幸いなことに、二人ともいましがた自治集会に出かけたばかりだった。帰ってくるのは夜である。緑妹は、以前、榛（はしばみ）の実を取りに行ったときに雨宿りした洞穴に、李博を案内することにした。

それは緑妹にとっては大変な勇気が要ることだった。彼女は李博がいったい何をしたのかは知らない。もっとも知っていたところで変わりはなかっただろう。町での出来事は彼女には何の意味もなかった。彼女にとって、小さいころから尊敬してきた兄が、もとの勇敢な人間ではなく、いまや残酷で暴力的な人間になっているということこそが重大事なのだった。もしその兄が、かつての客が家の門をくぐったと知れば、すでに仏の教えに背いたあの人は、もう一人殺してもなんとも思わないだろう。それどころか、他人の前で恥をかかされたというので、自分自身も一緒に始末されてしまうかもしれない。

洞穴は、五キロほど北へ行った山の中にあった。前半の道のりは、緑妹は、李博のはるか前方を歩いた。誰かに一緒にいるところを見つかったら大変だからだ。山道に入ると、彼女はほっとした。彼女は歩きながら、最近自分の身のまわりに起こったことを李博に話して聞かせた。彼女は包み隠さず、すべてを話した。これからはもう会うことはできないことも、はっきりと伝えた。自分ができるのはここまでであるということも。

李博は、緑妹に心から感謝した。彼女は、洞穴の前に着くと、それまで背負っていた袋を下ろした。その中身は、家の中からかき集めてきた食料と、一本の懐中電灯と、それから二個の使いさしのライターだった。李博は、大急ぎで帰ってゆく彼女の姿が次第に小さくなるのを、それが見えなくなるまで見送っていた。これが今生の別れだと思う彼の両目に涙が溢れた。誰もいない深い山の林の中で、彼はしばらくのあいだ、思いきり泣き続けた。

2

新疆国家安全保衛総隊の楊(ヤン)副総隊長は、防疫運動の最中によくわからない理由で免職になった。そのあと、彼は政策研究室へと配属替えとなって副庁級の研究員になった〔副庁級は副総隊長と職級としては同じ〕。彼は毎日が暇で仕方がなかった。彼は、国家安全委員会から北京へ来いという電話を受けると、その日のうちに列車に乗っていた。

ウルムチから北京まで、公務員は飛行機を利用するのがこれまでは普通だった。列車では、いくら早くても十数時間かかるからである。だが最近は、新疆独立を唱えるテロリストたちが、アフガニスタンからひそかに輸入した地対空ミサイルで旅客機を何機も撃墜していて、すでに数百人が死亡しているという状況になっていた。当然の結果として、飛行機に乗る者はいなくなった。新疆独立分子は、新疆から出て行く列車と、新疆へと入ってくる回送列車は襲わない。そうすることで、彼らは、自分たちが新疆から出ていく列車の安全を保証しているのだという風評を広めようとしていた。夥しい数の漢人が、列車に乗って内地へと逃げ帰っていくなか、切符は極端に手に入りにくくなっていた。だが、楊副総隊長は、捜査という名目で、なんとか乗車することができた。警察官の身分証明書を振りかざした彼は、乗務員室へ潜り込んだ。そうしないと押し合いへし合いの車内で立ったまま北京まで行かねばならないところだった。

北京の中央の党と政府が民主化のプログラムを発動して以来、新疆の党と政府の関係者はみな、戦々恐々としていた。確かに老叔（ラオシュー）は、現体制の暫くの存続を保証した。しかし少なくとも党のそれについては、民主化の進展のなかでの先行きは暗かった。がんらい鉄のたがを嵌めたような支配の機構が、弛み始めている。ウイグル人による反乱が、まず南部で火の手が上がり、日を追って周囲へと拡大した。そして重圧によってのみ秩序と安定を維持してきたこの地の社会は、またたく間に大混乱に陥った。漢人が虐殺されるという噂が、社会を恐怖に陥れ、人々はさまざまな手段で、この土地から逃げだそうとした。列車は殺人的な混雑の様子を呈し、それだけでなく、内地へと繋がる道路は、家財道具を満載する自動車の列が延々と続いた。内地へ帰らなかった漢人は集団となって固まった。彼らは、土地の政府と協力態勢を築いて、ウイグル人を年齢性別を問わず、殺戮して回った。双方の憎しみは、日を追って高まっていった。海外のウイグル人組織は各種のメディアを使って、中国国内のウイグル人に、流れる血潮で独立建国の花を咲かせるのだと扇動した。そこへ外国のイスラーム過激派も加わって、彼らは新疆におけるムスリムによる異教徒駆逐闘争へ各種の支持と支援を行っていた。

チベット人の過激分子は、中国の動揺を、この上ない好機として捉えた。彼らは、辛亥革命の際のように、この機に乗じてチベットの独立を果たすべきだと主張した。しかしダライ・ラマ十四世が〝中庸の道〟の方針を堅持しているため、多くのチベット人は、ダライ・ラマの定めた枠内に留まって〝高度の自治〟を求めていた。しかしチベットと漢人の住む世界が接する地域では、住民間の衝突が広範囲に起こるようになり、その勢いは激しさを加えつつあった。長年漢人に圧迫されてすっかり逼塞していたモンゴル族の間でも、漢人に対する草原と土地を返せという声が高まっていた。彼らは、モンゴル国やロシアのモンゴル系民族と連帯を強めつつある。

列車のなかでの話は、どれも、民族間の衝突に関係のあるものばかりだった。列車の勤務員も、ひまを見つけては楊副総隊長と話をしにきた。民族問題が、中国の一般大衆のあいだでは第一の関心事となっているようだった。

新疆自治区は百六十万平方キロメートル、中国の全面積の六分の一を占めている。チベット自治区とその周辺のチベット族の居住地域は合わせて二百万平方キロメートル、さらに内モンゴル自治区のモンゴル人が集中している地域を加えると、中国の領土の半分以上に当たる地域が、目下動揺し、分裂の危機に直面していた。そして上海では、中国共産党の別の〝中央〟が成立し、三号(サンハオ)常務委員が、老叔が首唱した中国の民主化を国家の分裂を招くものとして、激しく非難していた。それは大衆の支持を取り付けるためだった。国家主義に洗脳された少なからぬ数の中国人が、民主主義などよりも国家の分裂、それだけは断乎として容認できないと考えている。老叔に対立する勢力が、この旗印のもとに団結し始めていた。それへの対抗策として、老叔は、国家の統一を旗印にした。彼は新疆の当局に命じて現地の漢民族に武器を支給し、漢人の民兵組織がウイグル人を虐殺するのを、咎めることなく放任した。同時に、老叔は、軍隊に対し、国家の統一という至高の正義のもと、あらゆる異議や反対を放棄し、国家安全委員会の指令に服従するよう要求した。中央警衛局の局長〔土佐(トゥーツゥオ)のこと〕が、この危急の際に進んで難局に当たるべく西部戦区司令として着任した事実は、中央政府の主権と統一を断乎として守るという決心の表れだとして解釈された。西部戦区の大部隊が新疆自治区と中央アジアとの境界の地へと進出して、国際イスラーム武装勢力と新疆地区のムスリムとの合流の動きを切断し、さらにその空軍部隊は、大型爆撃機によって新疆南部の数百の村落を灰燼に帰せしめた。老叔はみずから命令を下して、特殊部隊にアフガンおよびカザフスタンへと侵入させ、同地に存在するウイグル人の武装拠点を攻撃・破壊した。彼は、その後で行われた両国政府からの抗議を、黙殺した。

楊副総隊長は、老叔の取った行動を、正しいと考えていた。——国家の統一を保障することが、現状において利用できる唯一の政治的正しさである。漢人の民族主義は、中央の権力とそこで強権を振るう者の権威を強化するうえでの基礎となる。そしてそれこそが、いまの中央政府がもっとも必要とするものだ。だからあの人は国際社会の批判を顧慮しなかったのだろう。少数民族を鎮圧することによって、あの人は人口の九九パーセント以上を占める漢族人民の意を迎えたのだ。この一連の行動によってかの人に対する攻撃は影を潜めたではないか。あの人に対する一般大衆における権威と声望は大いに高まった。そして国際社会は、中国が民主社会へと転換するという期待と、老叔への個人的な好感のために、北京による流血の弾圧を批判はしても、その多くは通り一遍なものに止まった。それに加えて、かの人は、民族主義の矛先が欧米や日本・ロシアのような強国へ向かないように細心の注意を払っている。またこれら諸国家に対して、中国の分裂は世界に災難をもたらすと思わせる誘導工作を施すことも怠ってはいない。

楊副総隊長は北京に着くと、何よりも先ず、北京ダックの専門店へ足を向けた。彼はそこで、一羽まるごとの北京ダックを注文して、それを平らげた。ウルムチのレストランはそのほとんどが店を閉めている。いまだに営業を続けている店もあるが、うまいところはごくわずかだった。中国全体の経済の下降は商品の不足を招いた。それに加えて、商店による買い占めが価格を高騰させた。地方では、ヒステリックな買いだめや品切れ騒ぎが至るところで起こっていた。だがここ首都北京では、さすがに物は豊富である。ただ価格が跳ね上がっていた。この北京ダックも、彼がこの前来たときに比べれば、二倍以上の値段になっている。

楊副隊長がコース最後のアヒルの骨の湯（スープ）を飲んでいると、向かいの銀行で騒ぎが起こった。当局は現在、ネットで下ろせる金額を制限している。それと同時に、民衆が現金を引き出すのを防止する目的で、金融機関への毎日の現金供給量も極端に低く抑えていたから、ATMはことごとくほとんど空という状態になっていた。通報を聞いて駆けつけた兵士は、問答無用で発砲して、一人撃ち殺した。野次馬の群れは、蜘蛛の子を散らすようにみるみる消え去った。北京がいまのところはまだ良好な治安状態を保っているのは、この〝即時射殺〟の方針が徹底されているからである。新疆では以前から〝即時射殺〟の態勢が執られている。ただしその対象はウイグル人だけで、漢人は入っていない。北京の街角には至る所に完全武装の兵士が立ち、装甲車が通りを巡回していた。それは、状況として、新疆で民族暴動を鎮圧する時のそれと、まったく同じだった。

国家安全委員会で楊副総隊長を出迎えたのは、外勤秘書だった。

楊を北京に呼んだのは、李博（リーポー）に対する罠をしかけてかかるのを待つ式の策が全く効果がないからだった。なにか引っかかればたちどころに自分に報告されることは百も承知で、老叔は自分のほうから、それも二度も、なにか見つかったかと訊ねた。訊ねられる外勤秘書にはそれはたいへんなプレッシャーだった。

ただじっと待っているだけというのではダメだということかと、彼は、李博と趙帰（チャオクイ）と劉剛（リウカン）がビルの屋上にいる映像を、何度も何度も隅から隅まで見直した、その結果、彼はドリーム・ジェネレーターがその手がかりになるかもしれないと思い付いたのだった。

外勤秘書が楊副総隊長に確認したかったのは、ドリーム・ジェネレーターの所在を追跡できるかどうかという点だった。李博のこの機械への執着度から判断すると、李博はどこにいようとドリーム・ジェネレーターを片時も我が身から離していないと考えられた。ドリーム・ジェネレーターの場所がわかれば、李博の居所もわかるはずである。ただしこれは、理論的に言えばの話だった。ドリーム・ジェネレーターはネット接続していないし、通信機能もない。そして使用時の射程は極めて短い。遠距離からの捕捉は不可能だった。

だが、楊副総隊長の回答は、あまり期待していなかった外勤秘書には予想外の喜びだった。新疆の公安庁では、ドリーム・ジェネレーターを予備として何台か所蔵している。それらには、不測の事故を防ぐ目的で、一台ごとに電源内蔵のＧＰＳ測位チップが装着されており、機械本体を起動すると信号を発信するという。ＧＰＳ衛星に接続すれば正確な位置が誤差二メートル以内で判明するというのである。しかしここで、外勤秘書はまたもや失望せざるをえなかった。というのは、楊副総隊長が持参していたポータブル端末でその回線へと接続したところ、記録を遡っても、李博は姿を消して以後、一回も機械を立ち上げていないことが判明したからである。

外勤秘書は、楊副総隊長に向かい、しばらく新疆へは帰らず、ここ北京に留まってこの案件を処理してくれるように要請した。ＧＰＳを追い、李博がドリーム・ジェネレーターをオンにしたら彼を捕縛してほしい、と。

「この件については通常の逮捕の方法は採りません。彼は主席暗殺の主要メンバーの一人です。この犯人を捕えられるかどうかで君の将来が決まります。君が家族全員を引き連れて新疆から離れることが出来るかどうかも含めてです。李博を逮捕できるか否かが、君と君の家族が北京市民になれるか否かの分かれ道となります。」

楊副総隊長は、家にいるときに、それも妻にしか、新疆を離れる話をしたことはなかった。それをこの外勤秘書とやらがどうして知っているのだ。新疆に住む漢人の一般的な心理を推し量ってそう言ったのか、それともこいつは自分の家まで耳を伸ばして聴くような芸当でもできるのか。

出世と北京住まいは、どちらもこの楊副総隊長の重大な関心の的である。だからこの男は、自分から色よい返事を引き出すまで、何を措いてもこの仕事に取り組むだろう。楊副総隊長の腹の中は、外勤秘書にはお見通しだった。

ことは秘密のうちに運ばれるべきであると、外勤秘書は、再三にわたって念を押した。全国に指名手配を行わないということは、つまり、李博をめぐって外に知られたくない事情があるということを意味していた。

老叔に不利な噂は、ずっと囁かれていた。その主なものとしては、彼が主席の死に関わりがあるというのがある。趙帰と劉剛が国家安全委員会と関係があることはすでに突き止められていて、ネット上では大騒ぎになっていた。その後、老叔があらたにファイアーウォールを設置したことが発見された。一般のユーザーなら気が付かないが、老叔を攻撃する言説だけはフィルタリングされる仕組みになっていた。この行為はただちに民主派からの激しい非難を浴びることになった。さまざまな場所からさまざまな手段で発掘暴露されてくる資料や事実のなかに、李博の名はいまのところ出てこない。しかしだからといって、彼がまだ誰の手にも落ちていないとは言えなかった。ビッグデータの発掘に取りかかった調査者たちもいた。彼らはやがて、李博と劉剛の関連に気が付いて、完全な人物関係図を作り上げることになるだろう。この一続きの連鎖を解く鍵となる環は、あと李博という一個を残すのみだった。どの方面から取り組んでいる調査者も、そのことが解っていた。それにもかかわらず、誰も李博の名を口にしないのは、一見奇妙だ。だがそれは、軽率に手の内を明かして他人に先を越されるのを避けるためだった。みな、我こそが先に李博の足跡を見つけようとして、水面下で競い合っていた。

証拠がない限り、老叔に関する噂は公の場所に出てくることはない。いまの老叔の地位と名声は、まさに無敵だった。主席暗殺の放送以来、彼は一躍世界的重要人物となった。そして天安門での講話は、彼に偉大なイメージを纏わせた。外国メディアの彼に対する賞賛の度は常軌を逸していると言ってもよいくらいだった。民主主義諸国の政府は、人類の総人口の五分の一を擁する大国がこのような劇的なやり方で千年の独裁体制を放棄して民主主義を実行しようとしている、そのことはどれだけ偉大に描いても描きすぎるということはない、といわんばかりに、老叔を中国におけるマンデラ〔南アフリカ共和国初の黒人大統領〕のごとき民主主義のリーダーと見なした。そして彼らは、あたかもそれが証明不要の事実のように、彼を公然と支持し、彼へ協力を申し出た。海外に亡命している中国民主化運動の関係者たちは、インターネット上で募金活動を行った。国際的な賞を受賞したこともある某芸術家は、老叔の彫像を制作した。外国へ逃亡していた汚職官僚や富豪は莫大な額を献金し、三年後の選挙には老叔に中国で最初の国家元首となってもらいたいと、期待感を表明した。老叔は、ノーベル平和賞のトップ候補になった。急なことで今年はもう無理だが、来年こそは確実だろうと言われた。

老叔は、パンドラの箱を開けたのだ。まだ多党制は存在していないのに、彼は普通選挙を約束した。政党がなければ実行は不可能である。数か月の間に、何千もの政党が、中国に湧くように誕生した。目下のところ、最大規模を誇るのは毛派の衛東党〔衛東は毛沢東と中国を護るという意味〕と、民族主義政党の華夏党〔華夏は中国の雅称。とくに歴史の古さを誇るときに使う〕である。だがこれらは内部の離合集散が激しい。自由派の民主党と、産業界を代表する共和党は、人数こそ少ないが有する力は大きかった。前者は輿論を喚起する力において独占的な地位を占め、後者はその財力において国家にも匹敵する力を誇っている。共産党はむろん、人数において最大の存在である。だが九千万を超える党員は、実質的には四分五裂の状態にあった。主席となった三号常務委員が懸命に立て直しを図っている。これら以外にも、おびただしい数の各種政党が旗揚げしていた。なかには二、三人で建党宣言をインターネット上で行う例もあった。民主主義を錦の御旗にしての陣取り合戦の様相を呈していた。各党の主張や約束は、将来の有権者の注意や関心をひきつけるためにどんどん過激なものへと傾いていきつつあった。

政治上の混乱が、経済にも波及していた。国有企業は大打撃を受けたが、幸いなことに、市場におけるシェアは民間企業が大半を握っていた。民間企業は騒ぎとは関係なく機能し、国家の経済と人民の生活を支えていた。

社会の崩壊は、主として農村部で見られた。圧迫を受けている農民はしばしば、村幹部〔村落の自治組織における党・政府の職員〕に対する報復活動に出、郷や鎮〔村の上の地方行政単位。県の下〕の政府に、これまでの意趣返しを行った。これら末端レベルの党・政府の幹部たちは農村部から逃げ出し、郷や鎮の政府の多くが麻痺状態に陥った。この権力の真空状態を填めるべく出てきたのが、村や郷・鎮の顔役や、やくざ組織だった。彼らは力の弱い者を好きなように支配したから、その支配地域には暴力が横行した。郷鎮や村落における衝突と解体は、時間の経過とともに激しさを増し、社会の基礎の崩壊を招いた。

それでも、これまでの国家の体制とメカニズムは維持されていた。だが、七人いた中国共産党常務委員の権力は、七個の小組に取って代わられていた。それぞれの小組が、一人の常務委員の職責を担当するほかは、構造自体のしくみや諸々の手続きは、まったく変わっていない。小組のメンバーの人選は、老叔の招聘と決定によるものである。七つの小組のそれぞれに、老叔が任命した責任者がいるが、その肩書きは、「組長」の前に「小」の字が付けられているというだけだった。うまくコントロールができないのは、地方の権力だった。老叔は、自身の持つ国際的な名声を利用するとともに、北京にある各国大使館も利用して、いまの中国をもっとも代表するにふさわしい存在としてみずからを演出することに成功した。彼は、各国政府に、中国と関係する金融・資本・貿易・通信・運輸ほかの方面で、北京の政府と協力態勢を取ることに同意させた。そのことによって、彼は、地方政権への制裁手段を手に入れた。言うことを聞かなければ、国際社会との連絡とそこからの資金流入の途を断ったり、貿易禁輸を科したりすることができるようになったのだ。これらの方法は海外との貿易に頼る東南各省にとっては多大の脅威となるため、各省は少なくとも形のうえだけは北京に服従せざるをえなかった。

東南諸省の民間では、地方自治への志向が、普遍的に広がっていた。国家体制を連邦制へと変化させようという声が、あちこちから上がっていた。地方の政権は、表面上はそれに関与しなかったが、裏ではその声を鼓舞し、各種の関連研究や学術会議へ資金援助を行っていた。さらにこれらの省政府は、日常の地方経営において、次第に独自色を強めつつあった。台湾の長年にわたる〝事実上の独立〟経験から学習した彼らは、自分たちの地域で、〝事実上の自治〟を行おうとしていた。

中国がこれからどうなってゆくのか、誰にもわからなかった。楊副総隊長は、三十年前、当時ひそかにはやっていた、『黄禍』というタイトルの政治SF小説を読んだことがある〔本書の著者が一九九一年に香港で出版した作品と同名〕。その小説には、崩壊してゆく中国の過程と末路とが描かれていた。最近Eブックで出て、ネットの世界ではまたホットなトピックになっていた。多くの人間が、いまの情勢はこの本で書かれたような未来へと進んでいると感じていた。その前にあるのは、奈落の底に墜落する結末だ。底の地面に激突するまでは、存在としておのれを全うしているだろう。もしかしたら落ちているという意識すら、そこにはないかもしれない。だが落下している状況そのものに変化はない。行き着く果ては、木っ端微塵である。

3

李博(リーボー)は、洞穴を、我が家のように感じるようになった。外に出かけても、帰りたいと思うのは、この場所だった。この洞穴がなかった時は、この世界のどこにも、身を落ち着けて隠れられる場所がなかった。夜は停留所や駅で寝た。いつも警察の職務質問がありはしないかとびくびくしていた。雨が降り出せば、橋の下や、それに似た場所を探すしかなかった。あのころは熟睡できた記憶がない。しかしいまは、寝過ぎない方法を考えねばならないほどだった。彼は毎日、長い時間をかけて、洞穴の環境を整備した。内部の空間を、ここはロビー、ここは寝室、ここはキッチンと分けて、邪魔になる物を取り除き、地面のでこぼこをならし、仕切りを立て、石を積んで、壁を造った。木の枝やわらで編んだ戸で、洞穴の入口を塞いだ。入口は、周りの灌木や伸びた草の中に隠れた。たとえいま緑妹(リューメイ)がここへやってきても、洞穴がどこかに消えたと勘違いするのではないだろうか。李博は、林の中の空き地を開墾した。彼はそこに、麓の田畑から失敬してきた苗を植えて、トウモロコシや野菜を育てた。料理についても研究した。山で採れる野生の果実や植物を、これはどうすれば食べられるようになるかと、実験を繰り返した。それらはよい時間つぶしになった。彼はむかしテレビのドラマで、ロビンソン・クルーソーが生き残るためにいろいろな試みを繰り返すのを見た。だがまさか自分が、あのとおりの境涯になる日が来ようとは思っていなかった。しかし老叔（ラオシュー）が権力の座にいるかぎり、彼は、世間の外に身を隠しているしかないのである。できるかぎり自給自足に努め、外界との交渉を避けて、発見される危険を冒さないようにしているほかはなかった。

彼の唯一の世界との繋がりは、靴工場から持ってきたポータブルPCだった。政府が衛星通信への妨害を止めたので、山中で受ける信号はたいへんクリアになっていた。李博はニュースしか見ない。衛星通信には多大の電力が必要なので、タイトルだけ見ていくつものページを開き、通信を切断してからそれらにゆっくり目を通すことにしていた。彼がニュースを読むのは、世界でいま何が起こっているのかに興味があるからではなかった。自分に関する現在の状況を確認するためだ。彼の家族はいまも彼がどこで何をしているのか知らない。彼の未来は、おかしな経緯で国家の最高指導者層と分かちがたく繋がった。どうやったらこの苦境から抜け出すことが出来るのか、彼には考えがつかない。一方では老叔が権力を失って、できれば囚人になってしまえばいいと思う。しかしまたその一方で、彼の主席暗殺の陰謀が暴露されたら自分も共犯者として捕まることが恐ろしかった。彼はこんな矛盾した心を抱えながら、混沌とした心持ちで、虚実の入り交じったニュース群を眺めていた。

いま盛んになりつつある地方自治に彼が賛成なのも、この心理から来ている。統一か分裂かという原則的な議論には、彼は関心はない。賛成である理由は、自治になれば老叔が自分に容易に手を伸ばせなくなって我が身の危険が減るからで、ただそれだけのことだった。彼は、中華民国の初期のような割拠の状況が出現すればいいとさえ思っていた。そうなれば北京の政権はさらに自分を逮捕にここまで来にくくなるだろう。

しかし、緑妹の兄のテリトリーも、危険という点では、同じくらい危険だった。緑妹の兄の勢力は、日増しに増大している。いまや二百を超える行政村の自警団が彼の勢力下に収まり、その命令を受けるようになっていた。隊長を任免するのも彼である。表向き、彼は政府に協力して治安を維持する姿勢を取っている。しかし実際は、彼の万を数える人数の連合自警団は、すでに小型の地方軍閥のような様相を呈していた。今のところは、刀や槍といったくらいの装備でしかないものの、それでも県内で〔複数の村や郷・鎮をまとめたものが県〕、盾突こうとする者は、もうどこにもいない。どこかの村や郷・鎮が彼の言うことを聴かなければ、号令一下、数百数千人の威勢のいい若者や壮年男子が一斉にはせ参じ、つぎの号令で、その村や郷鎮を滅茶苦茶にたたき壊しかねない勢いだった。県長でさえ、緑妹の兄に対して、こぼれんばかりの笑顔で接していた。福建省内の各派勢力が、彼を自らの陣営に引き込もうとして、彼に対してさまざまな優遇条件を提示してきていた。隣の県の村や郷鎮でさえ、彼に保護を求めて来るようになっていた。こうして、緑妹の兄の勢力範囲はますます拡大しつつあった。彼の目標はすでに県長に取って代わるところにはなかった。彼は、省長の位置を狙っていた。選挙までまだ二年余りあるものの、そのとき省内で最多数の票を彼が手にするであろう未来は、すでに誰の目にも明らかになりつつあった。

驚きが冷めた李博の心は、山林の自然へと戻った。彼には世間の争いが、蠅が残飯の奪い合いをしているように思えた。頭を上げれば、見えるのは過ぎゆく雲である。唯一の真実は家庭である。妻と娘だ。唯一の望みは家族との静かで穏やかな生活だ。

彼をもっとも喜ばせたのは、PCで見た娘の姿だった。国内の諸状況が、義父母の帰国予定日をたえず繰り延べさせていた。彼は、自身のインターネットに関する専門知識を利用して、福建省の種々雑多なネットワークのスパムメールに紛れこんで、義父母のPCのカメラ機能をオンにした。確たる目標を持たない手探り風の侵入形式を取ったのは、そうすれば監視している側の注意を引かないだろうと考えたからだ。インターネットにはこの種の〝狩り〟行為が常時蔓延している。監視者は李博がスーパーと付くエキスパートであることを知っている。その李博がこんな素人臭いやり方をするはずがないと考える筈だ。彼の娘はPCでゲームをしていた。ずっとチェコに滞在している娘の口から出てくる言葉はチェコ語だった。李博はほんの数秒だけですぐ引き揚げたが、その後の数日間、彼の心は千々に乱れたまま、元に戻らなかった。

李博は伊好（イーハオ）のPCにはまた侵入しようとはしていなかった。彼は彼女の周囲を観察するだけに止めていた。伊好は身体的には自由の身になって、以前通りに勤務している。それだけなら何の影響もないように見えた。しかし、ありとあらゆる監視手段が彼女のまわりに張り巡らされていた。スマホも、勤務先の電話も、個人のPCも、仕事先のPCも、彼女が接するすべての通信設備、Eメール、SNS、すべてモニタリングされていた。自宅には盗聴器と隠しカメラが秘かに取り付けられていた。二十四時間、いつどこででも、彼女の監視体制が敷かれている。マンションの隣の部屋が監視者たちの拠点となっていた。そして伊好はそのことにまったく気が付いていない。

彼女は、いまも、李博は現在進行形の秘密プロジェクトに参加中なのだと思っている。彼女が国家安全委員会に問い合わせるたび、決まってその答えが返ってきたからだ。李博の給料は毎月一元も差し引かれることなく彼の銀行口座に振り込まれていた。それはつまり、勤務中ということである。彼がどうして連絡してこないのかという彼女の疑問には、情報管理センターの主任が、この秘密というのは家族にも秘密という意味なのだという説明を行っていた。しかしその主任も、李博がいまどこにいるのか、何をしているのかは知らなかった。老叔はある時伊好に、余計なことは知ろうとしないほうがいいと、忠告した。それからは彼との面会の約束はたえず日付が繰り延べされるようになって、彼女が老叔に会うことは難しくなった。

伊好は急いで李博と連絡を取らなければならなかった。WHOが彼女にポストをオファーしてきたからだ。調査団に応接したときの彼女の態度が、その他の中国側の人間ときわだって対照的だったので、調査団はとても強い印象を受けていた。そして彼女は結果として、調査団が正確な判断と決定とを下す際に、決定的な役割を果たした。それ以前から、WHOは信頼して仕事を任せられる中国籍の上級職員を探していたのだが、それは彼女以外にないと、全員一致の結論へと達したのだった。彼女に宛てた招聘状が発せられた。できるだけ早く着任してほしいという要望がそこにはしるされていた。

いうまでもなくそれは、伊好にとってたいへんなチャンスだった。給与も待遇も、これまでとは比べものにならない。父も母も、たいそう満足するだろう。そして自分自身も同様に。国内の自分をとりまく諸々のことから逃げ出すことができるのだ。自由の天地で心機一転、再出発できる。だが李博に、どうしても連絡がつかない。

伊好は、自分の判断で、その招請を受けた。彼女は、たとえ李博は機密に関わる仕事で国から出られないとしても、自分の選択を支持してくれるだろうと信じた。それに、娘をこんなスモッグのない環境で育てるということだけでも、李博は賛成してくれるはずだった。娘を連れてできるだけ頻繁に会いに帰ってくればいい。また彼にも、配置転換を願い出るよい理由になるのではないだろうか。いっそのこと辞職してしまってもいいかもしれない。出国禁止が解けたら、この国から出て親子水入らずになるというのも悪くないアイデアね。

伊好の現在の状況を脳裏に構成するために、情報の断片をかき集めているうちに、この一回の衛星通信で、李博のPCは、バッテリーの二〇パーセント以上の電力を消耗してしまった。しかし彼は、伊好のために喜んだ。だが同時に、家庭が自分から遠く離れていくかもしれないことに恐ろしさを覚えもした。しかし李博には、まだ彼女の前にその形すら現していない段階にもかかわらず、伊好がこのチャンスを摑むことは絶対にないことを知っていた。自分が監視者たちに捕えられていないかぎり、当局は伊好の出国を許可することはない。彼女は依然として北京に留まって、李博をおびき寄せる餌であり続けなければならない。しかし老叔が、政権の座から下りるか、あるいは李博は確実に死んだと判断すれば、この件は終了となって、伊好は自由の身になるだろう。

　山の中にいる最大の問題は、充電のできないことだった。靴工場から持ってきたＰＣは、新型で、バッテリーは二十時間保つはずだった。しかし衛星通信に使うと、持続時間はその半分になる。李博は一日の使用は十分以内と、自分に制限を課していた。それが次第に、二日に一回、さらには三日に一回、それも五分……となってきた。充電の問題を解決すべく、彼は幾度か山を越えて県政府所在地の周辺部にあるゴミ処理施設まで遠征を試みた。彼は、壊れたソーラーパネルや、交換済みの自動車のバッテリーや、新しい型と取り替えられて棄てられた旧式のトランスや、廃品になった電気用品から取り外した部品や、メーター、コード、ピンといったものを拾ってきて、太陽エネルギーを使った充電器を作った。

　充電中のランプがともったとき、李博は身体が震えた。その震えはしばらく止まらなかった。彼はどうしても充電を行わなければならないからだった。照明が欲しいからではない。彼は暗闇なら我慢できる。日が昇れば起きて落ちれば寝ればよいのだから。ＰＣに充電しなければならないというのはたしかに重要なことだが、それもまた第一の理由ではない。彼が何を置いても充電しなければならないのは、ドリーム・ジェネレーターのためだった。彼は、ドリーム・ジェネレーターを、片時もその身から離さずに持ち運んでいた。逃避行の最中はもちろんひどく邪魔だったし、それが周囲から怪しむ視線を集めることになりやすいことも承知していた。だが他の何を捨てようと――そして実際捨ててしまったが――、このドリーム・ジェネレーターだけは、肌身から離さなかった。

寝るときさえ、両腕で抱きしめていた。

　おかしなことだが、李博はあの時まで、伊好のことを、妻であり娘の母であり、また疫学の専門家だとは思っても、セックスの対象として見たことがなかった。概念上は確かに女性である。しかし彼女は彼に男性としてのしかるべき反応を起こさせなかった。しかし彼女とあの時、ドリーム・ジェネレーターを使ったセックスを行ってから、喩えれば、天が地となり、地が天となったのだ。

　彼女のそれ以外の属性は背後に退いて、性が前面へと押し出された。彼は、ほとんど毎日と言っていいほど、彼女とのセックスを空想した。とりわけ夜眠れないときなど、脳裏に浮かぶのは、伊好とのあのひととき、ドリーム・ジェネレーターを使った交合の記憶だった。それに伴って起こる肉体的な反応はコントロール不能だった。セックス時の情景が、次々に頭に浮かんできた。しかしそれらはどれも、曖昧で、入り乱れていて、はっきりと認識しようとしてもできないものだった。ドリーム・ジェネレーターの想起機能の、その場にいるような感覚にはとても及ばなかった。だが逃亡中の身に、ドリーム・ジェネレーターを安心して使える場所などなかったし、そもそもそんな気分にもなれなかった。彼は、何がなんでもいますぐ使いたいとまでは思っていなかった。追体験は、彼にとってたんなる性交渉ではない。肉欲を充たすためのものではなかった。それならマスターベーションで用は足りる。追体験は、荘厳な儀式なのだ。それは伊好に対する愛の表明であり、過去におのれの過失で失った幸福のあがないであり、それであるがゆえに、そこには伊好がいて彼女もまたともにそれを受け入れるかたちでのみあるべきであり、かつ真実と違わぬかたちで行われなければならないものなのだった。李博がついにこの洞穴に居を定め、環境が整い、これを我が〝家〟と呼べる状態となったいま、ドリーム・ジェネレーターは充電され起動されなければならないのだった。

もう追体験を実行してもいい。ドリーム・ジェネレーターを充電しているあいだに、李博はもういちど洞穴の中を掃除した。彼は自分がいつも寝るときの場所では、それを行いたくなかった。そこは雨が降り込まず、寒くはなく、湿気も少なかったが、空間としての広さに欠けていて、明るさも足りなかった。一番よいと思えるのは、〝ロビー〟にある、石灰岩の上だった。そこは平らで広さもあり、十数メートルはあろうかと思われる洞穴の天井には、いくつか大きめの穴が開いていて、青空や白い雲が見えた。朝焼けと夕焼けも見ることができた。いまの季節は、正午になると、差しこんでくる日光が、ちょうどこの石板の上に当たる。そこは李博のよくいる場所だった。雨が降ると寝てはいられないが。晴れた夜には、彼はしばしばこの石板の上で星空を見上げながら眠りについた。追体験を行うならここでと、李博は早くから決めていた。

李博は、まわりの林の中からいろいろな種類の落ち葉を集めてきて、石版の周囲に撒いた。石版の上には柔らかで清潔なコブナグサ〔雑草の一種〕を敷き詰めた。拾ってきた蒲団は、丁寧に洗って干してあった。この洞穴はなにもなくてみすぼらしいけれど、伊好なら我慢してくれるだろうと、彼は思った。ここは自然のままで、純潔で、まるでおとぎ話にでてくる夢の国のようだ。李博は、汲んできたわき水で、自分の身体を頭から足の先まで洗い清めた。おりしもそのとき、鳥の羽のような夕暮れ雲が頭の上をゆっくりと流れていた。夕陽が、側面にある壁の裂け目から斜めに洞穴の中へと差しこんでいて、なにか、舞台のような感じが、彼にはした。

ドリーム・ジェネレーターを起動するまえから、あのときの伊好との結合の情景を思い浮かべただけで、李博はもう勃起していた。もし本当に伊好がいまここにいたら、ドリーム・ジェネレーターは使うまでもないとさえ、李博には思えた。あの、伊好とのドリーム・ジェネレーターを使っての営みは、李博の心理的な殻を突き破る効果をもたらした。またその後の波瀾万丈の経験は、彼に自信と行動力とを与える結果になった。しかしいま彼に必要なのは、伊好が現実に目の前にいることだった。真実の彼女の肉体を経験することであり、彼女の声を聞くことであり、彼の力強さをもって彼女を歓喜の境地へと連れて行くことだった李博はドリーム・ジェネレーターのスイッチを入れ、パスワードを入力し、追体験モードにセットした。あのひとときをそっくりそのまま再現するために——。

……すべてが終わり、幻影は消えた。精根の尽き果てた李博は、伊好を抱きしめるように蒲団を抱いていた。それまで彼には伊好を抱いたまま眠るという勇気はなかった。だが彼女を性的に十分喜ばせ、満足させることができるのであれば、自分は必ずそうする。しっぽを巻いて自分のベッドへ戻ったりすることなく。空は、すでに暗かった。頭上の穴に、星が瞬いていた。石板の反対側の端にあるドリーム・ジェネレーターを見ると、電源が点いていた。李博は夢うつつだった。身を起こしてスイッチを切りにいく気にならなかった。だいいち、充電できるようになったのだから、もう節電なんて考える必要はないじゃないか……。

もし李博の追体験がこの石灰岩の上でなく、彼がいつも寝る場所で行われていたなら。あるいは彼が眠りに落ちる前に身体を動かしてドリーム・ジェネレーターをオフにしていたら。これより後の出来事は、もしかしたら、いまから述べるようには起こらなかったかもしれない。これより約一時間後、一個のGPS衛星が洞穴の天井の穴の上を通り過ぎた。ドリーム・ジェネレーターに装着されているGPSチップがそれに反応し、二十秒間作動した。次の瞬間、北京でほとんど一か月を無駄に過ごしていた楊（ヤン）副総隊長が飛び起きた。楊副総隊長はすでに諦めてしまって何の期待もしていなかった。ところがここへ来て、システムが突如動き出してターゲットの座標の経度と緯度をはじき出した、誤差二メートル以内の精度で。

座標は二十秒で消えた。楊副総隊長にはそれが何を意味しているのかわからなかったが、重要なのはそれが表示されたということだった。居場所が分かったのだ。雨が降ろうが槍が降ろうが、可及的速やかに現地へ到着して、李博の身柄を確保しなければならない。いまは夜で、李博は現在の場所から動かないか、動いたとしても、遠くへは行くまい。だが明るくなればどこへ行くかわからない。いったん行方をくらませたら、大規模な封鎖作戦や捜索活動を行わざるを得なくなる。だがそれは老叔の大げさにするなという意向に反する。だから兵は神速を尊ぶのだ！

楊副総隊長は瞬時に地図の画面を呼び出した。座標は福建省屛南県〔実在する県名。地図①参照〕の山間部に位置する。かかる時間を計算すると、自分には国家安全委員会の専用機の優先使用権があるが、準備して飛び立つまでにどうしても一時間半はかかる。飛行に三時間プラス自動車で四時間から五時間、座標に一番近い場所で下りて歩くとして、五キロに一時間かそこら。つまり合計して十時間はかかることになる。かかりすぎる！　その頃にはもう夜が明けてしまっている。李博はいまの座標から移動している可能性が高い。だとすれば、近くにいる誰かにとりあえず自分に代わって動いてもらうほかはなかった。楊副総隊長の脳裏に、新疆の武装警察から福建の武装警察へと配置換えになって副司令〔省の総隊の副隊長クラス〕となった友人が浮かんだ。彼はその友人に電話を掛けて、公務のようでもあり、私事でもあるような曖昧な言い方で、屏南県の武装警察を使ってある人間を捕まえてくれと頼んだ。

「……これは国家安全委員会の秘密任務なんだ。手続きのたぐいは気にしなくていい。そういうのは俺がそちらに着いたらすべて処理するから。これは俺が直接取り扱いたい件なんでね。だがちょっと時間が急（せ）いてて、それでお前に助けて貰いたいわけなんだよ。部外にはどこにも洩らさないでくれ。犯人を逮捕したらその地で勾留しておいてほしい。誰とも接触させるな。俺は明日の朝七時までにかならずそちらへ行ってるから！」

4

李博（リーボー）が驚いて夢から醒めたとき、これは悪夢で、大声で叫べばこれも醒めるものと思っていた。

その前に見ていたのは伊好(イーハオ)と抱き合う夢だったのに、どうしてこんな、悪魔の群れが自分に襲いかかってくるような夢に変わったのだろう。だが彼は、完全に正気になると、たしかにこれは悪夢だが、現実であることに気が付いた。伊好は影も形もない。強力なハンディライトが、鋭い刃のように暗闇のなかを、あちこち切り裂いていた。数人の武装警察の兵が、すぐ前に迫ってくるのを見た彼は、全身の骨が外れそうな勢いでがたがたと震えだした。ほとんど折れそうなくらいだった。武器を構えた十数人の武装警察が、洞穴の外で物々しく射撃体勢を取っている。道を案内してきた現地の公安警察が、さらにその周囲を固めていた。武装警察の指揮官は、洞穴の内外にほかに誰かいないか、一人も見逃すことなく捜索せよ、また、どのような小さな物であろうと、とくに電子製品に関するものは、一個として見逃すなと命令していた。「これは総隊からの絶対命令である。自分に何回も同じことを言わせるな！」と、指揮官は厳しい口調で言った。深夜に驚いて起きた鳥が、林の上空をぐるぐる回りながら、激しく鳴いていた。深い森の遠いかなたから、それに応えるように、もの悲しげに鳴く狐の声が聞こえた。

李博は派出所に監禁された。留置所は、取調室の半分を占めている、大きな鉄格子の空間である。それまでその中に入っていたこそ泥は、警官に釈放だと屋外へ放り出された。開いた鉄籠のなかに李博はただ一人で入れられた。捜索と逮捕を執行したのは県の武装警察だが、彼らは、北京から李博を護送する人物がやってくるのを待たなければならない。上からのお達しで、これは非常に重要な犯人であると言われていた。そのため、指揮官は派出所の窓のすべてに警備の兵を貼り付かせた。

そして彼自身は、士官級の部下数人と共に、派出所の所長と取調室で一献傾けて、談笑して時間をやり過ごしつつ、全員で犯人を監視することにした。

屋外で当直の警官が誰かに挨拶する声が中へ聞こえてきた。「ご主人と奥様がわざわざ差し入れに来て下さるとは、恐縮であります。」

「従業員はみなもう寝てまして。雨も降りそうだし、自分らが車でひとっ走りすりゃいいと思ったまでのことですよ。」小梁（シャオリャン）の声だった。

「電話してくれれば本職らが取りに行きましたのに。」

「なんのなんの。それどころかお待たせしてしちまって。ところで今晩はどうしてみなさん、こんな大勢で？」

「北山の洞窟で逃亡犯を捕まえたんですよ。上から指名手配が回ってきていた重要犯人が——。」

磁器製の器が地面に落ちて砕ける鋭い音が響いた。

「ありゃ、奥さん大丈夫ですか？」

「何やってんだ、このグズ！」恥をかかされた小梁が大声で怒鳴りつけた。

「大丈夫ですよ、大丈夫です」と、警官がその場を丸く収めようとして言った。「拾って食えばいいです、ははは……。」

「あんたが重要犯人だと言ったから怖がったかな」と、小梁も、冗談にする方へと話の向きを変えた。

「怖がる必要はありません。暴力犯の類いではないです。見たところ技術系の人間のようです。何か分からない電子機器を携行していましたし。」

「スパイか何かですか？……」小梁はちょっと興味を掻きたてられたようだった。

「それが何であっても、本職らは自分の職務を果たすだけです。朝になれば北京から身柄を受け取りにくる人間に引き渡して、それで終わりです。」

そう言いながら、彼はドアを開けた。当直のその警官は、重なっているトレイではちきれんばかりのビニール袋を、室内に運び入れた。武装警察の指揮官が、彼と一緒に入ってこようとした小梁を無表情に阻んだが、小梁はその指揮官の肩越しに、牢屋の中にいる李博を垣間見ることができた。彼と李博の視線が合った。もっともそれはほんの一瞬のことで、閉まるドアがすぐにその線を断ち切ったが、小梁は自分だと気が付いただろうと李博は感じた。

彼は、捕まったときのままで、裸だった。その姿で、牢屋の中にある馬鹿でかい鉄製の椅子に座らされていた。左右の手は手錠で両側の肘置きに繋がれている。両足は鉄の鎖で、椅子の両脚に縛り付けられている。開いた二本の足の真中は、警官が投げてよこした彼の衣服が隠していた。李博からは緑妹（リューメイ）の姿は見えなかったが、彼女はおそらく、捕まったのが李博であることを察したのだろう。それで動転して、食器を落としたのに違いない。

嵐の来るのを告げる風が吹き始めていた。部屋の外から聞こえてくる、木々の枝や葉の立てる騒がしい音が、警戒せよと告げていた。

料理を並べ終わると宴会になった。派出所の所長は、不満を口にした武装警察の指揮官に、先程の主人とその奥さんとが何者であるかを説明した。指揮官は、この県の武装警察に奉職する身として、土地の警察がどうしてあの夫妻にあれほど丁寧な対応を見せるのか、ただちに理解した。そして、省みて自分の主人への態度がちょっと無愛想に過ぎたことにも気が付いた。この時とばかりに、所長は、夫婦に関する噂を吹聴しはじめた。——あの両人は二か月前にこの鎮でレストランを始めたばかりだがね、いまでは鎮の公費で払う食事はすべてそのレストランで行うようになっている。奥さんの兄さんへの挨拶代わりだが、奥さんの料理の腕もとてもいいいんだ。店は清潔だしね。

「奥さんはとてもいい人だ、まじめだし。だが旦那のほうは自分のバックを笠に着るところがあるな……。」

小梁が緑妹の兄に捕まったとき、鞋老板（シエラオパン）は、あらゆる手段とコネを使って、自分の車と小梁とを取り戻そうとした。警察にも通報した。ちなみにその時この派出所も騒ぎに巻き込まれた。

鞋老板が福建の実力者であることを知った緑妹の兄は、小梁と車を福州へ返すことに同意した。当然、緑妹も付けてである。しかし今度は小梁が帰るのをいやがった。彼は緑妹の兄の下で働きたいと言った。そのときの彼の科白は、「ここは面白そうなんで」というものだった。それを電話口で聞いた鞋老板は要求を撤回した。彼は小梁の運転手付きベンツを結婚祝いとして、緑妹の兄へ名義を書き換えたうえで贈ることにしたのである。さらに鞋老板は、自分は緑妹の兄とこれから親戚として付き合っていきたいと申し出た。両人は、それぞれの未来をにらんで、お互いの利用価値を認めあったのだ。

料理はうまかった。酒も十分にある。飲み食いしながらの話ははずんだ。門と窓の外には歩哨が立っている。屋内はこれだけの人間がいる。牢屋には鍵がかかっていて、しかもここにある一番太いチェーンでぐるぐる巻きにしてある。牢屋の中の鉄の椅子は床に溶接されている。犯人の手には手錠が、足には足かせがかけてある。これで何か起こるわけがない。宴会は当然のように遠慮のないものとなった。飲む酒のアルコール度数が上がり、雑談は大声での数拳〔お互いに出した指の数を競い合う酒席の遊び〕へと変わり、最後はそこらに入り乱れてごろ寝となった。ある者は椅子の上で足を組んだまま天井に顔を向けて寝、またある者はテーブルの上に伸びて、いびきをかいていた。またある者はたんに地上に倒れて眠っていた。だがそのなかで一人だけ、まだおのれを失っていない者がいた。派出所の副所長である。

彼はどんなに飲んでも決して酔いつぶれないたちだった。手酌で、彼はいまも飲み続けていた。彼の顔色は紙のように白かったが、眠そうな様子はまったく見えなかった。酒を飲み始めるまでの彼は、この席で職位が最低だったこともあって、ひとことも言葉を発しなかった。だが蒸留酒をボトルに半分飲んでから、人が変わったようになった。だがそれは他人をつかまえてあれこれ愚痴をこぼすのではなく、「先ほどのお話ですが……」と、彼は根掘り葉掘り訊ねようとするのである。その他人もすべて寝てしまって、話す相手がなくなった彼は、鉄の檻を隔てた向こう側にいる李博に話しかけることにした。

「小さいころは親父とお袋に〝十万個のどうして〟と呼ばれていたよ。何につけても『どうして？』とたずねるからなんだな。それで最後にはよく親を切れさせてたね。小学校に上がると〝なぜなに君〟というあだ名を貰った。だいぶ後までお気に入りのあだ名だったよ。いまはもうおれをそう呼ぶ奴はいない。だが実のところ、おれは、いまでもやっぱり好奇心の塊なのさ。この人はあんたには何も訊くなと上から言われていると言っていたけどね」と、〝なぜなに君〟は、いびきをかいている武装警察の指揮官を指さした。「話しかけもするなってさ。そんなこと言われたらこっちはますます知りたくなるってもんだよ。いまや皆の衆はそろって白河夜船だ、誰も聞いちゃいない。おれはあんたに十万個もどうしてとは訊かないよ。おれが訊きたいのは、ただ一個だけだ。その一個とは——あんたはいったいどんな夢を見たんだ？　こんな大ごとになるような？　これだ。へへん。〝中国の夢(チャイニーズドリーム)〟くらいか？……あいつは、あんたが夢を見たおかげであんたの座標を知ることができたと言っていた。座標が判っていなかったら、おれたちは真ん前を通ってもあの洞穴は見つけられなかっただろう。それは念入りに隠してあったからな。なあ、おれに話してくれないか。あんたはいったいどんな夢を見たんだい？……」

李博の疑問は〝なぜなに君〟のおかげで解けた——ドリーム・ジェネレーターが追跡されたのだ。彼は、ドリーム・ジェネレーターはネット接続していないと思っていた。だから足が付くはずがないと思っていた。だがそれはうかつだったらしい。靴がネットに接続していると誰が思うだろう。それと同じように、ドリーム・ジェネレーターもまた、どこかの誰かが追跡できる手段を考えていたのだ。自分は監視する側の人間だった。だからそんなことは当然予想しておくべきだったのだ。悪いのはほかの誰でもない。おのれの欲望に負けて注意を怠った自分自身だった。

だが、あらためて思い返してみると、たとえ用心をし続けたとしても、ドリーム・ジェネレーターを一度も使わないでいられただろうか。山中暮らしの寂しさは、彼の伊好に対する欲望を、日ごとに強めていた。いつかはドリーム・ジェネレーターのスイッチを入れていただろう。今回は思いとどまっていたとしても、次回は禁を破ってしまったかもしれない。つまりこれは避けられない運命だったのだと、彼は思った。

外は暴風雨になっていた。多色使いのスチール板で葺かれた派出所の屋根に、雨が激しく当たる音が聞こえていた。窓の外から忍び入ってくる雨の臭いが鼻を突いた。さしものこの国の南部も、秋もたけなわになると、かなり涼しくなってくる。李博は寒さに震えだした。なぜなに君は喋り続けている。たしかに彼は、目的を果たさない限り諦めないタイプの人間だった。

「なあ、教えてくれないか。朝になればあんたとはお別れだ。国家安全委員会の専用機が、あんたを迎えに福州まで来るそうだ。それを聞いておれはぴんときた。あんたを県政府の所在地まで連れて行かないつもりだとね。他の誰にもあんたと接触させたくないんだろう。いったい何をそんなに恐れてるんだ？　おれはそれを知りたい。朝になればもう二度と会うことはない。誰にも言わないと約束するよ。」

派出所の灯りの寒々しい白色の光が、強くなったり弱くなったりする雨音とあいまって、寒さを一層に感じさせた。李博はなぜなに君を見つめた。その顔に浮かんでいるのは、子供のような、好奇心に満ちあふれた表情だった。李博は、国家安全委員会で長年働いてきたおかげで、分かったことがある。自分を捕らえたのは、この自分から何かを知りたいからではない。他の誰が、自分から何を知ったかが、問題なのだ。なぜなに君の好奇心は、いいところを突いている。北京は当地の警察に取り調べをさせないよう命じている。県政府の所在地までの連行さえさせない。それはつまり、他の誰にも彼が何を知っているか知らせないためだ。理論的には、究極の解決策は一発の銃弾である。それだけで足りる。それを生かしたままで、専用機まで仕立てて北京まで連れて行くのは、誰かに何かを洩らしていないかを、とことん調べるためだ。あるいは、文字の形で自分が何か残していないか、証拠となりうるものを残していないかどうかを調べるためだ。中国共産党内の権力争いでは、こういったやりかたで自己保身を図るのが常道だ。調査に当たる者がうっかり李博を殺したりすれば、内部でいらぬ油を火に注ぐことになる。だから李博は必ず生かしたままでおかねばならない。彼を絞り上げてその口から、北京を離れて以後誰と接触したかを残らずはき出させて、その全員を捕まえて訊問し、すべてを白状させるのだ。

李博は、誰にも話しはしなかった。証拠となる物も、何も残してはいない。自分は、ただ平和な毎日を望んだだけだ。たとえ残りの一生が為すところなくただ生きるだけの人生になったとしても。だが、相手がそれを信じるはずはなかった。あとは徹底的に絞り上げられるだけだろう。道ですれ違っただけの人たち、あるいは商店の店主、あるいは河南省のゴミ捨て場で彼を追い払った現地の清掃業に巣くうやくざ者、彼らには、李博が何を言おうと累が及ぶことはない。だが、緑妹のことは、言うわけにはいかなかった。尋問者にとっては、彼女は、彼らがその存在を知らない唯一の接触者となる。李博は彼女を頼ってはるばるとこの地へやって来た。彼女を信用していたからだ。とすれば、李博は彼女に秘密を話して何かを託しているだろうとなる。緑妹は農家の娘で、その兄は地方自治運動の指導者であり、福建の各派勢力とも関係がある。それらの勢力のなかには、東南各省が団結して聯省自治〔もとは辛亥革命後の各省政府および軍閥による地方割拠運動の名〕を目指そうとする動きもある。またそのほかにも、三号（サンハオ）常務委員が秘かに準備を進めている〝復辟〟〔権力の座への返り咲きの意味。清朝の滅亡後その復活を策した動きを指す〕と、〝北伐〟〔中華民国時代の言葉。南部のみを支配する中華民国による北部の軍閥政権打倒の軍事行動を意味した〕に関与している向きもある。李博が知っている秘密の、たとえそのなかの一つ――主席を暗殺した電子蜂は国家安全委員会の屋上から放たれたこと――でも、彼女が知っていたら、老叔（ラオシュー）を即座に失脚させるには十分である。だから尋問者たちは、彼女をきっとむごい目に遭わせるだろう。頑丈な男でさえ音を上げるような拷問方法を使ってでも、彼女が隠しているに違いないと彼らがにらんでいる秘密を、彼女を痛めつけることで、吐き出させようとするだろう。

　自分と緑妹とは、お互いの人生のなかの、ほんの僅かな時間を共有したにすぎない。だが彼女は、自分を本当の意味で男性にしてくれた、最初の女性だった。苦境にある自分を救ってくれたのも、彼女だった。その彼女を、どうして破滅させることができるものか。

しかし李博には、これから起こるであろうことに、自分がとうてい耐えられないことも、わかっていた。彼はこれから行われる取り調べがどのようなものかを、ありありと想像することができた。彼は、一つまた一つと、情報管理センターを出てからあとの毎日の具体的詳細を白状してゆくだろう。接触した一人ひとりの一言一句を思い出すだろう。どうがんばっても緑妹のことを黙っているのは無理だろう。たとえデタラメを言っても、取り調べの過程で破綻が見つかり、そこを突かれてさらに一層激しく責め立てられることになる。さまざまな形や種類の刃物で、またノミや、ツチや、ツルハシで、切られ、刺され、打たれ、意識や深層意識に侵入され、血まみれの内臓を引きずり出され、白い脳漿が飛び散る……抵抗する意志を破壊する訊問に、耐えられる人間などいるものか。最後は屈服してしまうに決まっている。

　彼がさらに恐れたのは、伊好の運命だった。これまで彼女は自由の身だった。だがそれは自分が捕まっていなかったからだ。彼女は自分をおびき寄せるための餌だったからだ。うっかり手を出すと不測の事態を招くという計算もそこにはあったかもしれない。しかし自分が網にかかったいま、彼女も確実に拘束される。自分を脅す材料にするか、あるいは彼の自供の裏付けを取るために使われるか。伊好は自分の関わっていた内容など、何も知りはしない。しかしドリーム・ジェネレーターのことは知っている。そこから、彼女が劉剛（リウカン）にサインを与えた報告に絡んで、話は彼女と劉剛のセックスのことについても芋蔓式にたぐられてゆくだろう。絶頂に行かせてもらうためにサインしたという事の次第も含めてだ。あの伊好がそれに耐えられるわけがない。自殺してしまうかもしれない。

最後には釈放されるだろう、しかしそのときは彼女は何もかも失っている。その後でどんな人生が待っているというのか。母親は社会的に零落し、父親は国家の反逆者となった娘にも、どんな未来が待っているというのか。そしてそれは、全てこの自分のせいなのだ。自分の行いの結果なのだ。

——だがそれが、もし自分の手で変えられるものでもあるなら、なんとしてでもそれを変えたい。

李博がこのようなことを、行きつ戻りつしながら考えているその同じ時刻、緑妹は小梁に、李博が家にやってきたことを告白していた。しかし彼女は二人の間に何もなかったことだけは、はっきりと断言した。自分は彼を山の洞穴へ案内しただけで、その後は二度と会っていないと。緑妹の話を聞いた小梁は、彼女をひどく折檻した。彼女が、殴られても兄へは決して言おうとしないことが分かってからは、小梁が暴力を振るう機会は増えた。小梁は、殴りながら「お前の母親を犯ってやる」〔中国語で畜生という意味の最下等の罵り言葉〕と口走る。その言葉を言うと、尼僧の姿になった緑妹の母親の姿が目の前にありありと浮かんで、緑妹の兄の母親でもあるあの女を実際に犯したことを思いだして、彼はひどく興奮するのだ。そして彼は泣いている緑妹の衣服をはぎ取っておのれの欲望を満足させるのだった。

ことが済むと、小梁はひとりで酒を飲みながら、ここはどうしたものかと思案した。彼は、李博が何をしたのかについては関心がない。ただ彼に分かっているのは、もし緑妹が引っ張られれば、李博が昔の客で、この自分はその二人の仲を取り持つポンビキだった過去がばれるということだった。下手をすれば緑妹の母親を犯ったことも明るみに出るかもしれなかった。

――田舎の人間はこういう話が大好きだからな。もしそうなったら、あのお兄いさんの面目は丸つぶれだ。議員になろうか県長になろうかなんて、夢のまた夢だ。腹の中は真っ黒でも外見はいかにも聖人君子然とされた政治家先生の皆さんの前へなど、とうてい出ていけるもんじゃない。そうなったら、あの兄さんは必ず俺を殺すだろうな。十中八九、俺は生きてはいられないだろう――。

つらつら思案した挙げ句、小梁は、自分の方から緑妹の兄へと訴え出ることにした。危険が実際に迫ってくる前に手を打てばまだなんとかなるだろう。ことが分かって家族を殺すよりは李博を殺す方がましと緑妹の兄さんは考える筈、という算段だった。李博は死ぬな。そうすれば過去を知る者はいなくなる、ついでにそれを言おうとする者もいなくなる。だがここで、小梁にも予想がつきかねたのは、緑妹の兄がはたして、緑妹を信頼して李博にだけ引導を渡すかという点だった。これには、さすがの小梁もどう目が出るかの自信がなかった。ただ小梁は、李博が緑妹を性的な対象として見ていただけでなく、緑妹のほうも李博に対しては感謝に似た感情を抱いているらしいことには感づいていた。――洞穴にたどり着くまで長いことひとり身だったというが、それが事実なら、本当にあの二人の間に本当に何もなかったのかよ。だが今はこの身を守るのが最優先で、このさい他のことまで考えてはいられないわ。

いっそのこと、あのアマが兄貴に殺されちまえば、自分は晴れていいところのお嬢さんと結婚しなおせるのになという考えが、小梁の脳裏をかすめた。

小梁が新しい妻の幻想にひたっているころ、楊副総隊長が頼み事をした福建省の武装警察副司令は、まだ寝ていなかった。彼はなにも聞き返さずに、屏南県の武装警察に、自分が依頼されたとおりの内容を執行するよう命令を下したが、その内心は、その捕まえる相手とはどんな奴なのかと興味津々だった。逮捕完了の知らせを受けた彼は、捜索隊の指揮官に、その人物の顔写真を一枚撮ってこちらへ送れと命じた。武装警察は自前の顔写真のデータベースを持っていない。彼は公安庁の副庁長に頼んで、データをそちらから転送してもらうことにした。彼は、余計なことは言わなかった。コンピュータの検索には多少とも時間がかかるものだ。しかし、彼と麻雀および酒呑み仲間であるくだんの副庁長が、折り返して電話してきたのは、なんと二時間半も経ってからだった。

「これは俺たちが目下捜索中の重要犯人だ。公安(こっち)へ渡してくれ。」

「兄弟、あんたの面子を潰したくはないが、これは国家安全委員会が俺等に捕まえろと言ってきた奴だ。公安に渡すのは、それは無理ってもんだ。」

「あんたに迷惑はかけない。移管の手続きはなにも要らない。ただ犯人がいまどこにいるかだけ、教えてくれればいい。こちらから人を遣(や)る。これは福建省内の事件だ。誰を捕まえたにしろ、まず俺たちを通してもらわないと。」

「それは……困るんだが……。」

「これは内輪の話なんだが、この犯人には、挙げた者へ三十万元の報奨金がかかっているんだ。居場所を言ってくれるだけでいいんだ。挙げた後は、すぐあんたらの所管に移す。その人間を保護するために、逮捕した人間の名は秘匿するのが規則だから、外部へ漏れることは絶対にない。」

実のところは、この三十万元云々は、機密費のなかから支出することに、この副庁長がたったいま決めたことだった。副庁長は、福建省自治派における中心的人物の一人だった。彼は、武装警察総隊の副司令から電話がかかってきた時はもう寝ていて、実はあまり愉快ではなかったのだが、公安庁のスクリーニングセンターから顔写真のサーチ結果が帰ってきて、それが目下鋭意捜索中の李博であることを知ると、彼の眠気はどこかへ吹っ飛んだのである。とうとう網にかかった。自治派は李博を、主席暗殺の謎を解くうえでの鍵となる存在として、一貫して位置づけてきた。もし李博によって、事件の背後に老叔がいたと証明できれば、あるいは、民衆にそうかもしれないと思わせるに十分な理由を手に入れられれば、いまの情勢を一気にひっくり返せる。そして北京の政権は合法性を失い、各省ごとの自治、もしくは聯省自治は、正当性を手にすることができる。実現まであと一歩のところまでに行けるかもしれない。副庁長は、自治派の他の主立ったメンバーたちをたたき起こして、彼らと協議した。その結果、北京からいかなる制裁を受けることになろうと、李博をなんとしても我が方の手に入れなければならないという結論へとたち至ったのである。

各方面が李博をめぐってこのように思惑を交錯させるなかで、李博本人は、そんなことは知るよしもない。だが彼は、この間に、ある決心を固めていた。

「水をくれないか」と、彼はなぜなに君に言った。

なぜなに君は、一方の端にステンレスのコップが結わえ付けられた竹竿を取りあげて、コップに水を入れた。これは李博のような手足を拘束された犯人に水を飲ませるときに使う道具である。「まず話せよ――あんたの見た夢を？」なぜなに君はたしかに好奇心旺盛だった。彼はコップを李博に差し出たが、ぎりぎり李博が首を伸ばしても届かないところで、それを止めた。

李博は舌で唇をなめた。

「女に変わる。」

「女に変わる？」なぜなに君はますます興味津々な顔つきになった。「どうやって？　本当に変わるのか、それともそれらしく見えるようになるだけか？　変わるって、つまりあんたが、その……。」

李博は口を開けて見せた。

なぜなに君は、ぼさぼさの頭の毛をかきむしった。「続きを頼むよ！――それがあんたの夢だったってことかい？」

「夢じゃない。本当に変わる。」

なぜなに君は、びっくり仰天した。「おれをからかってんだろ！　嘘つけ！」

「現在のテクノロジーは、君のような一般の人間にはとうてい想像できないところまで来ている」と李博は言って、目を閉じた。

「続き、続き！　あんたを信用するから！　水もほら！」李博がまた話をやめるのを恐れたなぜなに君は、竿先を伸ばして李博の口元に届かせた。

李博は、一気にコップの水を飲み干した。なぜなに君は、李博が続きを物語るのを、わくわくしながら待った。

「私は本当はたいしたことをしたわけじゃない。君と、基本的に同類だろうと思う。好奇心が強すぎたということだ。問題になったのは機械だ。上の方が人に知られるのを恐れているのは、あの機械だ。」李博は、証拠品を置く台の上に置かれているドリーム・ジェネレーターを、顎で示した。「あの機械は人間の性別を変える。」

「これが？」と言いながら、なぜなに君はドリーム・ジェネレーターを取り上げた。「性別を変えられる？　女に変わる？　どうやって変わるんだ？　いったいどうやって？」

「誰にも言ってはだめだぞ。」

「言わない、言わない。誓うよ……と言っても、あんたおれの名も知らないんだよね。」

「君の名字は王（ワン）だろう。」

「なんで知ってんの？」なぜなに君は仰天した。

「そこはまあそれだ。私も、こうなった以上、君が誰かに言ってももう大した問題ではなくなった。その機械は国家安全委員会の『チャイニーズ・ドリーム』秘密プロジェクトが研究開発した製品なのだ。短い時間だけだが、人間の性別を変えることができるのだ。私はその研究と開発に加わっていた。だが自分自身で試してから、病みつきになってそれがやめられなくなった。ところがプロジェクトは中止になって、その機械も封印されることになった。ところが私はそれを盗みだしたのだ……。」

なぜなに君はすでに李博の話には興味を失っていた。彼の関心は、性の転換という一点に集中していた。

「性が変わるっていうのはどういうことだい？　男が本当に女になるのか？　自己認識が変わるということか？　それとも実際に肉体が変化するのか？」

「認識から肉体まですべてだ。」

「すべて？　胸もか？」

「言っただろう、すべてだ。」

「……ケッタイな……。」なぜなに君は天井を仰いで酒をあおると、脚で床を蹴って、座っている椅子ごとぐるぐる回りはじめた。だがしばらくして脚で急ブレーキをかけて止まると、李博に向かって、目を大きく見開きながら言った。「あそこは？」

「言ったはずだ。すべてだと。」

「で、元に戻れるのかい？」

「機械の使用時間にもよるが、十分なら、三十分間変わる。その後は自然に元に戻る。」

なぜなに君は顎をあげて、酒をもう一杯あおった。彼の視界は朦朧としてきたが、目の好奇心の光はさらに輝きを増した。彼はドリーム・ジェネレーターをあちこち触っては仔細に眺めた。本当にそんなことができるのかいな？　もしできるんなら、北京のお偉方が目の色を変えるのもそれは無理はない。このエレクトロニクスのメカにご執心になるだろうな。彼はたとえ飲み過ぎていなくても、チャイニーズ・ドリームを実現するためにこの機械を作り出す必要があったという李博の説明を信じただろう。――もしお国が、すべての派出所にこれを一台配備すれば、誰も人権保護運動とか、デモとか、政権打倒とか、そんなことは考えなくなるだろうからな。みんな派出所の前に列を作って自分の番が来るのを待つだろう。後にも先にもない経験が、これでもかというくらいできるんだからな。金を取ったらむちゃくちゃ儲かるだろうな。国は税金なんか取らなくても左うちわで悠々やっていけるんじゃないの？

時計の音がした。ドアの上に掛かっているＬＥＤライトのデジタル時計が、午前三時三十分を示していた。「……もうすぐだ……もうすぐだねえ……」と、なぜなに君はデジタル時計が時を刻むのを見ながら言った。「あと三時間もしたら北京からの車が着くよ。」彼は立ち上がって警帽を被ると、自分が着用している制服の乱れを直した。

「本職は勤務中の警察官である。押収した贓物を確認する権限を有する。どうやってこの機械を使用するのか本職に教えなさい。」

いまこの瞬間、自分が何をなすべきなのか、李博にはもう分かっていた。彼が知り得た秘密に関して、極秘メモや、バックアップや、どこかに転送した資料などなかったこと、彼は誰にも何も言っていないことが、最終的には明らかにされるだろう。だがどのみち、彼は生きてはいられない。何がどうであっても彼が釈放されることはありえないのだ。それは、ほんのわずかでも理性があるなら、幻想を抱くべきところではなかった。彼がどれほど絶対に外へは洩らさないと誓って見せたところで、権力を手にし、それを振るう場所にいる者が、そんなたわ言を信じるはずもない。死んで貰うのが最も確実な方法なのだ。死んでもらって死体を焼いて灰にするのが一番安心できるのだ。自分が死ぬことには、李博はすでに何の恐れもなかった。ただ彼が後悔しているのは、死ぬと決まっているのであればもっと早く決心しておくべきだったということだった。いまここで死ねば、老叔は緑妹の存在を知ることはないし、伊好を餌に使うこともなくなる。何も起こらない。もしこの世から自分という存在が人知れず消えても、一滴の水が蒸発するようなものだ。しかし自分はまだ生きている。手足を縛られている。この肉体を自分では殺すことができない。では精神を殺す。あいつらは何もかも忘れた人間を目にすることになる。緑妹はもう存在しない。伊好のことも知らない。国家や政権のことなどさらにわからない。世界はただの空白に……死者と何の区別もない。

李博はドリーム・ジェネレーターの下部にある小さい蓋を指でさして、なぜなに君に向かい、それを開けて中の安全用のスライドを横へ動かすように言った。忘却機能の赤いスイッチが、顔を出した。

「十秒間押し続けたら暗証番号を入力しろという指示が出る。」

ドリーム・ジェネレーターのスクリーンに、暗証番号入力用のボックスが現れた。

李博はその前に、なぜなに君に同じ言葉を二回、繰り返して言った。「暗証番号を入力して確認されたら、ドリーム・ジェネレーターの発射口の照準を私の頭に合わせる。距離は二メートル以内。照射時間を絶対に間違えないこと。十分たったら、肉体の変化が肉眼で確認できるようになる。」

それを聞いていたなぜなに君は、李博の言ったとおりに復唱してみせた。李博は、彼に暗証番号を教えた。

なぜなに君は、李博の両脚の間の衣服を見て、しかめ面をしてみせた。「その服をのけないと、本当にそうなったかどうか分からないじゃないか。」

李博は手錠のかかった両手を振って、自分ではどうしようもないことを示した。なぜなに君はあたりを見回した。みな眠っている。彼は、水を呑ませるコップに、食い残しの豚の頭の肉を数個入れると、竹竿を檻の鉄の椅子の肘持たせの、前方へ突き出ている部分へと伸ばした。李博に食わせるためではない。竹竿を回せば李博に掛かっている衣服を床にたたき落とせると思ったからだ。

男が女に変わるのを見られるということに、なぜなに君は興奮しきっていた。こんな奇妙な出来事は、これから何年も話の種にできるな！　いま見なかったらダメだ。連れて行かれたらもうチャンスはないものな。だがそれにしてもこれはシチュエーションとしては完璧だね。邪魔になるものは何もないし、あとには何の証拠も残らない。相手は逃げようにも逃げられない。機械はちゃんと距離を取って使う。何の危険性もありゃしない。なぜなに君は、ふたたびあたりを見回した。万事オーケーなり。彼は格好の位置を見つけてドリーム・ジェネレーターをそこに置くと、ビデオカメラで撮影しはじめた。あとで自分がホラを吹いているのではないことの証拠にするためである。「よーし、始めるぞ！」と、なぜなに君は暗証番号を打ち込んだ。「一、二、三！」彼はスイッチがちゃんと入っているのを確認して時間を計り始めた。

李博は娘を抱く伊好を見た。その姿は赤子を抱いている聖母のようだった。彼は、自分が何かの力で二つに引き開けられるように感じた。風の音が耳元で低く唸っていた。彼は全身全霊の力をもって、想像の鋼鉄製の刀で、そのイメージを大脳のなかに置かれた石板に刻み込もうとした。切り削られた石の屑が火花とともに散って行く。それは式典の花火のように思えた。鋼鉄の刃の刻む打撃の音が雷鳴に変わった。妻と娘は空へ軽々と舞い上がり、せっかく彼が刻み込んだものは、後に何も残らなかった。彼らは遠くの方へ飛び去ってゆく。次第にその姿は小さくなっていった。娘は、一度こちらを振り返って、小さく手を振った。しかし伊好は彼に背を向けたまま、飛び続けた。彼女は、おのれの飛んでゆくはるかな先を見ている。深淵に落ちてゆく彼にとって、最後の慰めとなったのは、記憶とともに彼から離れてゆく伊好が、新たな人生へと向かっていることだった。我が子は母親の庇護を失うことはないだろう。だが彼らの夫と父親はどこへ行ったのか、それは彼らにとって、一生解けない謎となるだろう。しかしそれがどうしたというのか。この世界には、どこかへ消え失せた永遠の謎など、いくらでもある……。

十分が経過したことを告げるアラームが鳴った。なぜなに君は、忘却機能の赤いスイッチをオフにした。彼の両目は、李博の胸と股間のあいだを、ひたすら往復していた。しかしこのITオタクの毛もない胸には、何の変化も見えなかった。あいかわらず薄くて貧弱で、肋骨も、もとのままだった。乳首も小豆のままで、葡萄にはなっていない。両腿の間のフニャチンも一向に小さくならない。それどころか、次第に膨張してきた。勃起してきたのである。なぜなに君は、視線を上げて李博の顔を見た。変わっていたのはそこだった。中年オヤジの汚れた顔の皺の下に、無垢で純真な表情が現れていた。それは、悩みも苦しみもない、この世界とはなんの関係も持たないような、夢の中に遊ぶ、夢の中の住人の表情だった。なぜなに君と視線が合った李博は、なぜなに君に向かって、まるで赤ん坊のように、にっこりと笑った。なぜなに君は恐怖で椅子から跳び上がり、後ろ向きのまま、部屋の反対側の壁に張り付いた。

やがて李博は、なぜなに君が鉄の椅子の肘掛けの上に落とした、豚の頭肉を発見した。腕は手錠で動かない。だが指は動かせた。彼は指を使って、そのかけらをたぐり寄せ、親指と人差し指とでつまむと、顔を下げて近くからまじまじと眺めて、それが何かを調べるようなそぶりを見せた。そして、真剣な面持ちでにおいを嗅ぎ、口に入れて、じつにおいしそうに食べた。彼はがつがつとは食べなかった。一個の肉片を何回かに分けて口の中に入れた。飢えを充たすというよりも、賞味しているという感じだった。彼は、こんなおいしいものはこれまで食べたことがないという感じで、たいへん嬉しそうだった。咀嚼している彼の顔から、清浄な幸福感が、波打つ光のように揺らめいていた。

新しい一日の朝の光が、この地球の片隅に差し始めた。楊副総隊長の一行の乗る三台の車は、目的地のすぐ近くまでやって来ていた。ところがあと二、三キロというところで、五台の警察車両が、ライトを明滅させながら横の道から出てきて、彼らの行く先を塞いだ。それに引き続いて、山並みの重なる向こうの鎮の方角から、何発かの銃声が聞こえてきた。それは、緑妹の兄の率いる数百人の連合自警団員が派出所を包囲して李博を渡せと騒ぐのに向けて、派出所の武装警察が建物の中から威嚇射撃を行った、空砲の音だった。派出所の警察官は、みな武装警察に武装解除されて、留置所に入れられていた。それは、公安庁の副庁長からの電話を受けた所長が、犯人を屏南県の公安へ移送せよとの命令を下したからである。命令に忠実な武装警察の指揮官は、先んずれば人を制すと、前夜酒を酌みあった友人に銃を向けた。公安庁の副庁長は仕方なく、派出所の中にいる武装警察の指揮官に、報奨金を倍にして取引を持ちかけ、指揮官に、李博の公安への引き渡しを部下へ命令するよう要請した。そこへ、さらなる数の連合自警団員を招喚する緑妹の兄の命令に応じて、四方八方から団員が集まってきた。先頭を切ってやってきたバイク部隊が、鎮へ通じる道路を完全に封鎖したので、どこの誰の車も進入できなくなった。

だが鉄の檻の中は、あたかも台風の中心のように平穏だった。鉄の椅子に座ったままで眠りに落ちた李博は何も知らない。手錠も脚の鎖も、もう痛くはなかった。俗世の煩悩はもはや彼と無縁である。彼を取り巻くのは、生まれたての赤子のように純潔で、夢のように甘美な世界だ。大地は穢れなく、大空は色も鮮やかで、あたりには花が咲き乱れ、鳥は舞いさえずり、天気は穏やかである。幸福な彼の棲む幸福な世界は、あたかも母親の優しく心地よい子宮の中のようで……。

（完）

あとがき

一

もしかしたら読者のみなさんは、私がなぜこの『セレモニー』を書いたのか知りたいと思われているかもしれない。どうしてこんなものをと。ここには希望がない。解決策がない。英雄もいない。民主主義は実現しそうであるが、民主化運動と関係はない。ひどいことに、民主主義を本心から求めている者は、ここに一人もいない。一切は、私利私欲と計算の所産である。体制転換の結果、現れるのはただ形式と決まり文句だけで、本質的には、それまでとなんら変わらない。ひと言で言うと、『セレモニー』で描かれているのは、小人物と、普通の人々と、おのれの利害得失しか考えない人間たちである。彼らの欲望や野心が、彼らを突き動かして行動へと駆り立てている。

私がこれまでに描いた物語は、このようなものではなかった。『黄禍』〔一九九一年香港刊、二〇〇八年改訂版台北刊〕における大崩壊においてさえ、英雄は至るところにいたし、そこには彼らの偉大なる行為があった。無残な結果になるものの、そこにはまた希望も芽吹いていた。

私の執筆計画のなかで、『セレモニー』は、本来存在していなかったものである。二〇一〇年から一四年にかけて、私は、『伝世』という長編小説を執筆した（『黄禍』と共通する登場人物と状況下で始まり、異なる経緯を経て違う結末を迎える、一種のパラレルワールドを描いた作品）。完成した初稿は五十万字あった。そしてそのうちの十六万字までをインターネット上で発表したところで、二〇一四年に連載は中断され、出版も中止となった。その原因は、私が、この政治SF小説の内容が、リアリズムに基づく小説と同じように、社会に現実として起こることを望んだからである。私は、それが、論理的必然として、未来に向けて、一歩また一歩と実現していくことを願った。私は、読者がそれを単なるフィクションとして、消費して一度きりで忘れてしまうのではなく、今日の現実から明日の現実へと歩を進め、デマやためにする嘘に躍らされることなく、社会に対する健全な思考を保ってほしいと望んだ。そうやって私は、私の小説と、無から生じるフィクションとを、区別してほしかったのだった。

だが、『伝世』が完成に近づいたとき、四年という執筆にかかった時間の流れのなかで、現実はきわめて大きく変化していた。小説の始まりのもととなった現実と、その四年後の現実とには、かなりの隔たりが生じていたのだ。それは、譬えてみると、家が完成した後で、土台がずれているのが分かって、引き渡しができないというようなものだった。この現実の変化に合わせて、小説に手直しを加えるのは、たいへん困難に思えた。それはなぜかと言うと、小説の始まりの部分は、全体の構造とその後のストーリー展開の基礎にして出発点となるものであって、ここを少しでも動かすと、全体を動かすことになるからである。だから、そのままにしておくほかなかった。

私は当時、必死にいろいろ考えた。しかし、うまい解決法は見つからなかった。現実がさらに発展して、小説の始まりの所へ一回りして戻ってくるのを待つしかないのであろうか、それとも、小説と現実とのズレを利用して、読者により豊富な思考の機会を提供すべきであろうかと、私は思った。しかし、現実と小説とのズレはますます広がる一方だった。その結果、私は、二〇一五年の末に、別の小説を書いて『伝世』の補完、もしくは修正を図ることに決めたのだった。それが、この『セレモニー』である。

『セレモニー』は、こんにちの中国の現実から開始する。その現実から論理的に演繹して得られるストーリー展開は、悲観的なものである。だが悲観を表現することが、私の目的ではない。その反対であるとさえ言ってよい。別の角度から言い直してみる——全体主義は日ごとに厳格さと緻密さを加え、それに挑戦する勢力は日ましに衰え、独裁は永遠となりつつあるかのような観を呈し、何かの変化が可能とは思えない。そんななか、『セレモニー』の権力者は、あまりにもあっけなく、一撃で倒されてしまう。赤い帝国は、自分の利害計算をもっぱらにする数人の小人物によって、いともたやすく転覆させられてしまう。『セレモニー』が描く、このような状況は、悲観的であろうか。それとも楽観的であろうか。

今度は、反対に、楽観的に過ぎるという声が上がるかもしれない。だが描こうとするものが何であれ、論理的にストーリーを展開させていくかぎり、出来事は、その起こりかたは異なるにしても、起こるべくして起こるものであって、結果においては、そうたいした違いはなくなるのである。その時、政権は外見の装いを変えるだけであり、統治者の交代が直ちに良い方向への状況転換を意味するとは限らない。いまある悪い状況が別の悪い状況に変わるだけということもおおいにあり得る。『セレモニー』で描かれるのは、このような、一層の、そしてさらに深々とした、悲観である。

私は本質的には悲観主義者ではない。少なくとも悲観的であることに甘んじてはいない。『セレモニー』において、私が希望のない反ユートピアを描いたのは、『伝世』という作品が前もって存在していたからだ。『セレモニー』には欠けている楽観主義が、『伝世』にはある。『セレモニー』を書いたのは、『伝世』とのバランスを取るためだった。そうすることで『伝世』が楽観的過ぎると見なされるのを、私は避けようとした。

この点から言えば、私が『伝世』をいったん中断して、『セレモニー』を書いたことは、禍を転じて福と為したと言えるかもしれない。『セレモニー』のおかげで、『伝世』の出発点の現実との乖離は、問題ではなくなった。さらには、『セレモニー』のそれと、あい補うかたちとなった。そしてこの結果、私は、これまでの屈託を捨てて、『伝世』を一刻も早く完成させて出版することができるようになったから。

二

ＩｏＳ、ドリーム・ジェネレーター、電子蜂、神経遮断薬、監視カメラ、ビッグデータ、アルゴリズム、グリッドシステム……。独裁的支配が持つこれら現代のテクノロジーは、統治者と被統治者との関係を、根本的に変化させた。過去の独裁権力は軍隊と警察に依拠し、それらによって暴力を独占していた。強大ではあっても、そこには一つの柔らかい脇腹があった――少数をもって多数を完全に支配することはできないということだ。統治機構がいかに大規模になったとしても、人数の点では、統治者の数は、被統治者に比べれば、きわめて少ない。その結果として、どうしても監視の目が行き届かないところ、支配の手の届かないところが出てくる。どこかに漏れが生じる。そこから反乱勢力が育つことがある。あるいは、いつか堤の決壊に繫がる蟻の一穴が、そこに開く可能性がある。またあるいは、体制の不安定要因がそこから広がって、最終的に独裁体制を崩壊させることになることもある。西洋のことわざに、〝蹄鉄がないと馬は転倒し、馬が転倒すると将軍が負傷し、将軍が負傷すると戦争に負け、戦争に負けると国が滅ぶ〟というものがある〔英語では〝*For want of a nail the shoe was lost.*〟という表現で中世から伝わる言い回し〕。独裁体制が抱える問題は、まさにここにある。全ての馬に蹄鉄が打ってあるかを、いちいち人手をかけて確かめて回ることはできない。馬の蹄鉄に始まる国家の滅亡までの連鎖を止めることはできないのだ。

ところがである。ＩｏＳがあれば、蹄鉄の一個一個にＳＩＤを取り付けて、何か起こる前の、兆候の段階から発見することができる。蹄鉄を取り替えることもできれば、馬を走らせるのを止めることもできる。将軍の乗る馬を別の馬に換えることもできる。こうして、蹄鉄が亡国へと繋がる連鎖は消滅する。『セレモニー』で私が描いたＩｏＳは、現在のところはまだ空想の産物に過ぎない。だが現実のテクノロジーをもってすれば、さして実現が困難なものではない。コンピュータとインターネットの時代は、人間を数字の存在へと変えた。独裁者は、デジタル技術を使って、少数で多数を支配することができるようになった。ビッグデータはありとあらゆる痕跡を捉える。アルゴリズムはありとあらゆる疑わしいものを見つけだす。独裁権力の人数は少なくとも、コンピュータの能力は人間の数万倍だ。独裁権力は、匹敵する者のない強大なテクノロジーを握っている。過去の独裁者のなしえなかったことを、こんにちの独裁者はなしえる。しかし、過去の抵抗者がなしえたことを、こんにちの抵抗者はなしえない。テクノロジーが独裁の手段を提供するだけではない。独裁にその物質的基礎をも提供する――現代の科学技術はもはや飢餓が起こらないことを保証する。民衆に小康状態〔中国が二〇二〇年までに達成することを目指している社会と国家の全面的な、主として経済的に余裕のある状態〕を保証する。これまでの歴史において、革命の最大の動力となったものが、その舞台から退場する。この時に当たってなお、何者が独裁に対して挑戦するだろう。ＡＩの発達は、独裁権力が危機を早い段階で予測し、脅威を発見することに貢献する。また、命令に絶対服従しかつ驚異的な能力を誇る、ロボットの警察と軍隊との建設を可能にする。独裁がこの段階に達したとき、絶対権力は、絶対に腐敗するはずの絶対的権力者は、絶対に変わらなくなる。現在の世界の現実を見ればよい。従来からの独裁政治はますます独裁的になり、民主主義へと転換した社会は独裁へ後退している。その原因の一つは、テクノロジーによる独裁が、統治者が少をもって多を制することを、可能にしたからだ。

テクノロジーが民主主義を脅かすかどうかは、これとは別の問題だ。私たちにとってより現実的な意味を有するのは、独裁権力はテクノロジーを手にすることによって恒久的な体制となりうるかという問題である。『セレモニー』は、まさにこの地平においてストーリーを展開させたものだ。これは、先に結論があってそれに合わせて仕立て上げた物語ではない。物語自身に内在するロジックに従って展開したあげくに出てきた結論である。テクノロジーによる独裁は、過去のいかなる独裁よりも厳格で緻密である。漏らすところはないと言ってもよい。如何なる破局も起こりそうにない。『セレモニー』のなかには梟雄（きょうゆう）〔目的のためには手段を選ばない野心家。一般に三国時代の劉備を指して使われる言葉〕は出てこない。集団の陰謀も存在しない。軍隊による反乱もなければ、〝大厦の将に崩れんとするや〟〔『三国演義』にある言葉。「大きな建物の倒れるとき」という意味〕の前兆もない。あるのは保身に努める官僚、野心を持った商人、辺境の一警察官、それに政治的白痴のエンジニア、それだけである。ところが、その彼らが、巨大細密な独裁メカニズムを、あっけなく崩壊させる。そしてそれに対して、まともな反動ひとつ返って来はしないのだ。

このような状況が出現したのは、テクノロジーによる独裁には一つ、アキレス腱とも言うべきものがあったからだ――独裁権力は、日進月歩するテクノロジーに依拠しなければならないとすれば、独裁者はそれら最新のテクノロジーを、自分では理解も管理も運用もできない。みずから操作する時間もないし、そのためにかけるエネルギーもない。専門家に命令して彼らに依拠するほかはないのである。だが、それらのテクノロジーと独裁メカニズムの結節点に存在する人間たちは、独裁メカニズムに対して、少をもって多を制する能力を有する。その一方、独裁体制が古来培ってきた内部の人間に対するコントロール手段は、彼らには通用しない。なぜならば、独裁者は新しいテクノロジーに対して無知だからである。彼は、この結節点上においていかなる脅威が発生しうるかを見通すことができない。そもそも結節点がどこにあるのかさえ判っていない。であるならば、彼は内部からの攻撃に対して何の備えもできないし、たとえできたとしても、それは事後となるだろう。要するに手遅れということだ。新たなテクノロジーは絶え間なく生まれる。つまり彼の備えは、永遠に後手に回ることになる。

権力のもつ力は、線型的である。軍隊の強弱と兵や武器の数量と、正比例の関係をなす。権力を転覆しようと思えば、それと同じだけの線型的な力と、線型的に増加されたコストとを支出することが、必要になる。転覆を防御するには、転覆させようとする力および、それが支出する線型の増加コストを制御すればよい。しかしながらテクノロジーというものは非線型的な性質を持っている。とくに独裁メカニズムの内部で進行する転覆の場合、結節点におけるただ一つの指令が、取引コストなしに無限に複製・拡散される。もしくは、一度フォーマットすることで、すべてを空白に変えて、システムを再起動できる。

理論的には、内部の構成員の絶対的忠誠によって、これらの危険は防止できるはずである。だが問題はそこにあるのだ。それがもっとも信頼できる忠誠といえどもだ——信仰は、こんにちの独裁メカニズムには存在しないがゆえに。そこにあるのは利益と恐怖による結びつき、それのみであるから。独裁権力は、当然のことであるが、公正ではない。被支配者だけでなく、支配層内部の者を蹂躙することもある。そんな場合、利益は、つなぎ止めるための力たりえない。そして制約するのは、恐怖だけとなる。

恐怖の源は、失敗すれば懲罰されるというところにある。だがもし、結節点にいる者が、一〇〇パーセント成功の確信をもっていれば（それがとりもなおさずテクノロジーのテクノロジーたる所以なのだが）、何を恐れる必要があるだろう。そして、なんらかの問題が発見されればただちに補正されるというのであれば、一度決定すれば即座に行動し、さらには一撃必殺を期さねばならない。伝統的な旧式の権力闘争のような根回しや、漸進的行動の余地は、もうここには残ってはいない。この点からすれば、テクノロジーは独裁者を、未曽有の強大な存在としたと同時に、これもまた未曽有の、防御の極めて困難な危険に曝したと言うことができる。テクノロジーは独裁権力を、難攻不落の要塞へと変えた。しかしその崩壊も突如としてやってくるのだ。テクノロジーによる独裁の直面する不確定性は、伝統的な独裁の比ではない。

歴史上の独裁メカニズムは内紛に満ちている。もっとも、現在にいたるまで、この『セレモニー』

におけるように、小物によってかくも簡単にひっくり返されてしまったという例はまれだ。テクノロジーによる独裁以前の時代は、少数の人間が多数の人間を支配する問題が解決されてはいない。テクノロジーによる独裁は、デジタル化とともにやってきた。いま私たちが目にしているのは、二つの時代の交替の始まりである。その質的な変化はしだいに明らかになってゆくと思われる。

これまで述べてきたところの私のロジックに従えば、テクノロジーによる独裁メカニズムでは、『セレモニー』で示したような内部からする破局が、不可避的に訪れることになる。そしてそれは、しばしば意外な形をとって、しかも突然起こる。だが、破局の後も、独裁という性質は、往々にして変わることなく、たとえ民主主義のスローガンを掲げてはいても、新しく権力の座にすわる者は、テクノロジーによる独裁の手段を継承し、古い酒を新しい革袋に入れるだけのことで、少数をもって多数を支配する能力を手に独裁を繰り返すことになるだろう。テクノロジーの要素を欠いた民主主義——普通選挙・多党制・言論の自由など——は、テクノロジーによる独裁に太刀打ちできず、容易に後者の軍門に下る。

内部からする独裁体制の破綻は、いま一つの可能性である。それは分裂し、相互に闘争を繰り返す複数個の独裁集団となる。その場合、同時に至るところで民衆の暴動がおそらくは起こり、それは社会の動揺を招く。その結果、制御不可能な人工また天然の災害が、次々に発生し、最終的には全体的な崩壊へと向かうことになる。私はこの『セレモニー』では、そこまでの状況は描かなかった。それは『黄禍』において、すでに十分すぎるほど描いておいたからだ。『セレモニー』の後で何が起こるかを展望するとき、『黄禍』はこんにちにおいても、もっともリアルな未来予想図であると、私は思っている。

三

『セレモニー』は、テクノロジーによる独裁が外部から崩壊させることが不可能であることを描いている。内部からの崩壊もまた、新しい革袋に古い酒を注ぐことになるであろうことも。だとすれば、民主主義を獲得するための闘いはどこへ向かうべきであるのか。外部から倒せないとすれば、外部にいる私たちは、いったい何ができるのか。これに対しての簡単な答えはない。私はひとつだけを言うに止める。独裁とテクノロジーが結合するのであれば、民主主義もまたテクノロジーとの結合を目指すべきであると。独裁が日進月歩に更新されるのであれば、従来のままの民主主義が太刀打ちできるわけはない。テクノロジーによる民主主義のみが、テクノロジーによる独裁に、最終的に勝利できるだろう。

民主主義は、それが村落レベルの規模を超えた時点で、管理・運営の技術と分かちがたいものとなった。民主主義の技術はつねに、この難問をいかに解決するかをめぐってのものであり続けてきた。選挙と投票による採決や代議制などすべて、この技術である。テクノロジー時代のこんにちにおいては、以前の民主主義の技術は、規模における縮小と簡素化が進んでいる。例えば「イエス」

と「ノー」の両極端の表決などがそうだ。選挙で当選した人間が、民衆に代わって政治に参加し、権力を握ることもそうだ。しかしこの縮小と簡素化には、弊害もある。とりわけ、社会の規模が日々拡大し、社会生活もまた日々複雑さを加える場合、そのさまざまな無数の複雑さが、一体となってさらなる複雑さを形づくり、伝統的な民主主義の技術が、以前から抱えていた弊害を、いっそうに際立たせることになる。そして、テクノロジーによる独裁のアクセサリーとなってしまう危険を、いっそう身近なものにする。

真正の民主主義においては、個人の一人ひとりが、おのれの意思を完全に、余すことなく表明することが求められる。十二分に意思を疎通し、理解しあい、議論を深めることがもとめられる。そして、個人一人ひとりの意思が、結論や決定を構成していなければならないのだ。過去の理論は、大規模な社会ではそんなことは不可能であると、常に断言してきた。縮小と簡素化あるのみであると。しかし、コンピュータとインターネットの現代では、このような断言はもはや成立しない。独裁はテクノロジーによって少数で多数を支配する。民主主義がテクノロジーによって多数で少数を支配することができないということが、どうしてあろうか。結局のところは、多数のほうが少数よりも力として大きいのだ。多数をもって少数を制する方が、少数をもって多数を制する方に勝利するに決まっている。政府はビッグデータを用いて独裁を行う。ならば民衆はビッグデータを用いて民主主義を行えばいいのである。つまるところ、ビッグデータはもともと民の側にあって官の側にあるのではない。だとすれば、どうして独裁だけがそれを使えて民主主義の側が使えないという理屈があるだろう。

テクノロジーを使っての民主主義の探求は、私たちがいままさに為さなければならないことであり、また為すことができることである。しかも、それは独裁の外部にあってのみ為しうることでもある。テクノロジーによる民主主義をたえず成長させていき、ついにはテクノロジーによる独裁に取って代わってゆく。それは遥かな道のりであり大いなる企てでもある。そこで、まず最初の一歩としてだが、テクノロジーによる民主主義とは何かを理解する必要があるのではなかろうか。ではそれは、どこから始めればよいのか、いかにして取りかかるべきか。

私のこれまでの試みを、ここで一例として挙げてみたい。私は、一種の、下から上に向かっての漸進逓増式の組織化の方法論を長年構想してきた。私はそれを「民主主義の漸進的発展」と呼んでいる（『逓進民主』［大塊文化、二〇〇六年出版］を参照されたい）。私はこのための方法を、インターネットにおいて、米国特許商標庁（ＵＳＰＴＯ）が権利を付与した二つのパテント、「インターネットコミュニティ自治組織システム Self-organizing Community System」（特許番号 US 9,223,887）と、「電子インフォメーションフィルタリングシステム Electronic Information Filtering System」（特許番号 US 9,171,094）から、獲得することができた。さらに、私は、これらのパテントを成立させている思考に基づいて、情報の集合、総合、識別、選別、分析から出発して事業主の自治による共同的消費活動へと進むための、様々なプログラムを着想することもできた。

これらはすべて、規模の経済上の問題を解決することによって、市場機能および商品を生み出すのが、その目的である。これらのプログラムを開始・推進するに当たっては、民主主義について考える必要はない。ただ商業と市場にのみ基づけばいい。これらに必要なテクノロジーを採用するだけで、それに応じて民主主義がもたらされるというのが、私の展望である。テクノロジーによる民主主義は、市場の持つ力によってこそ推進され、障碍を突き破って広がることができるだろうと、私は考えているのだ。

こんにちの情報通信技術はテクノロジーの基礎を提供し、インターネットは広大な空間を提供し、デジタル文明の進歩と拡大が無限のチャンスを提供している。そしてこれらが、民主主義が独裁に完全な勝利を収める戦場となり、それはまた同時に、商業におけるインターネット内の新たな王者を生み出すことにもなるのだろう。

テクノロジーによる民主主義は、伝統的な民主主義の枠組みに、テクノロジーの具体的な諸手段を加えただけのものではない。それは、テクノロジーの諸手段の上に建設される、新しい民主主義の枠組みである。この新しい民主主義の枠組みには、世界に対する新しい認識が、必ず付随してくる。世界のオペレーティングシステムを改変するには、世界を解釈しなおすための新たな理論的支柱が必要になるからだ。私が二〇一六年に出版した『権民一体論 遞進自組織社会〔『権力と民衆の一体論 漸進的社会組織』〕』（大塊文化出版）は、規模の経済の問題と、伝統的民主主義に欠けているものは何かという問題についてを論じたものである。そこでは、組織から遞進することがなぜ正しいのか、またどうやって社会を運営管理するのか、いかにして難問題を解決してゆくのかといった論点を取り上げて、これらの話題から原則的な民主主義論へと議論を発展させてみた。私はそこで、ここで展開した理論と、これらのパテントを成り立たせる思惟とを用いて、「インターネット共和国」の構想を、素描ではあるが描いてみた。これはまだ机上のプランでしかない。しかし、テクノロジーによる民主主義はどうすれば実現実施できるかについて、一応の説明はできていると思う。そしてそれはまた、台湾の社会を分裂させている青〔一つの中国派〕と緑〔台湾独立派〕との争いを止揚し、社会のコンセンサスを実現する一助にもなると、私は信じる。私はこれからもこの方面での思索と探究を続けていくつもりでいる。その試みを行っていくうえで、皆さんの協力と援助をいただければ幸いだ。私とのコンタクトを希望される方は、dijinminzhu@gmail.com のEメールアドレスへ。

訳者あとがき

この邦題『セレモニー』は、著者王力雄の〝政治ファンタジー小説〟（著者「あとがき」参照）『大典』の、日本語による全訳である。

この日本語版は、著者の王力雄氏から藤原書店編集部に直接送られた中国語原作の原稿を翻訳したものである。

日本語版が出版に至るまでに、王氏は本作を執筆したものの、それを大陸中国では出版することが現状ではできないため、王氏の香港在住の代理人が国外での出版を模索した結果、その代理人氏と親交のある神戸大学の王柯教授が藤原書店に打診して、日本で出版が決まったという経緯をへている。

王力雄氏の原稿は、台湾で刊行されると同時に、並行して日本でも翻訳されてそれにやや遅れるかたちで出版されることになった。台湾の繁体字漢字による台湾版は、二〇一七年十二月に台北の大塊文化出版社から出版されている。この日本語版の翻訳においては、この台湾版も参照している。

著者の王氏がみずから「あとがき」で、本作に関する執筆の動機とその経緯について詳しく述べておられるので、ここ訳者による「あとがき」ではそれ以外の、日本語版の読者にとって有益と翻訳者が考える事項を二点、補足しておくことにしたい。

一、著者王力雄氏について。

氏は、一九五三年生まれの漢族の作家である。出生地は吉林省長春市。本作にも作品世界における近未来中国の重要な背景として登場する文化大革命（一九六六―七六年）を、身をもって経験した世代である。一九九一年に「保密」のペンネームで、既出著者の「あとがき」にも、また本文にもその名が出てくる『黄禍』を出版した。近未来中国の崩壊を描いたおなじく〝政治ファンタジー小説〟（ちなみにファンタジーを意味する中国語の語彙にはSFも含まれる）が、作者を一躍、国内のみならず国外においても、「中国でもっとも勇敢な作家」として有名にすることになった。

以後の著者の平坦ではなかった作家としての、また中華人民共和国国民として道のりについては、これもまた著者みずからが「あとがき」で述べておられるとおりである。そして、本書からも十分にうかがうことができることであるが、王氏が中国における環境問題や民族問題について深い関心と知識を有する方であることを、いまここで訳者としてもつけ加えておきたいと思う。

王氏のより詳しい経歴については、ウィキペディアで「王力雄」で項が立てられているほか、いま述べた『黄禍』の加筆修正版（二〇〇八年出版）の日本語訳（集広舎、二〇一五年十一月）

において、訳者である横澤泰夫氏が「訳者あとがき」で丁寧に王氏の経歴やひととなりを紹介しておられるので、この『セレモニー』と私の「訳者あとがき」を読まれて興味を抱かれた方は、そちらも参照されることをお薦めする。

王力雄氏の主な著作としては、いま名を上げた『黄禍』と本書『セレモニー』のほか、以下を挙げることができる。

『鳥葬　チベットの運命』（原題『天葬――西藏的命運』香港、明鏡出版社、一九九八年三月。増補改訂版、台北、大塊文化出版股份有限公司、二〇〇九年三月。和訳なし）

※先にも記したように著者は漢族だが、チベット問題に深い関心をもち、チベットで長期間滞在して実地に生活・調査を行った経験がある。氏の妻はチベット人作家のツェリン・オーセル女史で、チベット問題に関する夫妻の共著もある。なお本書原著のカバーにある紹介文によれば、「漢人の書いたチベット問題関連書として、もっとも客観的で公平な見地から書かれたものの一つ」という評価もある由である。

『権力の溶解』（原題『溶解權力――逐層遞選制』香港、明鏡出版社、一九九八年十二月。和訳なし）

※同じく原著カバーの紹介文には、「この書のもつ意義は『黄禍』と『鳥葬』を合わせたよりもまだ重い」という著者の言葉が引用されている。

『遞進民主』（原題同じ。台北、大塊文化出版股份有限公司、二〇〇六年一月。和訳なし）

※著者「あとがき」を参照。中国の政治的な未来について、著者が理想とする見取り図の呈示である。

『私の西域、君のトルキスタン』（原題『我的西域、你的東土』、台北、大塊文化出版股份有限公司、二〇〇七年十月）

※著者は新疆自治区で取材中に収監された経験がある。この作品はウイグル人の生活空間に実際に入り込んだ結果、生み出されたものである。馬場裕之訳、劉燕子監修および解説、集広舎、二〇一一年一月。

『権力と民衆の一体論　漸進的社会組織』（原題『権民一体論　逓進自組織社会』、台北、大塊文化出版、二〇一六年十一月。和訳なし）

※著者「あとがき」を参照。メディアが権力によって管理支配されている状態を解消し、自発的な秩序形成による社会諸制度に基づく漸進的な方法で社会の動揺を回避するという主張を展開したもの。

二　日本語では『セレモニー』と訳されたこの作品の訳者としてのコメントを、少しばかり。読者の本作理解になんらかの手助けとなるかもしれないと思いつつ。

本作において、著者の精神と登場人物の精神は、根元の部分で融合しており、分離していない。これは、言葉を換えれば、この作品の世界は基本的に登場人物および著者の主観的認識や視野から見た世界であり、それぞれが見ている、景色も認識も異なる小世界を継ぎ合わせたものから成りたつということでもある。普遍的で客観的な現実や、あるいは客観的世界については、まったくというわけではないが、あまり強調されることはない。

これは本作品原語の文体において示される。著者による描写・説明の部分と、登場人物の視点からするそれが、文体があまり変化せず段落も切られないままに一方からもう一方へ継ぎ目なく移行する状況がしばしば起こっている。

それが、著者が神の視点で叙述しているのか、登場人物の視点や視野からその状況や心境を述べているのか、あるいはそれらをあえて区別せずに渾然としたままで記述されているのか、その区別をつけにくい——あるいはそうすることは意味がない——文章が、作中しばしば存在する。いま私が「意味がない」と言ったのは、本作は意図してそういう手法で書かれていると、訳者として理解したことによる。

このため、翻訳して日本語に移し替えるに際しては、日本語としての自然さと読者の理解の便という二つの面から、この〝分離〟を明確に示す目的で、原文にはない段落をいくつかの場所で設けた。

さらに、これはややテクニカルな話になるが、中国語と日本語の約物(句読点や括弧また圏点などの各種記号・符号)は、それぞれ意味や用途が違い、外見上同じものでも用法が異なることがある事実を踏まえて、本書の訳出においては訳者はかならずしも原文での表記にこだわらなかった。日本語として同じ意味と目的をもつ別の約物を使用したり、原文にあっても省略した——逆に原文にないところでも使用した——場合がある。また訳者による補足は〔 〕で示した。

なお、訳者による補足は〔　〕で示した。巻頭の参考地図も原書にはないものである。

最後に、本書の翻訳者候補として、藤原書店へ筆者を推薦してくださった宮脇（岡田）淳子先生に、『絵で見る中国の歴史』第五巻「宋・遼・金から元の時代」（原書房、一九九五年六月）の訳出において、同シリーズ監修者の故岡田英弘先生にご指導いただいて以来、勝手ながらお二人の遠方の弟子を自認している筆者として、心より感謝申し上げます。

そしてまた、宮脇先生からのご推薦を受けて筆者にこの大作の翻訳を任せて下さった藤原書店の藤原良雄社長と、そして翻訳作業の過程でさまざまなコメントおよび提案と助言とを賜った編集部の刈屋琢氏にも同じく、厚く御礼申し上げます。

二〇一九年三月

金谷　譲

著者紹介

王力雄（おう・りきゆう／Wang Lixiong）

1953年中国・長春市生まれ。作家、民族問題研究者。1978年、文革後最初の民主化運動「民主の壁」に参加、94年には中国最初の環境NGO「自然之友」を創設。2002年当代漢語研究所より「当代漢語貢献賞」、同年独立中文ペンクラブより第1回「創作自由賞」、2003年ヒューマン・ライツ・ウォッチより「ヘルマン・ハメット賞（助成金）」、2009年チベットのための国際委員会より「真理の光賞」、等を受賞。

著書に『漂流』（1988）、『天葬――西藏的命運』（1998）、『溶解権力――逐層遞選制』（1998）、『與達賴喇嘛對話〔ダライ・ラマとの対話〕』（2002）、『遞進民主』（2006）、『権民一体論――遞進自組織社会』（2016）など多数、邦訳された著作に『黄禍』（1991。邦訳集広舎 2015）、『我的西域、你的東土』（2007。邦訳『私の西域、君の東トルキスタン』集広舎 2011）など。『黄禍』は1999年『亜洲週刊』誌（香港）「20世紀に最も影響を与えた中国語小説100選」の41位に選ばれた。

訳者紹介

金谷譲（かなたに・じょう）
1960年生。翻訳者（英・露・中）。1991年大阪大学文学部研究院博士課程前期修了（専攻・中国中世史）。訳書に、龔延明編・岡田英弘監修『絵で見る中国の歴史　第5巻　宋・遼・金・元の時代』（原書房、1995年）、曹長青編著『中国民主活動家チベットを語る』（日中出版、1999年）、チベット国際キャンペーン著『チベットの核』（日中出版、2000年）など、著書に、林思雲と共著で『中国人と日本人――ホンネの対話』（2005年、『続』2006年、『新』2010年、いずれも日中出版）、『国基研論叢 vol. 1』（共著、国家基本問題研究所、2012年）など。

セレモニー

2019年5月10日　初版第1刷発行

訳　者　金谷　譲
発行者　藤原良雄
発行所　株式会社 藤原書店

〒162-0041　東京都新宿区早稲田鶴巻町523
電　話　03（5272）0301
FAX　03（5272）0450
振　替　00160-4-17013
info@fujiwara-shoten.co.jp

印刷・製本　精文堂印刷

落丁本・乱丁本はお取替えいたします
定価はカバーに表示してあります

Printed in Japan
ISBN978-4-86578-222-6

日中共同研究の初成果

辛亥革命と日本

王柯 編

櫻井良樹／趙軍／安井三吉／姜克實／汪婉／呂一民・徐立望／松本ますみ／沈国威／濱下武志

アジア初の「共和国」を成立させ、「アジアの近代」を画期した辛亥革命に、日本はいかに関わったのか。政治的アクターとしての関与の実像に迫るとともに、近代化を先行させた同時代日本が、辛亥革命発生の土壌にいかなる思想的・社会的影響を与えたかを探る。

辛亥革命百年記念出版

Ａ５上製　三二八頁　**三八〇〇円**
（二〇一一年一一月刊）
◇978-4-89434-830-1

日中関係の〝分裂〟を解き明かす鍵とは？

近代日中関係の旋回

（「民族国家」の軛を超えて）

王 柯

近代国家建設において日本が先行しながら、中国に対する「革命支援」と「侵略」という〝分裂〟した関与に至った日中関係の矛盾の真因はどこにあるのか。近代中国の成立に対して「民族」「民族国家」概念がもたらした正負両面の作用に光を当て、日中関係の近代史を捉え直し、来るべき「東アジア共同知」の可能性を探る。

Ａ５上製　二四八頁　**三六〇〇円**
（二〇一五年一一月刊）
◇978-4-86578-049-9

中国史上最高のリベラリストの決定版評伝

胡適 *1891-1962*

（中国革命の中のリベラリズム）

J・B・グリーダー
佐藤公彦訳

米国でデューイにプラグマティズムを学び、帰国後は陳独秀、魯迅らと文学革命を推進。中華人民共和国の成立で米国に亡命。一九五〇年代前半、中国では大規模な批判運動が起こったが、今なお中国のリベラリストたちに根強い影響を与える思想家の初の本格的評伝。

口絵四頁

Ａ５上製　五八四頁　**八〇〇〇円**
（二〇一七年一一月刊）
◇978-4-86578-156-4

HU SHIH AND THE CHINESE RENAISSANCE
Jerome B. GRIEDER

中国民主化の原点

天安門事件から「08憲章」へ

〈中国民主化のための闘いと希望〉

劉暁波著
劉燕子編
横澤泰夫・及川淳子・劉燕子・蒋海波訳
序＝子安宣邦

「事件の忘却」が「日中友好」ではない。隣国、中国における「08憲章」発表と不屈の詩人の不当逮捕・投獄を我々はどう受けとめるか。

四六上製　三二〇頁　三六〇〇円（二〇〇九年一二月刊）◇978-4-89434-721-2

日中関係の未来は「民間」にあり！

「私には敵はいない」の思想

〈中国民主化闘争二十余年〉

劉　暁波

「劉暁波」は、我々の問題だ。

劉霞／劉燕子／徐友漁／杜光／王力雄／李鋭／丁子霖・蒋培坤／張博樹／余杰／麻生晴一郎／子安宣邦／及川淳子／峯村健司／藤井省三／藤野彰／横澤泰夫／加藤青延／矢吹晋／林望／清水美和／城山英巳

四六上製　四〇〇頁　三六〇〇円（二〇一一年五月刊）◇978-4-89434-801-1

中国よ、どこへ行く？

現代中国のリベラリズム思潮

〈一九二〇年代から二〇一五年まで〉

石井知章編　跋＝子安宣邦

日本では一部しか紹介されてこなかった現代中国のリベラリズムの多面的な全体像を、第一線で活躍する日中の気鋭の研究者一五人により初めて捉えた画期的な論集！

（著者）徐友漁／栄剣／張博樹／劉擎／許紀霖／秦暉／張千帆／周保松／及川淳子／梶谷懐／王前／水羽信男／緒形康／福本勝清（訳者）本田親史／中村達雄／李妍淑／藤井嘉章／劉春暉／徐行

A5上製　五七六頁　五五〇〇円（二〇一五年一〇月刊）◇978-4-86578-045-1

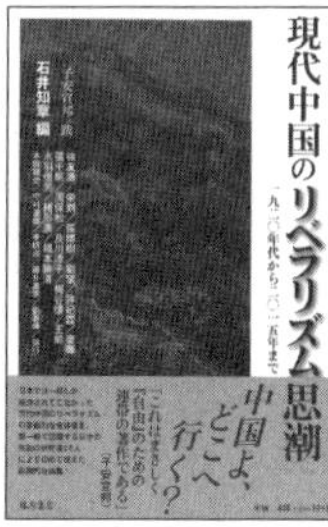

ハイチ生まれ・カナダ在住のフランス語作家

ダニー・ラフェリエール（1953–）

ハイチに生まれ、4歳の時に父親が政治亡命。それに伴い祖母の家へ「最初の亡命」。若くしてジャーナリズムの世界に入るが、23歳の時に同僚が独裁政権に殺害され、カナダ・モントリオールに亡命。1985年、処女作『ニグロと疲れないでセックスする方法』が話題に。『エロシマ』『コーヒーの香り』『終わりなき午後の魅惑』など作品多数。2010年のハイチ大地震に遭遇。映画制作、ジャーナリズム、テレビでも活躍。2013年12月よりアカデミー・フランセーズ会員。

ある亡命作家の帰郷

帰還の謎

D・ラフェリエール
小倉和子訳

独裁政権に追われ、故郷ハイチも家族も失い異郷ニューヨークで独り亡くなった父。同じように亡命を強いられた私が、面影も思い出も持たぬ父の魂とともに故郷に還る……。詩と散文が自在に混じりあい織り上げられた、まったく新しい小説（ロマン）。

仏・メディシス賞受賞作

四六上製　四〇〇頁　**三六〇〇円**
（二〇一一年九月刊）
◇978-4-89434-823-3

L'ÉNIGME DU RETOUR　Dany LAFERRIÈRE

二〇一〇年一月一二日、ハイチ大地震

ハイチ震災日記
（私のまわりのすべてが揺れる）

D・ラフェリエール
立花英裕訳

首都ポルトープランスで、死者三〇万超の災害の只中に立ち会った作家が、ひとつひとつ手帳に書き留めた、震災前／後に引き裂かれた時間の中を生きるハイチの人々の苦難、悲しみ、祈り、そして人間と人間の温かい交流と、独自の歴史への誇りに根ざした未来へのまなざし。

四六上製　二三二頁　**二二〇〇円**
（二〇一一年九月刊）
◇978-4-89434-822-6

TOUT BOUGE AUTOUR DE MOI　Dany LAFERRIÈRE

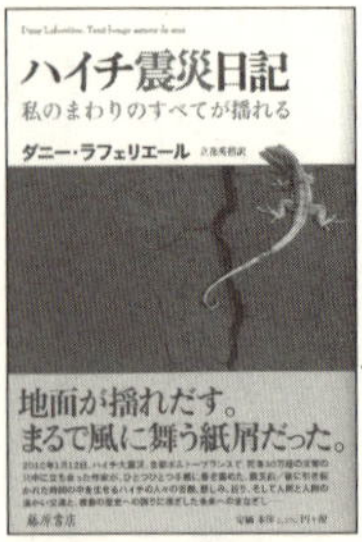

「おれはアメリカが欲しい。」衝撃のデビュー作！

ニグロと疲れないでセックスする方法

D・ラフェリエール
立花英裕訳

モントリオール在住の「すけこましニグロ」のタイプライターが音楽・文学・セックスの星雲から叩き出す言葉の渦が、白人と黒人の布置を鮮やかに転覆する。デビュー作にしてベストセラー、待望の邦訳。

四六上製　二四〇頁　**一六〇〇円**
（二〇一二年一二月刊）
◇978-4-89434-888-2

COMMENT FAIRE L'AMOUR AVEC UN NÈGRE SANS SE FATIGUER　Dany LAFERRIÈRE

「世界文学」の旗手による必読の一冊！

吾輩は日本作家である

D・ラフェリエール
立花英裕訳

編集者に督促され、訪れたこともない国名を掲げた新作の構想を口走った「私」のもとに、次々と引き寄せられる「日本」との関わり——国籍や文学ジャンルを越境し、しなやかでユーモアあふれる箴言に満ちた作品で読者を魅了する著者の話題作。

四六上製　二八八頁　**二四〇〇円**
（二〇一四年八月刊）
◇978-4-89434-982-7

JE SUIS UN ÉCRIVAIN JAPONAIS
Dany LAFERRIÈRE

新しい町に到着したばかりの人へ

甘い漂流

D・ラフェリエール
小倉和子訳

一九七六年、夏。オリンピックに沸くカナダ・モントリオールに、母国ハイチの秘密警察から逃れて到着した、二十三歳の黒人青年。熱帯で育まれた亡命ジャーナリストの目に映る〝新しい町〟の光と闇——芭蕉をこよなく愛する作家が、一瞬の鮮烈なイメージを俳句のように切り取る。

四六上製　三二八頁　**二八〇〇円**
（二〇一四年八月刊）
◇978-4-89434-985-8

CHRONIQUE DE LA DÉRIVE DOUCE
Dany LAFERRIÈRE

交錯する性と死。もっとも古い神話。

エロシマ

D・ラフェリエール
立花英裕訳

「原爆が炸裂した朝、一組の若い男女が広島の街で愛し合っている」——文化混淆の街モントリオールを舞台にした日本女性と黒人男性との同棲生活。人種、エロス、そして死を鮮烈にスケッチする、俳句的ポエジー。破天荒な話題作を続々と発表し、アカデミー・フランセーズ会員にも選ばれたハイチ出身のケベック在住作家による邦訳最新刊。

四六上製　二〇〇頁　**一八〇〇円**
（二〇一八年七月刊）
◇978-4-86578-182-3

EROSHIMA
Dany LAFERRIÈRE

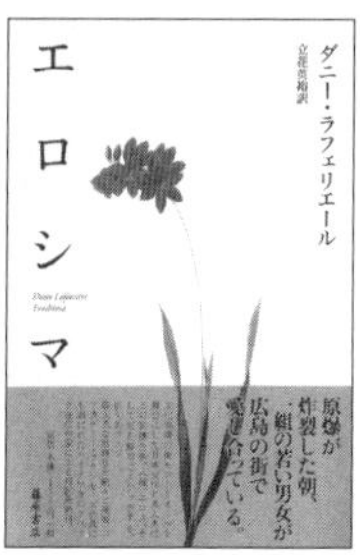

●ダニー・ラフェリエール近刊（タイトルは仮題）

書くことは生きること

気ちがい鳥の叫び

文化大革命の日々の真実

中国医師の娘が見た文革

（旧満洲と文化大革命を超えて）

張鑫鳳（チャンシンフォン）

「文革」によって人々は何を得て、何を失い、日々の暮らしはどう変わったのか。文革の嵐のなか、差別と困窮の日々を送った父と娘。日本留学という父の夢を叶えた娘がいま初めて、誰も語らなかった文革の日々の真実を語る。

四六上製　三一二頁　二八〇〇円
（二〇〇〇年二月刊）
◇978-4-89434-167-8

小説のような壮絶で華麗な生涯

三生三世（さんしょうさんぜ）

（中国・台湾・アメリカに生きて）

聶華苓（ニエホアリン）
島田順子訳

国共内戦の中を中国で逞しく生き抜き、戦後『自由中国』誌を通し台湾民主化と弾圧の渦中に身を置き、その後渡米し、詩人エングルと共にアイオワの地に世界文学の一大拠点を創出した中国人女性作家。その生涯から見える激動の東アジア二十世紀史。

口絵三二頁
四六上製　四六四頁　四六〇〇円
（二〇〇八年一〇月刊）
◇978-4-89434-654-3

戦後日中関係史の第一級資料

時は流れて㊤㊦

（日中関係秘史五十年）

劉徳有
王雅丹訳

卓越した日本語力により、毛沢東、周恩来、劉少奇、鄧小平、郭沫若ら中国指導者の通訳として戦後日中関係のハイライトシーン、舞台裏に立ち会ってきた著者が、五十年に亙るその歴史を回顧。戦後日中交流史の第一級史料。

四六上製　各三八〇〇円
㊤四七二頁＋口絵八頁　㊦四八〇頁
（二〇〇二年七月刊）
㊤◇978-4-89434-296-5
㊦◇978-4-89434-297-2

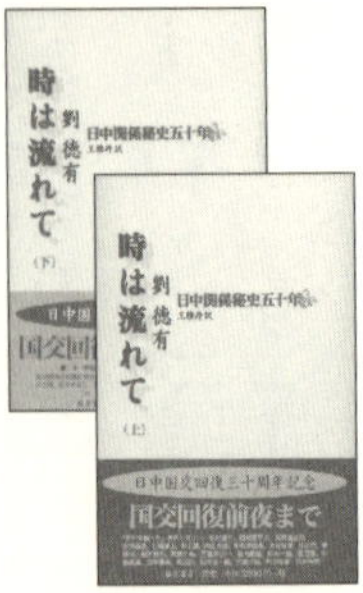

戦前・戦後の台湾精神史

台湾と日本のはざまを生きて

（世界人、羅福全の回想）

羅福全 著　陳柔縉 編著
小金丸貴志 訳　渡辺利夫 序

日本統治下の台湾に生まれ、幼少期を日本で過ごした後、台湾独立運動に参加。国連職員としてアジア各国の地域開発や経済協力に関わり、陳水扁政権下では駐日代表を務める。世界を舞台に活躍しながら、台湾の自由と民主を求め続けた世界人の半生を初めて明かす。

カラー口絵一六頁
四六上製　三五二頁　三六〇〇円
（二〇一六年二月刊）
◇978-4-86578-061-1